BASTEI
LÜBBE
TASCHENBUCH

Madeline Moore

DIE SCHUH-LIEBHABERIN

Erotischer Roman

Aus dem Englischen von
Jule Winter

BASTEI
LÜBBE
TASCHENBUCH

BASTEI LÜBBE TASCHENBUCH
Band 16 712

1. Auflage: Mai 2012

Dieser Titel ist auch als E-Book erschienen

Vollständige Taschenbuchausgabe

Bastei Lübbe Taschenbuch in der Bastei Lübbe GmbH & Co. KG

Deutsche Erstausgabe

Titel der englischen Originalausgabe: »Amanda's Young Men«
Published by Arrangement with Virgin Books LTD.,
London, England
Dieses Werk wurde vermittelt durch die Literarische Agentur
Thomas Schlück GmbH; 30827 Garbsen

Titelillustration: © shutterstock/Konrad Bak
Umschlaggestaltung: Tanja Østlyngen
Satz: Urban SatzKonzept, Düsseldorf
Gesetzt aus der Palatino
Druck und Verarbeitung: CPI – Ebner & Spiegel, Ulm
Printed in Germany
ISBN 978-3-404-16712-8

1

Der junge Bauarbeiter drehte das große Pappstraßenschild von »Langsam« auf »Stopp«. Amanda hätte gerade noch durchrutschen können, aber sie trat lieber auf die Bremse und kam etwa anderthalb Meter vor dem jungen, schlaksigen Kerl zum Stehen. Unter seinem Helm wirkte sein Gesicht jung und verletzlich. Er war wohl kaum älter als achtzehn oder neunzehn. Vielleicht ein Student, der sich während der Sommerferien etwas dazuverdiente. Er war gebräunt und arbeitete mit nacktem Oberkörper. Ein Kreis drahtiges dunkles Haar umgab jeweils die beiden kleinen harten Brustwarzen. Ein paar verirrte Haare wuchsen auf der Brust. Seine Unterhose lugte ein paar Zentimeter über seine Arbeiterhose und den tief hängenden Werkzeuggürtel. Ein Schweißtropfen rann von einer Achselhöhle über seinen Brustkorb hinab. Amanda ließ das Fenster herunter und atmete tief durch. Leider bekam sie nur den Geruch nach heißem Teer und Baustellenstaub in die Nase. Eine dünne, gerade Linie aus dunklen Härchen verlief vom Nabel des Teenagers bis zum Bund seiner Unterhose. Amandas Fantasie folgte dieser Linie weiter hinab.

Im Gegensatz zu dem bulligen Bär von einem Mann, der drei Meter weiter eine Betonplatte mit einem Vorschlaghammer bearbeitete, machte der junge Mann auf Amanda nicht den Eindruck, als ob er alt genug oder stark genug für harte Arbeit wäre. Sie fragte sich, ob die älteren, raubeinigen Männer hin und wieder den weichen und verletzlichen Jungen ausnutzten. Vielleicht nahmen sie ihn manchmal mit in einen der Bauwagen, in denen die Arbeiter ihr Werkzeug aufbewahrten, um ihn dort dann wie eine Flasche billigen Schnaps rumgehen zu lassen, und zwangen ihn, den Kerlen reihum einen zu blasen. Oder sie zwangen ihn, sich über einen Sägebock zu legen, und rammten ihm ihre dicken, riesigen Schwänze bis zum Anschlag in den engen jugendlichen Arsch.

So eine Erfahrung konnte einen jungen, beeinflussbaren Mann nachhaltig prägen und für Verwirrung sorgen. Vielleicht zweifelte er dann sogar an seiner Männlichkeit. Was er wirklich brauchte, war eine reife, zugleich aber verführerische ältere Frau, die ihn in die Hand oder den Mund nahm ... eine wollüstige Frau, die nichts von ihm verlangte. Die nichts von ihm wollte außer der Befriedigung ihres überwältigenden Verlangens und einem guten, harten ...

Hinter ihr plärrte die Hupe eines Autos. Der Junge, der gerade ihre Fantasie so beschäftigt hatte, winkte ihr, sie solle weiterfahren. Sein Schild hatte sich von »Stopp« längst wieder auf »Langsam« gedreht. Amanda beschleunigte ihren Lexus und fuhr im Schritttempo durch die Baustelle. Sie warf nur ein paar flüchtige Blicke auf die hünenhaften, gebräunten und verschwitzten Bauarbeiter.

»Unmenschen«, murmelte sie. Eigentlich war das ein Kompliment.

Inzwischen war sie links auf die Argos Road abgebogen, fuhr nach rechts in den Jason Way und hielt schließlich in der Einfahrt von Nummer 247. Ihre Gedanken kreisten derweil nicht mehr bloß um den schlaksigen Jungen, sondern *auch* um den riesenhaften Mann. Das Szenario, das sie vor ihrem inneren Auge entwarf, war im Grunde recht spannend, fühlte sich jedoch gleichzeitig unheimlich an.

Amanda war während ihrer Jugend nicht nur geil auf Sex gewesen, sondern hatte auch eine gewisse Neigung entwickelt, sich zu unterwerfen. Und auch jetzt war sie, wenn sie sich in ihren Tagträumen Sex mit älteren Männern wie ihrem eigenen Ehemann Roger vorstellte, ständig zumindest gehorsam. Aber wenn sie sich Sex mit Männern vorstellte, die jünger als sie waren (und zwar viel jünger!), dann war es inzwischen immer sie, die vorgab, was getan wurde. Es fühlte sich daher seltsam an, sich beides gleichzeitig vorzustellen, aber das machte es zu ihrem Vergnügen noch erregender.

Was sollte sie also tun? Sie rutschte unruhig auf dem butterweichen Ledersitz herum. Oh ja, sie wollte Sex. Amanda hatte also zwei Möglichkeiten: Sie könnte ein wasserfestes Sexspielzeug mit in die Badewanne nehmen oder sich rasch mit ihrem Vibrator oder ihren geschickten Fingern auf dem Bett vergnügen. Das zählte übrigens als eine Möglichkeit, nicht zwei, denn in beiden Fällen ging es um Selbstbefriedigung. Oder ... Nun, sie könnte diese Erregung in den kommenden Stunden auskosten, indem sie sich darauf vorbereitete, Roger heute Abend nach allen Regeln der Kunst zu verführen. Wenn sie Roger bloß dazu bewegen konnte, einmal zu einer vernünftigen Zeit nach Hause zu kommen! Sie wusste, dann konnte sie ihn auch zu allem anderen verführen. Letzteres wäre ihr übrigens lieber, aber ihr armer Mann hatte in letzter Zeit ständig bis spät in die Nacht gearbeitet. Geld, Geld, Geld, immer ging es nur ums Geld.

Amanda spielte mit dem Bettelarmband an ihrem Handgelenk. Er hatte ihr gesagt, das solle sie immer dann tun, wenn sie keine Geduld mehr für ihn und seine Arbeit aufbrachte. Die einzelnen Anhänger ergaben das Wort »W-A-R-T-U-N-G-S-I-N-T-E-N-S-I-V« – das waren ziemlich viele Anhänger, wenn man bedachte, dass das Armband aus 18-karätigem Gold war. Es war sein Geschenk zum ersten Hochzeitstag gewesen. Sie hatte verstanden, was er damit meinte – für jede Ehe musste man viel tun ...

Sobald sie das Haus betreten hatte, rief sie Roger im Büro

an. »Liebling? Wie wär's heute Abend mit einem T-Bone-Steak vom Grill?«

»Klingt super. Ich gebe mir Mühe, pünktlich zu kommen.« Er klang wie immer sehr froh, von ihr zu hören.

»Weißt du schon, wann du ungefähr kommst? Ich will uns einen besonders schönen Abend machen, schließlich habe ich dich die ganze Woche kaum gesehen ...« Sie hauchte die Worte verführerisch ins Telefon.

Leise knurrte er: »Besonders schön, ja?«

»Du weißt genau, was ich meine«, schnurrte sie.

»Und wie ich das weiß. In dem Fall kannst du mich um sieben erwarten, okay?«

»Die Steaks sind dann fertig. Und ich auch ... Sieben Uhr klingt gut. Wenn du irgendwie aufgehalten wirst ...«

»Das wird nicht passieren. Ich lasse es einfach nicht zu.« Er zögerte. »Ich habe dich vermisst, Schatz.«

»Ich dich auch.«

Sie legte auf. Schon jetzt kribbelte es in ihrem Bauch vor lauter Vorfreude. Als sie damals einen älteren Mann geheiratet hatte, hatten ihre Freundinnen sie gewarnt, dass ihr Liebesleben darunter leiden würde. Vielleicht bekam sie nicht so oft Sex, wie sie es sich wünschte, aber wenn sie sich liebten, war Roger sehr *gründlich*. Er kannte sie in- und auswendig, und das bezog sich nicht nur auf ihren Körper, sondern auch auf ihren Verstand. Prickelnde Erregung erfasste sie. Verdammt, es wäre wirklich toll, endlich mal jemanden bei sich zu haben, wenn sie kam. Das wäre mal was anderes.

Es war auch nicht Rogers Schuld, dass sie so geil auf Sex war. Sie war nicht immer so gewesen. Sosehr Amanda es um die zwanzig genossen hatte, Sex zu haben, hatte es bis zu ihrem 30. Geburtstag gedauert, das sie anfing, es wirklich heftig zu brauchen. Vielleicht hatte sie sich als junge Frau zu sehr den romantischen Träumereien hingegeben, um ernsthaft über den Wert von gutem Sex nachzudenken. Ein paar echte Luschen hatte sie schon im Bett gehabt.

Die Ehe, die für viele Frauen wie eine enge Koppel war, in die sie eingesperrt wurden, hatte sich für Amanda als weite, offene Prärie erwiesen. Obwohl sie natürlich nur *einen* Hengst hatte, mit dem sie spielen durfte. Aber diesen Hengst durfte sie vielleicht noch heute Abend mit nach draußen nehmen, damit er sich austobte.

Amanda schob diesen Gedanken beiseite und machte sich an die Vorbereitung des Abendessens. Die meisten Frauen in ihrem Alter hätten sich glücklich geschätzt, wenn sie nur einmal ein Liebesspiel erfahren durften, das sie alle drei bis vier Wochen hatte. Jedenfalls sorgten dieser Sex und ihre tägliche Selbstbefriedigungsroutine dafür, dass sie sich sehr ausgeglichen und zufrieden fühlte. Es war vielleicht nicht perfekt, aber doch ziemlich befriedigend. Gewissermaßen befriedigend? Halbwegs befriedigend?

Geringfügig unbefriedigend?

Verflucht soll dieser junge Bauarbeiter mit seiner verführerisch schmalen Brust und diesem verlockenden kleinen Haarstreifen zwischen Nabel und Unterhose sein!

Amanda holte die Steaks aus dem Kühlfach, marinierte sie und bereitete zwei große Ofenkartoffeln vor. Sie rührte einen griechischen Salat an, öffnete eine Flasche Bull's Blood, damit der Wein atmen konnte, und ging anschließend nach oben. Für sie war dies der Moment, in dem das Liebesspiel bereits begann – während sie sich ausgiebig darauf vorbereitete. Von dem Augenblick an, wenn sie ihre Alltagsklamotten ablegte und in den Wäschekorb warf und vollkommen nackt ins Badezimmer stolzierte, machte sie mit Roger bereits Liebe, obwohl er nicht da war und erst in ein paar Stunden nach Hause kam.

Sie gab Sandelholzöl und Vanillearoma in die Wanne mit

dem dampfenden Wasser, weil Roger diese Düfte mochte. Aus den Düsen des Jacuzzi sprudelte das Wasser und brodelte auf ihrer Haut. Ihre Sinne erwachten wieder zum Leben. Auch das tat sie für Roger. Sie nahm für ihn einen Waschlappen und drehte ihn zu einer engen Spirale, die sie tief in sich einführen konnte, um sich gründlich von innen zu säubern. Sie wollte Roger gefallen, deshalb enthaarte sie sorgfältig ihre Scham und glättete ihre Ellbogen und Füße mit einem Bimsstein. Weil sie ihr Begehren für ihn aufheben wollte, erlaubte sie dem brodelnden Wasserstrom aus einer Düse nur wenige Minuten, über ihre Schamlippen hinwegzustreicheln, statt sich von dem Trommelfeuer der Lust vollends fortreißen zu lassen.

Als Amanda das Gefühl hatte, von innen voller Energie, Sauberkeit und Begehren zu glühen, kletterte sie aus dem Jacuzzi und stellte sich unter die Dusche. Sorgfältig wusch sie ihre Haare. Roger liebte ihre blonde Mähne mit den unterschiedlichen Schattierungen. »Wie Marmelade mit Stückchen«, nannte er die Farbe gern.

Nachdem sie ihren Körper sorgfältig abgetrocknet und eingecremt hatte, blieb sie nackt. Sie genoss es, sich zu pflegen und aufwendig für ihn zurechtzumachen. Roger liebte ihren Narzissmus; manchmal ermutigte er sie sogar dazu. Und genau das war der Grund, weshalb sie diese Stunden vorher so sehr genoss. Wenn sie nicht schon so lange zusammen wären und wenn sie nur ein bisschen jünger wäre und nicht seine erste und einzige Ehefrau, hätte Amanda glauben können, dass sie für ihn nur eine Trophäe war. Amanda war stolz auf ihren Körper.

Nachdem sie ihre kinnlange Mähne geföhnt und ein wenig antoupiert hatte, legte sie geschickt etwas violetten Lidschatten auf und tuschte ihre Wimpern doppelt mit wasserfester Mascara. Aus dutzenden Lippenstiften wählte sie einen kirschroten aus, zu dem sie auch einen passenden Nagellack besaß. Ihre Lippen wurden dreimal angepinselt, die Nägel von Fingern und Zehen mit zwei Lackschichten bedacht.

Jetzt war der Moment gekommen, sich für das richtige Outfit zu entscheiden. Amanda stellte sich ihren begehbaren Kleiderschrank vor, obwohl er nur wenige Meter entfernt war. Da sie inzwischen über dreißig war, musste sie schließlich ihr Gedächtnis trainieren, denn sie wollte nicht irgendwann vollständig verblöden. Das hier machte jedenfalls deutlich mehr Spaß, als irgendwelche Gedichte auswendig vor sich hin zu murmeln.

Sie würden heute Abend auf der Terrasse direkt neben dem Pool essen. Der dichte, vier Meter hohe Flechtzaun aus Zedernholz schützte sie vor ungebetenen Blicken, weshalb sie sich keine Gedanken darüber machen musste, ob ihr Outfit »angemessen« war. Wenn sie ehrlich war, stand ihr der Sinn nach hohen Stilettos, einer hauchzarten schwarzen Strumpfhose, einer knappen Korsage und einem Kropfband aus Samt, aber irgendwie schien das nicht das Richtige für ein Essen im Freien. Nackt bis auf Riemchensandalen wäre eine verlockende Möglichkeit, aber wenn sie Roger so vollkommen nackt begrüßte, würde er keine Zeit mit dem Abendessen verschwenden. Und Roger brauchte doch gutes Eiweiß, wenn er diesen Abend bestreiten wollte. Für seinen Blutzucker war es auch besser, wenn er regelmäßig aß. Außerdem liebte sie es, ihn auf sie warten zu lassen, während er immer geiler auf sie wurde, ehe er es irgendwann nicht mehr abwarten konnte und einfach zur Tat schritt.

Sie besaß einige Bikinis. Zwei waren zu knapp, um sie in der Öffentlichkeit zu tragen. Für eine private Party waren sie allerdings gut geeignet, aber das passte nicht zu ihrer Stimmung. Außerdem wollte sie nicht schwimmen gehen, wasserfeste Mascara hin oder her. Nachdem sie aber die Idee verworfen hatte, ihren Mann als »Edelnutte« daheim willkommen zu heißen, kam sie auf die Idee, sich als »vollkommene Schlampe« zu geben.

Sie sah es geradezu vor sich, was sie tragen wollte. Es befand sich ganz hinten im begehbaren Kleiderschrank, dort, wo sie die letzten Sachen aus ihrer Vergangenheit versteckt hatte, die wegzuwerfen sie einfach zu sentimental war. Eine kurze Suche brachte ein paar Sachen ans Tageslicht, die sie nicht mehr getragen hatte, seit sie fünfzehn gewesen war. Fast hätte sie vergessen, dass sie diese Sachen noch besaß! Zum verwaschenen Jeansmini wollte sie eine passende Fliegerjacke tragen. Die Sachen hatte sie versteckt, weil ihre Eltern ihr verboten hatten, sie zu tragen. Damals hatten sie behauptet, Amanda sähe darin billig aus. Das war perfekt für den Look, den sie heute haben wollte.

Es gelang Amanda, den Reißverschluss des Rocks zu schließen, obwohl er jetzt ein bisschen enger war als damals. Die Jacke bekam sie nicht zu. Nicht mal, wenn sie es unbedingt wollte – aber das war okay. Im kurzen Rock posierte sie vor ihrem Spiegel. Früher hätte man ihn skandalös kurz gefunden, aber heute …

Weil ihr egal war, was nach diesem Abend mit dem Rock passierte, kürzte sie ihn einfach rundweg um zwölf Zentimeter. Also, *das* war mal kurz! Wenn sie sich vorbeugte, wurden die beiden Halbmondrundungen ihres rosigen Hinterns entblößt. Auf Roger wartete ein großartiger Abend.

Amanda entschied sich für ein Paar Bastsandalen mit zwölf Zentimeter hohen Absätzen aus ihrer Kollektion von 122 Paar Schuhen. Sie genoss es. Nicht nur, dass sie mit dem Besitzer von 31 Schuhgeschäften verheiratet war, sie hatte außerdem Füße, die genauso groß waren wie die Musterschuhe! Amanda hatte seit über acht Jahren keinen Cent mehr für Schuhe ausgeben müssen. Es war eigentlich eine Schande, dass

Rogers Kette nie die Schuhe ans Lager nahm, die er ihr mit nach Hause brachte. Er hatte ihr mehr als einmal erklärt, diese Schuhe seien einfach zu extrem für die konservative Klientel von Forsythe Footwear. Sogar einfache Pumps wurden abgelehnt, wenn die Absätze höher als acht Zentimeter waren. Amanda bezweifelte, dass Roger das beurteilen konnte, aber er war unerbittlich, und schließlich machte seine Familie seit drei Generationen »in Schuhen«, weshalb er wissen musste, worüber er sprach.

Die Schuhe waren schuld, dass sie zusammengekommen waren. Sie waren sich hier in ihrer gemeinsamen Heimatstadt Toronto begegnet. Im Bata Shoe Museum hatten sie gleichzeitig ein Paar glitzernde Schuhe aus der Zeit Ludwigs XV. bewundert. Sein Interesse am Verkauf und ihr Interesse am Tragen von Schuhen hatte zu einer stürmischen Werbung geführt, die in lebhafte Flitterwochen mündete. Inzwischen war dieses Lebhafte eher selten in ihrer Ehe anzutreffen, aber das hatte vermutlich mehr damit zu tun, dass er ständig überarbeitet und abgelenkt war, und nicht mit einem Schwinden seiner Lust.

Aber heute Nacht, da gab es keine Ausreden!

Amanda widmete sich ihren Füßen und rieb sie mit einer zarten Lotion ein, ehe sie ihre glatten, kleinen Füße in die Sandalen schlüpfen ließ. Sie ging nach unten. In ihrem Zustand der erwartungsvollen Erregung war allein das Hinabsteigen der Treppe geradezu aufregend. Bei jedem Schritt huschte etwas Luft unter ihren Rock und quälte ihr nacktes Geschlecht. Jeder Schritt erinnerte sie daran, was für ein verflucht böses Mädchen sie war. Junge, Junge!

Amanda hatte gerade die gewürzten Steaks auf den Grill gelegt und die Mikrowelle eingeschaltet, als sie hörte, wie die Haustür aufging. »Du kommst gerade richtig, um vorher schnell zu duschen, Schatz!«, rief sie. »Dein Bademantel hängt hinter der Badezimmertür! Wir geben uns heute ganz ungezwungen, mehr brauchst du nicht!«

»Ich verstehe den Wink mit dem Zaunpfahl, du brauchst nichts weiter zu erklären!«, rief er zurück.

Amanda eilte geschäftig zwischen Terrasse und Küche hin und her. Die Vorfreude machte sie ganz beschwingt. Sie kümmerte sich um die Steaks. Die Mikrowelle gab ein Ping von sich, und sie nahm die Kartoffeln heraus, schnitt sie auf und gab Sour Cream und gehackten Schnittlauch drauf. Als sie den Wein eingoss und eine Schale mit Erdbeeren und Sahne auf den Tisch stellte, gesellte Roger sich zu ihr.

»Lecker«, sagte er.

»Die Steaks sind genau so, wie du sie magst.«

»Ich rede nicht von den Steaks, sondern von dir.« Seine Finger hoben einen Schoß ihrer Jacke, um ihre Brust zu entblößen. »Nachtisch?«

Sie wies mit einem Nicken auf die Schüssel. »Erdbeeren mit Sahne.«

»Deine sahnige Haut und dazu die erdbeerrosigen Nippel?«

Spielerisch schlug sie seine Hand beiseite. »Nein, du Dummkopf. Richtige Erdbeeren mit Sahne.«

»Wenn du brav bist«, flüsterte er ihr ins Ohr, »darfst du meine Schüssel sein.«

»Ich bin brav«, erwiderte sie und klimperte mit den Wimpern. Kokett blickte sie ihn von der Seite an. »Ich werde sogar *sehr* brav sein.«

Er setzte sich ihr gegenüber an den langen rustikalen Tisch. Amanda setzte sich zu ihm.

»Hübscher Ausblick«, bemerkte er.

»Iss dein Abendessen.« Sie schob ihm sein Weinglas herüber.

Roger schien sein Steak blind zu essen, er schnitt und schob sich die Stücke in den Mund, ohne den Blick von ihrem tiefen Ausschnitt zu lassen. Etwas derart Schmeichelhaftes gehörte natürlich belohnt. Amanda zog die Füße aus den Schuhen und streckte die Beine aus. Sie legte beide Fußsohlen auf Rogers nackten Spann.

»Hübsche Füße«, sagte er.

»Danke schön.« Sie fuhr mit den Zehen ihres rechten Fußes an seiner linken Wade nach oben. Er drückte sein Kreuz eine Winzigkeit durch, weil ihm gefiel, was sie machte. Die Sohle ihres linken Fußes wanderte derweil an seinem linken Schienbein nach oben. Als ihre Füße zwischen seinen Knien angelangt waren, drückte sie seine Knie mit den Füßen auseinander.

Roger leckte sich die Lippen.

Amanda musste mit dem Hintern auf ihrem Stuhl nach vorne rutschen, damit sie beide Füße unter Rogers Oberschenkel schieben konnte. Langsam schob sie so seinen Bademantel auseinander.

»So weich«, seufzte er. »Du hast seidig weiche Haut.«

Ihre rechte große Zehe grub sich sanft unter und zwischen Rogers Hoden. Sie wackelte mit der Zehe. Jetzt legte er die Gabel beiseite. Sein Mund wurde schlaff. Amandas linker Fuß gesellte sich zum rechten, und sie drückte ihn tief in die heiße Tasche unterhalb seines beeindruckend großen Hodensacks. »Hübsch, sagst du?«, fragte sie.

»Mhm.«

»Wie ist das hier?« Ihre Füße zogen sich einige Zoll zurück. Sie drehte die Fußsohlen nach innen, sodass sie mit beiden Füßen seine Erektion streicheln und massieren konnte. Es fühlte sich unglaublich berauschend an, ihn ausgerechnet mit ihren am weitesten entfernten Extremitäten so sehr zu erregen. Zumal sie ihre hübschen kleinen Füße nicht gerade besonders anziehend fand.

Roger lehnte sich zurück und rutschte auf der Sitzfläche weiter nach vorn. Er kippte den Wein gierig herunter.

Mit dem Ballen ihres linken Fußes drückte sie seinen Schaft in die Vertiefung vom Fußrücken ihres rechten Fußes. Sie begann, den linken Fuß auf und ab zu bewegen. Auf und ab. Amanda beobachtete Rogers Gesicht. Er gab es auf, das letzte Steak essen zu wollen. Seine Hände umschlossen die Tischkante. Die Augen wirkten seltsam verloren und blickten ins Leere. Amanda streichelte ihn schneller. Ein leises Runzeln der Stirn zwischen Rogers Augen gab seinem Gesicht einen unglaublich intensiven Ausdruck. Er sog die Luft scharf ein …

Und Amanda machte eine Pause.

Roger knurrte.

»Ich könnte damit weitermachen, bis du auf meine Zehen abspritzt, wenn du willst«, bot sie ihm an.

Er räusperte sich. »Klingt verlockend, aber tu das lieber nicht. Ich will dich heute Abend nach allen Regeln der Kunst lieben, Amanda.«

Sie hob eine Augenbraue. »Ach, willst du? Warum denn?«

»Weil du das erotischste kleine Luder bist, das sich ein Mann nur wünschen kann. Das weißt du verdammt genau, stimmt's?«

»Ich höre das jedenfalls gern. Wie willst du mich denn lieben? Erzähl es mir, Liebling. Ich liebe es, wenn du schmutzige Sachen aufzählst.« Ihre Zehen packten erneut seinen Schaft, weil sie es liebte, die Hitze und die seidige Haut zu spüren.

»Missionarsstellung, von hinten, von der Seite, hart und schnell, tief und langsam, liebevoll und wie ein verrücktes Tier – und du solltest besser mal aufhören mit dem, was deine Füße gerade tun, sonst komme ich.«

»Das bekomme ich kleines Mädchen alles von dir geboten?«, neckte sie ihn. Amanda ließ von ihm ab und stieg auf ihren Sitz. Ganz langsam hob sie ihren Rock die wenigen Zoll, die sie ihn heben musste, um ihm ihre nackte rosige Scham zu präsentieren. »Willst du das hier?«

Seine Stimme brach, als er antwortete: »Das weißt du.«

»Und das?« Sie drehte sich um und beugte sich mit ausgestreckten Beinen vor, um ihm ihr Hinterteil zu präsentieren.

»Amanda!«

Sie wandte sich ihm erneut zu und zog einen Schmollmund. »Und meinen Mund, willst du den auch? Es gab Zeiten, da hast du es geliebt, meinen Mund zu nehmen.«

»Amanda, ich liebe deinen Mund.«

»Du liebst es, mich in den Mund zu ficken, stimmt's?«

»Und ihn zu küssen«, verteidigte er sich.

»Beides ist gut.« Sie schaute auf seinen Teller. »Brauchst du dafür noch lange?«

»Keinen Augenblick länger.«

Er stand auf und schlang seine Arme um Amandas nackte Oberschenkel.

»Lass mich los, du Wüstling!«, quietschte sie.

Roger spielte mit. Er verstellte seine Stimme und ließ ein dramatisches, von viktorianischen Schauermärchen inspiriertes Lachen hören. »Zu spät, meine Liebe. Jetzt bist du in meiner Gewalt.«

»Oh nein!«

Er trug sie zum anderen Ende des Tischs und legte sie darauf nieder. Amanda lag auf dem Rücken, die Holzplatte war schrecklich hart. Irgendwie machte das die Vorstellung, von ihm zerdrückt zu werden, noch aufregender. Roger presste seinen Mund auf ihren und küsste sie, bis sie unter ihm erzitterte. Als er von ihr abließ, war ihre Vorfreude von einem viel intensiveren Gefühl überlagert worden – wildes Verlangen hatte sie erfasst.

Sie blickte zu ihm auf. Die Lider hielt sie halb geschlossen über den hellblauen Augen. »Was willst du mit mir tun, du Monster?«

»Das hier.« Er hob ihre Fersen und drückte sie weit auseinander. Obszön entblößte er ihre Scham seinem bewundernden Blick. Roger hielt sie so fest und beugte sich zum verführerischen Geschlecht seiner Frau hinab.

»Oh Gott, Roger, bitte ...«, stöhnte sie.

»Mhm.« Seine Zungenspitze fuhr von der Runzel zwischen ihren Hinterbacken über ihren straffen Damm hinauf zu den nassen Schamlippen, die voller Vorfreude geradezu flatterten. »Lecker!« Seine Zunge tauchte tief in sie ein.

Amanda hielt den Atem an. Sie wollte ihn bitten, noch weiter oben zu lecken, zugleich wollte sie ihn aber nicht zur Eile antreiben. Es hätte im Übrigen nichts gebracht. Er liebte es genauso sehr wie sie, den größten Genuss möglichst lange hinauszuzögern.

Seine Zunge glitt vor und zurück. Roger hatte ihr schon oft gesagt, wie sehr er es liebte, ihre Säfte aufzulecken, und obwohl es eine Weile her war, seit er ihr dieses Kompliment gemacht hatte, schien er den Geschmack an ihr nicht verloren zu haben. Seine Hände glitten hinauf. Er schob ihre Knöchel über ihrem Kopf zusammen und umfasste sie mit einer Hand. Was machte er denn jetzt? Er griff nach links. Ach ja ... Die Erdbeeren und die Sahne!

Amanda spürte, wie etwas Kaltes die empfindliche Haut rund um ihr Geschlecht berührte. Es verschwand und wurde augenblicklich von seiner Zunge ersetzt. Das war was völlig Neues! Er hatte noch nie Sahne in ihr verteilt, um sie dann gründlich aufzulecken. Alte Hunde konnten also doch noch was lernen.

Dann verteilte er die Sahne mit dem Löffel auf ihrem Knöpfchen. Oh ja! Und irgendwas wurde in sie hineingeschoben. So wie es sich anfühlte, musste es eine ziemlich große

Erdbeere sein, mit der er ihre Möse bearbeitete. Es fühlte sich merkwürdig an. Da war einerseits die raue Oberfläche der Erdbeere, andererseits die kühle, weiche Sahne, die ihre heiße, samtige Möse erfüllten, die sich der Form der Erdbeere perfekt anpasste. Sobald Roger mit der Erdbeere den richtigen Rhythmus gefunden hatte, die sich in ihr rein und raus bewegte, legte er seine Lippen auf ihre von Sahne bedeckte Klit. Er saugte und leckte und knabberte an ihr. Ihre Erregung wuchs, es wurde immer mehr, bis ...

Er machte eine Pause.

»Hör nicht auf!«

»Sagst du ›bitte‹?«

»Bitte?«

»Du musst schon darum betteln.«

»Ich bettle doch. Lass mich bitte, bitte kommen, Roger. Ich kann danach nochmal kommen, das weißt du. *Bitte.*« Ein irrationaler Teil von ihr fürchtete, er könnte tatsächlich genau jetzt aufhören und sie an dem Orgasmus hindern, der in ihrem Unterleib lauerte und nur darauf wartete, endlich ausbrechen zu dürfen.

»Wenn das so ist ...« Er begann, sie wieder zu lecken.

Amanda spürte, wie seine Fingerspitzen sich hinter ihrem Schambein nach oben schoben und ihren G-Punkt massierten. Sie schluchzte vor Erleichterung auf. »Oh ja, Roger«, keuchte sie. Der Orgasmus rauschte heran. »Ja, ja, ja ... JA!«

Ihre Beine versuchten, in die Luft zu treten, aber Roger hielt sie eisern fest. Die heftigen Kontraktionen in ihrem Innern schienen sie vollends zu lähmen. Sie stöhnte bei jedem Zucken auf. Erleichterung vermischte sich mit Befriedigung. Oh, es fühle sich so verdammt gut an, von seinen Händen zum Höhepunkt gebracht zu werden und nicht von ihren eigenen. So verdammt gut. Erst als das letzte Beben verklungen war, ließ er ihre Knöchel los. Sie sank auf dem Tisch zusammen, als sei sie von Sonne und Sex innerlich geschmolzen.

»Du bist der Beste, Süßer«, schnurrte sie mit halb geschlossenen Augen. »Der Allerbeste.«

»Danke schön.« Er ragte über ihr auf und biss in die Erdbeere, mit der er sie befriedigt hatte. »Willst du mal probieren?«

Sie nickte verträumt.

Er hielt die Erdbeere an ihre Lippen. »Das sieht sexy aus – wie deine Lippen sich um die Erdbeere schließen«, meinte er.

»Lass mich aufstehen, dann zeige ich dir was, das noch viel erotischer ist.«

Roger trat beiseite.

»Jetzt bist du an der Reihe, dich auf den Tisch zu legen«, verkündete sie. Amanda stand auf. Sie war ein bisschen unsicher auf den Füßen. Das schmelzend lustvolle Gefühl war verschwunden, und sie wünschte sich mehr als alles andere auf der Welt, es noch einmal durchleben zu dürfen.

»Okay.« Er setzte sich mit geöffneten Beinen auf den Tisch.

»Lehn dich zurück.« Sie legte ihre kleine Hand auf seine muskulöse Brust und schob ihn nach hinten. Er legte sich auf den Rücken. Sein Bademantel klaffte auf. Nur der Gürtel verlief noch quer über seinen Bauch. Sie öffnete den Knoten, und der Bademantel war nun vollständig offen. Sie ließ ihren Blick über seinen Körper wandern wie eine Künstlerin, die eine leere Leinwand betrachtet. Amanda legte eine Erdbeere in seinen Nabel. Sie nahm zwei Batzen Sahne und klatschte sie auf seine Nippel. Wie Schnee wirkte die Sahne auf den beiden dunklen Erhebungen. Amanda lächelte ihn an. Sie wollte hören, dass er sie fragte, was sie vorhatte.

Roger schüttelte bloß leicht den Kopf und erwiderte das Lächeln. Er würde nicht versuchen, sie zur Eile anzutreiben, wie sie ihn auch nicht antrieb. Sie kannten dieses Spiel.

Amanda nahm einen größeren Batzen Sahne und verteilte ihn großzügig auf seinem großen, harten Schaft.

»Ahhhh, das fühlt sich gut an«, sagte er. Er schien sich auf dem harten Tisch etwas zu entspannen.

»Ich liebe Sahne«, erklärte sie ihm. »Deine ist mir am liebsten, aber das hier wird's für den Moment auch tun.« Sie nahm ihn in die Hand. Zwei Finger hielten ihn an der Wurzel umfasst, während sie mit der Zunge ganz langsam von unten nach oben fuhr.

Rogers Hüfte hob sich ihr entgegen.

Ihre Lippen schlossen sich um seine Eichel. Gewöhnlich fühlte er sich in ihrem Mund heiß an, fast als habe er Fieber, doch diesmal kühlte die Sahne ihn und machte ihn ganz glitschig. Sie nickte leicht und rieb seine Spitze an ihrem harten Gaumen. Sie wusste, wie gut ihm das gefiel, und sein Stöhnen war ihr Antwort genug. Amanda fand mit der freien Hand die Schüssel mit den Erdbeeren und der Sahne. Ihre Finger tasteten nach einer großen Beere. Als sie eine gefunden hatte, fuhr sie damit noch einmal durch die Sahne, ehe sie die Spitze der Erdbeere gegen die kleine, feste Öffnung von Rogers Hintereingang presste. Er hatte ihr noch nie erlaubt, ihn dort zu penetrieren, aber es gefiel ihm, wenn sie den harten Ring aus Muskeln ein bisschen reizte.

Sie drehte die Erdbeere und übte noch ein bisschen mehr Druck aus. Währenddessen bearbeitete Amanda ihn unablässig und gewissenhaft mit dem Mund. Ihre Lippen schmatzten, die Zunge leckte, ihr Kopf wippte auf und ab, die Finger hielten ihn fest umfasst. Immer schneller und härter gab sie's ihm, bis er mit der Eichel bei jedem Stoß gegen ihren Rachen stieß.

»Nein, nicht!«, stieß Roger hervor.

Amanda hörte auf und hob den Kopf.

»Stopp!« Er stöhnte.

»Aber ich mag es, wenn du in meinen Mund kommst.« Sie lächelte ihn an. Ihre Lippen glänzten feucht.

»Ich weiß, aber nicht jetzt, meine geliebte kleine Schlampe.« Roger rollte sich vom Tisch. Er warf den Bademantel ab. Sein nackter Körper war kräftig und stark, die Brust mit dunklem Haar besprenkelt. Die Männlichkeit ragte hart und zugleich seidig aus dem Nest krauser Schamhaare hervor. »Wir machen es anders.« Er hob sie hoch und setzte sie so auf die Tischkante, dass ihre Möse gerade so über dem Abgrund hing. Amanda lehnte sich zurück und stützte die Hände auf. Rogers linke Hand schob ihren Miniminirock einfach beiseite. Seine Rechte hielt seinen harten Schwengel umfasst und schob ihn nun zwischen ihre geöffneten Schamlippen. Seine Hüfte stieß vor, und er drang vollständig in sie ein.

Der Stoß schien von seiner Spitze bis tief in ihren Unterleib auszustrahlen. Amanda stöhnte kehlig auf.

»Ich liebe es, wenn du es mir so besorgst, Roger. Mach langsam, ja? Ich möchte, dass es lange dauert.« Sie erbebte. Ihre Jacke rutschte von den Schultern.

Roger verstand, was sie wollte. Er beugte sich vor, und seine Lippen umschlossen einen Nippel.

Sie drückte das Kreuz durch und kam ihm entgegen. »Oh ja, ja! Saug härter, bitte. Beiß mich.« Sie spürte seine Zähne, die fest genug zupackten, um ein elektrisches Zittern von ihrem Nippel bis in ihre Klit zu jagen. Zugleich war die Berührung zärtlich genug, um keinen Schaden anzurichten.

Er legte den Kopf in den Nacken, zog an ihrer Brust und ließ dann von ihr ab. Rogers Hände umfassten ihre Hinterbacken und hoben sie hoch. Sie schlang die Arme um seinen Hals. Roger hatte sie vom Tisch hochgehoben. Instinktiv legte sie die Beine um seine Hüfte. Er hob sie noch ein paar Zoll weiter nach oben, und als sie wieder nach unten rutschte, begegnete er ihr mit einem erneuten Stoß.

Er war also ein alter Mann? Ja, mochte schon sein, aber er war nicht zu alt, um sie im Stehen zu lieben. Offenbar wollte er ihr etwas beweisen, denn Roger stolzierte über die Terrasse und am Pool entlang. Mit jedem Schritt stieß er zugleich tief in Amanda. Sie wand sich auf ihm, konnte aber nicht viel machen, weil sie von seinem Schwengel gepfählt wurde. In dieser Stellung war es ihr aber möglich, ihre Klit an seinem Schambein zu reiben, was sie natürlich schamlos ausnutzte. Der zweite Orgasmus erfasste sie ganz plötzlich und ziemlich heftig. Sie ritt ihn, genoss jede Kontraktion ihres Körpers, ehe sie sich der nächsten Welle ihrer Lust hingab.

Rogers Körper versteifte sich. »Himmel!«, zischte er. Einen Moment lang stand er stocksteif da, seine Finger gruben sich schmerzhaft in ihren Hintern. Er überflutete sie mit seinem Samen.

»Himmel!«

Jetzt tat er ihr geradezu weh, weil er sie so fest gepackt hielt. Sie klammerte sich an ihn, zog ihre Beckenbodenmuskeln zusammen, um ihn bis zum letzten Tropfen zu melken. »Du bist unglaublich«, murmelte er, als sein letzter Fluch verstummt war. Ein letztes Mal schlossen sich ihre Muskeln um ihn.

Roger konnte nicht mehr antworten. Noch immer ergoss er sich in sie. Er stolperte ein paar Schritte, dann fielen beide in den Pool. Lachend und Wasser spuckend tauchten beide wieder auf.

»War das genug?«, fragte er und trat Wasser. Er beugte sich vor und küsste sie.

»Oh Gott, ja. Für eine Weile wird das reichen«, sagte Amanda. Sie war vollständig befriedigt. Im Stillen dankte Amanda ihrem glücklichen Schicksal, weil sie einen Mann geheiratet hatte, der zwar älter war als sie, aber trotzdem noch immer so stark wie der sprichwörtliche Bulle.

Zehn Tage später bekam Amanda einen Anruf von der Polizei. Man hatte Roger nackt, allein und tot in einem Motel gefunden, das seine Zimmer nur stundenweise vermietete. Es sah aus, als habe er eine Herzattacke erlitten.

2

Die Sachen kamen alle am selben Tag: Der Scheck von der Versicherung, die Messingurne mit Rogers Asche, seine Uhr, sein Schlüsselbund, die Brieftasche und sein hoch geschätztes papierdünnes Hightech-Handy mit den zahllosen Funktionen. Amanda legte die Sachen in einer Reihe auf dem Tisch im Esszimmer aus. Das war es also, was vom Leben eines Mannes übrig blieb. Sie hatten keine Kinder, weshalb sonst nichts ihn überdauerte. Amanda wünschte, sie könnte weinen wie jede andere Witwe auch, aber sie konnte einfach nicht. Roger war gestorben, während er sie betrog, und das machte alles schrecklich kompliziert. Vor allem ihre Trauer wurde dadurch kompliziert.

Aber es gab noch ihr Leben, und dieses Leben musste sie leben. Es war immerhin schon einen Monat her. Auch wenn sie nicht trauern konnte, hatte sie doch alle anderen Stadien durchgemacht: das Leugnen, die Wut, die Schuldgefühle und so weiter. Es war am schwersten gewesen, mit den Schuldgefühlen klarzukommen. Sie hatte gelesen, es sei nicht ungewöhnlich für Hinterbliebene, wenn sie extreme Lust verspürten. Es sei völlig natürlich, so zu empfinden, weil es genetisch bedingt sei. In ihrem Fall hatte sie zudem jedes Recht, sich Befriedigung zu verschaffen, denn was ihr als Erinnerung blieb, waren die vielen, vielen Nächte, in denen sie mit Rogers »Überstunden« allein blieb. Trotzdem verweigerte sie sich jede Form von Erleichterung, weil sie wusste, wenn sie sich der Selbstbefriedigung erst mal hingab, würde sie auf halber

Strecke von Hass überwältigt werden. Hass, den sie einerseits für Roger, andererseits aber für sich selbst empfand. Ja, sogar Schuldgefühle waren kompliziert.

Aber jetzt lag das vor ihr, was von ihm blieb. Es lag in ihrer Macht, was damit geschah. Jetzt war es an der Zeit, nach vorn zu schauen. Seit dem Tag ihrer Hochzeit hatte Amanda sich nur Roger hingegeben. Ihre Welt war zusammengeschrumpft, es gab nur noch ihn, das gemeinsame Zuhause, gelegentliche Shoppingtouren, ein Ereignis hier und dort. Ein paar Freunde, die allerdings eher seine Freunde waren und weniger gemeinsame Freunde. Im Augenblick blieben ihr zwei Möglichkeiten: Sie konnte sich verkriechen, einfach »leben« und weitermachen wie bisher (also nichts tun) – oder sie konnte vor die Tür treten, sich der Welt stellen und abenteuerlustig und dynamisch nach vorne blicken.

Es war eine schwierige Entscheidung. Draußen in der realen Welt gab es Männer. Junge, energiegeladene Männer, die vor Leidenschaft geradezu kochten. In all den Jahren hatte Roger anscheinend herumgehurt, während sie ihm immer treu geblieben war, außer in ihrer lebhaften Fantasie. Jetzt aber nahm sie den Verlobungsring und den Ehering ab. Mit den beiden Ringen legte sie auch alle Fesseln und Beschränkungen ab, die ihre Ehe ihr aufgezwungen hatte.

Amanda hatte eine Menge aufzuholen, nur um für einen gewissen Gleichstand zu sorgen. Am besten fing sie sofort damit an.

Zuerst grub sie ein Loch unter Rogers Lieblingsapfelbaum und kippte seine Asche in das Loch. Das war das Ende von ihm. Als Nächstes zog sie einen schwarzen Hosenanzug an, in dem sie sehr geschäftsmäßig wirkte, und brachte den Scheck über eine Million Dollar zur Bank.

Der Filialleiter Mr Sorensen drückte ihr seine aufrichtige Anteilnahme aus, doch sie merkte schnell, dass er sich viel mehr über die Höhe der Einzahlung freute. »Schön, dass Sie jetzt wieder im Plus sind, nicht wahr, Mrs Garland? Auch wenn die Umstände ...« Er verstummte.

»Wie, ich bin wieder im Plus? War das Konto im Minus?«

»Nun, das Konto Ihres Gatten war ... überzogen.«

»Wofür um alles in der Welt brauchte Roger denn einen Dispokredit?«, fragte sie. Insgeheim überlegte sie, wie großzügig ihr Mann wohl seinen Gespielinnen gegenüber gewesen war.

»Ich bin nicht sicher«, fuhr Sorensen fort. »Aber Mr Garland hat in den letzten achtzehn Monaten nicht einen einzigen Gehaltsscheck eingelöst. Sie haben von seinem Dispokredit gelebt.«

Verflucht, wie viele Geheimnisse hatte Roger denn noch vor ihr gehabt? Amanda beendete das Gespräch und machte sich auf den Weg zum Büro von Forsythe Footwear, das im zehnten Stock des Rackstaff Buildings lag. Sie hatte ja Rogers Schlüssel! Sie hatte seine Anteile geerbt, weshalb ihr mehr als die Hälfte des Unternehmens gehörte. Die Schlüssel *und* die Anteile verliehen ihr *Macht*. Sie hatte noch nie Macht besessen, außer der Kraft der Liebe, von der sie geglaubt habe, sie besitze diese Macht über Roger.

Amanda marschierte auf die hübsche kleine Rezeptionistin mit knallpinken Haaren zu und blickte herausfordernd in die blassgrünen Augen. »Ich will den Hauptbuchhalter sprechen. Sofort«, verlangte Amanda. Sie hatte das Gefühl, von ihren Fingerspitzen stiegen kleine Funken auf, so geladen war sie.

»Sie meinen den Leiter der Finanzabteilung, Mr Eggerdon? Wen darf ich ihm melden?«

»Ihren Chef, Ms Amanda Garland. Die Witwe des kürzlich verstorbenen Roger Garland, wenn ich bitten darf.«

Es war höchst befriedigend zu sehen, wie das Gesicht des

Mädchens so rosig wurde, dass die Farbe zu ihrer Haarfarbe passte. Sie wählte mit zitternden Fingern die Durchwahl des Finanzvorstands.

Eine Stunde später war Amanda besänftigt, sorgte sich aber noch immer. Mr Eggerdon war ein höflicher, eulenhafter kleiner Mann, der sich sichtlich gefreut hatte, dass Amanda die schleifenden Zügel von Forsythe Footwear in die Hände nehmen wollte. Es sah so aus, als habe das Unternehmen schon seit Jahren Verluste eingefahren. Roger hatte nicht nur in den letzten achtzehn Monaten kein eigenes Gehalt ausgezahlt, sondern im Gegenteil noch Geld hineingepumpt. Nein, Eggerdon hatte keine Ahnung, wo das Geld hergekommen war. Jetzt ging es dem Unternehmen dank der fünf Millionen, die das Unternehmen nach Rogers Tod erhalten hatte, deutlich besser, und es konnte sich vielleicht zwei oder sogar drei Jahre weiter über Wasser halten. Eine Pleite war aber unausweichlich, wenn kein Wunder geschah.

Eggerdon bot sich an, die Gehälter, die das Unternehmen Roger schuldete, zu berechnen und Amanda einen Scheck auszustellen. Das lehnte sie entschieden ab. Auf keinen Fall wollte sie das Unternehmen, dem ihr Mann sein ganzes Leben untergeordnet hatte, in den Ruin gehen sehen! Armer Roger – ach, dieser Mistkerl! Es war beunruhigend, aber in der einen Minute trauerte Amanda ehrlich um diesen Mann, nur um ihn im nächsten Moment abgrundtief zu hassen. Es gab nur ein Heilmittel, das sie sich vorstellen konnte: Sie brauchte einen anderen Mann, besser zwei oder drei. Sie wollte heißen Sex haben, so oft wie möglich. So oft es eben nötig war, um wieder zur Vernunft zu kommen.

3

Abgesehen von dem schwarzen Hosenanzug und den zwei alten Jeans, die sie bei der Gartenarbeit trug, konnte man Amandas Garderobe in zwei Kategorien einteilen. Sie hatte Klamotten, die sie trug, wenn sie zu Hause blieb, in einer Bandbreite von hübsch und niedlich bis zu richtig heißen, erotischen Sachen. Und es gab die »formelle« Kleidung: Abendkleider und Kleider, wenn sie Gastgeberin war oder irgendwo eingeladen wurde, für Cocktailpartys und wenn sie zum Tanzen oder ins Theater ging. Für ihre neue Karriere als dynamische Geschäftsfrau taugte nichts von den Sachen, die in ihrem Schrank hingen. Glücklicherweise blieben ihr noch über 900.000 $, nachdem sie den Dispokredit ausgeglichen hatte.

Also ging Amanda shoppen.

Bei Chez Chic wurde eine neue Kollektion gezeigt, die Dernier Cri hieß, der letzte Schrei. Amanda verliebte sich auf der Stelle in die tollen Röcke und Hosen, die mit einem hohen Bund daherkamen, der knapp unterhalb ihres Busens abschloss. Die Röcke gab es in zwei Längen: einmal bis knapp übers Knie, einmal bis zum Knöchel. Die Jacken waren kastenförmig geschnitten und hatten schmale Ärmel, fast ein bisschen wie die Kostümjacken von Chanel, allerdings kürzer, denn sie reichten geradeso zum Bund der Röcke. Alternativ gab es noch Boleros, die so winzig waren, dass sie kaum mehr als die Schultern bedeckten. Alles war sehr eng geschnitten. Die Stoffe waren entweder aus Stretch und asymetrisch geschnitten oder figurbetont und aus Seidenjersey. Der

Schnitt der Hosen war sehr schmal. Die unteren Säume der Röcke waren ziemlich eng. Es wäre unmöglich gewesen, darin zu laufen, wenn es nicht die Seitenschlitze gegeben hätte, die man bei Bedarf ein bisschen den eigenen Bedürfnissen anpassen konnte, denn sie waren mit Klettverschlüssen, Druckknöpfen oder unsichtbaren Reißverschlüssen jederzeit nach oben erweiterbar.

Amanda gefiel der Gedanke, dass sie jederzeit entscheiden konnte, wie viel nackte Haut sie zeigen wollte. Sie konnte nach Belieben ihre Nacktheit variieren. Da ihre Ausgabe keine Extravaganz, sondern eine Investition in ihre Zukunft war, leistete sie sich ein Dutzend Outfits. Die meisten waren schlicht schwarz, aber einige hatten auch Nadelstreifen, und eines war taubengrau und hatte blassrosa Streifen.

Als Nächstes ging sie zu Coquette, weil sie dort Wäsche und Strümpfe kaufen wollte. Die Strümpfe, die daheim in ihrem Schrank lagen, waren fast alle schwarz, weil Roger schwarze Strümpfe am liebsten mochte. Aber zu den meisten, ziemlich strengen Outfits passten keine schwarzen Strümpfe. Deshalb entschied sie sich für drei Paar halterlose Strümpfe von Dim in Hautfarben und sechs weitere in metallischem Graublau. Amanda fand ein paar Rollkragenpullover aus Seide und aus gestricktem Jersey, von denen sie auch jeweils ein halbes Dutzend in den verschiedenen Farben erstand. Zu den neuen Anzügen brauchte sie auch Blusen, weshalb sie ein paar weiße in Popelin kaufte und drei weitere in steifem Leinen. Dann aber gab sie ihren Widerstand gegen alles Schwarze auf, und außer einer weißen Chiffonbluse nahm sie auch eine schwarze Bluse und einen schwarzen Rollkragenpullover, der allerdings aus durchsichtigem Netzstoff war, mit. Den konnte sie zwar unmöglich im Büro tragen, aber in diesem Moment konnte sie einfach nicht widerstehen. Genauso wenig könnte ihr ein Mann widerstehen, wenn sie diesen Pullover trug.

Roger hätte dieses Oberteil geliebt. Er hatte eine Vorliebe für Kleidungsstücke, bei denen man mehr sah, als verhüllt wurde, und dieser schwarze Rollkragenpulli enthüllte mehr, als er verbarg. Und die Chiffonblusen erst ... sie waren so durchsichtig wie der Rauch eines Kartoffelfeuers im Herbst.

Verflucht soll er sein! Jetzt sollte ein anderer Mann all diese Vorzüge geboten bekommen, sobald sie einen passenden Kandidaten fand. »Ein paar andere Männer« und »passende Kandidaten« korrigierte sie sich stumm.

Da die Shoppingtherapie ihr gerade so gut tat, kaufte sie auch noch drei Kleider, für die sie nun wirklich keine schlüssige Erklärung hatte, außer der, dass alle Kleider einfach hinreißend aussahen. Ihre letzten Einkäufe waren eine Aktentasche von Gucci, ein Füllfederhalter von Montblanc und ein makellos schöner Block mit leinengeprägtem Papier.

Am kommenden Montag zog sich Amanda zum ersten Mal in ihrem Leben wie eine Geschäftsfrau an. Sie entschied sich für einen langen schwarzen Rock, bei dem sie den Schlitz auf Kniehöhe einstellte, eine weiße Leinenbluse und eine schwarze Kostümjacke. Um neun Uhr morgens eilte sie mit wiegender Hüfte auf den Rezeptionstresen von Forsythe Footwear zu. Sie trug eine hochnäsige Miene zur Schau, obwohl sie sich insgeheim wie eine Betrügerin fühlte. Dem alten Eggerdon hatte sie vielleicht vormachen können, sie könne einfach hereinspazieren und das Blatt für das Unternehmen zum Guten wenden. Sich selbst konnte sie nicht täuschen. Sie konnte sich nur neu erfinden. Vielleicht konnte sie auch Forsythe Footwear neu erfinden. Und jetzt war der richtige Moment, um beides anzugehen.

»Guten Morgen«, begrüßte sie das Puppengesicht mit den Zuckerwattehaaren. »Wo ist mein Büro?«

»Ihr Büro?«

»Das Büro, in dem mein Mann Mr Garland gearbeitet hat, als er noch am Leben war. Ich übernehme es ab sofort.«

»Oh! Ja, hier entlang, Ms Garland. Ich bin ... ähm ... Nola.« Aus unerklärlichen Gründen wurde die Stimme des Mädchens zu einem Flüstern, als es seinen Namen nannte. Sie kam hinter dem Schreibtisch hervorgeflattert. Der ausgestellte Rock war kaum länger als dreißig Zentimeter vom tief sitzenden Taillenbund bis zu dem koketten Rocksaum. Die Beine waren wirklich attraktiv. Offensichtlich musste Amanda sich auf ernsthafte Konkurrenz einlassen, wenn es darum ging, wer mehr Bein zeigte.

Das war ein geradezu lächerlicher Gedanke! Es gab hier keinen Wettbewerb, erst recht nicht mit einem Mädchen, das kaum älter als 25 sein konnte, wenn überhaupt.

Amanda folgte Nola in ein Büro mit einer Glaswand, durch die man direkt in den Empfangsbereich der Büroetage blicken konnte. Gott sei Dank gab es wenigstens eine Jalousie mit vertikalen Lamellen, die man vor die Glaswand ziehen konnte. Amanda wollte bestimmt nicht auf dem Präsentierteller sitzen, während sie arbeitete und ... Na ja, sie würde mit der Zeit schon herausfinden, was genau sie hier tun konnte. Das Büro ihres verstorbenen Ehemanns bot eine schwarze Ledercouch und dahinter eine Büroschrankwand, die sich über die komplette Wand erstreckte und mit schwarzem Leder eingelegt war. Dazu gab es noch drei passende Sessel, die allesamt wuchtig waren, aber nicht so riesig wie der Bürostuhl hinter dem Schreibtisch.

Rogers Schreibtisch war breit und tief und ebenfalls mit schwarzem Leder bespannt. Es gab ein Telefon, einen Stifthalter und einen schnittigen Bildschirm, eine Maus und eine Tastatur für den Computer, sowie drei silbern gerahmte Fotos. Als Nola sie allein ließ, hängte Amanda ihre Kostümjacke auf und schaltete den Computer an. Auf dem Bildschirm tauchte die Passwortabfrage auf. Sie versuchte ihren eigenen Namen, und er wurde problemlos angenommen. Aber das war wohl kaum der richtige Zeitpunkt, um sich zum tausendsten Mal zu fragen, wie ein Mann, der den Vornamen seiner Frau als Passwort benutzte und nicht ein oder zwei, sondern gleich *drei* Fotos von ihr auf dem Schreibtisch aufstellte, tot in einem Stundenhotel enden konnte. Trotzdem drängte sich ihr die Frage wieder auf. Mit wem war er zusammen gewesen, als er starb?

Es dauerte ungefähr eine Stunde, bis sie sich einen Überblick über die verschiedenen Computerprogramme verschafft hatte. Das meiste, was sie fand, waren Bilanzen und Berichte. Es sah so aus, als seien alle Läden trotz sinkender Umsätze mit berstend gefüllten Lagern gesegnet. Die meisten Filialen gaben zudem zu viel Geld für die Löhne aus, zumindest nach den Zielvorgaben, die jemand erstellt hatte (sie vermutete, diese Aufstellung stammte von Eggerdon).

Die Probleme des Unternehmens waren also offensichtlich: geringe Verkäufe, hohe Lagerkosten, hohe Lohnkosten. Und welche Lösungsansätze gab es?

Amanda lehnte sich zurück und tippte mit ihrem neuen Füller gegen ihre Zähne. Roger hatte vermutlich seit Monaten oder Jahren nach einer Lösung gesucht. Wie groß war dann wohl die Wahrscheinlichkeit, dass sie sofort ein Patentrezept gegen den drohenden Ruin fand? Vielleicht hatte Roger ja Notizen gemacht? Sie öffnete die mittlere Schublade vom Schreibtisch, fand aber nur ein paar Münzen, ein durchsichtiges Plastiklineal und ein paar Büroklammern. Die große untere Schublade auf der rechten Seite hatte alphabetisch sortierte Hängeregister, die sie rasch überflog. Soweit sie es sehen konnte, gab es darin nichts Interessantes. Die rechte obere Schublade vielleicht? Sie war abgeschlossen. Amanda fischte Rogers Schlüsselbund aus ihrer Aktentasche und fand schon bald den passenden Schlüssel.

Das Erste, was ihr ins Auge fiel, war ein kleiner Samtbeutel. Sie öffnete die Schnur und schüttete den Inhalt auf den Schreibtisch. Ein Dutzend goldene Anhänger purzelten heraus. Die meisten waren mit winzigen Edelsteinen besetzt, die im Licht funkelten. Sie tippte die Anhänger mit dem Finger an. Es gab einen kleinen Weihnachtsbaum und – bei diesem Anblick wurden ihre Augen feucht – eine Nummer 25, über der ein winziger Diamant funkelte. Ein paar Tränen rannen über ihre Wangen, als sie die übrigen Anhänger durchging und sie anschließend wieder in den Beutel stopfte. Er hatte sie betrogen, aber offenbar hatte er nicht vorgehabt, sie zu verlassen. Das hatte doch etwas zu bedeuten! Sie hielt den Anhänger mit der Jahreszahl an ihr Armband, das sie inzwischen schon so lange trug, dass es ein Teil von ihr geworden war und sie es im Grunde schon seit Jahren nicht mehr bemerkte. Roger. Vielleicht sollte sie ihm einfach seine Fehltritte vergeben und sich auf die Liebe konzentrieren, die sie als Mann und Frau verbunden hatte.

Amanda ließ den Anhänger mit der 25 zurück in den Beutel gleiten und legte ihn zurück in die Schublade auf ein paar Hochglanzseiten, die jemand aus Zeitschriften herausgerissen hatte. Neugierig und weil sie eigentlich erwartete, Anzeigen oder Bilder von Schuhmode zu finden, breitete Amanda die Seiten auf dem Schreibtisch aus.

Oh! Oh nein, Roger, nein!

Das Mädchen auf dem ersten Bild trug immerhin Schuhe, und zwar Schuhe mit Absätzen, die mindestens zwölf Zentimeter hoch waren. Aber außer den Schuhen und ihren Strümpfen trug sie absolut *nichts*. Sie beugte sich über die Armlehne eines Sofas und reckte den Hintern in die Höhe, der von der vorangehenden Züchtigung rot gefleckt war.

Verflucht sollte er sein! Roger hatte sie nicht nur betrogen, sondern auch noch diese Fetischmagazine gelesen. Amanda hätte sich nicht beklagt, wenn er die Zeitschriften mit nach Hause gebracht und ihr offen von seiner Vorliebe erzählt und vielleicht sogar den Wunsch geäußert hätte, diese Vorliebe mit ihr zu teilen. Aber diesen Fetisch zu verstecken und in einer Schublade wegzuschließen, das war einfach zu viel! Sie hatte nie auch nur vermutet, dass er ein Faible für Spanking hatte. Wenn er sie gefragt hätte, hätte sie es ihm doch auch gegeben! Das hätte er doch wissen müssen ... Sie hatte ihm nie einen unterwürfigen Akt oder irgendein sexuelles Vergnügen verwehrt. In Wahrheit hätte sie ihm vermutlich sofort grünes Licht gegeben, ihren Hintern ordentlich zu versohlen, und Roger wäre derjenige gewesen, der sie hätte bremsen müssen.

Das nächste Bild war ein Cartoon. Ein Mädchen lag gekleidet wie eine Sekretärin über den Knien eines Mannes, der einen dreiteiligen Anzug trug. Amanda vermutete, es handelte sich dabei um Chef und Untergebene. Ihr Rock war bis zur Hüfte hochgeschoben, das Höschen hing ihr um die Knöchel. Der Mann schlug sie mit der flachen Hand.

Amanda schaute sich das Bild etwas genauer an. Es gab einen Untertitel, der aussah, als sei er von Hand geschrieben. Er *war* von Hand geschrieben. »Wir? Später?«

Mit vor Wut zitternden Händen blätterte Amanda die restlichen Seiten durch. Die Bilder waren ungefähr zu gleichen Teilen aus Bondage und Spanking. Sie trugen Titel wie *Gefesselt* oder *Hochgebunden*. Es gab ein Bild, auf dem eine Frau nichts trug außer einem unglaublich eng geschnürten Korsett. Sie hing mit Seilen an Händen und Füßen von der Decke. Darunter war eine Bemerkung gekritzelt: »Die Spannung bringt sie um.« Die meisten der Bemerkungen waren eher Vorschläge und nicht irgendwelche lahmen Witze. »Ich würde das gern mal ausprobieren« tauchte häufig auf, wie auch: »Willst du mich mal so erleben?« und Ähnliches.

»Verflucht noch mal, Roger!«, fauchte sie das Bild auf dem Schreibtisch an, auf dem sie beide zu sehen waren. Es war einst auf der Jacht eines Freundes aufgenommen worden. »Wenn du nicht schon tot wärst, würde ich dich eigenhändig umbringen!«

Sie war so wütend! Trotzdem klang ihr Ausbruch lächerlich, und sie musste tatsächlich lachen. Roger war ein versauter kleiner Hurensohn gewesen. Schlimmer war eigentlich nur, dass er seinen Fetisch nicht mit ihr geteilt hatte. Es war schlimm genug, wenn ein Mann seine Frau betrog. Aber schlimmer war es, wenn er diese Sachen mit einer anderen Frau oder anderen *Frauen* tat, die er mit seiner Frau nicht tun konnte oder wollte, selbst wenn sie ihm diese besonderen Spielarten mit Freuden beschert hätte. Das war in ihren Augen der wahre Betrug.

Amanda kochte vor Wut und riss die Seiten zweimal in der Mitte durch. Aber sie schaffte es nicht, den Stapel ein drittes Mal zu zerreißen, sondern warf ihn einfach in den Mülleimer.

Ups! Da könnte man sie finden. Sie zog den Stapel Papier wieder heraus und packte ihn in ihre Aktentasche, um ihn später wegzuwerfen. Aber sie musste noch etwas anderes tun. Roger sollte dafür irgendwie bezahlen. Mit zittrigen Fingern löste sie das Armband. Der Verschluss schnappte auf, und sie ließ das Armband auf die zerrissenen Seiten fallen. Verfluchter Roger! Amanda holte das Armband wieder aus der Tasche und steckte es lieber zu den anderen Anhängern in den Samtbeutel. Dieses Armband sollte nie wieder Tageslicht sehen! Stattdessen wollte sie sich eine Armbanduhr von Cartier leisten und nie mehr einen Gedanken an diesen Verlust verschwenden.

Nun war sie ein wenig besänftigt. Amanda stand auf und öffnete die Jalousie ihres Büros. Dieses Mädchen Nola telefonierte. Nola hatte auch einen Schreibtisch mit Schubladen, wenngleich die nicht so groß waren wie in Rogers Schreibtisch. Auch Eggerdon hatte einen Schreibtisch mit Schubladen. Vermutlich hatte jeder einen ähnlichen Schreibtisch ... Was war, wenn sie alle irgendwelche Geheimnisse bargen? Vielleicht lag die Antwort auf Forsythe Footwears Probleme ja in der Schublade eines ihrer Mitarbeiter.

Amanda beschloss, es möglichst bald herauszufinden.

4

Um fünf nach fünf steckte Nola ihren pinkfarbenen Zuckerwattekopf in Amandas Büro. »Kann ich noch was für Sie tun, Ms Garland? Das Büro schließt für heute.«

»Nein, danke. Hier ist alles in Ordnung.« Amanda wandte sich wieder dem Bildschirm zu, an dem zu arbeiten sie seit einiger Zeit vorgab, nachdem sie Rogers Unterlagen schon vor längerem ohne Ergebnis einer Prüfung unterzogen hatte. Sie beobachtete, wie Nola ging. Das große Fenster zur Rezeption war also doch zu was nütze. Wenn sie durch die vertikalen Lamellen schaute, konnte sie sehen, wie die Mitarbeiter nach und nach gingen, auch wenn sie die Namen der einzelnen Leute nicht kannte und nicht wusste, was der Einzelne in der Firma für Aufgaben hatte. Zugleich blieb sie aber unentdeckt.

Schließlich löschte Eggerdon als Letzter das Licht und schloss die Tür hinter sich ab. Amanda war allein. Sie gab ihm zwanzig Minuten Zeit, falls er zurückkam, weil er vielleicht etwas vergessen hatte. Dann schaltete sie das Licht wieder ein. Ihr erster Weg führte sie zu Nolas Schreibtisch. Das Mädchen war die einzige gutaussehende Frau, der Amanda bisher in der Firma begegnet war. Wenn Roger also mit einer Mitarbeiterin herumgefickt hatte, war sie im Moment noch die wahrscheinlichste Kandidatin.

Jawohl! Bingo! In der unteren Schublade im Schreibtisch der kleinen Schlampe fand Amanda unter ein paar unschuldigen Ausgaben der *Vogue* und des *Bazaar* ein paar *Janus-*

Hefte sowie die Magazine *Fetishette* und *Hogtied.* In einigen fehlten sogar ein paar Seiten. Seiten, die offensichtlich jemand mit anzüglichen Einladungen versehen und Nolas Liebhaber zugeschoben hatte, der zufällig auch Amandas Ehemann war! Die kleine Hure liebte es also, gefesselt und ordentlich versohlt zu werden. Gut zu wissen! Amanda hatte nicht übel Lust, sie eigenhändig zu fesseln und ordentlich zu schlagen. Aber ob die Schlampe daran dann Gefallen finden würde, bezweifelte Amanda, da sie all ihre Wut in die Schläge zu legen gedachte.

Sie saß einige Minuten lang einfach nur im Bürostuhl dieses Flittchens und wartete, bis sie sich etwas beruhigt hatte. Erst danach wollte sie die anderen Schreibtische durchsuchen. Als ihre Atmung sich allmählich beruhigt hatte und ihr Puls nicht mehr raste, ging sie zu Eggerdons Büro. Sein Schreibtisch war wuchtig und mit Schnitzarbeiten verziert, wenngleich er noch nicht so alt war, um als Antiquität durchzugehen. Seine Regale waren mit Ordnern und Geschäftsberichten vollgestopft. Amanda öffnete ein paar der Ordner, fand aber nichts Interessantes. Wie schon bei Rogers Unterlagen würde es eine Weile dauern, Eggerdons Papierkram durchzugehen. Sie beschloss, ein Büro weiter zu ziehen.

An der Tür zum nächsten Büro gab es ein Messingschild: »Sophie Sharpe, VP Einkauf«. Das Büro wirkte fast unberührt. Nirgends sah man persönliche Dinge, und auf dem Schreibtisch lag nichts außer einer unbeschriebenen Schreibtischunterlage aus Papier.

Zwei Stunden später waren die einzigen dunklen Geheimnisse, die sie aufgedeckt hatte, eine gelbe Quietscheente, der jemand einen Schnurrbart aufgemalt hatte, sowie eine Packung mit Peek Freans Mürbeteigplätzchen und eine halbvolle Box Quality Street.

Amanda beschloss, sich eine Pause zu gönnen. Sie kehrte

zu Nolas Schreibtisch zurück und widmete sich ein zweites Mal der unteren Schublade. Sie hegte die stille Hoffnung, Gott weiß was aus diesen Fetischmagazinen zu lernen.

Sobald sich ihre Hand um den Stapel Hochglanzmagazine schloss, fragte ein höflicher, aber nichtsdestotrotz ernster Bariton: »Was glauben Sie, was Sie da tun?«

Amanda ließ die Magazine zurück in die Schublade gleiten und drehte sich um. Irgendwie gelang es ihr noch, mit dem Knie die Schublade zuzuschieben. Die Stimme gehörte einem sehr großen Mann in einer dunkelblauen Uniform. Auf der Klappe seiner Brusttasche war ein Aufnäher, auf dem »Werkschutz« stand. Er war über eins achtzig groß und sein Nacken breiter als sein Kopf. Die bulligen Schultern waren doppelt so breit wie seine Hüfte. Das Gesicht trug tiefe Furchen, aber das Vergnügen, das in den haselnussbraunen Augen blitzte, strafte den finsteren Ausdruck Lügen.

»Ich habe Sie gefragt, was Sie da tun«, wiederholte er. »Und sagen Sie jetzt nicht, das ist Ihr Schreibtisch. Ich weiß, wem er gehört.«

»Ich … ich …« Sie konnte ihm ja wohl kaum erklären, dass sie die Schreibtische ihrer Mitarbeiter durchsuchte, oder? Amanda versuchte, sich herauszureden: »Ehrlich, ich habe nichts gestohlen.« Sie fühlte, wie sie bei dieser Lüge rot wurde. Sie hatte noch nie der Quality-Street-Praline mit Paranuss widerstehen können, die in violettes Glitzerpapier gewickelt daherkam, weshalb sie gerade eine im Mund hatte.

Die Augen des Mannes verengten sich. »Das werde ich wohl lieber selbst herausfinden.«

»Herausfinden?« Amanda kaute und schluckte.

»Dass Sie nichts gestohlen haben. Ich werde Sie durchsuchen müssen. Es sei denn, es ist Ihnen lieber, wenn ich die Polizei rufe?«

Amanda schluckte erneut. Sie stellte sich dumm. »Mich durchsuchen?«

»Stellen Sie sich aufrecht hin.«

Sie warf ihm einen ausdruckslosen Blick zu, während sie überlegte, wie es sich wohl anfühlte, wenn dieser große Kerl bei ihr eine Leibesvisitation durchführte. Wenn sie ehrlich war, fand sie die Aussicht aufregend.

»Hände auf den Schreibtisch, Füße nach hinten und Beine weit gespreizt«, befahl er ihr.

»Oh.« Amanda versuchte, die Füße weit auseinanderzustellen, aber der enge Rock hielt ihre Knie ziemlich nah beisammen. Sie griff nach unten, fand den Reißverschluss und zog ihn nach oben. Als sie an ihrem Oberschenkel anlangte, zögerte sie kurz und dachte einen Moment nach, ehe sie den Reißverschluss fast bis zur Taille hinauf aufzog. Der Blick, mit dem der Mann sie bedachte, verriet ihr, dass er genau wusste, warum sie so viel mehr von sich entblößte, als sein Befehl von ihr verlangte. Amanda erwiderte seinen Blick, ließ ihre Augen aber hinab zu seinem Schritt wandern.

Noch war dort nichts zu sehen.

Das entwickelte sich ja geradezu zu einer Herausforderung!

Sie drehte sich mit dem Gesicht zum Schreibtisch, legte die Hände flach auf die Platte und schob die Füße weit auseinander und nach hinten. Ihr Körper bildete eine Brücke. Der Rock klaffte am Schlitz auf und entblößte ihr linkes Bein von dem hochhackigen Pumps bis zu der sanften Rundung ihrer Hüfte. Im Stillen dankte Amanda der Eingebung, die sie heute Früh dazu bewogen hatte, einen winzigen Slip anzuziehen.

Der Sicherheitsmann baute sich hinter ihr auf und legte seine riesigen Hände auf ihre Knöchel. Es war das erste Mal seit über acht Jahren, dass ein anderer Mann als Roger sie so intim berührte. Es machte die Angelegenheit nur noch erregender, dass sie seinen Namen nicht kannte. Sie konnte sich ganz ihrer Fantasie hingeben. Seine Hände glitten an ihren Beinen nach oben. Rechts strich er über den Stoff ihres Rocks, links aber kratzten die Finger über den zarten Nylon ihres Strumpfs.

Dann über die nackte Haut ihres linken Oberschenkels.

Amanda erbebte. Sie zog den Bauch ein. Seine Hände glitten höher, berührten ihre Hüfte und ihre Taille, den Oberkörper, die Schultern und Arme. Sie hielt unwillkürlich die Luft an. Seine muskulösen Arme umschlossen ihren Leib, die suchenden Hände umschlossen ihre Brüste durch die Leinenbluse und pressten sie zusammen.

Atemlos sprach er dicht an ihrem Ohr: »Du könntest ja genauso gut ein Industriespion sein. Irgendwo am Körper könntest du eine Kamera verstecken. Ich werde wohl auch deine Körperöffnungen durchsuchen müssen.«

Amanda biss sich auf die Unterlippe. Sie könnte diese ganze Sache augenblicklich mitsamt der für sie damit verbundenen Peinlichkeit beenden, wenn sie ihm einfach ihre Identität enthüllte. Aber ein kleiner, perverser Teil von ihr wollte das nicht. Im Grunde war es ironisch. Sie nutzte diesen Mann nach Strich und Faden aus, indem sie ihn glauben ließ, dass er sie ausnutzte. Andererseits war das nur gerecht, oder? Zumindest machte es Spaß.

Seine Finger fummelten an dem Knopf ihres Rocks herum. Dann schob er den Rock einfach beiseite. Ihr Geschlecht war jetzt nur noch durch einen winzigen Slip geschützt. Ein ziemlich zweifelhafter Schutz, wenn sie ehrlich war.

»Bleib so«, knurrte er. Seine rechte Hand drehte ihr Gesicht zur Seite. »Mund auf.«

Zwei dicke Finger schob er zwischen ihre Lippen. Sie drückten ihre Zunge nieder, ehe sie von einer Seite zur anderen glitten, während er ihre Backentaschen einer ausgiebigen

Visitation unterzog. Ihre Zunge wurde angehoben, damit er sie auch darunter untersuchen konnte. Amanda fühlte sich wie ein Tier, das von einem potentiellen Käufer auf dem Viehmarkt inspiziert wurde. Seine Berührung war so unpersönlich, dass sie sich von ihm beschmutzt fühlte. Zugleich erregte sie das über alle Maßen.

Seine Finger glitten aus ihrem Mund. Amanda wappnete sich für das, was jetzt kam. Er schob den feuchten Schritt ihres Höschens beiseite. Die dreisten Finger öffneten nun die Lippen ihrer Möse. Sie hielt den Atem an. Ihre Oberschenkel spannten sich. Die Fingerspitzen waren jetzt in ihr und drangen noch tiefer vor. Seine Fingerknöchel drückten gegen ihre Schamlippen und spreizten sie. Er schob sich noch tiefer, tastete zu allen Seiten und nach unten. Hinter ihrem Schambein schob er die Finger nach oben und bearbeitete geschickt ihren G-Punkt.

»Du bist ziemlich nass«, kommentierte er.

Amanda schluckte hart. Sie sagte nichts.

Er erkundete sie zwar nicht gerade grob, aber er packte fest zu, als wollte er jeden ihrer Schrunde erkunden. »Es gibt nur noch einen Ort, an dem du etwas verstecken könntest«, hauchte er ihr ins Ohr.

Amanda erstarrte. Daran hatte sie nicht gedacht. Roger hatte nie ein besonderes Interesse daran gezeigt. In dieser Hinsicht war sie also noch immer Jungfrau.

Ihr Schließmuskel zog sich zusammen, als er sie dort berührte.

»Es ist einfacher für dich, wenn du dich entspannst.«

Sie versuchte es, aber es war so schwer! Sein Daumen drückte sich tief in ihre Rosette. Er war von ihren eigenen Säften ziemlich nass und übte sanften Druck aus. Irgendwie schaffte sie es loszulassen. Der Daumen drang in sie ein. Sie stöhnte. Es fühlte sich merkwürdig an ...

»Das kann nicht wehgetan haben«, erklärte er.

Natürlich hatte er recht. So richtig tat es auch gar nicht weh. Ihr Unbehagen war eher psychischer und nicht körperlicher Natur. Was er machte, war so aufdringlich!

Er drückte den Daumen tiefer in sie hinein und trieb ihn in ihr enges Arschloch. Tief drang er in das verbotene Terrain. Amanda gehorchte einem verdorbenen Impuls, den sie sich selbst nicht erklären konnte, und kam ihm entgegen.

In seiner Stimme schwang Bewunderung mit. »Du versaute, kleine Schlampe!«

Kleinlaut erwiderte sie: »Ich hab doch keine Wahl. Ich muss tun, was du mir befichlst. Ich muss dir bei allem gehorchen, was du von mir willst. Und ich meine wirklich *alles*.«

Er grinste. »Das stimmt wohl.« Seine linke Hand ruhte auf Amandas Bauch und half ihr, das Gleichgewicht zu wahren. Seine Rechte war auf ihrem Hintern gespreizt, während sein Daumen sich tief in ihr Arschloch vorarbeitete und zwei Finger ihre Möse bearbeiteten. Er tat jetzt nicht mehr so, als müsste er sie durchsuchen, sondern bearbeitete sie rhythmisch. Er dehnte sie und zwang erst zwei, dann drei Finger in sie und füllte sie bald völlig aus.

Amanda drängte sich gegen ihn. Jedem Stoß kam sie entgegen und ritt auf dieser Welle aus Erniedrigung wie sie auch seine unnachgiebigen schwieligen Finger ritt. Dann schloss er Finger und Daumen, sie umklammerten von beiden Seiten die dünne Membran, die ihr Rektum von der Vagina trennte. Jetzt schien jeder einzelne Stoß ihr Inneres bis ins Mark zu erschüttern. Noch nie hatte Amanda sich so hilflos, so verletzlich gefühlt. Ein Finger der anderen Hand auf ihrem Unterleib fand ihre geschwollene Klit und bearbeitete sie.

Durch zusammengebissene Zähne stieß er hervor: »Komm für mich, du Schlampe! Flute meine Finger mit deinem heißen Saft! Lass mich spüren, wie du zuckst.«

Diese versauten Worte lösten bei ihr etwas aus. Amandas bebender Orgasmus schien irgendwo unter ihrem Nabel anzufangen und in alle Richtungen auszustrahlen, bis sie ihn in den Zehen, den Fingerspitzen und sogar der Stirn spürte. Mit jeder Zuckung gewann ihr Höhepunkt an Kraft, bis sie das Gefühl hatte, von ihrem Orgasmus in Stücke gerissen zu werden. Kehlige Laute drangen über ihre Lippen. Sie warf ihren Kopf gegen seine Brust. Himmel, das war mal ein Höhepunkt, auf den sie lange hatte warten müssen. Und da er schon mal über sie gekommen war, schien er ewig anzudauern, bis sie fast schon fürchtete, dass er niemals aufhörte. Endlich begann der hohe Wellenschlag zu verebben, und mit ihm schwand auch die Heftigkeit. Wenn er sie nicht festgehalten und langsam auf ihre Knie sinken gelassen hätte, wäre sie einfach zusammengebrochen.

Als sie wieder klar sehen konnte, hockte er mit gespreizten Beinen auf der Kante von Nolas Schreibtisch.

»Es gibt hier jemanden, um den sich seit einiger Zeit niemand richtig gekümmert hat«, bemerkte er.

Amanda war zu dankbar, um überhaupt nur einen Gedanken daran zu verschwenden, ihm diesen Wunsch abzuschlagen. Sie grinste dümmlich.

»Ich bin mit dir noch nicht fertig«, erklärte er ihr und zog den Reißverschluss seiner Hose runter.

»Ich verstehe.« Die Worte waren kaum mehr als ein gehauchtes Flüstern.

Er befreite seine Männlichkeit. Sein Schwengel wippte direkt vor ihrem Gesicht auf und ab. Er war dick, die Spitze bereits feucht. Amanda richtete sich auf und atmete tief den süßen, würzigen Geruch ein. Sie öffnete die Lippen. Eine große Hand legte sich in ihren Nacken. Wenn sie sich ihm widersetzen wollte, hätte sie keine Chance. Alles an ihm war groß, er war hundertmal stärker als sie. Ein großer Alphamann, wohingegen sie nur ein zitterndes, kümmerliches Weib war. Es war einfach unglaublich erregend. Er zog sie zu sich heran. Seine glitzernde Spitze schob sich zwischen ihre leicht geöffneten Lippen. Amanda nahm ihn tief in sich auf und atmete noch einmal durch. Sie war bereit. Seine Hand drückte sie nach vorne, bis sie ihn ganz in sich aufnahm und er gegen ihren Rachen stieß. Amanda unterdrückte den Würgereflex. Ein Glück, dass sie darin so gut war. Er war so groß, seidig und hart und ... ach, einfach überwältigend!

Er fasste sie jetzt anders an. Mit beiden Händen hielt er ihren Kopf gepackt. Hände, die ihren Kopf vor und zurück bewegten, dass seine Eichel nur gerade so zwischen ihren Lippen war, ehe er wieder tief in ihren Mund vorstieß. Er fing langsam an, doch dann beschleunigte er das Tempo. Der große Fremde fickte sie in den Mund. Nein, das war nicht richtig. Er befriedigte sich mit ihrem Mund.

Die Nässe ihres Munds und das rhythmische Vor und Zurück erzeugten ein obszönes Geräusch, das sie mehr fühlte als hörte.

Dann versteifte er sich.

Amanda wartete eine gefühlte Ewigkeit, ehe sein herrlicher heißer Samen ihren Mund flutete.

Als er sich allmählich von seinem Orgasmus erholte, meinte er: »Das hast du gut gemacht. Ich hasse es, wenn meine Frauen sich verschlucken.«

Amanda hätte jetzt vermutlich schockiert sein müssen, aber das Gegenteil war der Fall. Seine Bemerkung amüsierte sie, und irgendwie war sie auch stolz. Sie kicherte.

Ein schiefes Grinsen lag auf seinen Lippen. »Wir haben uns gar nicht richtig vorgestellt, stimmt's? Mein Name ist Trevor. Ich arbeite für den Werkschutz hier im Gebäude.«

»Ich bin Amanda. Amanda Garland. Mir gehört Forsythe Footwear.«

»Du machst wohl Scherze?«

»Nein.«

Er verzog das Gesicht. »Dann hast du mich reingelegt, hm? Ich will mich aber nicht drüber beklagen, ehrlich gesagt. Willst du? Dich beklagen, meine ich.«

Amanda wischte mit dem Handrücken über ihren Mund und schüttelte den Kopf.

Der große Mann schloss seine Hose. Er tat so, als salutierte er vor ihr. »Ms Garland, wenn es etwas gibt, das ich für Sie tun kann, sagen Sie Bescheid. Jederzeit.«

»Ich glaube, im Moment könnte ich nicht mal einen Finger bewegen, aber ich werde mich bestimmt an dein großzügiges Angebot erinnern, Trevor.«

5

Am nächsten Tag ging Amanda erst nach der Mittagspause ins Büro. Schließlich hatte sie gestern Abend noch lange gearbeitet. Es gelang ihr sogar, Nola mit einem Lächeln zu begrüßen und ihr einen guten Tag zu wünschen, obwohl ihr beim Lächeln das Gesicht schmerzte. »Schwarzen Kaffee und Mineralwasser mit einem Zitronenschnitz«, bestellte Amanda im Befehlston.

Das Mädchen war so klein wie Amanda, aber es war nicht so wohlgeformt. Warum um alles in der Welt hatte Roger es so gern mit dieser kleinen Hure getrieben? War es ihr Alter? War es das, was bei jedem Mann früher oder später passierte? Dass er ein junges Küken einer reifen, erwachsenen Frau vorzog?

Amanda verzog das Gesicht zu einem grimmigen Grinsen. Vielleicht war das der Grund – eine Vorliebe für »junge Dinger«. Zumindest *sie* hatte eine gewisse Vorliebe für junges Personal. Trevor, der Sicherheitsmann von letzter Nacht, war jünger als sie, aber nicht viel jünger. Er stand ihr altersmäßig immerhin so nahe, dass sie sich in die unterwürfige Rolle begeben hatte. Gerade so wie sie es bei einem Mann getan hätte, der älter war als sie. Vermutlich hatte die Uniform auch etwas dazu beigetragen.

Es hatte Spaß gemacht mit ihm, aber der nächste Mann sollte noch viel jünger sein, sagte sie sich nun. Jedes Alter knapp über dem gesetzlich erlaubten war ihr recht. Aber im Büro von Forsythe Footwear würde sie bestimmt keinen

Lustknaben finden. Sie musste sich wieder unter Leute wagen.

Erst jetzt fiel ihr auf, dass sie die Probleme des Unternehmens vermutlich von der falschen Seite anging. Alles, die hohen Lohnkosten, das berstende Lager und die rückläufigen Verkäufe, hatten seinen Ursprung doch ganz woanders. An einem oder besser: 31 Orten. In den einzelnen Filialen. Dort sollte sie nach Antworten suchen.

Nola kam mit einem Tablett hereingehuscht.

»Du kannst das gleich zurück in die Cafeteria bringen«, erklärte Amanda ihr. »Ich habe noch einen auswärtigen Termin.«

Der saure Ausdruck auf Nolas Gesicht bereitete ihr eine stille Freude.

Amanda wusste nach ihren Recherchen auf Rogers Computer, dass die Filiale, die am wenigsten Verluste machte, die im Herzen des Geschäftsviertels war, weshalb sie beschloss, dort mit ihren Nachforschungen zu beginnen. Unglücklicherweise hatte sie überhaupt keinen Orientierungssinn, und die ganze Innenstadt schien nur aus Einbahnstraßen zu bestehen, die allesamt in die falsche Richtung führten. Es war schon fast Geschäftsschluss, als sie den Laden endlich fand, und dann musste sie auch noch auf der obersten Etage eines Parkhauses parken, weshalb sie sich zusätzlich verspätete.

Forsythe Footwear lag eingequetscht zwischen einem modischen Klamottenladen für junge Frauen und einem Internetcafé. Es gab eine Fensterfront, die kaum breiter als fünf Meter war. Ein Drittel davon war die Tür, und links und rechts befanden sich die ebenso schmalen Schaufenster. Die Schaufenster waren für Amandas Geschmack zu vollgestopft, und die Strandszene aus billigem ausgeblichenem Karton war klobig und altmodisch. Und das hier war der Laden mit den besten Verkäufen?

Sie überprüfte ihr Spiegelbild im Fenster und öffnete den Schlitz ihres Rocks, bis man die Spitze ihrer blaugrauen metallisch schimmernden Strümpfe sehen konnte. Wenn sie das Personal unbemerkt überprüfen wollte, war es das Beste, wenn sie ihnen ein bisschen Ablenkung bot.

Im Laden öffnete sich der Eingang nach etwa zwölf Metern zu einem kreisrunden Bereich mit einer umlaufenden Lederbank, die einen konischen Säulenstumpf in der Mitte umgab. Ein ziemlich attraktives, hochgewachsenes und dünnes Mädchen mit welligen blonden Haaren und weit auseinanderstehenden grauen Augen arbeitete an der Kasse. Gerade packte sie für eine elegante Frau in den Dreißigern ihre Einkäufe in eine Tüte. Weiter hinten war ein schlanker junger Mann mit einem wilden hellbraunen Haarschopf damit beschäftigt, einer Frau einen Pumps auf den Fuß zu schieben. Sie sah aus wie eine gut erhaltene Fünfzigjährige, auch wenn sie sich noch kleidete wie ein Teenager. Sie trug einen sehr kurzen ausgestellten Rock und einen flauschigen Angorapullover.

Die junge Blondine fragte Amanda: »Kann ich Ihnen helfen?«

»Ist das der Filialleiter da vorne?«

»Ja, Madam. Ich bin die stellvertretende Filialleiterin. Kann ich Ihnen vielleicht helfen?«

»Nicht bös gemeint, aber es ist mir lieber, wenn der Filialleiter sich um mich kümmert.«

Der Ausdruck, der über das Gesicht der Blondine huschte, verriet Amanda, dass sie es gewohnt war, dass ältere Frauen lieber einen jungen Mann vor sich knien hatten. »Kein Problem, Madam. Er ist gleich bei Ihnen.« Quer durch den Laden fragte sie ihn: »Es ist fünf nach sechs, Rupert. Soll ich schon mal zumachen?«

Rupert blickte auf. Seine Augen hatten das helle, lichte Blau eines Alpensees. Amanda erbebte bei diesem Blick beinahe. Sie hatte eine Schwäche für hellblaue Augen – seine hatten dieselbe Farbe wie ihre, wenngleich es ein anderes Blau war.

»Ja, mach das, Meg«, sagte er. »Danach kannst du nach Hause gehen. Ich schaffe das hier schon.«

»Danke.« Die Blondine schenkte Amanda ein Lächeln, das knapp an einem Grinsen vorbeiging.

Statt verlegen den Blick zu senken, erwiderte Amanda den Blick und schaffte es sogar, mit den Schultern zu zucken. Wenn die Blondine ihr sagen wollte, dass etwas Derartiges bei ihrem Kollegen ständig passierte, antwortete Amanda darauf mit gleicher Münze: »Mir doch auch, Süße.«

Als sie ihre Tasche hinter dem Verkaufstresen hervorholte, sang die Blondine gutgelaunt »Lady Marmalade«. Keine der beiden Frauen kicherte, aber Amanda musste die Lippen fest zusammenpressen, um nicht laut loszuprusten. Es kam ihr so vor, als verbinde etwas Schwesterliches sie mit der jungen Frau. Ein Moment, in dem sie sich einfach nur befreit fühlte – ganz anders als alles, was ihr bisher je widerfahren war.

Die Vordertür schloss sich hinter der Blondine. Amanda warf ihre Mähne nach hinten und richtete ihre Aufmerksamkeit auf den Grund ihres Besuchs. »Halte ich Sie auf?«

Rupert hob den Kopf. Einen Moment lang geriet Amandas neu gewonnene Entschlusskraft ins Wanken. Seine Wangen waren noch etwas rundlich vom Babyspeck, sein Mondgesicht ließ ihr Herz dahinschmelzen. Er blickte zuerst auf Amandas Manolo-Blahnik-Imitate, ehe sein hellblauer Blick langsam über das metallische Glitzern ihres vom Nylonstrumpf umschlossenen Beins, das durch den Schlitz des Rocks blitzte, nach oben wanderte. Sein Blick verweilte auf ihrer schlanken Hüfte, der schmalen Taille und den üppigen Brüsten, ehe er endlich in ihr Gesicht blickte. Seine Zungenspitze schnellte zwischen den roten, vollen Lippen hervor, als wollte er sich die

Lippen lecken. Seine Augen weiteten sich, während er noch immer versuchte, sich ganz geschäftsmäßig zu geben. Aber als er wieder sprach, klang er sanft. »Es wäre mir eine Freude, mich um Sie zu kümmern, Madam. Ich hoffe, es macht Ihnen nichts aus, noch einen Moment zu warten.«

»Ich schaue mich solange um.«

Amanda wiegte sich ein bisschen in der Hüfte, als sie sich an Rupert und seiner Kundin vorbeischob. Die ältere Frau drehte den Fuß, der nach wie vor in seinen Händen ruhte, hin und her. Vermutlich wollte sie so Ruperts Aufmerksamkeit wieder auf sich ziehen, dachte Amanda.

Während sie so tat, als betrachtete sie die Auslagen, versuchte Amanda vor allem, den jungen Schuhverkäufer einzuordnen. Sein Hemd hatte schmale rote und weiße Streifen und einen weißen Kragen. Er war ja geradezu ein kleiner Dandy! Außerdem war Rupert für den Job als Filialleiter erstaunlich jung. Er war wohl etwa zwanzig Jahre alt – genau das richtige Alter für einen Lustknaben. Oh, sie war wirklich eine ziemlich verdorbene Frau geworden! Aber stellten sich nicht die meisten jungen Männer nur zu gern vor, von einer reifen und erfahrenen Frau darin unterwiesen zu werden, wie man es richtig machte? Er machte auf sie einen recht unschuldigen Eindruck. Ein Junge, der noch nicht allzu viele Mädchen geküsst, geschweige denn ihre Münder auf seinem Schwengel gespürt hatte – wenn überhaupt. Ein Junge, der vermutlich die oralen Künste zu schätzen wüsste, die sie im Laufe ihrer Ehe an ihrem verfluchten betrügerischen Ehemann verfeinert hatte. Und sie würde ihm auch beibringen, wie man Frauen befriedigte. Seine Lippen waren so knallig rot, sie hätte schwören können, dass er Lippenstift trug, auch wenn ihr geübtes Auge ihr verriet, dass dem nicht so war. Seine Haut war milchig weiß.

Sie blickte mit gerunzelter Stirn auf die Stiefelette in ihrer

Hand. Worüber hatte sie noch mal nachgedacht, ehe seine Herrlichkeit sie ablenkte? Ach ja. Es war doch ganz eindeutig, dass es sich um einen puren Akt der Nächstenliebe handelte, wenn sie den Jungen verführte.

Amanda ging weiter zu dem Regal mit den Strandschuhen. Während sie die gefälschte Hanfsohle eines ziemlich hässlichen flachen Strandschuhs untersuchte (was war aus den echt schönen Schuhen geworden, den Espadrilles?), legte sie sich ihre Schachzüge zurecht. Ihr Plan zur Verführung Ruperts war also schon perfekt ausgearbeitet, als seine Kundin wieder in ihre eigenen Schuhe schlüpfte.

Amanda legte die Jacke und ihre Tasche auf die kreisförmige Bank und setzte sich daneben. Sie drückte die Knie zusammen und drehte ihre Knöchel nach rechts. Jetzt hatte sie die klassische Haltung einer Lady eingenommen. Gedankenverloren zupfte sie an ihrem Rock und arrangierte ihn so, dass er ihre Beine bedeckte, zugleich aber bei der kleinsten Bewegung das rechte Bein entblößen würde. Dann saß sie ganz still da und wartete.

Einige Augenblicke später ging Ruperts Kundin, ohne etwas zu kaufen. Nachdem er die Tür hinter ihr abgeschlossen hatte, bemerkte Amanda: »Ich hoffe, ich habe Ihnen jetzt nicht das Geschäft versaut.« Sie verschränkte die Knöchel. Diese winzige Bewegung genügte, um den Schlitz ihres Rocks bis zu den Knien aufklaffen zu lassen.

»Kein Problem. Sie kommt etwa einmal pro Woche. Aber kaufen kann sie nur etwa einmal im Monat was.«

»Vielleicht mag sie es einfach, wenn ihr jemand ein kleines bisschen Aufmerksamkeit widmet.«

Er grinste. »Könnte sein.«

»Oder sie will einfach nur ihre Beine zeigen.«

»Das passiert auch manchmal«, gab er zu.

»Sind das vor allem ältere Frauen?«

»Es passiert in jedem Alter. Sie wären überrascht.«

»Nein, wäre ich nicht. Nicht bei einem so gut aussehenden jungen Mann wie Ihnen.«

Er strahlte. »Manometer, danke!«

Amanda bekam Gewissensbisse. Manometer? Also bitte, wenn der Junge einen Schuhladen führte, musste er doch zumindest erwachsen sein, oder? Amanda zuckte mit dem rechten Knie. Ihr Rock stand jetzt bis zur Spitze ihres Strumpfs offen. Ruperts Blick glitt an ihrem Bein hinauf.

»Ähm ... womit kann ich Ihnen denn helfen?«, fragte er.

»Schuhe. Ich möchte etwas Hübsches, das richtig sexy ist.«

»Pumps? Sandalen? Haben Sie eine Farbvorliebe? Welche Absätze mögen Sie?«

»Ich mag alles Hübsche. Es ist ja nicht so, als bräuchte ich unbedingt neue Schuhe, aber eine Frau kann einfach nicht genug Schuhe haben, stimmt's?«

Rupert zog einen Hocker heran und holte einen Messstab. »Erstmal nehme ich Ihre Maße.«

Amanda hob ihren rechten Fuß, damit er ihr den Peeptoe mit schwarzweißem Hahnentrittmuster ausziehen konnte. Er befreite ihren Fuß von dem Schuh. Die Finger schlossen sich um ihren Fußrücken, während der Daumen sanft gegen ihren Spann drückte.

Nachdem er ihren Fuß vermessen hatte, blickte er auf. »Wussten Sie, dass Sie den perfekten »Musterschuh«-Fuß haben?«

»Tatsächlich? Und ist das ein gutes Zeichen?«

»Es ist die Größe, in der jeder Schuh am besten aussieht. Außerdem bekommen wir oft einzelne Musterpaare zugeschickt, weshalb ich Ihnen modischere ... ähm ... Modelle zeigen kann. Sie haben Glück!«

»Das klingt nach viel Spaß. Aber halte ich Sie auch nicht

auf? Nicht, dass Sie ein Date haben und jetzt lieber woanders wären.«

»Glauben Sie wirklich, es gäbe etwas Schöneres, als einer schönen Frau elegante Schuhe anzuziehen? Für mich nicht.«

»Ihre Eltern warten doch sicher zu Hause auf Sie.«

Er lachte. »Ich lebe allein«, sagte er. »Ganz allein.«

Amanda ließ die Wimpern flattern. »Also, wenn ich es nicht besser wüsste, würde ich glauben, dass Sie mit mir flirten, junger Mann.«

Er wurde knallrot. »Ich wollte nicht unhöflich sein.«

»Kein Problem.« Sie zögerte. »Schuhe?«

Er stand auf und wandte sich schnell ab. Zu spät: Sie konnte die Erregung sehen, die sich gegen den Stoff seiner Hose drückte. Rupert verschwand hinter einem Perlenvorhang und kam nach einigen Minuten mit drei Schuhkartons zurück. Er versuchte es zuerst mit einem Paar Sandalen mit stumpfem hohen Absatz. Der Schuh passte. Amanda hob ihren linken Fuß, damit er ihr den zweiten Schuh auch anzog. Es gab keinen Zweifel, er liebkoste ihre Füße, während er sich dieser Aufgabe widmete! Sie stand auf und machte ein paar Schritte.

»Ich nehme sie.«

»Danke, Madam. Darf ich sonst noch etwas für Sie tun?«

»Ich kaufe nie nur ein Paar Schuhe. Was können Sie mir sonst noch anbieten?«

»Oh, viel. Wie ich schon sagte, wir haben viele Musterschuhe, und sie sind fast immer in Ihrer Größe.«

Amanda lehnte die beiden anderen Schuhpaare ab, die er mitgebracht hatte. Rupert packte sie wieder in die Kartons und stand auf. »Ich bin gleich wieder da und bringe noch mehr Schuhe.«

»Würde es nicht Zeit sparen, wenn ich mit nach hinten komme und die Schuhe aussuche, die ich gern anprobieren möchte?«

»Tut mir leid, Madam. Das verbietet die Geschäftspolitik unseres Unternehmens. Kunden dürfen nicht mit ins Lager.«

Amanda zog einen Schmollmund. »Das ist aber schade. Ich liebe den Geruch nach Leder, und ich wette, im Lager steht die Luft geradezu von dem Geruch. Dieser Ledergeruch ... ich liebe ihn. Gerüche können wie Pheromone wirken, wissen Sie?«

»Sie ... lieben den Geruch?«

Braver Junge! Er konnte also auch zwischen den Zeilen lesen.

»Das muss ja niemand wissen«, sagte Amanda. »Wir sind ganz allein. Niemand kann uns sehen, und es ist eine Angelegenheit zwischen Ihnen und mir. Ich verrate niemandem, was wir gemacht haben, wenn Sie das nicht wollen.«

Rupert schaute sich nervös um, als erwartete er, sein gestrenger Vorgesetzter könnte jeden Augenblick aus einem Schuhkarton hüpfen. »Es kann nicht schaden, oder?«

»Es könnte viel Spaß machen«, lockte sie ihn.

Im Lager waren die Gänge zwischen den Regalen kaum einen Meter breit. Es ließ sich nicht vermeiden, dass sie hin und wieder mit der Hüfte gegen seine stieß. Amanda hatte ja bis zu diesem Moment keine Ahnung gehabt, dass sie durchaus noch in der Lage war, diese hitzige Erregung und die eisigen Schauer ihrer Jugendzeit noch einmal zu erleben. Jedes Mal, wenn sich ihre Körper wie zufällig berührten, erbebte sie innerlich. »Wo bewahren Sie denn die ganzen Musterschuhe auf?«

»Sie sind in den unterschiedlichen Regalen einsortiert, immer dort, wo die anderen Schuhe sind. Saisonal und nach Stil sortiert.«

»Das klingt sinnvoll. Was ist da oben?« Sie zeigte auf die großen, etwas ramponierten Kartons, die auf den Regalen aufgestapelt waren.

Rupert verzog das Gesicht. »Winterstiefel.«

»Jetzt schon?«

»Nein, das sind die vom letzten Jahr und noch ein paar vom Jahr davor.«

»Hatten Sie denn am Ende der Saison keinen Schlussverkauf?«

»Schon, aber es war zu wenig und viel zu spät. So lauten die Hausregeln: Ich darf die Schuhe um maximal zehn Prozent reduzieren, und das frühestens im März. Bis dahin will aber keiner mehr Winterstiefel, egal, wie billig sie sind.«

»Was würden Sie denn damit machen, wenn man Ihnen freie Hand lassen würde?« Amanda lehnte sich gegen ein Regal und hob den rechten Fuß, um ihn auf das unterste Regal auf der anderen Seite des Gangs zu stellen. Ihr Rock öffnete sich wie ein Vorhang.

»Mit der Saisonware, meinen Sie?«, fragte Rupert. »Sobald man merkt, dass sich ein bestimmter Stil schlecht verkauft, würde ich den Preis um die Hälfte reduzieren. Zwei oder drei Wochen vor Ende der Saison könnte man dasselbe mit allen Saisonartikeln machen, egal, wie gut sie sich bisher verkauft haben. So würde ich neuen Platz im Lager schaffen, und das Budget wäre größer, um was Neues einzukaufen.«

»Das klingt interessant.«

Amanda stellte ihren Fuß zwei Fächer weiter nach oben. Ihr Rock klaffte weiter auf. Jetzt konnte er ein verführerisches Dreieck ihrer alabasterfarbenen Haut über der Spitze ihres Strumpfs sehen. Sie blickte Rupert offen an, ehe sie ganz bewusst auf ihr Bein blickte. So zeigte sie ihm ohne Worte ziemlich deutlich, dass sie absichtlich so viel Bein zeigte.

»Erzählen Sie mir mehr darüber, wie Sie den Laden führen würden, wenn es nach Ihnen ginge.«

Rupert räusperte sich und schob sich etwas näher zu ihr heran. Gerade so, als wäre ihr Oberschenkel magnetisch aufgeladen und er ein Stück Metall. »Ich würde ... äh ... ich würde jedenfalls keine Schuhe einkaufen, die sich nicht so gut verkaufen, wie zum Beispiel Gesundheitsschuhe oder die für alte ...« Er räusperte sich erneut. Wenn sie seinen Gesichtsausdruck richtig deutete, konnte er sein Glück kaum fassen und wusste nicht, wie er sich verhalten sollte.

Amanda sorgte dafür, dass er es bald wusste. Sie nahm seine Hand und legte sie einfach auf die nackte Innenseite ihres Oberschenkels. Er schluckte. Sie führte seine Finger und ließ sie in kleinen Kreisen über ihre straffe Haut wandern.

»Ich ...«, fing er an.

Amanda berührte mit den Fingern ihrer freien Hand seine Lippen und brachte ihn so zum Schweigen. »Du kannst später reden. Danach.«

Sie schob seine Finger mit jeder kreisenden Bewegung eine Winzigkeit weiter nach oben. Das Höschen, das sie heute früh angezogen hatte, war aus zartgrüner Spitze und mit hohem Beinausschnitt. Seine Fingerspitzen schoben sich unter den zarten Stoff und berührten ihre nackten, feuchten Schamlippen. Rupert sog scharf die Luft ein. Amanda drückte sich unnachgiebig gegen seine Hand und rieb sich an seinen Fingerspitzen.

»Das fühlt sich gut an«, flüsterte sie. »Versuch jetzt mal das hier.« Sie zog seine Hand aus ihrem Slip und schob bis auf den Zeigefinger alle Finger zu einer Faust zusammen. Ihr Finger ruhte auf seinem, als sie ihn dorthin dirigierte, wo unter der Spitze das weiche, perlenartige Knöpfchen ihrer Klit ruhte. Sie bewegte ihren Finger, damit er mit seinem Finger über das Knöpfchen rieb. Jetzt war sie es, die zitterte. »Mach so weiter, ja? Ganz sanft, das genügt schon.«

»Ich werde alles tun, was Sie von mir verlangen«, sagte er. Seine Stimme klang heiser.

»Braver Junge.« Amanda knöpfte ihre Bluse auf und schob die Schöße auseinander.

Ruperts Augen wurden groß, als er ihre schweren, von rosigen Nippeln gekrönten Brüste sah. Er hob die freie Hand und wollte sie streicheln, aber Amanda hielt ihn davon ab. »Erst wenn ich es dir erlaube, hörst du?«

»Ja ...« Er verstummte.

»Du darfst mich Miss Amanda nennen.«

»Ja, Miss Amanda.«

Amanda zwirbelte behutsam ihren linken Nippel. Ihr gefiel es zu sehen, wie in seinen Augen etwas Hungriges aufblitzte. Sie litt ja im Grunde auch. Das zärtliche Streicheln ihrer Klit durch das Spitzenhöschen ließ sie geradezu verzweifeln, weil sie mehr wollte. Aber ...

Was hieß denn da ›aber‹? Sie war schließlich diejenige, die die Zügel in der Hand hielt. Worauf wartete sie?

Amanda legte die Hand auf Ruperts Kopf und drückte ihn nach unten. »Schieb mein Höschen beiseite. Mach es mir mit der Zunge.«

»Aber ich habe noch nie ...«

Er hatte es noch nie einem Mädchen mit der Zunge besorgt? Ach, herrlich! Sie hatte im Laufe ihres Lebens schon viele Erfahrungen gesammelt, aber diese Erfahrung hatte sie entweder noch nie gemacht oder es war so lange her, dass sie sich einfach nicht mehr daran erinnerte. Aber jetzt wurde sie wieder von einer jungen und jungfräulichen Zunge verwöhnt. Allein beim Gedanken daran wurde sie tropfnass, was diese Erfahrung nur noch aufregender machte. Seine erste Erfahrung würde eine von der nassen Sorte sein. Amanda beschloss, ihn entsprechend zu belohnen, wenn er seine Sache gut machte.

»Zuerst leckst du meine Schamlippen«, erklärte sie ihm. »Ganz langsam und behutsam, von der Stelle, wo sie unten zusammentreffen bis hinauf zu meinem …«, fast hätte sie Lustknöpfchen gesagt, konnte sich aber gerade noch bremsen, »… meiner Klit.«

Er gehorchte. Instinktiv bedachte er ihr empfindliches Knöpfchen mit einem zusätzlichen Zungenschlag.

»Braver Junge. Jetzt umschließt du die Klit mit den Lippen und bearbeitest sie mit deiner Zungenspitze. Fang langsam an und werde immer schneller, bis ich komme.«

»Bis Sie kommen?«, fragte er.

»Genau. Und wenn ich komme, erwarte ich von dir, dass du meinen Saft vollständig aufleckst. Das wirst du doch machen, oder?«

»Ja …«

»Und ich will keine Zähne spüren! Ja, genau, mit Lippen und Zunge … ja, nur Lippen und Zunge, Rudolf.«

»Rup…«, murmelte er.

»Natürlich. Rupert. Genauso weitermachen, Rupert, du machst das toll, weiter so. Nein, nicht den Rhythmus variieren, mach einfach … mhmmm … genau so.« Amanda verstummte und konzentrierte sich ganz auf die Empfindungen, die ihren Körper fluteten. Was ihm an Erfahrung fehlte, machte er durch jugendlichen Enthusiasmus wett. Er konnte gut ihren Anweisungen folgen, was für sie aufregend war. Es sah ganz so aus, als konnte sie gut Anweisungen geben, was für sie vielleicht im Moment sogar noch aufregender war.

Als sein Lecken allmählich so richtig geil wurde, packte Amanda sein Haar mit beiden Händen, um sein Gesicht noch tiefer in ihre Scham zu drücken. Ihre Hüfte hob sich ihm entgegen. Der Junge ließ nicht von ihrer Klit ab, sondern leckte sie wie verrückt. Sie drückte sich gegen seinen Mund. Ihre Hände ballten sich zu Fäusten, doch wenn sie ihm damit wehtat, ließ er sich das nicht anmerken. Das war auch sein Glück, denn jetzt durfte sich nichts mehr zwischen sie und den Orgasmus stellen, der sich wie eine Schlange in ihrem Unterleib zusammenrollte und jeden Moment drohte, sich mit Lichtgeschwindigkeit zu entfalten. Es war, als zerrte dieser Moment an ihrer Klit, immer wieder war da ein Zucken, das ihr aber nicht die verlockende Erlösung schenkte, sondern nur ein bisschen Lust, die aber letzten Endes doch zum Unausweichlichen führte.

»Oh Gott!« Amandas Füße krümmten sich in den zarten Strümpfen, ihre Zehen zogen sich zusammen. Süße Erlösung durchfuhr ihre Adern. Es war mehr als nur ein Aufblitzen, es war auch nicht wie eine sengend heiße Flüssigkeit, die sie durchzuckte. Es war eine Mischung aus beidem, die sie bis in die Zehen und die Fingerspitzen erfasste und sogar irgendwo in ihrem Kopf explodierte. »Fuck!«

Amanda ließ von Ruperts Haaren ab. Sie hielt seinen Kopf aber weiterhin fest, bis das letzte Beben verklungen war und sie wieder stehen konnte, ohne sich auf ihn zu stützen. Sie zog ihn nach oben. Er grinste dümmlich; sein Gesicht war von ihren Säften getränkt.

»Wie habe ich mich gemacht?«, fragte er.

Sie nannte ihn einen braven Jungen.

Er umfasste durch die Hose seinen Schwengel und stöhnte demonstrativ.

»Darum werde ich mich jetzt kümmern«, versprach sie ihm. »Komm.«

Sie waren von der Fensterfront des Ladens nur für etwa anderthalb Meter sichtbar, als sie das Lager verließen und ehe sie sich hinter der Lederbank duckten, die rund um die Ledersäule angebracht war. Niemand hatte Ruperts schmerzvolle, harte Erektion gesehen oder ihr tropfnasses Höschen, das sie jetzt in der geballten Faust hielt.

Amanda stopfte das nasse Höschen in ihre Handtasche. »Und jetzt stellst du dich mit dem Gesicht zu mir auf die

Bank«, befahl sie ihm. Er gehorchte. Sein Schritt war jetzt mit Amandas Gesicht auf einer Höhe. »Lehn dich nach hinten«, fügte sie hinzu. »Breite die Arme zur Seite aus, und halt dich an der Säule fest. Gut! Und jetzt bewegst du dich nicht mehr, bis ich es dir erlaube.«

Da stand er also vor ihr wie eine Opfergabe. Er lehnte sich etwas nach hinten und schob ihr seine Hüfte entgegen. Sie sah ziemlich deutlich die zylindrische Beule in seiner Hose. Amanda machte einen Moment Pause und genoss diesen Augenblick. Vor ihr lag der Schwengel eines jungen Manns, hübsch verpackt und bereit, von ihr ausgepackt zu werden. Sie brauchte nur noch zuzugreifen …

Langsam zog sie Ruperts Reißverschluss nach unten. Sie wollte den Moment auskosten. Er gab einen leisen kehligen Laut von sich. Mit beiden Händen schob sie die Hose auseinander. Amanda beugte sich etwas vor und atmete tief seinen herben, würzigen Geruch ein. Mit der linken Hand hielt sie die Hose offen, während die Finger ihrer Rechten in seine Unterhose schlüpften. Sie spürte, wie feucht und heiß er war. Armer Junge! Sie fummelte herum, aber offenbar gab es keinen Eingriff. Er trug wohl eine einfache Unterhose. Nun, am besten konnte sie die einfach nach unten schieben. Amanda zog am Taillenbund. Seine heiße Haut drückte gegen ihre Finger. Sie schloss die Hand um den Schwengel des Jungen und holte ihn aus der Hose heraus.

Er war länger als Rogers Penis, aber nicht ganz so dick. Die Haut war hell wie Papier bis auf die rote Spitze, die wie eine übergroße, eingekürzte und ihrer Spitze beraubte Pfeilspitze aussah. Ein winziger Tropfen seines Samens trat aus der kleinen Öffnung. Amandas Handrücken berührte die Unterseite seines Glieds. Es bewegte sich nicht, sondern stand steif von Ruperts Körper ab.

Er stöhnte.

»Sei nicht so ungeduldig!« Erneut tauchte ihre rechte Hand ab. Sie schob den Slip noch weiter nach unten, umschloss seine Eier mit der Hand und zog sie vorsichtig aus der Unterhose. »So ist's besser.« Seine Hoden waren klein und hart, die Haut spannte sich weich und eng darüber. Nicht vergleichbar mit der ledernen Tasche, die ihr verstorbener Mann ihr so gern präsentiert hatte. Eine unerklärliche Zärtlichkeit für diesen Jungen überkam Amanda. Sie zögerte kurz, doch dann schüttelte sie das Gefühl ab. Sie wollte ihn aber ganz behutsam behandeln, denn seine »Kronjuwelen« waren echte Juwelen. Sie nahm sich Zeit, den Hodensack hübsch zu arrangieren.

»Miss Amanda ...«

»Still!« Sie streichelte ihn hinter dem Sack. Seine Männlichkeit zuckte. Amanda umschloss ihn mit der Faust. Während sie zu Rupert aufblickte, brachte sie die gerötete Spitze langsam an ihre offenen Lippen. »Willst du, dass ich das mache?«

»Jaaaa!«

»Dann bitte mich darum.«

»Bitte?«

»Nein, frag richtig. Was wünschst du dir von mir?«

»Dass Sie ihn lutschen ...« Seine Hüfte zuckte.

»Ich habe dir doch gesagt, dass du stillhalten sollst. Also? Was möchtest du von mir? Willst du, dass ich deinen hübschen harten Schwanz in meinen Mund stecke? Ja? Wenn das so ist, dann sag es, und vergiss nicht, ›bitte‹ zu sagen.«

»Bitte, würden Sie bitte meinen Schwanz in den Mund nehmen, Miss Amanda? Bitte?«

»Das klingt schon besser.« Sie öffnete die Lippen und näherte sich seinem heißen Fleisch. Ihre Unterlippe berührte ihn.

Rupert stöhnte auf. »Was mache ich hier bloß?«, jammerte er.

Erneut hätte die unerklärliche Zärtlichkeit Amanda fast

daran gehindert weiterzumachen. Diese eifrigen jungen Männer waren ja so süß! Das war eine völlig neue Erfahrung für sie. »Genieß es«, flüsterte sie.

Amandas Kopf wanderte einen Zentimeter nach vorne. Ihre Zunge strich über seine Eichel. Die Beine des armen Jungen zitterten. Sie nahm ihn etwas tiefer in den Mund, bis seine Eichel ganz zwischen ihren Lippen verschwand, die sie fest um ihn schloss. Amanda wusste ganz genau, dass es für ihn das erste Mal war, dass die Lippen einer Frau ihn hielten. Zum ersten Mal erfuhr er diese Nässe und Hitze, die der Mund einer Frau seiner Männlichkeit bieten konnte. Sie hielt ihn einfach so fest, bis er so abgrundtief seufzte, dass sie es nicht nur hörte, sondern auch spürte. Er war bereit.

Amandas Zunge kreiste erst im Uhrzeigersinn, dann gegen den Uhrzeigersinn um seine Schwanzspitze. Sie versuchte, die Zungenspitze in die winzige Öffnung an der Spitze zu stecken.

Rupert keuchte und gab ein Geräusch von sich, als versuchte er zu sprechen und verschluckte sich zugleich an den Worten. Aus dem Augenwinkel konnte Amanda sehen, wie sich seine Finger tief in das Leder gruben, gegen das er sich lehnte. Sollte sie etwa Mitleid mit ihm haben? Nein. Es machte viel zu viel Spaß, ihn ein bisschen zu quälen.

Sie entließ ihn aus ihrem Mund und leckte über die Vene, die sich an der Unterseite seines Schafts abzeichnete, von der Wurzel bis ganz nach oben, ehe sie ihn diesmal richtig tief in den Mund nahm. Lieber Himmel, das fühlte sich einfach herrlich an. Amanda schwelgte in der zarten Haut, seiner Größe, seiner Härte und vor allem dem herrlichen Geschmack. Sie drehte den Kopf etwas zur Seite und ließ ihn in ihre Wange gleiten. Sie achtete sorgfältig darauf, ihn nicht ihre Zähne spüren zu lassen, und fickte ihn mit dem Mund. In ihrem Mund sammelte sich Flüssigkeit, aber ein Teil der Flüssigkeit stammte von ihm. Sie ließ ihn wieder tief in ihren Mund gleiten, bis seine Spitze gegen ihren Rachen stieß. Amanda war richtig gut darin, ihren Würgereflex zu kontrollieren. Aber wenn ein Schwengel sie dort berührte, regte das immer ihren Speichelfluss an.

Sie ließ von ihm ab. Rupert seufzte wieder aus vollem Herzen. Die Zärtlichkeit, die sie ihm gegenüber vorhin noch empfunden hatte, war verschwunden. Stattdessen verspürte sie den bösartigen Wunsch, ihn ordentlich zu schütteln. Ein langer silbriger Faden ihrer Spucke gemischt mit seinen Lusttröpfchen rann von seiner Eichel und klebte an ihrer Unterlippe. Sie sog die Spucke ein, und der Faden riss. Dann spuckte sie direkt auf seine gerötete Spitze, ehe sie ihn wieder tief in sich aufnahm.

Rupert keuchte erstickt auf. Gut. Sie spielte so virtuos auf ihm wie auf einer Violine. Wahrscheinlich war er dem Höhepunkt schon ziemlich nahe. Männer in seinem Alter konnten ja, wenn sie sich richtig erinnerte, ziemlich oft kommen. Sie konnte alles mit ihm machen, ehe er vollends erschöpft war. In der Hinsicht war er also wirklich ihr Spielzeug, das sie nach Strich und Faden ausnutzen konnte. Amanda ließ wieder von ihm ab. Sie zog Ruperts rechten Arm zu sich herunter.

»Hol dir einen runter, Rupert. Zeig mir, wie du onanierst.«

Er zögerte. Amanda blickte mit gerunzelter Stirn zu ihm auf. Dann hellte sich seine Miene auf. Sein Verlangen war größer als seine Schüchternheit. Er nahm seinen Schaft zwischen Finger und Daumen und begann, ihn zu pumpen. Es dauerte nicht mehr als eine Minute, bis sich sein Gesicht verzerrte und knallrot anlief. Er stöhnte langgezogen und leise. Amanda schnappte sich ihr Höschen gerade rechtzeitig, um seine spritzende Sahne damit aufzufangen.

»Das ist mein Souvenir«, erklärte sie ihm. »Und jetzt sorgen wir dafür, dass du schön schnell wieder hart wirst.« Sie nahm ihn wieder in den Mund. Diesmal war sie sanft zu ihm, doch schon bald war er wieder vollständig erigiert. Es dauerte gerade mal zwei Minuten. Flüchtig dachte sie an Roger, der nach einem Orgasmus erstmal ausruhen musste. Er hatte immer den Verlust seiner Fähigkeit betrauert, das zu machen, was dieser Junge gerade getan hatte – nämlich sich sofort wieder ins Vergnügen zu stürzen, ohne viel Zeit zu verplempern. Sie hatte Roger dann immer getröstet, dass es ihr überhaupt nichts ausmachte, wenn er sich danach erst erholen musste. Jetzt kicherte sie. Doch, es machte verdammt viel aus!

»Und jetzt setz dich hin«, befahl sie Rupert.

Sobald er auf der Lederbank saß, schob Amanda ihren Rock beiseite und setzte sich rittlings auf ihn. Sie hockte auf ihm und senkte sich langsam herab, bis sie seine feuchte, weiche Spitze spürte, die sich an ihren Schamlippen rieb. »Willst du mich vögeln?«

Er nickte.

Amanda senkte sich vollständig auf seinen Schaft. Das lange Gefühl der Leere wurde von einem harten Schwengel ersetzt. Ihr wurden die Knie weich. Auf Wiedersehen, alter Mann, willkommen Lustknabe. Ihre verräterische Möse schnurrte geradezu vor Vergnügen, als sie Ruperts Schwanz begrüßte. Sie bewegte sich etwas auf ihm, einfach um das Gefühl zu genießen. »Ich werde dich jetzt ficken. Nachdem du mich mit deiner heißen Sahne befüllt hast«, sie machte eine Pause, weil sie sein entsetztes Keuchen hören wollte, das wie auf Zuruf kam, »werde ich es dir nochmal mit dem Mund besorgen und dich vollständig aussaugen.«

Ihre Hüfte kreiste. »Das wird dir gefallen, stimmt's? Meinen Mund mit deinem Samen fluten. Danach möchte ich noch ein bisschen mehr mit dir plaudern. Dann kannst du mir mehr über das Schuhgeschäft erzählen.« Sie ließ ihre Hüfte zucken. Sein harter Schwengel stieß gegen ihren G-Punkt. Ach, das war einfach himmlisch! »Anschließend werde ich dir ein paar Stellungen zeigen, die du so noch nie ausprobiert hast, und ich bringe dir bei, wie man ein Mädchen richtig befingert. Das Einzige, woran du dabei denken musst, ist Folgendes: Miss Amanda ist diejenige, die sagt, was gemacht wird. Verstanden?«

»Miss Amanda sagt mir, wo's langgeht.«

»Braver Junge.« Amanda veränderte den Winkel, bis sein Schwengel sich auch an ihrer Knospe rieb. Langsam steigerte sie sich in ein geradezu mörderisches Tempo hinein, bis sie einen zweiten, unglaublich befriedigenden und alles erschütternden Orgasmus bekam. Dann war er an der Reihe, und danach kam sie erneut. So ging es weiter, bis ihre Knie und ihre Hüfte schmerzten und sie zwischen den Beinen so geschwollen war, dass es wehtat, wenn sie die Beine übereinanderschlug. Seine Rute war rot und so empfindlich, dass er selbst bei der kleinsten Berührung zusammenzuckte. Und erneut vermischten sich ihre Laute zu einem Klangteppich aus Schmerz und Lust. Die Orgasmen waren nur noch Schatten vorheriger Freuden, aber ihnen trotzdem willkommen und auch irgendwie notwendig für beide.

Es war schon fast Mitternacht, als Amanda das Geld neben die Kasse legte, um für ihre Schuhe zu bezahlen. Sie öffnete selbst die Tür und verließ den Laden. Rupert blieb schlafend auf dem Ledersofa zurück, ein dümmliches Grinsen auf seinem jungenhaften Gesicht. Sein geschrumpfter Schwanz schmiegte sich schlaff an seinen Oberschenkel.

6

Amanda verbrachte einen Großteil der kommenden Tage vor dem Computer in ihrem Büro. Sie verglich die Einkaufslisten mit den Verkaufsstatistiken und machte sich einen Berg Notizen. Den Rest der Zeit verbrachte sie damit, sich mit Mrs Carrey von der Personalabteilung zu besprechen. Als sie das Gefühl hatte, die Zusammenhänge zumindest ungefähr verstanden zu haben, rief sie in der Einkaufsabteilung an und fragte, ob Mr Dumphries, der Leiter der Abteilung, für sie eine Stunde seiner Zeit erübrigen könne. Eine weinerliche Stimme erklärte ihr, Mr Dumphries werde nicht vor zehn oder elf Uhr ins Büro kommen.

Amanda ging die zwei Stockwerke nach unten in die Einkaufsabteilung. Die weinerliche Stimme gehörte zu Pat, einer übergewichtigen, blutjungen Rothaarigen mit Akne und einem selbstbewussten Auftreten.

»Wo ist Mr Dumphries?«

»Nicht da.«

»Das kann ich sehen. Warum ist er nicht da?«

»Er kommt selten früh ins Büro.«

»Ach ja? Wer hat ihm das erlaubt?«

»Ms Sharpe. Sie ist die Vizepräsidentin für den Einkauf.«

»Und wo ist sie?«

»Sie ist nicht da.« Abwesend kratzte sich das Mädchen hinterm Ohr.

»Ach ja? Und wo genau ist sie?«

»Im Urlaub.«

»Wann soll sie zurückkommen?«

»Montag in einer Woche.« Vielleicht war der Rotschopf es nicht gewohnt, so lange am Stück zu stehen. Vielleicht war ihr auch diese ganze Fragerei lästig. Sie wippte jedenfalls vor und zurück, von links nach rechts, während sie mit Amanda redete.

»Und wer ist im Moment für die Einkaufsabteilung verantwortlich?«

»Das bin dann wohl ich.«

»Ich verstehe.« Amanda drehte sich um und wollte gehen, doch sie wäre beinahe über einen Karton gestolpert und gestürzt. In dem Karton waren Magazine. Noch mehr Fetischmagazine? Sie nahm das oberste aus dem Karton. Nein, kein Pornomagazin, sondern eher eine Fachzeitschrift fürden Schuhhandel. Mehr konnte sie nicht sagen, weil das Magazin in Deutsch war. »Wem gehören die hier?«

»Niemandem. Das Zeug gehörte Paul. Paul Carter. Aber er ist nicht mehr hier. Ich wollte die Sachen – keine Ahnung – wegwerfen?«

»Er hat gekündigt?«

»Mr Dumphries hat ihm wohl gekündigt.«

»Aus welchem Grund?«

Verschwörerisch beugte das Mädchen sich vor. »Wegen Urkundenfälschung«, zischte sie.

Endlich war Amanda mal einem richtigen Verbrechen auf der Spur. »Was für eine Urkunde hat er gefälscht?«

»Eine Bestellung. Mr Dumphries hat eine Bestellung über fünfzehn Kartons von einem bestimmten Schuh aufgegeben. Paul Carter hat die eins in eine vier geändert, weshalb wir fünfundvierzig Kartons bekommen haben.«

»Warum um alles in der Welt sollte er sowas tun?«

»Naj a, er und Dumphries hatten sich vorher ziemlich gestritten. Carter wollte viel mehr von diesem Schuhtyp bestellen, aber Dumphries war dagegen, weshalb Carter die Bestellung hinter seinem Rücken geändert hat, indem er die Bestellung, also die Zahl, fälschte.«

Amandas Interesse war geweckt. Sie hockte sich auf die Tischkante. »Dieser Schuh, den er bestellt hat, hat er sich gut verkauft?«

»Was? Oh, na klar. Alle fünfundvierzig Kartons waren nach drei Wochen ausverkauft, das ist passiert. Alle Läden wollten noch mehr davon, aber es war halt zu spät.«

»Dieser Carter hat also mit seiner Vermutung recht behalten, dass der Schuh sich gut verkauft.«

»Ich weiß. Aber darum ging es nicht, hat Dumphries gesagt. Er meinte halt, Paul wäre unehrlich gewesen. Darum musste er gehen. Dumphries war echt ziemlich sauer wegen der Sache.«

»Weil Carter die Zahl gefälscht hat? Oder weil er recht hatte?«

Das Mädchen zuckte mit den Schultern.

»Bringen Sie den Karton bitte nach oben in mein Büro. Ich möchte mir die Magazine gern ansehen.«

»Ich mache keine Botengänge.« Das Mädchen besaß sogar die Frechheit, laut zu lachen. »Sehe ich vielleicht so aus, als würde ich irgendwelche Lieferungen zustellen?«

»Ich verstehe. Wie heißen Sie?«

»Pat Hughes.«

»Also gut, Pat Hughes. Sie können sich für den Rest der Woche freinehmen.«

»Cool.« Etwas verspätet fragte sie: »Wer sind Sie überhaupt?«

»Ich bin Amanda Garland, die Eigentümerin von Forsythe Footwear. Am Montag gehen Sie dann bitte zu Mrs Carrey. Sie wird Ihnen dann Ihre Papiere und den letzten Gehaltsscheck aushändigen.«

»Wie bitte?« Der Mund des Mädchens stand offen.

»Sie sind gefeuert.« Amanda verspürte ein aufgeregtes Kribbeln. Zum ersten Mal nutzte sie ihre Macht aus. Egal, das Mädchen war einfach nur eine Lusche. Wenn sie sich mit dem Rauswurf nicht nur an dem Rotschopf rächte, sondern zugleich an all den unausstehlichen Teenagern, die Amanda in den vergangenen Jahren im Kino, in Läden und an den Tresen von Schnellrestaurants unhöflich behandelt hatten, dann war das eben so.

»Das können Sie nicht tun!«

»Ich habe es gerade getan.«

Amanda schleppte den Karton selbst in ihr Büro. Darin befanden sich nicht nur Schuhmagazine aus aller Welt, sondern auch eine Menge Papiere mit Zahlen, Grafiken und Notizen in einer Art Code. Soweit sie es nach eingehendem Studium erkennen konnte, handelte es sich vermutlich um Paul Carters Versuche, die kommenden Trends vorherzusehen. Wenn sie an seinen Streit mit Dumphries dachte, hatte er wohl wenigstens in einem Fall recht behalten.

Amanda rief Nola an. »Nola, wir hatten doch mal einen Mann bei uns, diesen Paul Carter. Können Sie herausfinden, für wen er jetzt arbeitet?«

»Natürlich, Ms Garland. Ach, Ms Garland?«

»Ja?«

»Er war nett. Es tat mir echt leid, dass er gehen musste.« Es war das erste Mal, dass Nola von sich aus etwas sagte.

»Sah er gut aus?«

Nola kicherte. »Ein echt dufter Typ, wenn man auf junge Männer steht.«

»Wie jung?«

»Oh, er war so um die zwanzig, glaube ich.«

Amanda lächelte. Ihre Welt war ja voller potentieller Lustknaben!

Um eins brachte Nola ihr ein Tablett mit einem Caesars-Salat und ein Mineralwasser mit Zitronenschnitz. Anscheinend gab's unter diesem pinken Zuckerwatteschopf doch sowas wie einen Verstand. Das Mädchen kam so schwungvoll hereingewirbelt, dass man sie einfach ansehen musste.

»Neuer Rock?«, fragte Amanda.

»Gefällt er Ihnen?«

Es war ein grauer Flanellrock, der eine Handbreit länger war als die Röcke, die Nola gewöhnlich trug. An der Seite hatte er einen fünfzehn Zentimeter langen Schlitz. Amanda überlegte, ob das vielleicht eine Art Hommage an ihre eigenen Röcke war.

»Sieht hübsch aus«, sagte sie und meinte es auch so. Das Mädchen hatte wirklich bemerkenswert schöne Beine.

Nola wurde vor Verlegenheit leicht rot. »Ich bin so froh, dass er Ihnen gefällt, Ms Garland. Sie ziehen sich immer so schick an, deshalb ist das aus Ihrem Mund ein echtes Kompliment.« Dann verfinsterte sich ihre Miene. »Sie sind wirklich nett und so klug! Gar nicht so wie ich mir Rog..., also die Frau von Mr Garland immer vorgestellt habe ...« Sie verstummte.

»Wie haben Sie sich denn vorgestellt, wie ich bin?«

»Ich weiß nicht. Natürlich habe ich die Fotos von Ihnen gesehen, aber ich dachte, Sie wären eher dumm. Egozentrisch und dumm. Aber was weiß ich schon?« Da sie nun schon in Fahrt war, konnte das arme Mädchen mit den pinken Haaren anscheinend kein Ende finden. »Wenn ich gewusst hätte, wie großartig Sie sind«, brabbelte sie weiter, »hätte ich jedenfalls niemals ...«

»Was hättest du niemals?«

»Ach nichts.« Nola stand wie angewurzelt vor Amandas Schreibtisch. »Ich muss jetzt gehen«, murmelte sie schließlich und zog sich zurück. Ihre Schritte wirkten jetzt sehr viel unbeholfener als vorhin.

Amanda grinste. Hm! Das klang ja fast schon wie eine Entschuldigung, weil Nola mit Roger rumgevögelt hatte. Aber es war eine Entschuldigung, die anzunehmen Amanda durchaus geneigt war. Sie fand allmählich Gefallen an der Kleinen. Nola mit den pinkfarbenen Haaren besaß tatsächlich die Chuzpe, *sie*, Mrs Roger Garland, als dumm zu bezeichnen. Das amüsierte Amanda. Zumal nicht Nola bei Roger im Hotelzimmer gewesen sein konnte, als er starb. Amanda hatte nämlich schon das Arbeitszeitkonto zum fraglichen Zeitpunkt überprüft. Es sah ganz so aus, als habe Roger es mit mehreren Frauen und Mädchen getrieben. Sie konnte Nola nicht allein für Rogers Untreue verantwortlich machen.

Sie öffnete die abgeschlossene Schublade und berührte den Samtbeutel mit den Goldanhängern. Roger war ein komplizierter Mann gewesen. Er hatte sie geliebt, daran bestand für sie kein Zweifel. Dennoch hatte er sie oft betrogen. Vielleicht waren ja alle Männer so.

Vielleicht lag es an der Macht, die er als Firmenchef genoss; vielleicht hatte sie ihn dazu verlockt, sie zu betrügen. Amanda hatte fröhlich erst Trevor, den Sicherheitsmann und anschließend noch Rupert, ihren eigenen Angestellten, verführt. *Und* sie hatte sich fest vorgenommen, diesen Paul Carter flachzulegen, dem sie noch nie begegnet war. Jeder von diesen dreien konnte eine Frau oder Freundin haben. Rogers Tod hatte sie gewissermaßen befreit. Wenn man ihre Verwandlung in eine gewissenlose Jüngerin der freien Liebe als Befreiung bezeichnen konnte ...

Es war drei Uhr, als Dumphries endlich in ihr Büro kam. Er war ein plumper, kleiner Mann mit einer Warze zwischen den Augen und trug die Haare über die Glatze gekämmt. »Was ist mit meiner Pat passiert?«, wollte er wissen.

»Ich habe sie gefeuert.«

»Warum?«

»Sie war frech.«

»Wie bitte?«

»Setzen Sie sich. Ich muss mit Ihnen reden.«

»Aber ... Aber Pat!«

»Über sie können wir später reden. Wenn Sie dann noch über Pat reden möchten.«

Ihr Tonfall ernüchterte ihn. Er sank auf einen Besucherstuhl. »Worum geht's?«

»Um Modell Nummer F102340.«

Er runzelte die Stirn. »Der schwarze Schnürschuh für die Dame, der von innen den Spann der Trägerin stützt. Von Ogilvy & Fitch. Ein ausgezeichneter Schuh.«

»Wie viel Paar haben wir von diesem Modell dieses Jahr schon eingekauft?«, fragte Amanda mit seidig glatter Stimme.

»Ich bin nicht sicher, das müsste ich überprüfen.«

»Ich habe es bereits überprüft. Es waren rund zweitausend Paar.«

»Oh?«

»Und wie viel Paar haben wir von diesem Schuh verkauft?«

»Das ist nicht meine Abteilung, das muss ich nicht wissen.«

»Dem Einkauf ist es egal, wie viel verkauft wird? Das ist ja mal interessant. Also gut, ich sage es Ihnen. Wir haben bis Ende letzter Woche hundertdreiundachtzig Paar verkauft.«

»Wie ich schon sagte, das ist ein guter Schuh. Wir müssen noch mehr ans Lager nehmen. Das ist die Art Schuh, die nie aus der Mode kommt.«

»Oder nie *in* Mode kommt«, schnurrte Amanda. »Oh, und letztes Jahr haben wir – also *Sie* – etwas über dreitausend Paar von diesem Schuh eingekauft. Wir haben weniger als vierhundert verkauft. Wenn wir in diesem Tempo weitermachen, führen wir in zehn Jahren nur noch diesen Schuh.«

Dumphries verschränkte die Arme vor der Brust. »Ich treffe keine Einkaufsentscheidungen. Ms Sharpe entscheidet, was wir ans Lager nehmen.«

»Da bin ich aber froh, dass Sie das Thema ansprechen, Mr Dumphries. Was genau *machen* Sie denn, außer dass Sie spät zur Arbeit kommen, lange Mittagspause machen und früh wieder gehen?«

Er richtete sich kerzengerade auf und drohte ihr mit dem Finger. »Ich muss schon sagen, Sie sind ziemlich ...«

»Was bin ich? Oder nein, sagen Sie mir lieber, wie so ein Bestellvorgang im Einzelnen abläuft.«

»Also, Ms Sharpe sagt mir, welche Schuhe wir einkaufen und wie viel Paar von den einzelnen Modellen. Ich gebe ihre Anweisungen an meine Assistentin Pat weiter. Sie füllt die Bestellformulare aus und bringt sie mir dann, damit ich sie unterzeichne.«

»Sie geben also nur die Anweisungen weiter und unterschreiben Bestellformulare? Und das sogar, ohne noch mal zu überprüfen, was auf den Formularen steht, wie ich gehört habe.«

»So macht man das eben!«

»Nein, Mr Dumphries. Ich habe schon genug meiner wertvollen Zeit mit Ihnen verschwendet. Sie sind jetzt achtundfünfzig, stimmt's? Sie können mit sechzig in den Ruhestand gehen, das habe ich schon mit der Personalabteilung geklärt. Das Billigste wird es sein, wenn wir Ihnen einfach für die nächsten vierzehn Monate Ihr Gehalt zahlen. Aber bitte bleiben Sie dem Büro in Zukunft fern. Sie sind hier nicht mehr willkommen.«

Er stand auf und spuckte jetzt Gift und Galle. »Ich werde mit Ms Sharpe darüber reden, was Sie hier tun!«

»Das werde ich auch. Sie haben fünfundzwanzig Minuten, um Ihren Schreibtisch aufzuräumen und Ihre Sachen zu packen. Danach wird der Sicherheitsdienst Sie des Gebäudes verweisen. Guten Tag, Mr Dumphries!«

7

Spikes war ein viel größerer Laden als die kleinen Filialen von Forsythe Footwear. Das Geschäft hatte eine zwanzig Meter breite Schaufensterfront, die drei Stockwerke in die Höhe strebte. Die Fenster waren aus blassrosa spiegelndem Glas, mit einem aufgemalten Rahmen aus schweren schwarzen Ketten. Das Motiv setzte sich im Laden fort, es gab pinkfarbene Spiegel, pinkfarbene Wildledersessel und Verkaufsmöbel, die mit ähnlichen schwarzen Ketten verziert waren, die sich elegant um die Ecken und Kanten der Möbel wanden. Handtaschen hingen an schwarzen Ketten und baumelten einladend auf Augenhöhe.

In ihrem schwarzen Flammseiderock, der ihre Knöchel einengte und ihre Schenkel umschmiegte, stöckelte Amanda wie eine Geisha in den Laden. Sie trug eine gerüschte weiße Chiffonbluse und eine kurze eckige Kostümjacke, die von drei Posamentverschlüssen geschlossen gehalten wurde. Ein fünf Zentimeter tiefer Ausschnitt gewährte dem Betrachter immerhin noch einen verlockenden Blick auf ihren kaum verhülltes Dekolleté.

Die Angestellten trugen Uniformen. Die Frauen hatten schwarze Röcke und pinkfarbene Blusen an, die Männer trugen zu schwarzen Hosen pinkfarbene Hemden. Zu Amandas Glück trugen sie außerdem Namensschilder, ein geschwungener Schriftzug in Magenta auf schwarzem Grund. Als der einzige männliche Angestellte im Erdgeschoss fragte, ob er Amanda helfen könne, und sie aufgrund seines Namensschildes wusste, dass er nicht Paul Carter war, fragte sie ihn einfach, wo die Schuhe mit hohen Absätzen ausgestellt waren.

Er schaute prüfend auf Amandas eingezwängte Beine, dann zur Treppe, die sich in der Mitte des Raums in einem eleganten Bogen nach oben schwang. Er grinste. »Oben, Madam. Soll ich Ihnen eine Auswahl der Schuhe nach unten bringen?«

»Nicht nötig.« Amanda bückte sich und riss den Klettverschluss ihres Rocks so weit auf, dass sie zehn Zentimeter oberhalb ihres halterlosen Strumpfs nackte Haut zeigte. Der Verkäufer starrte ihr immer noch nach, als Amanda die Treppe schon halb hochgestiegen war.

Die Treppe war wie gemacht für Exhibitionisten und Voyeure. Sie war zu beiden Seiten offen und hatte nur Trittstufen und keine blickdichten Setzstufen. Es war schlicht unmöglich, im Rock hochzugehen, ohne den Leuten im Verkaufsraum einen Blick unter den Rock zu gestatten. Vermutlich glaubte man hier, Frauen, die höhere Absätze bevorzugten als die recht konservativen acht bis zehn Zentimeter, die es im unteren Stockwerk gab, müssten eine exhibitionistische Ader haben. Gar nicht so dumm.

Der Nachteil, wenn der eigene Ehemann im Schuhgeschäft war, war wohl, dass sie nie in Schuhläden gegangen war. Amandas Leben an Rogers Seite war vor allem von Isolation geprägt gewesen – und sie hatte es gar nicht gemerkt! Es war erst nach und nach im Laufe der Zeit passiert, wie Schneefall im Winter, der nur langsam und leise alles zudeckt. Ohne es selbst zu merken, war sie lebendig begraben worden. Und Amanda hatte eine ungefähre Ahnung, warum das so war. Roger hatte einfach dafür gesorgt, dass sie keiner der Verlockungen erliegen konnte, die da draußen auf sie warteten. So wie er den Verlockungen erlegen war, der verfluchte Mistkerl!

Amanda zögerte, ehe sie die letzten Stufen nahm. Sie drehte sich um und schenkte dem jungen Mann, der ihr die Richtung gewiesen hatte, ein strahlendes Lächeln. Er war verführerisch, keine Frage, noch dazu im richtigen Alter – und mit dem richtigen Alter meinte sie im Moment ziemlich jung. Amanda nahm die letzten drei Stufen. Aber er war nicht der Mann, hinter dem sie heute her war.

Ganz anders als Rupert mit seinem Babygesicht sah Paul hager aus, geradezu wölfisch. Er hatte hohe Wangenknochen und große Augen. Seine Lippen, die nicht so üppig erdbeerrot waren wie die von Rupert, waren ebenso verlockend. Sein dunkles, wirres Haar sah aus, als sei er gerade erst aus dem Bett gestiegen. Vermutlich brauchte er für diesen Look morgens eine ganze Stunde im Badezimmer.

Paul ging gerade vor einer Kundin in die Knie, um ihr einen Schuh anzuziehen. Als er den Schuh gegen den Fuß drückte, umfasste seine Hand die Ferse der Kundin. Vielleicht fiel der jungen Frau diese Besonderheit nicht auf, aber Amanda entging sie nicht. Jetzt wusste sie auch schon, wie sie ihn dazu bringen konnte, ihr zu dienen.

Nachdem die Kundin gegangen war und Paul sich Amanda zuwandte, erklärte sie ihm: »Ich möchte den höchsten Pumps anprobieren, den Sie im Sortiment haben.«

Er schaute prüfend ihre Füße an und hob eine Augenbraue. »Sie haben einen sehr kleinen Fuß, Madam. Unsere höchsten Absätze sind achtzehn Zentimeter hoch. Sie müssten dann auf den Zehenspitzen balancieren, um darin zu laufen. Sind Sie sicher …?«

»Wir können es ja ausprobieren.«

Er vermaß ihren Fuß. Seine Finger berührten sie so zart wie Spinnenbeine. »Einen Moment bitte, Madam.«

Der Schuh, den er ihr brachte, war ein klassischer Pumps in metallischem Bronzeton mit achtzehn Zentimeter hohen

Pfennigabsätzen, die so schmal und spitz wie Nägel waren. Er kniete sich vor sie und drückte mit der Handfläche den Absatz gegen ihren Fuß. Amanda beugte sich zu ihm nach unten und zwang ihn, seine rechte Hand immer weiter nach unten zu nehmen, bis sie ihn mit dem Pfennigabsatz auf den Fußboden genagelt hatte und er sich nicht mehr rühren konnte. Sie übte etwas Druck aus, und der Absatz grub sich tief in seine Handfläche.

Paul blickte zu ihr auf. In seinen Augen blitzte eine Mischung aus Angst und Verlangen.

»Und jetzt den anderen Schuh«, sagte sie.

»Ich ...«

»Sie schaffen das schon.«

»Ja, Madam.«

Unbeholfen half er dem anderen Fuß in den zweiten Schuh, da er nur die Linke zur Verfügung hatte. Als die Ferse zu einem Drittel im Schuh war, legte er die Hand unter den zweiten Absatz und blickte wieder zu ihr auf. Seine dunkelbraunen Augen flehten sie stumm an.

Amanda wusste genau, was er wollte. Sie zwang auch seine linke Hand neben die Rechte auf den Boden.

»Madam?«

»Sie sind Paul Carter, stimmt's?«

»Äh ... ja, der bin ich.«

»Sie haben Ihre Rechercheunterlagen bei Forsythe Footwear vergessen.«

Verdutzt antwortete er: »Die werden mich bestimmt nicht noch mal ins Büro lassen, damit ich sie hole.«

»Ich habe die Sachen. Ich gebe sie Ihnen heute Abend zurück.« Sie zog ihre Visitenkarte aus der Handtasche. »Hier ist meine Karte. Auf der Rückseite steht meine Privatadresse. Kommen Sie heute Abend um acht zum Essen.« Sie steckte die Karte in die Brusttasche seines pinkfarbenen Hemds und drückte die Absätze tiefer nach unten, als wollte sie ihren Worten zusätzlich Nachdruck verleihen.

»Ja, Madam.«

»Du darfst mich Miss Amanda nennen.«

»Ja, Miss Amanda.«

»Und komm nicht zu spät. Ach, und diese Schuhe nehme ich natürlich auch mit.«

Auf dem Heimweg fiel Amanda ein, dass sie nichts hatte, das zu den bronzefarbenen Schuhen passte. Also machte sie noch einen Abstecher zu Coquette. Dort fand sie ein knöchellanges Kleid aus metallischem Stretchstoff mit Neckholder, das im Ton perfekt zu den Schuhen passte. Die Verkäuferin warnte Amanda, dass es unmöglich sei, irgendwas unter dem Kleid zu tragen, weil man alles sehen würde. Das war ein Umstand, der sehr gut zu Amandas Plänen passte.

8

Amandas neues Kleid oder vermutlich eher der Körper, an dem es wie eine zweite Haut klebte, schien Paul sprachlos zu machen. Dieses Kleid machte dem Namen des Stoffes alle Ehre – »liquid metal« stand im Etikett. Sie sah aus, als habe man sie in geschmolzene Bronze getaucht. Wo die Nippel gegen den Stoff drückten, zeichneten sie sich deutlich ab, ihr Nabel bildete eine kleine Kuhle, und der Stoff floss elegant über den zarten Hügel ihrer Scham. Selbst Schambehaarung wäre durch den Stoff sichtbar gewesen.

Sie hatte alles minutiös geplant. Ihr Kleid war atemberaubend sexy und so schick, um einem jungen, unreifen Kerl wie ihm gehörig den Kopf zu verdrehen. Das Menü, das sie ihm servierte, würde zudem die Geschmacksknospen eines jungen Mannes ansprechen, aber es war immer noch weit anspruchsvoller, als er es vermutlich gewohnt war. Und alles, von dem sie glaubte, sie könne es irgendwann im Laufe dieses Abends brauchen, hatte sie vorher gut platziert.

Paul war in einem dunkelgrauen Zweiteiler aufgetaucht. Er roch dezent nach Rasierwasser und brachte ihr rosafarbene Rosen mit. Offenbar hoffte er sehr darauf, flachgelegt zu werden, war sich aber nicht sicher, ob das wirklich passieren würde. Nach der kleinen Szene im Schuhladen musste er unglaublich erregt und nervös sein. Er hing also schon an Amandas Haken. Sie brauchte ihn sich nur noch an Land zu ziehen.

Sie servierte eine Möhrencremesuppe mit Koriander. Als sie ihn dazu ermunterte, begann Paul, ihr sein System zu erklären, wie er Modetrends voraussah. Es war bemerkenswert einfach. Er beobachtete einfach die einzelnen Trends, sobald sie auftauchten, und machte für jeden Trend Aufzeichnungen. Wenn ein Trend im einen Jahr in Paris anfing und im folgenden Jahr nicht nur dort auftauchte, sondern zum Beispiel auch in Mailand und New York auf den Fashionshows gezeigt wurde, konnte Paul ziemlich sicher sein, dass dieser Trend die Modehauptstädte dieser Welt im dritten Jahr vollends erobern würde, ehe er sich in der ganzen Welt ausbreitete. Er behauptete, sein System sei in sieben von acht Fällen korrekt. Im achten Fall regte er an, man könne den Preis der Schuhe dann rasch reduzieren und die Ware zum Einkaufspreis verschleudern. Damit bestätigte er Ruperts Ansicht.

Amanda schenkte ihnen ein Glas Bull's Blood ein und servierte Filetspitzen in Burgundersauce mit Herzoginkartoffeln und weißen Spargelspitzen. »Dieser Schuh, wegen dem du gefeuert wurdest«, sagte sie. »Bist du damit nicht ein großes Risiko eingegangen?«

»Ach, Miss Amanda, ich war da einfach schrecklich frustriert. Es war ja nicht das erste Mal, dass Dumphries einen echten Spitzenschuh in zu geringer Stückzahl bestellt hat.«

»Erzähl mir mehr.«

»Es gab viele Fälle, in denen ich gern mehr bestellt hätte. Letzten Sommer zum Beispiel gab es da diesen Superschuh, ein flacher Segeltuchschuh in fünf verschiedenen Farben. Hübsch anzusehen und gar nicht so teuer. Ich wollte zweihundertfünfzig Kartons bestellen. Er wurde in China hergestellt, wir konnten ihn also nicht nachbestellen.«

»Wie viele hat Dumphries schließlich eingekauft?«

»Einunddreißig Kartons. Für jede Filiale einen. Schlimmer noch: als die Filialleiter den Schuh im Katalog sahen, wollten sie alle mehrere Kartons haben, von fünf bis zu dreißig Paar.« Er verzog das Gesicht. »Ein Laden war nach zwei Tagen ausverkauft. Das letzte Paar der ganzen Charge war nach einem Monat weg.«

»Warum hat er nicht mehr eingekauft?«

»Er meinte, das sei die Geschäftspolitik von Forsythe Footwear. Die Standardschuhe müssen immer vorrätig sein, und dann kann man noch eine breite Palette in niedriger Stückzahl von den anderen Styles einkaufen. Das ließ mir keine andere Wahl.«

»Was sind das für Standardschuhe?«, fragte sie.

»Ach, dieser ganze Scheiß von Ogilvy & Fitch. Schuhe für alte Frauen. Gesundheitsschuhe. Hausschuhe, um Himmels willen!«

»Du liebst wohl elegante Schuhe, kann das sein, Paul?«

Er schaute verlegen auf seinen Teller. »Ich weiß nichts über ›Liebe‹, Miss Amanda.«

»Ach so? Ich dachte, du teilst meine Leidenschaft.«

»Also, na ja …«

»Du liebst doch die Schuhe, die du mir heute verkauft hast. Nicht wahr, Paul?«

Er wurde rot und nickte.

»Ich trage sie gerade.«

»Ich weiß«, flüsterte er.

»Dann ist es vielleicht so, dass du Schuhe *und* Frauen liebst? Am besten *zusammen?*«

Paul nickte erneut.

»Und hier bin ich. Eine begehrenswerte Frau, die sexy Schuhe trägt.«

Wieder nur ein Nicken.

»Willst du mich, Paul?«

»Sie wollen?«

»Willst du mich vögeln?«

Seine Verwirrung mitanzusehen war einfach herrlich. Paul stammelte und stotterte, nickte und schüttelte den Kopf, wurde tiefrot und schaffte es gerade noch, einen Laut von sich zu geben, der einem »Ja« zumindest ähnlich war.

»Dann folge mir. Und mach alles genau so, wie ich es dir sage. Wenn du mir brav gehorchst, verspreche ich dir eine sexuelle Erfahrung, die besser ist als alles, wovon du bisher zu träumen gewagt hast.«

Er gab einen erstickten Laut von sich.

Amanda fuhr fort: »Du schuldest mir absoluten Gehorsam, ist das klar, Paul?«

»Ja, Miss Amanda.«

»Braver Junge. Du lernst schnell.«

Sie führte ihn ins Wohnzimmer und setzte sich auf die tiefe, wuchtige Couch aus schwarzem Leder. Paul machte Anstalten, sich neben sie zu setzen.

Streng wies sie ihn zurecht. »Ich habe dir nicht erlaubt, dich hinzusetzen.«

Er richtete sich sofort wieder auf. »Entschuldigen Sie, Miss Amanda.«

Amanda zog ihr Kleid bis über die Knie nach oben und drapierte den Saum über ihre Oberschenkel. »Zieh dich aus.«

»Wie bitte?«

»Du hast mich schon verstanden – du sollst dich ausziehen. Ich will dich nackt sehen.«

»Ich ...«

»Mach es einfach.«

Etwas ungeschickt entkleidete Paul sich bis auf seinen Minislip – ein knapper Fetzen mit Leopardenprint, der kaum seine wachsende Erektion bedeckte. Ein feuchter Fleck verriet ihr, wie erregt er jetzt schon war. Amanda musste sich ein Grinsen verkneifen. Oh ja, Paul hatte bestimmt insgeheim gehofft, sie werde ihn flachlegen. Nun, das würde sie auch tun, aber sie würde noch mehr mit ihm tun. Mehr, als sich dieser unschuldige Junge überhaupt vorstellen konnte.

»Zieh den Slip aus.«

Er zögerte einen Moment, dann atmete er tief durch und schob den Slip nach unten. Als er sich wieder aufrichtete, wurde jedenfalls eins sofort deutlich: Auch wenn einiges an ihm noch ziemlich jungenhaft war, gab es andere Teile an ihm, die einem erwachsenen Mann gehörten. Seine beeindruckende Männlichkeit wippte vor ihm auf und ab und ragte aus einem kleinen Nest dunkler, krauser Haare hervor. Pauls Hände bewegten sich auf dieses Nest zu, als wollte er es vor ihren Blicken abschirmen. Gleichzeitig versuchte er, den Impuls zu unterdrücken. Er hatte den schmalen Körper eines Läufers mit langen, schlanken Gliedern und ohne die dicken Muskeln, wie Roger sie hatte. Sie konnte seine Rippen unter der Haut erkennen, die harten Brustmuskeln waren fast vollständig unbehaart. Sein Bauch war leicht ausgehöhlt, aber er wies hübsche Muskelgrate auf. Auch da war er haarlos.

Amanda leckte sich die Lippen. »Knie dich zu meinen Füßen auf den Boden. Zieh mir die Schuhe aus.«

Er gehorchte bereitwillig. Wenn er fürchtete, dass sie seine Hand wieder mit dem Absatz in den Fußboden bohrte, zeigte er diese Angst nicht. Aber dieses Spiel hatten sie ja bereits gespielt, und Amanda hatte kein Interesse daran, sich zu wiederholen.

»Jetzt ziehst du mir den linken Strumpf aus. Nur den linken! Und pass gefälligst auf, keine Laufmasche zu ziehen.«

Seine Finger zitterten. Er biss sich konzentriert auf die Unterlippe. Dass der Strumpf am oberen Ende so an ihrer Haut »klebte«, schien ihn im ersten Moment zu verwirren, doch sobald er das System verstanden hatte, klappte er die Spitze zweimal um, ehe er den Strumpf langsam an Amandas unverschämt langem Bein nach unten schob. Über ihren schmalen Knöchel und ihren zarten, kleinen Fuß zog er ihr den halterlosen Strumpf aus.

»Du darfst jetzt meine Zehen küssen.«

Er spitzte die Lippen und berührte den kleinen Zeh ihres linken Fußes.

»Du darfst an ihnen saugen und lecken.« Sie lehnte sich zurück und genoss das warme, glitschige und feuchte Gefühl, als er ihre Zehen lutschte. Wie sie es erwartet hatte, war er richtig gut darin. Sie wusste nicht, ob das Erfahrung oder einfach ausgeprägte Fantasie war, die ihn beflügelte. Sie beschloss, das später noch herauszufinden. Der liebe Gott schenkte ihr unerfahrene Jungs, in denen ungeahnte Talente schlummerten. Eine Goldgrube!

Amandas Körper kribbelte, als sie schließlich genug davon hatte. »Steh auf!«, befahl sie ihm. »Hände nach vorne, Handgelenke zusammen.«

Ohne aufzustehen, wickelte Amanda ihren Strumpf in einer Acht um seine Handgelenke und zog einen festen Knoten. »Und jetzt steckst du deine Schwanzspitze hier rein.« Sie stellte den linken Fuß auf die Sitzfläche der Couch und zeigte auf ihr von Nylon umhülltes rechtes Knie.

Es war für den armen Jungen nicht leicht, aber Amanda hatte inzwischen für sich beschlossen, dass es für einen Jungen gut war, wenn er für eine angemessene Belohnung ordentlich was tun musste. Er musste sich mit beiden gefesselten Händen an die Rückenlehne der Couch klammern, mit einem Knie auf die Couch sinken und das andere Bein weit nach hinten ausstrecken, den Fuß auf den Boden gestellt und den Rücken durchgedrückt. Amanda machte keine Anstalten ihm irgendwie entgegenzukommen.

Als seine dunkelrote, feucht glänzende Eichel in Position war, legte Amanda das linke Knie über das rechte. Sein Penis war nun in der weichen Höhlung ihrer linken Kniekehle gefangen. »Fick mich ins Knie!«, befahl sie ihm.

Nach einem Dutzend etwas zittrigen Stößen schien er in

einen guten Rhythmus gefunden zu haben, denn er wurde schneller.

Amanda griff in ihren Nacken und löste das Band ihres Neckholders. Das Kleid glitt bis zur ihrer Taille hinab.

Paul starrte auf ihre nackten Brüste. Er verharrte mitten in der Bewegung. Sie umschloss die rechte Brust mit der Hand und drückte zu, bis ihr Nippel etwas hervorstach. Dann zog sie seinen Kopf zu sich herunter. »Saug an meinem Nippel. Mach es hart, hörst du? Ich will es spüren.«

Er gehorchte trotz seiner misslichen Stellung und beugte sich vor. Seine Lenden gerieten so in einen falschen Winkel, und er klammerte sich verzweifelt an die Couch. Doch er verlor das Gleichgewicht. Das Unvermeidliche passierte: Er stürzte zu Boden.

»Du bist nicht gerade besonders gut darin, kann das sein?« Amanda erlaubte sich, eine Spur Missbilligung in ihrer Stimme anklingen zu lassen.

Er blickte zu ihr auf. Sein Gesichtsausdruck war schrecklich zerknirscht. »Tut mir leid, Miss Amanda.«

»Wir probieren was Einfacheres.«

»Danke, Miss Amanda.«

Die Anweisungen, die Trevor benutzt hatte, inspirierten Amanda zu den nächsten Schritten. »Knie dich mit dem Gesicht zur Couch auf den Fußboden. Hände auf die Sitzfläche, die Knie ein bisschen weiter hinten und weit gespreizt.«

Amanda stand auf. Sie zog leicht den Bauch ein und schwenkte die Hüfte. Mit einem leisen Flüstern sank das Kleid zu Boden.

Paul rutschte auf Knien in die richtige Position.

Jetzt holte Amanda die Tube mit prickelndem Gleitgel und die Packung mit Chirurgenhandschuhen unter einem Sofakissen hervor. Hinter Pauls Rücken, damit er nicht sah, was sie machte, schob Amanda den Absatz eines ihrer Achtzehnzentimeterpumps in den Zeigefinger eines Latexhandschuhs, ehe sie selbst ein Paar Handschuhe überstreifte.

»Hier«, sagte sie, »saug daran.« Sie stellte den anderen Schuh auf einem Kissen direkt vor sein Gesicht. Der Absatz zeigte in Richtung seines Mundes.

Gehorsam nahm Paul die Metallspitze zwischen die Lippen und begann daran zu saugen.

»Und bleib genau so«, wies sie ihn an.

Er zuckte, als sie das kalte Gleitgel auf seinem langen erhitzten Schaft verteilte. Amanda hatte das Gefühl zu glühen. Es war das vertraute Glühen, das sie immer erfasste, wenn sie von Lust überrollt wurde. Und doch war es irgendwie anders. Es war mehr. Die *Macht,* die sie über ihn ausüben durfte. Sie hatte ein Spielzeug. Ein lebendiges, atmendes Spielzeug, das sich ganz ihren Befehlen unterordnete. Sie war eine Puppenspielerin mit einer menschlichen Puppe. Was immer sie tun wollte, konnte sie einfach machen. Egal, was sie von ihm erwartete, er würde es für sie tun.

Ohne sich im Geringsten darum zu kümmern, ob er an dem, was sie machte, Gefallen fand – obwohl er ihre Berührung zweifellos genoss –, erkundete sie seine Länge mit ihren schmierigen Gummifingerspitzen. Seine Form war nicht absolut rund, sondern eher wie ein leicht zusammengedrückter Kreis. Ein dicker, harter Grat verlief an seiner Unterseite. Seine Eichel war dick und rund, sogar noch härter als der Schaft. Wenn sein Schwengel auf ihrer Hand ruhte, konnte sie sogar seinen Puls darin spüren.

Paul stöhnte.

Sie liebkoste ihn absichtlich ganz langsam, weil sie den Jungen mit dieser Berührung in den Wahnsinn treiben wollte. Amanda liebkoste ihn von seinem schwarzen krausen Schamhaar bis zur Spitze seines Schafts. Zum Schluss verteilte sie die Feuchtigkeit der Gleitcreme ganz behutsam auf seiner Eichel.

Paul war steinhart und zitterte unter ihrer Berührung. Er lutschte zugleich den Schuh, wie sie es ihm befohlen hatte.

Mit einer Hand drückte Amanda noch mehr Gleitcreme auf den Zeigefinger der anderen Hand. Paul hatte richtig feste Pobacken. Das musste daran liegen, dass er sich immer bücken und hinknien musste, wenn er seiner Arbeit nachging. Sie schob ihre Hand von der Seite zwischen seine Arschbacken und fand rasch den kleinen, engen Knoten seines Anus. Sie drückte den Finger dagegen.

Paul erbebte. Er gab ein fragendes Geräusch von sich, das Amanda einfach ignorierte. Sie umkreiste seine Rosette, verteilte das Gleitgel und gab schließlich noch mehr Gleitcreme auf den Absatz ihres zweiten Pumps, der in dem Handschuh steckte.

»So, jetzt hab ich's. Es wird nicht wehtun. Zumindest nicht sehr. Sei tapfer, hörst du? Entspann dich einfach. Amanda wird es für dich jetzt schön machen, Paul.«

Mit größter Sorgfalt drückte Amanda den Absatz gegen das winzige Loch seines Anus. Millimeterweise trieb sie den Absatz in seinen Arsch. »Sag mir, ob sich das schrecklich anfühlt«, sagte sie.

Paul versteifte sich und hielt den Atem an. Während Amanda ihn langsam mit dem Pumps pfählte, streichelte sie weiter seinen Schwengel und hielt ihn unnachgiebig fest. Jedes Mal, wenn sie den Absatz in ihn hineinschob, wurde sie etwas schneller. Seine Halsmuskeln traten hervor, sie spürte die Anspannung, die sich in seinem Körper ausbreitete. In ihm schien ein schrecklicher Aufruhr zu herrschen. Liebte oder hasste er es, von einem der Schuhe gepfählt zu werden, dessen Zwilling er zugleich ableckte? Vermutlich war beides der Fall.

»Atme!«, befahl sie ihm.

Er tat, wie ihm geheißen. Sein Atemzug war ein abgehacktes Keuchen, das die erotische Spannung zwischen ihnen zusätzlich auflud. Wenn ihn das, was die Hand mit dem Schuh machte, irgendwie quälte, war es doch offensichtlich, dass ihm im Gegenzug mindestens genauso gut gefiel, was die andere Hand mit seinem Schwengel machte.

Als sie etwa fünf Zentimeter des Absatzes in seinem Arsch versenkt hatte, zog Amanda ihn langsam wieder heraus, bis nur noch die Spitze in ihm steckte. Dann schob sie ihn tiefer hinein.

Es war gar nicht so leicht, mit der einen Hand rhythmisch seinen Schwengel zu reiben und mit der anderen seinen Arsch zu bearbeiten. Aber Amanda musste sich nicht allzu lange damit aufhalten. Es machte sogar richtig Spaß, ihrem neuen Liebhaber zu Beginn dieser Nacht voller Leidenschaft zu zeigen, wie sie ihn ohne Weiteres dazu bringen konnte abzuspritzen. Sie wusste, auf ihn warteten noch unzählige Orgasmen, und auf sie mindestens genauso viele, ehe diese Nacht vorbei war. Diese Verschwendung seines Safts war eine ziemlich dekadente Sache. Und sie liebte es, dekadent zu sein!

Paul drückte das Kreuz durch, der Schuhabsatz glitt aus seinem Mund. Er keuchte und kam. Irgendwie schaffte sie es, seinen Samen in einem Feuchttuch aufzufangen, damit er ihre Couch nicht beschmutzte.

Amanda zog den spitzen Absatz aus seinem Arsch und zählte bis zehn. Das sollte reichen, damit er sich erholte.

»Setz dich auf die Sofakante. Spreiz die Beine und lehn dich zurück. Die Hände legst du hinter den Kopf. Und da bleiben sie.«

Vorsichtig, aber ohne gegen ihre Anweisungen Einspruch zu erheben, gehorchte Paul. Amanda musste unwillkürlich grinsen. Sein Gesicht war knallrot, und er gab sich echt Mühe, ihr nicht in die Augen zu blicken. Zugleich aber ruhte sein Blick hungrig auf ihrem nackten und üppigen Körper. Vielleicht hatte er in seinem Alter erst ein oder zwei Mädchen nackt gesehen. Aber auch wenn jugendliche Körper ein gewisses Etwas besaßen, das ihnen mit zunehmendem Alter verloren ging, besaßen doch die Körper reifer Frauen andere Vorzüge. Sie waren bodenständiger, was die reifen Frauen ebenso attraktiv machte – wenn nicht sogar sexuell noch anziehender. Zumindest nach Amandas Vorstellungen.

Sie kniete nun zwischen seinen Oberschenkeln. Seine Hoden waren wie die von Rupert: hart und dicht am Körper. Zwei fast haarlose, perfekte Edelsteine, die in einem Beutel aus dem zartesten, feinsten Leder verschlossen waren. Sie behandelte seine Hoden mit ausgesuchter Vorsicht und drapierte den Hodensack so, dass er über die Sofakante hing. Der Rest seines hübschen jugendlichen Pakets lag schlaff auf seinem Oberschenkel. Sie blies leicht gegen die Eichel. Sein Schwanz zuckte und hob sich ein wenig. Sie umschloss ihn nun mit der linken Hand und hob ihn an. Schon diese kleine Aufmerksamkeit ließ sein Fleisch wieder anschwellen. Mit der Rechten umschloss sie seine Hoden, während der Zeigefinger sich nach unten vortastete und begann, sanft seinen Schließmuskel zu massieren.

Amanda senkte den Kopf. Als ihre Lippen sich um Pauls Eichel schlossen, schnappte er nach Luft. Sie nahm ihn nicht tief in den Mund. Es waren nur ihre Lippen und ihre Zunge, mit denen sie ihn bearbeitete und absichtlich laute schlabbernde Geräusche machte, die ihn schon bald vollständig hart werden ließen. Rasch erhob sie sich und setzte sich rittlings auf Pauls Schoß. Noch immer hielt sie seinen Schaft umschlossen und senkte sich langsam auf ihn, bis seine Kuppe zwischen ihren nackten Schamlippen verschwand.

Paul schloss verzückt die Augen. Sie blickte ihn unnachgiebig an und senkte sich auf ihn. Oh ja, sie machte langsam, obwohl alles in ihr darauf drängte, schneller zu machen. Doch sie genoss es, jeden pochenden Zentimeter auszukosten, während er in sie hineinglitt. Als sie auf ihm saß, waren ihre Lippen um seine Schwanzwurzel geschmiegt, und sie drückte ihn noch tiefer in sich hinein. Dann wiegte sie sich in der Hüfte. Es war ein herrliches Gefühl, von seiner harten Rute aufgespießt zu werden!

»Ich werde dich jetzt ficken«, knurrte sie. »Ich werde auf deinem jungen, harten Schwanz kommen, und es ist mir egal, ob du auch kommst oder nicht. Jetzt geht es um *mich*. Verstanden?«

Er nickte.

Amanda packte mit einer Hand seine Haare und zog daran. Paul wimmerte, aber kein Wort kam über seine Lippen. Amanda wand sich auf ihm und bewegte sich auf und ab, drückte ihn tief in sich hinein, bis ihre Klit zwischen seinem Schambein und ihrem Venushügel eingeklemmt war. Langsam vögelte sie ihn, befriedigte sich an seinem Schwengel. Mit Daumen und Zeigefinger ihrer rechten Hand kniff sie ihn in die linke Brustwarze und zwirbelte sie. Paul wimmerte.

Da sie sich jetzt gut an ihm festhalten konnte, ließ Amanda los. Sie drehte die Hüfte und ritt ihn hart und unnachgiebig. Es musste auch für ihn gut sein, vermutlich zu gut, denn er stöhnte, zuckte und brach unter ihr zusammen.

»Wage es bloß nicht, jetzt einfach schlaff zu werden!«, wies sie ihn streng zurecht und kniff ihn in die Brustwarze.

Vielleicht war es der plötzliche Schmerz, denn sie spürte, wie er in ihr sofort wieder hart wurde. Wirklich unglaublich! Sie benutzte ihn tatsächlich wie ein Sexspielzeug. Sie drückte seine Knöpfe, damit er genau das tat, was sie von ihm verlangte. Ihre neu entdeckte Macht beflügelte Amanda. Sie ritt Paul härter und schneller, ihr Schambein hämmerte auf ihn nieder, und sie schwelgte in jeder Empfindung, die sie überkam. Er hielt bei ihrem mörderischen Tempo mit und kam ihren Stößen entgegen. Er war genauso wild wie sie, und als ein Tropfen Schweiß von ihrer Stirn tropfte, schnellte seine Zunge vor und fing den Tropfen auf. Er schloss die Augen, als wollte er den Geschmack vollständig auskosten. Das war es, was sie gebraucht hatte, dieser zärtliche, völlig unerwartete und wortlose Ausdruck seiner Bewunderung inmitten ihres heftigen Liebesspiels, den sie gebraucht hatte, um endlich über den Abgrund zu stürzen und einen so innigen, so heftigen Höhepunkt zu erleben, dass sie vor Lust aufheulte.

Eine Stunde später saß sie mit geöffneten Beinen da; Paul hatte den Kopf zwischen ihren Schenkeln vergraben, sein Gesicht zwischen ihren Schamlippen versenkt, und fickte sie mit der Zunge, als sie ihn träge fragte: »Was wäre, wenn Forsythe Footwear ungefähr neunzig Prozent seines Lagerbestands irgendwie loswerden würde? Hast du eine Idee, wie man die Bestände schnell wieder mit guter Ware auffüllen könnte?«

Er nickte. Das fühlte sich ganz angenehm an, als er da unten nickte.

»In dem Fall wirst du morgen zur Geschäftsführung von Spikes gehen und kündigen. In zwei Wochen brauche ich dich bei Forsythe Footwear. Du bekommst Dumphries alten Posten, aber ich werde dich besser bezahlen. Würde dich das glücklich machen?«

Er hob den Kopf, um ihr zu antworten. »Das klingt wunderbar. Aber was passiert mit Sophie Sharpe?«

»Die kannst du getrost mir überlassen.« Sie befreite sich von ihm. Sein Gesicht glänzte nass. »Und jetzt versuchen wir mal, wie es ist, wenn ich auf dem Hocker knie und die Hände auf dem Boden abstütze, während du mich von hinten vögelst. Ich bin sicher, das gefällt dir«, versprach sie ihm.

Sie sollte recht behalten.

9

»Genau«, sagte Amanda ins Telefon. »Sobald Sie es schaffen, reduzieren Sie alles um die Hälfte. Die schlimmsten Sachen und alles vom letzten Jahr werden sogar um fünfundsiebzig Prozent reduziert. Ich will, dass bis Ende nächsten Monat die Regale wie leergefegt sind.« Amanda hakte den neunzehnten Laden auf ihrer Liste ab und wählte erneut.

Eine große attraktive Frau mit ebenholzschwarzem Haar, die Amanda spontan auf gut erhaltene Ende vierzig schätzte, kam in ihr Büro gestürmt. »Was zum Teufel glauben Sie, was Sie hier machen?«

Amanda blickte auf. Sie versuchte, eine möglichst sanfte Miene aufzusetzen. »Sie müssen Sophie Sharpe sein. Wie war Ihr Urlaub?«

»Sie haben alle meine Angestellten gefeuert, und jetzt verscherbeln Sie auch noch unsere Lagerbestände mit Verlusten? Was haben Sie denn vor?!«

»Ich führe mein Unternehmen, das habe ich vor.«

»Ich bin die Vizepräsidentin der Einkaufsabteilung.«

»Im Moment noch.«

»Schlampe!«

»Ja, das ist wohl richtig. Und?«

»Und ... und es ist nicht *Ihr* Unternehmen!«

»Nicht? Ich habe fünfundfünfzig Prozent geerbt. Das müsste eigentlich reichen.«

»Nein, haben Sie nicht. Schauen Sie gefälligst mal in Ihr Depot. Roger hat mir erst kurz vor seinem Tod ein Aktienpaket verkauft. Ihnen gehören *fünfundvierzig* Prozent. Ich besitze zehn. Die Anteilseigner verlieren allmählich die Geduld mit uns, weil wir so viele Verluste machen. Bei der nächsten Aktionärsversammlung wird man Sie jedenfalls nicht als Geschäftsführerin bestätigen. Ich bin schon als Geschäftsführerin nominiert.«

Amanda schluckte schwer. Plötzlich war ihre Kehle ganz trocken. »Nun ja. Aber bis zur Aktionärsversammlung bin ich wohl noch verantwortlich, hm? Sie dürfen mein Büro jetzt verlassen.«

»Wenn Sie nicht erst kürzlich Witwe geworden wären ...« Sophie atmete tief durch. »Mrs Garland, ich bin in den nächsten Tagen unterwegs, um mich mit einigen unserer wichtigsten Lieferanten zu treffen. Wir werden unser Gespräch wohl erst übermorgen fortsetzen können.«

Amanda setzte an, um »Nein, werden wir nicht« zu sagen, aber Sophie Sharpe war bereits aus ihrem Büro gestürmt.

Als Amanda kurz darauf Rogers Aktiendepot überprüfte, erlebte sie eine böse Überraschung. Sie besaß wirklich nur noch 45 Prozent der Aktien von Forsythe Footwear! Roger musste die Anteile verkauft haben, um Forsythe Footwear weiter am Leben zu halten. Verflucht!

Amanda straffte die Schultern. Welche Wahl hatte sie denn jetzt noch? Sie konnte nur weiter ihren riskanten Plan verfolgen und insgeheim hoffen, dass er gut genug funktionierte, um sie irgendwie zu retten. Ihr blieben etwas mehr als vier Wochen, in denen sie ein kleines Verkaufswunder vollbringen musste.

10

Eine Bewegung hinter der Glaswand ihres Büros ließ Amanda aufblicken. Ein strohblonder Jugendlicher mit frischem Gesicht legte gerade einen Stapel Bücher, die er mit einem Ledergürtel zusammengebunden hatte, auf einen vollgestopften Rucksack. Der Rucksack stand neben ihm auf der Bank für die Besucher. Amanda leckte über ihre Lippen. Er hatte genau den schlanken Körperbau, der sie an Privatschüler in Krickettrikots denken ließ. Sie hörte geradezu das leise Klicken, mit dem die Kricketschläger gegen die Bälle tockten und das triumphierende »Nimm das!« eines siegreichen Spielers. Er trug eine graue Flanellhose und einen dunkelblauen Blazer, was ihre Vermutung stützte. Wenn sie nicht völlig danebenlag, war er schon über achtzehn. Aber noch nicht lange ...

Was um alles in der Welt hatte er in den Büroräumen ihres Unternehmens zu suchen?

Sie trat näher an die Glaswand. Die Rücken seiner Bücher lagen in ihre Richtung. Trotz des Lederstreifens konnte sie die Titel gut erkennen. Es gab eine Ausgabe der *Gesammelten Werke von Christopher Marlowe* und *Tea and Sympathy* von Robert Anderson. Ziemlich harter Tobak für einen so jungen Mann, überlegte Amanda. Er konnte unmöglich einer ihrer Mitarbeiter sein. Wer also war er? Schließlich war er ein echter Augenschmaus, und wenn es nach ihr ginge ...

Der Junge stand auf und ging zum Empfangstresen. Er schien zu warten, dass Nola ihr Telefongespräch beendete. Amanda eilte aus dem Büro, um ihrer Sekretärin zuvorzukommen und bevor diese leckere Belohnung wieder verschwand. Sie hatte noch nie einen Mann verführt, der jünger war als er. Und sie wollte ihn auf keinen Fall entkommen lassen.

Sie trat an Nolas Schreibtisch und hob fragend eine Augenbraue.

Nola stellte die beiden einander vor. »Ms Garland, das ist Tom Sharpe, der Sohn von Sophie Sharpe. Er ist gerade von einem Schulausflug ... äh nein, von einer Collegefahrt heimgekommen und hat gehofft, seine Mutter könnte ihn mit nach Hause nehmen. Ich habe ihm grad gesagt, dass Ms Sharpe auf einer Geschäftsreise ist.«

Amanda atmete tief durch. Nur für den Fall, dass Tom bis jetzt nicht aufgefallen war, dass ihr Bolerojäckchen aufklaffte, und obwohl ihre maßgeschneiderte Leinenbluse blickdicht war, man erkennen konnte, dass sie darunter keinen BH trug. Sein Blick verriet ihr, dass ihm dieses wichtige Detail nicht entgangen war.

»Armer Tom«, gurrte sie. »Wir können dich hier ja nicht stranden lassen, oder?« Sie blickte auf ihre neue Platinarmbanduhr von Cartier. »Es ist noch ein bisschen zu früh für meine Mittagspause, aber es gibt um die Ecke ein ziemlich nettes Café, in dem man um diese Zeit noch brunchen kann. Ich wette, du bist hungrig. Wie wäre es, wenn ich dich zum Essen einlade und dann nach Hause bringe?«

Der Junge wurde rot. »Danke, Ms Garland«, stotterte er. »Das wär echt mal cool.«

»Ich werde für den Rest des Tages außer Haus sein«, sagte Amanda an Nola gewandt. »Falls mich jemand sprechen will, bin ich morgen wieder da.«

Nola blickte erst Tom und dann Amanda an. Ihr Blick wanderte wieder zu Tom. Mit perfekt neutraler Stimme bemerkte sie: »Ich weiß, dass Sie gut auf Sophies kleinen Jungen aufpassen werden, Ms Garland. Bei Ihnen ist er in guten Händen.«

Tom stieß wütend hervor: »Ich bin kein kleiner Junge!«

»Das ist alles relativ«, gab Nola zurück. »Ist nicht böse gemeint, Süßer.«

Amanda warf der jungen Frau einen Blick zu, mit dem sie ihr für später Konsequenzen androhte. Dann scheuchte sie Tom aus dem Eingangsbereich. »Wie ich sehe, liest du gerade Marlowe. Ist ja spannend. Du musst mir alles erzählen ...«

Im Big Buffet stocherte Amanda in einem Salat herum und hörte nur mit einem Ohr zu, wie Tom sein »gelehrtes« Wissen über Christopher Marlowe kundtat – wie der Dichter seinen Tod in einer Kneipenschlägerei vorgetäuscht hatte (schließlich war er Dramatiker und liebte theatralische Auftritte), nur um später als William Shakespeare wiederaufzuerstehen. Die meiste Zeit aber verschlang sie ihn mit Blicken. Seine Haut war strahlend und rein, es gab keine Spur von Akne oder Bartwuchs. Er hatte große, sanfte braune Augen, eine kleine Nase und einen Knospenmund, der eher zu einem launischen kleinen Mädchen gepasst hätte.

Wenn sie mit ihm Sex hätte, wäre das fast schon ein sapphischer Akt. Und der Gedanke war alles andere als unangenehm.

Während Amanda die Bestandteile ihres Salats auf dem Teller von links nach rechts schob und ein paar Bissen von den Meeresfrüchten aß, verdrückte er eine gewaltige Portion Rührei mit Würstchen und krossem Speck. Dazu gab es Roastbeef auf Toast, und nachdem er diesen Berg vertilgt hatte, holte er sich noch mehr vom Büffet. Der einzige Hinweis auf eine Ernährungsweise, die viel eher seinem androgynen Aussehen entsprochen hätte, war ein Stück Spinatquiche.

Nachdem sein Diskurs über Marlowes Leben und Arbeit schließlich versiegt war, fragte Amanda: »Wie ich sehe, liest du auch *Tea and Sympathy.* Wird das in deinem Englischkurs besprochen?«

Bevor sie Roger begegnet war, hatte Amanda sich als Schauspielerin versucht. Später landete sie bei einer Laienschauspieltruppe, hatte dieses Hobby dann aber irgendwann aufgegeben. Aber sie hatte genug Erfahrung, um in Gesichtern zu lesen. Tom hielt seinen Blick auf ihre Brust geheftet. Dann blickte er hoch und wandte den Kopf im selben Moment zur Seite, während er die Lippen spitzte und konzentriert die Stirn runzelte. Er hätte genauso gut laut sagen können: »Das ist, was ich haben will, und jetzt lege ich mir einen Schlachtplan zurecht, um meine kleinen schmierigen Hände auf diese Brüste zu legen.«

Seine Miene heiterte sich auf. Den Blick nun wieder auf den Teller gerichtet, murmelte er: »Ich lese es einfach, weil es mich interessiert, Ms Garland.«

Um ihm die Sache ein bisschen zu erleichtern, bohrte Amanda nach. »Gibt es auch Mädchen an deinem College?«

Er schüttelte den Kopf.

»Das muss schwierig für dich sein. Und verwirrend! Es ist nur natürlich, wenn du in diesem männlich dominierten Mikrokosmos ein paar Jungs begegnest, die du verehrst, oder andere, für die du einen Beschützerinstinkt entwickelst. Wenn man dann noch die ... ähm ... körperlichen Veränderungen bedenkt, die ein Mann in deinem Alter durchmacht, ist es erstaunlich, wenn du nicht an deiner Männlichkeit zweifelst.«

»Oh, ich hab keine Zweifel«, stieß Tom hastig hervor.

Amanda wartete geduldig, ob er das Spiel, das sie ihm anbot, mitspielte. »Überhaupt keine Zweifel?« In ihrer Stimme klang etwas Enttäuschung mit.

»Also, na ja ...« Seine Miene hellte sich auf – es wirkte fast zu gewollt, um eine natürlich Reaktion zu sein. »Sie finden es also in Ordnung, wenn man Zweifel hat?«

»Es ist absolut natürlich. Mädchen machen dasselbe durch, wenn sie reine Mädchenschulen besuchen. Ich weiß das, weil ich in eine gegangen bin.« Das stimmte. Und auch wenn andere Mädchen vielleicht manchmal Zweifel geäußert hatten, war Amanda schon immer verrückt nach Jungs gewesen.

Es dauerte einen Moment, ehe Tom das ganze Ausmaß dessen begriff, was sie da gerade sagte. Seine Augen verengten sich. »Tun sie das wirklich?«, fragte er. Er schaute auf seine Ausgabe von *Tea and Sympathy,* als erwarte er sich von dem Buch eine Antwort. Schüchtern hakte er schließlich nach.

»Sie machen auf mich den Eindruck, eine sehr kluge Frau zu sein, Ms Garland. Welchen Rat würden Sie einem jungen Mann geben, der vielleicht solche Zweifel hegt?«

Amanda schmunzelte. Sie tätschelte seine Hand und beugte sich weiter vor. »Du solltest dich flachlegen lassen«, flüsterte sie ihm zu. »Versuch mal, eine Möse zu ficken. Probier aus, ob es dir gefällt.«

»M-mich flachlegen lassen?«, quiekte er. »Möse?«

Amanda nickte. »Such dir ein heißes Mädchen, und vögele ihr den Verstand raus, Tom. So findest du es heraus. Nur so.«

Ihre offene Art schien ihn völlig aus dem Konzept zu bringen. Kurz fragte Amanda sich, ob sie es nicht übertrieben hatte. Er schaute sich nervös nach allen Seiten um, als suchte er nach dem Notausgang. Aber er blieb sitzen. Trotzdem brauchte Tom eine Weile, ehe er antworten konnte. »Aber das ist nicht so leicht, wissen Sie? Und ich glaube nicht, dass ich weiß, wie ... also, ich weiß nicht, ob ich das kann. Im Sexualkundeunterricht haben sie uns erzählt, wie man es ... macht. Aber das waren bloß die Grundlagen. Also wie man ihn ... reinsteckt, und über Kondome haben sie uns was erzählt und so. Da ist vermutlich noch viel mehr, aber davon weiß ich nichts. Ich hab ja noch nicht mal ein Mädchen geküsst, also nicht richtig, wenn Sie verstehen, was ich meine …«

»Mit Zunge?« Amanda hob eine Augenbraue.

Tom war für ihren Geschmack fast ein bisschen zu unschuldig. Aber irgendwie war's auch okay. Sie bewegten sich wenigstens schon mal in die richtige Richtung.

»Ja genau, mit Zunge. Ich weiß nicht, wie man das macht.«

»Ein so gut aussehender Junge wie du? Das ist echt überraschend.« Sie stand auf und legte ein paar Scheine in das Mäppchen mit der Rechnung. »Komm. Hier ist man ja nicht gerade ungestört. Ich fahre dich nach Hause, und wir können dort weiterreden, wenn du magst.«

»Sie sind sehr freundlich. So … einfühlsam.« Er schlug wieder die Augen nieder und starrte auf sein Buch.

Er war so verdammt offensichtlich, dass Amanda fast genervt aufgestöhnt hätte.

Auf der Fahrt sorgte sie für einen offenen Rockschlitz, der gerade so bis zu ihrem nackten Oberschenkel reichte. Sie übertrieb die Bewegungen ihrer Beine, spannte die Oberschenkelmuskeln und Waden mehr an als nötig. Tom musste in seiner grauen Flanellhose zweimal auf dem Beifahrersitz herumrutschen. Oh ja! Er hatte so viele Zweifel wie ein läufiger Nerz, schon klar!

Als sie in Sophie Sharpes Einfahrt parkte, fragte Tom sie: »Und Sie sind sicher, dass meine Mutter weg ist und nicht heute zurückkommt?«

»Sie kommt frühestens morgen am späten Nachmittag zurück. Natürlich musst du mich nicht hereinbitten …«

»Doch, ich will aber!« Er atmete tief durch. »Kommen Sie mit rein.«

Tom ließ seinen Rucksack im Flur einfach zu Boden poltern.

Amanda öffnete die Verschlüsse ihres Jäckchens und fragte ihn: »Bist du ein Gentleman und hilfst mir aus der Jacke?«

»Oh, na klar.« Seine Finger zitterten, als er das Bolerojäckchen von ihren Schultern schob.

Amanda drehte sich zu ihm um. Sie stand ihm absichtlich so nahe. Seine Erektion berührte ihre Hüfte. »Du bist ganz schön groß, oder?«, fragte sie. »Für dein Alter ...?«

»Hm«, machte er verlegen.

»Komm, zieh deine Jacke auch aus, Tom. Wir wollen es uns doch gemütlich machen, schon vergessen?«

»Ich ... ähm ... ich war den ganzen Tag unterwegs.«

Und er wollte sehr sauber sein, falls die Dinge so liefen, wie er es sich erhoffte?

Amanda spielte mit. »Warum gehst du nicht nach oben und duschst erstmal schön heiß? Mir macht es nichts aus, auf dich zu warten.«

»Echt?«

»Na klar.«

Er nahm zwei Stufen auf einmal und sauste nach oben. Amanda dachte nach. Sie könnte jetzt in Sophie Sharpes Haus herumschnüffeln. Nur ein bisschen, solange er duschte. Aber vielleicht beeilte er sich ja auch? Der Gedanke, die Kirsche der Unschuld bei diesem Jungen pflücken zu dürfen, machte sie zu geil, um sich aufs Spionieren zu konzentrieren. Amanda zog die Schuhe aus und folgte ihm nach oben. Das Rauschen von Wasser führte sie durch ein in rosa Chintz gehaltenes Schlafzimmer, das seiner Mutter zu gehören schien, in das angrenzende Badezimmer. Amanda zog sich nackt aus und betrat das Badezimmer. Es gab eine Badewanne und eine Duschkabine mit Glastüren, die vom Wasserdampf vollkommen blind waren. Sie konnte bloß die Bewegungen einer rosigen Form erkennen. Amanda atmete tief durch, zog den Bauch ein, öffnete die Tür und betrat die Duschkabine.

»Oh, Ms Garland! Ich ...«

Er war schlank, und seine Brustwarzen waren hellbraun.

Der Körper war so haarlos wie sein Gesicht, doch die Erektion, die er mit der seifigen Faust umschlossen hielt, war größer als jede andere, die Amanda bisher je untergekommen war. Sein Schwengel hatte eine dicke, tiefrote Eichel.

»Du wolltest das doch nicht verschwenden, oder?«, fragte sie und wies nickend auf seine Erektion.

»Ich ...«

»Ich glaube, ich verstehe, was hier los ist. Du warst nervös und hattest Angst, zu schnell zu kommen. Darum wolltest du dir erst einen runterholen, bevor wir es zusammen tun, stimmt's?«

Er nickte.

»Aber in deinem Alter kannst du doch immer wieder kommen, oder?«

Er nickte erneut.

»Und an wen denkst du so, wenn du masturbierst? Eher an Jungs oder an Mädchen?«

Damit hatte sie ihn in die Ecke gedrängt! Er konnte ihr wohl kaum gestehen, dass es eins von beiden war, denn dann würde der Mangel an sexueller Verwirrung zutage treten, mit dem er sie eingelullt hatte. Und er war auch nicht so geschickt, darauf mit »An beides« zu antworten.

Amanda ließ ihn vom Haken. »Wenn ich mit dir fertig bin, werde ich es sein, an die du jedes einzelne Mal denken wirst, wenn du mit dir spielst. Und jetzt lass das hübsche Ding in Ruhe, bevor es abspritzt. Wasch mich. Am ganzen Körper. Das würde dir gefallen, meinst du nicht?« Sie drehte ihm den Rücken zu, damit es ihm leichter fiel, mit dieser Aufgabe zu beginnen.

Seine seifigen Hände glitten über ihre Schultern und dann über ihren Rücken nach unten. Bis zu ihrer Taille trauten sie sich, dort verharrten sie zögernd und kreisten nervös. Vielleicht war es noch zu früh, um ihn zu ermutigen, die Rundungen ihres Hinterns zu liebkosen. In seinem Alter waren doch eher Titten das, wovon er ständig träumte. Amanda packte seine Handgelenke und zog seine Hände um ihren Oberkörper nach vorne, um jeweils eine Handfläche gegen ihre Brüste zu drücken. Automatisch begann er, die Brüste zu drücken und zu massieren. Sie beugte sich vor und stützte sich an der Wand ab. Ihre Hüfte drängte sich gegen ihn, wodurch er gezwungen war, sich vorzubeugen.

Na also! Das fühlte sich doch gut an. Sie konnte spüren, wie seine Hoden gegen ihren unteren Rücken stießen. Sein heißer Schwengel lag auf ihrem Rücken und reichte bis zu ihrer Taille und sogar noch drüber hinaus. Er war wirklich ein *großer* Junge.

»Wie wär's mit den Nippeln?«, schlug sie vor und wand sich in seinem Griff.

Tom zupfte und zwirbelte ihre Nippel. Amanda stöhnte, um ihn zu ermutigen. Ihr Hintern drängte sich noch mehr an ihn.

»M... Ms Garland!«, keuchte er.

Amanda drehte sich rasch zu ihm um. Sein Gesicht war krebsrot und verzerrt. Sie packte seine schwankende Männlichkeit ganz weit unten um die dicke Schwanzwurzel und wollte eigentlich seinen Höhepunkt zurückdrängen, indem sie ihn an dieser Stelle drückte. So hatte sie es oft bei Roger gemacht. Aber es war schon zu spät. Tom spritzte ab. Ein großer Spritzer Samen traf ihren Nabel und rann an ihrem sanft gewölbten Bauch hinab, ehe der Wasserstrahl der Dusche alles wieder abwusch.

»Das tut mir leid! Ehrlich, tut mir so leid!« Auf seinem Gesicht lag ein Ausdruck abgrundtiefer Scham.

»Ach, sei nicht albern! Ich liebe das Gefühl, wenn die heiße Sahne eines Mannes auf meine Haut spritzt.« Sie zeigte ihm, wie sehr ihr das gefiel, indem sie ihren Bauch rieb, obwohl inzwischen alle Spuren von ihm fortgewaschen waren. »Dreh dich um und schau zur Dusche. Ich brauche nicht lange, damit du wieder hart wirst.«

Er drehte sich um.

»Spreiz deine Beine ganz weit für mich, Tom.«

Er schob seine Füße weit auseinander. Amanda seifte ihre Hände ein und griff mit einer Hand um seinen Unterleib herum und mit der anderen zwischen seine Beine. Sie spielte mit seinen Hoden und liebkoste zugleich ganz vorsichtig seinen Schwengel von unten bis oben. Nach nur zwei Streicheleinheiten war er wieder voll erregt. Nach vier zuckte er bereits voller Leidenschaft.

»Da! Siehst du? Und jetzt dreh dich wieder zu mir um, Tom.«

Warmes Wasser strömte über Toms Kopf und seine Schultern. Es rann an seinem jugendlichen Körper hinab. Amanda beugte sich vor und leckte das Wasser auf, das über die weiche Haut seiner Brust strömte, dann öffnete sie die Lippen, um das Wasser in den Mund fließen zu lassen. Sie drückte den offenen Mund gegen ihn, bis er vom heißen Wasser überlief. Kurz überlegte sie, ob sie vor ihm auf die Knie gehen und ihn in ihren Wassermund nehmen sollte. Sie könnte mit dem Wasser auf seinem Schwanz gurgeln, das fühlte sich bestimmt toll an. Doch sie beschloss, diese Idee für jemanden aufzuheben, der es wirklich zu schätzen wüsste – und der nicht sofort wieder abspritzen würde.

Amanda öffnete die Tür der Dusche und verließ die Kabine. Sie zog Tom an seinem harten Schwengel hinter sich her. Irgendwie schaffte er es, auf dem Weg ins Schlafzimmer seiner Mutter ein Handtuch zu greifen, aber Amanda ließ ihm keine Zeit, sich erst noch abzutrocknen. Sie drehte ihn mit dem Rücken zum Bett und versetzte ihm einen Stoß gegen die Brust. Er fiel flach auf den Rücken. Seine Rute entglitt Amandas Hand. Sie ließ sich mit einem Plumps neben ihn fallen und beugte sich über ihn.

»Du willst also lernen, wie man richtig küsst, ja?«

Er nickte.

»Leg eine Hand in meinen Nacken. Deine Finger vergräbst du in meinen Haaren. Mädchen mögen es, wenn jemand ein bisschen an ihren Haaren zieht.«

»Ist das wahr?«

»Die meisten schon. Mir gefällt's jedenfalls.« Rasch relativierte sie ihre Worte: »Zumindest habe ich es genossen, als ich noch viel jünger war.« Es käme ihr jetzt nicht gerade gelegen, wenn sie ihm ihre unterwürfige Seite offenbarte. Jedenfalls nicht, solange sie diesen Jungen beherrschen wollte. »Und mit der anderen Hand berührst du meine Brust. Spiel ruhig ein bisschen mit ihr. Gut. Jetzt legst du den Kopf etwas auf die rechte Seite und drehst mir dein Gesicht zu. Öffne deine Lippen. Nein, nicht so! Das ist ja, als wolltest du mich in einem Stück verschlingen! Öffne sie einfach, mehr nicht. Und jetzt ...«

Sie fuhr mit den Händen über seinen nackten Bauch und ging noch tiefer. Seine Rute schmiegte sich in ihre Hand. Amanda beugte sich weiter vor und atmete den sauberen Geruch ein. Sie nahm seinen Anblick tief in sich auf – er war so frisch, so begehrenswert jung und unverdorben. Toms Mund wirkte wirklich fast weiblich. Erst kürzlich hatte sie einen vergleichbaren Mund gesehen. Nur bei wem? Ach ja, Nola. Wenn sie Tom küsste, wäre es ein bisschen auch so, als würde sie ihre Empfangsdame küssen, nur dass das Mädchen vermutlich etwas mehr Übung darin hätte. Nein, sogar viel mehr. Mit Roger zum Beispiel.

Sie biss heftig in Toms Unterlippe.

»Autsch!«

»Tut das weh? Hier, ich küsse den Schmerz wieder weg.«

Sie verspürte nicht das geringste Bedauern. Ganz im Gegenteil, sie schien sich ja allmählich in eine richtige Schlampe zu wandeln. Amanda knabberte und saugte an Toms geschundener Lippe.

Er entspannte sich. Ihre Zunge schlüpfte in seinen Mund. Er schmeckte nach Pfefferminz. Entweder hatte er vorher ein Atemfrischbonbon genommen oder sich die Zähne geputzt, bevor er unter die Dusche ging. Ein wirklich vielversprechender Anfang. Amandas Zunge erkundete behutsam seine, sie schmeckte die Ober- und Unterseite und probierte auch seine Spucke. Seine Zunge reagierte auf ihre. Zuerst war er geradezu aggressiv, aber mit einem heftigen Schlag gegen den Hinterkopf brachte sie ihn schnell zur Räson. Sobald seine Zunge gezähmt war, unterwies sie ihn in der Kunst zärtlicher Küsse.

Ihre Fingerspitzen streichelten ihn zugleich ganz behutsam. Seine Hand umschloss zunehmend kühn ihre Brust. Tom begann zu keuchen. Obwohl Amanda ihn mit größter Vorsicht streichelte, spürte sie, dass er gleich ein zweites Mal kommen würde, wenn sie noch lange so weitermachten.

Sie zog sich von ihm zurück und fiel auf den Rücken, die Beine weit gespreizt. »Und jetzt mach's mir mit der Hand!«

»Wie bitte?«

»Du weißt schon – Spiel mit meiner Muschi.«

Tom richtete sich auf und stützte sich auf einen Ellbogen. Seine Berührung war zurückhaltend, als schüchtere ihn diese intime Körperregion, die zu liebkosen sie ihm erlaubt hatte, ein. Wenn er schon mal irgendwann die Muschi einer anderen Frau gestreichelt hatte, war er ein großartiger Schauspieler, denn er wirkte unsicher, als wäre es sein erstes Mal.

»Ich dachte immer, Mädchen hätten da Haare«, sagte er leise.

»Die haben wir auch. Ich wachse sie. Gefalle ich dir ohne Haare?«

»Oh ja, sehr! Ich hatte ja keine Ahnung … Tut es sehr weh, dieses Wachsen?«

»Ja, aber ich finde, das ist es wert. Siehst du meine Schrunden und Falten?«

»Oh ja.« Er klang verträumt.

Amanda war inzwischen so erregt, dass ihre inneren Schamlippen wie Blütenblätter zwischen den äußeren erblühten. Toms Finger fanden mühelos ihren Weg in das Zentrum dieser Rose.

»Du bist so …« Er keuchte.

»Ja, das bin ich«, antwortete sie, denn die »So heiß, so nass, so weich«-Rede hatte sie schon oft genug gehört. Manchmal hatte sie die sogar selbst benutzt, um Ro… – naja, um einen Liebhaber richtig anzuheizen.

»… kompliziert«, vollendete er den Satz.

Ach ja, das war es, was sie bei diesen Jungs so sehr liebte. Ihre völlig unverbrauchte Sicht auf die Dinge. Sie musste ein Lachen zurückhalten. Er würde sonst denken, dass sie ihn auslachte, obwohl sie eigentlich nur total übermütig war, weil seine naive, nichtsdestotrotz sehr zutreffende Beschreibung ihrer weiblichen Intimregion ihr so viel Spaß machte.

»Willst du es dir mal genauer ansehen?«

»Darf ich denn?«

»Ja, mach ruhig.« Amanda nahm beide Hände zur Hilfe, um die äußeren Schamlippen nach unten und zur Seite zu drücken. Sie präsentiere ihm schamlos ihre Möse.

Tom kniete zwischen ihren Füßen auf dem Teppich vor dem Bett. »Oh! Sie sind ja so rosig. Und da … Da ist eine kleine Beule weiter unten, und …«

»Schau dir lieber die kleine Beule weiter oben an. Hier.« Amandas Zeigefinger zog die kleine Kapuze aus Haut zurück und zeigte ihm ihre empfindliche Klitoris, die darunter verborgen war. »Das ist das Lustknöpfchen, Tom. Dieses Knöpfchen macht die Mädchen glücklich. Befeuchte einfach deine Fingerspitze, und streichle es ganz vorsichtig. Es ist zuerst recht empfindlich, aber dann wird es zunehmend erregt.«

Sie schnappte absichtlich nach Luft und erbebte, als er sie das erste Mal versuchsweise berührte. Wenn schon ein Mann gern glaubte, dass seine Berührung eine Frau wild machte, war ein Junge da bestimmt nicht anders.

»Lass den Finger kreisen«, riet sie ihm. »Immer in die Runde. Das ist gut. Oh ja, das ist *sehr* gut.« Sie verstummte, um eine Weile einfach dieses Gefühl zu genießen. Dann sagte sie: »Jetzt mit der Zunge, Tom. Leck das Knöpfchen. Zeig mir, was für ein großartiger Mann du bist. Gut. Ganz vorsichtig wie vorhin beim Küssen, einfach lecken ... Wunderbar! Und jetzt kannst du mich gleichzeitig fingern, aber hör nicht auf, mich zu lecken, hörst du? Geh mit den Fingern leicht nach oben, Tom. Ja, genau. Da. Du kannst auch mit zwei Fingern ... oh ja. Genau da oben sollst du mich berühren. Ein bisschen höher noch. Höher! Jetzt nach rechts. Gut! Fühlst du das? Diese raue Stelle? Das ist mein G-Punkt. Wenn du weißt, wo die Klitoris und der G-Punkt einer Frau sind, kannst du sie schier um den Verstand bringen, das versichere ich dir, Tom. Und jetzt berühr mich da drin. Ganz zärtlich und liebevoll. Jetzt darfst du allmählich ein bisschen heftiger massieren. Fick mich mit den Fingern. Und leck mich schneller. Ein bisschen mehr nach links – genau da. Gut, Tom. Das ist es, was ich jetzt brauche. Leck und berühr mich, Tom. Nicht aufhören! Im Gegenteil, mach's noch heftiger. Nur lecken und reiben ... Ich mag es, wenn du einen Rhythmus findest, Baby. Hast du den Rhythmus? Oh ja. Genau, beides findet in einen gemeinsamen Rhythmus, ja, ja, genau so! Mach so weiter. Etwas schneller! Das ist gut, Oh, das ist gut! Baby, ich bin jetzt ganz nah dran. Hör nicht auf, ist das klar? Baby, gleich komme ich. Bereit? Bist du bereit? Oh ja! Verdammt, ja! Oh ... fuck, fuck, fuck!«

Amanda zog die Knie an die Brust, als ihr Orgasmus über ihren Körper hinwegrauschte. Sie ballte die Hände zu Fäusten, spürte sein sandfarbenes Haar zwischen den Fingern und hielt seinen Kopf unten zwischen ihren Schenkeln. Verdammt, genau da! Seine Finger pumpten weiter tief in sie hinein, dieser Junge war wirklich ein Segen! Er schaffte es, sie von einem Krampf zum nächsten zu tragen, bis da nichts mehr war, was sie ihm geben konnte, und sie schob ihn von sich herunter und drehte sich auf die Seite, um den letzten Zuckungen ihres Orgasmus nachzuspüren.

Amanda war so verloren in diesem Strom, der sie erfasst hatte, dass sie fast nicht mehr bemerkte, wie Tom sie sprachlos anstarrte. Und als sie es bemerkte, half es lediglich, ihre Lust noch zu vergrößern. Sein Mund stand offen, er grinste dümmlich und hatte die karamellbraunen Augen weit aufgerissen. Wahrscheinlich passierte es zum ersten Mal, dass er das Gesicht einer Frau direkt nach ihrem Orgasmus sah. Diese Vorstellung ließ sie ein letztes Mal erbeben. Sie lag jetzt ganz still da und ließ sich von diesem inneren Glühen davontragen, das sie erfüllte. Jungs waren doch wirklich die besten Bettgefährten.

»Du warst wirklich der Beste, Süßer«, schnurrte sie. Dann setzte Amanda sich auf und schob ihr verschwitztes blondes Haar aus den Augen. »Das war wunderbar, Tom. Ich danke dir.«

»Ich freue mich, dass es Ihnen gefallen hat«, sagte er verunsichert.

Dachte er etwa, es sei jetzt schon vorbei, nachdem sie gekommen war? Armer Junge! Wie er da auf dem Fußboden hockte wie ein Hundewelpe, dem jemand nach einem Kunststück die verdiente Belohnung verwehrt hatte!

»Jetzt bin ich dran. Du sollst doch auch die Sterne sehen«, knurrte sie.

Sofort hellte sich seine Stimmung auf. »Sie sind sehr nass«, sagte Tom. Seine Finger zwickten sie ganz kurz, aber er war ein braver Junge und wartete, bis sie ihm sagte, was er als Nächstes tun sollte.

»*Echte* Männer mögen das«, erklärte sie ihm. »Sie mögen es, wie Frauen schmecken. Leck mich, Tom.«

Gehorsam leckte er an ihr. Zuerst war er noch ängstlich und übervorsichtig, aber seine Begeisterung wuchs, bis er schließlich seine Wangen zwischen ihre Schamlippen presste und die Zunge tief in sie hineindrückte. Sie hätte am liebsten gelacht, so sehr freute sie sich über seinen etwas ungeschickten Eifer. Aber sie spürte noch etwas anderes, weshalb sie ihn kommentarlos die Freuden des Cunnilingus auskosten ließ. Nur einmal ermahnte sie ihn: »Nicht mit den Zähnen.«

Nach ein paar Minuten sagte sie schließlich: »Jetzt darfst du mich ficken.«

Er sprang auf und wollte sich auf sie werfen.

»Nein, doch nicht so!« Sie stieß ihn mit einem Fuß weg. »Bleib stehen. Jetzt umfass meine Knöchel. Genau so. Heb sie hoch und spreiz sie ganz weit. Jetzt drückst du meine Beine herunter, bis meine Knie fast in meinen Achselhöhlen liegen und mein Hintern über der Matratze schwebt. Siehst du, wie gelenkig ich bin? Mädchen sind noch viel gelenkiger! Und jetzt komm her. Ich werde ihn für dich in mich hineinstecken.« Amanda griff mit beiden Händen nach unten. Sie brauchte nicht mit den Händen ihre Schamlippen für ihn zu öffnen. Diese kleinen, verdorbenen Lippen waren von ihren Säften schon gut auf ihn vorbereitet. Mit einer Hand unter seinen Hoden und der anderen fest um seine steife Rute geschlossen, schob sie seine Schwanzspitze langsam in sich hinein.

»Ist es dein erstes Mal?«, fragte sie, nur um sicherzugehen.

rückhaltung fahren und pumpte schneller in sie. Amanda packte sein Haar und zog sein Gesicht zu ihr herunter. Die andere Hand fuhr zwischen ihre Körper und fand Amandas Klit. Sie verschwendete keinen Gedanken daran, dass es auch für Tom ein gutes Gefühl war, wenn sie kam. Nein, sie bearbeitete einfach nur in fieberhafter Eile ihre Klit. Amanda zischte, und das spornte ihn noch mehr an. Irgendwie gelang es ihr, sich eigenhändig noch einmal zum Höhepunkt zu bringen – und dieser Höhepunkt war verdammt gut! –, ehe er sich in ihr verströmte.

Sein Gesicht verzerrte sich. Ein halbes Dutzend Mal schrie er »Ja!«, dann ein halbes Dutzend Mal »Fuck!«, ehe er schließlich neben ihr auf der Matratze zusammenbrach.

»War das schön?«, fragte sie ihn. »Du machst auf mich den Eindruck, als habe es dir gefallen.«

»Es war fan-fuck-tastisch!« Er stöhnte. »War ich zu laut? Sah ich dabei dämlich aus?«

»Du hast wunderschön ausgesehen, Baby. Attraktiv, meine ich. Glücklich. Und du warst nicht im Geringsten zu laut. Du bist einfach schön gekommen.« Sie setzte sich auf. »Da fällt mir was ein. Sag mal, Tom, hat schon mal ein Mädchen deinen Samen geschluckt?«

Er schüttelte den Kopf.

»Aber du bist schon mal im Mund eines Mädchens gekommen, oder?«

»Äh ... nein ...«

»Hat schon mal eine deinen Schwanz gelutscht?«

»Noch nie.«

»Das ist ja schrecklich! Da muss ich mich sofort drum kümmern. Wenn du erlaubst?«

»Worum wollen Sie sich ... kümmern?«

»Ich will deinen Schwanz lutschen. Dich zum Höhepunkt bringen und jeden einzelnen Tropfen schlucken.«

Tom stöhnte: »Oh, verfluchte Scheiße, aber ja! Bitte!«

»Du solltest nur in Zukunft daran denken, egal, wie viele Mädchen dir den Schwanz lutschen – ich war die Erste«, erklärte Amanda ihm.

»Das werde ich nicht vergessen. Ich werde immer an Sie denken, Ms Garland. Sie sind wunderbar. Ich ... ich liebe ...«

Amanda warf ihm einen strengen Blick zu. Es gab keinen Grund, ihr mit zuckersüßen Liebeserklärungen zu kommen. Er liebte sie schließlich nicht.

Er wurde knallrot. »Ich liebe es«, beendete er seinen Satz lahm.

Tom stützte sich auf einen Ellbogen und maß seine schlaffe Männlichkeit mit einem prüfenden Blick. »Aber er ist ... weg.«

»Du meinst, weil er schlaff ist? Das ist okay, Tom. Du wirst schon sehen.« Amanda drehte sich auf dem Bett um und hob Toms Bein, sodass sie ihre Wange auf die Innenseite seines Schenkels legen konnte. Er war tatsächlich total erschlafft, mehr als nur ein bisschen zusammengeschrumpft. Sie hob mit Zeigefinger und Daumen seine Schwanzspitze leicht an, öffnete die Lippen und nahm ihn in den Mund. Amanda ließ ihn einfach schwer auf ihrer Zunge ruhen. Nach etwa einer halben Minute spürte sie ihn in ihrem Mund zucken. Es brauchte kein weiteres Zutun von ihr, dass er wieder zuckte, dann sogar ein drittes Mal. Langsam wurde er dicker und länger, er hob sich und wurde steif. Nach einer Minute erfüllte er ihren Mund mit seiner imposanten Größe.

Unwillkürlich musste Amanda schlucken. Tom reagierte sofort. Seine Hüfte bewegte sich leicht und stieß seine Rute tiefer in ihren Mund. Amanda drückte seinen Oberschenkel, damit er wusste, dass er jetzt besser stillhielt. Ihre Zunge umkreiste seine harte Eichel. Sie drehte den Kopf leicht und ließ seine Schwanzspitze in ihre Wange gleiten. Amanda schnappte nach Luft. Tom zuckte. Sie hob den Kopf und ließ ihn tief in ihren Mund gleiten. Es war gar nicht schwer, den Würgereflex zu überwinden. Sie nickte zufrieden, während Tom unter ihr stöhnte.

Amanda fand Toms Hand und legte sie auf ihren Schamhügel. Der Junge verstand diesen Hinweis. Er schob einen Finger in sie, während der Daumen sich auf ihr Knöpfchen legte. Unglaublich, wie schnell er die Grundlagen lernte, wie man einer Frau Lust bereitete! Während er ihre Nässe auf ihrem rosigen Knöpfchen verrieb, verschluckte Amanda sich fast an seinem Schwengel und umkreiste ihn feucht mit der Zunge.

»Darf ich …?«, fragte er und leckte sich die Lippen.

Amanda nickte und hob ihr Bein. Es war Jahre her, seit sie mal in der 69er-Stellung Sex gehabt hatte. Mit Roger hatte sie den häufigen Oralsex sehr genossen, aber sie hatten sich irgendwann angewöhnt, dass erst der eine den anderen verwöhnte und sie danach tauschten. Natürlich war Roger auch für den Rest des Tages nicht mehr zu gebrauchen gewesen, sobald er mal einen Orgasmus hatte. Was also ihr gemeinsames Liebesspiel betraf, hatten sie sich irgendwann mit der Tatsache abgefunden und sich darauf eingestellt. Junge Männer waren in der Beziehung anders, und das war so herrlich! Sie konnten so viele Dinge tun, zu denen Roger aufgrund seines Alters nicht mehr in der Lage war. Sie wurden einfach ständig wieder hart – das war einer der größten Vorteile, wenn es nach Amanda ging.

Aber keiner dieser Jungs konnte sie dominieren.

Na ja, auch kein Problem. Es war ja nicht so, als ob sie auf nur einen Liebhaber beschränkt wäre und zwischen jüngeren und älteren Männern wählen musste, die sich ihr unterwarfen oder sie beherrschten. Jetzt, da sie sich für die freie Liebe entschieden hatte, konnte sie die Vorteile genießen, die ihr Männer – und Jungs – jeden Alters boten.

Und Frauen? Vielleicht. Wenn es mit Frauen nur halb so aufregend war wie mit Jungs, wäre sie schön blöd, es nicht wenigstens mal auszuprobieren.

69 kann man lange machen. Die Frau kann sich nicht vollständig auf das konzentrieren, was der Mann mit ihr macht oder was sie mit ihm macht. Amanda beschloss einfach, die ganze Sache etwas abzukürzen, indem sie sich mit ganzer Kraft den Bedürfnissen des Jungen widmete. Nachdem sie diese Entscheidung getroffen hatte, bewegte Amanda den Kopf heftig auf und ab und saugte hart an ihm, bis Tom aufkreischte, sich unter ihr versteifte und sich in Amandas Mund verströmte.

Sie gab ihm eine Minute Zeit, um sich davon zu erholen. Dann sprang sie vom Bett, schnappte sich ein Töpfchen mit teurer Tagescreme von Sophies Toilettentisch und kehrte zurück ins Bett. »Wie wär's jetzt mit einem schön langsam ausgeführten Handjob, Tom? Würde dir das gefallen?«

»Ich ... ähm ...«

»Natürlich wird es dir gefallen.«

Eine Stunde später schlief Tom rasch ein. Sein Kopf ruhte an Amandas Brust, und er schlief ein, während er an ihrem Nippel lutschte. Behutsam befreite sie sich von ihm und stand auf. Er sah wirklich süß aus, wie er da auf dem Bett lag. Wie ein kleiner zufriedener Engel. Wirklich eine Schande, dass sie kein Kamerahandy hatte.

Aber sie hatte ja eins! Roger hatte doch immer damit angegeben, dass sein Handy alles konnte außer Kaffee kochen. Und es hatte eine Kamera. Amanda rannte nackt nach unten zu ihrer Handtasche. Eine Tür zum Flur stand offen. Durch den Türspalt konnte sie einen Schreibtisch sehen. Amanda strengte die Ohren an. Tom schnarchte noch immer selig oben im Schlafzimmer. Sie schüttelte den Kopf, weil es doch eigentlich geradezu fahrlässig war, nur wegen Tom an die Möglichkeit gedacht zu haben, Fotos zu machen. Es gab andere, viel wichtigere Möglichkeiten, die sich ihr dadurch eröffneten. Amanda schlich auf Zehenspitzen in das Zimmer und zog die unterste Schublade des Schreibtischs auf. Bingo! Darin hingen in einer Hängeregistratur einige Mappen. In der ersten fand sie Kontoauszüge. Das wäre für einen Spion schon mal ein guter Anfang. Sie legte die Kontoauszüge auf den Schreibtisch und studierte sie sorgfältig.

Toms wehleidige Stimme erklang von oben. »Ms Garland?«

Verdammt! Ihr blieb keine Zeit, sich das genauer anzusehen. Aber sie hatte ja die Handykamera. Rasch machte sie von möglichst vielen Dokumenten Fotos, bis der Kameraspeicher voll war. Dann stopfte sie die Hängemappe zurück in die Schublade, legte das Handy in ihre Tasche und eilte in den Flur.

Himmel! Tom war die Treppe schon halb heruntergekommen. Er trug nur ein Handtuch um die Hüfte.

»Ich habe die Küche gesucht«, erklärte Amanda ihm. »Ich bin durstig und wollte ein Glas Wasser trinken.«

»Schauen Sie mal«, sagte er und schob stolz das Handtuch beiseite.

Ihre Augenbrauen hoben sich. Offensichtlich hatte das kleine Nickerchen Tom erfrischt. Seine Männlichkeit war wieder vollständig erigiert. Theatralisch rief Amanda: »Wieso soll ich bloß Wasser trinken, wenn ich vom Jungbrunnen kosten kann? Ab, rauf mit dir ins Schlafzimmer, Junge!«

11

Amanda rutschte auf dem Fahrersitz aus Leder in ihrem Lexus herum. Ihr Unterleib fühlte sich schwer an, als ob er voller Energie war. Sie fühlte sich schwammig. Geschwollen, schwammig und voller Verlangen. Du lieber Himmel, was war denn bloß mit ihr los? Sie hatte anscheinend während ihrer langen Ehejahre mit Roger eine Menge unterdrückter Leidenschaft angestaut. In der kurzen Zeit, seit sie in die Geschäftswelt eingetreten war, hatte sie mit drei unreifen Jungs und einem erwachsenen Mann Sex gehabt – und der Sex mit Tom war nicht mal eine Stunde her. Trotzdem wollte sie schon wieder mehr.

Sollte sie sich Sorgen machen? Was war, wenn sie zu einer Nymphomanin wurde? Das war in ihrer Vorstellung immer schlimmer als ein drohender Tod gewesen. Es ständig zu wollen und nie völlig befriedigt zu sein … Amanda erschauerte. Andererseits hatte sie auch während ihrer Ehejahre mit Roger täglich masturbiert, und den Sex mit ihm alle paar Wochen hatte sie immer sehr genossen. Seit sie wieder »sexuell aktiv« geworden war (wenn man das so nennen konnte …), hatte sie nicht ein einziges Mal masturbiert. Armer Mister Buzzy. Armer Mister Rabbit, armer Rolphy, der Delphin. Ihre Sexspielzeuge, die ihr einst so wichtig gewesen waren, lagen vernachlässigt und vergessen in ihrer Nachttischschublade. Sie brauchte die Dinger einfach nicht mehr. Sie war den Vibratoren entwachsen, und das war doch verdammt gut! Es gab keinen Nachteil, überhaupt keinen. Sie konnte ihren sexuell aktiven Lebenswandel in vollen Zügen genießen.

Amanda blinkte, scherte aus und überholte den schleichenden Fahrer vor ihr, ehe sie wieder die Spur wechselte. Sie liebte es, Auto zu fahren. Und sie fuhr gut! Seit dem Tag, an dem sie ihren Führerschein bekommen hatte – genau an dem Tag, an dem sie endlich alt genug dafür war –, hatte sie immer einen fahrbaren Untersatz gehabt. Und im Laufe der Jahre waren ihre Autos immer größer und luxuriöser geworden, bis sie den Lexus bekam. Der Wagen war ihr ganzer Stolz, ihr Baby und ein steter Quell der Freude.

Das Lederlenkrad fühlte sich unter ihren Händen weich an, obwohl es nicht so weich war wie die drei Paar Hoden, die sie in letzter Zeit hatte streicheln dürfen. Wenn bloß die Schuhläden nicht in so einem desolaten Zustand wären, könnte sie sich ganz diesem genießerischen Lebenswandel hingeben. Obwohl sie es ja nicht so schlecht hatte. Amanda fragte sich, was sie wohl finden würde, wenn sie die Fotos auf ihrem Handy herunterlud. Hoffentlich etwas Nützliches, obwohl sie es nicht geschafft hatte, ein Foto von Tom zu schießen, während er wie ein Baby – nein, wie ein Mann! – auf dem Bett seiner Mutter schlief, ganz ermattet vom Sex. Und sie war für diese Erschöpfung verantwortlich gewesen. Sie hatte in dieser Situation das Kommando übernommen. Sie hatte dafür gesorgt, dass alles genau so passierte, wie sie es gern wollte. Ziemlich verwegen von ihr.

Amanda hatte in letzter Zeit oft die jungen Männer dominiert. Aber irgendwie wollte sie jetzt etwas anderes. Vielleicht sollte sie sich einem Mann unterwerfen, so wie sie es bei Trevor getan hatte, dem Mann vom Werkschutz. Vielleicht würde er sie ja zwingen, sich nach vorne zu beugen, und sie in den Arsch ficken? Und es wäre ihm egal, wie sehr sie ihn anflehte, es nicht zu tun. Sie hatte in Gedanken bereits eine

Liste der Dinge aufgestellt, die sie gern machen würde, und in den Arsch gefickt zu werden stand für sie an oberster Stelle! Amanda kicherte stillvergnügt. An zweiter Stelle stand Sex mit einer anderen Frau. Das Erste war etwas völlig anderes als das Zweite, überlegte sie. Aber beides stellte sie sich ziemlich geil vor. Wieder rutschte sie auf dem Ledersitz herum, der sich angenehm gegen ihren Hintern schmiegte, ihr aber keine Befriedigung schenkte. Sie legte eine Hand in den Schoß. Sollte sie wirklich ...?

Nein, entschied sie. Sie würde sich weiterhin an ihre neue Maxime halten. Und die lautete, dass sie nur vor den Augen eines Partners masturbierte und nicht, wenn sie allein war.

Trevor. Er war ihr einfach irgendwie entfallen, und das war merkwürdig, wenn sie bedachte, wie viel Eindruck er bei der ersten Begegnung auf sie gemacht hatte. Der Mann war wirklich ein erstaunlicher Sexpartner, aber wenn sie genauer darüber nachdachte, hatten Trevor und sie bisher keinen Sex gehabt. Jedenfalls nicht den »Stecken Sie Teil A in Teil B«-Sex. Das war doch mal ein großes Versäumnis! Nächstes Mal, wenn sie sich trafen, wollte sie ihn dazu bringen, es ihr auf beide Arten zu besorgen. Und das Beste wäre, wenn sie es schaffte, ihn zu überzeugen, dass es seine Idee war und nicht ihre. Sie war sicher, es wäre ihr unmöglich, ihn irgendwie herumzukommandieren.

An der nächsten Ampel bog sie links ab und fuhr zurück ins Büro. Es wurde langsam spät. Trevor trat bestimmt bald seinen Dienst an.

Als sie die dunklen Büroräume von Forsythe Footwear betrat, sah sie durch die vertikalen Schlitze der Verblendung zu ihrem Büro Licht. Hatte etwa jemand beschlossen, die Gelegenheit sei günstig, um hinter ihr herzuschnüffeln? Sie schlich zu der Glaswand und legte ein Ohr gegen das Glas. Sie hörte dumpfe Geräusche, konnte aber nicht erkennen, was im Innern vor sich ging. Als sie durch einen Spalt zwischen den Jalousien spähte, konnte sie zwar einen Schatten erkennen, der sich in ihrem Büro bewegte, aber mehr auch nicht. Amanda streifte ihre Pumps ab und schlich auf Zehenspitzen zur Tür ihres Büros. Sie war geschlossen, aber zur Hälfte verglast. Amanda riskierte einen Blick.

Neben ihrem Schreibtisch war ein Paar in eine innige Umarmung verstrickt. Der Mann im makellosen gestreiften Hemd stand mit dem Rücken zu ihr, weshalb sie nicht erkennen konnte, um wen es sich handelte. Aber das Mädchen hatte eine pink gefärbte Struwwelpeterfrisur. Nola! Dieses kleine, dreiste Flittchen! Nur weil sie schon mit Amandas Ehemann in diesem Büro herumgehurt hatte, gab ihr das kaum das Recht, sich jetzt noch mit ihrem neuen Freund darin zu vergnügen. Das war nicht nur Roger, sondern *vor allem* Amanda gegenüber respektlos!

Das Paar löste sich lange genug voneinander, damit Nola ihr hautenges türkisfarbenes Rippenoberteil über den Kopf streifen und beiseitewerfen konnte. Natürlich trug sie keinen BH. Nola brauchte ihre Brüste nicht zu stützen, die Dinger waren so kindlich und klein, dass sie kaum mehr als Mückenstiche waren. Amanda musste allerdings zugeben, dass Nolas Brüste hübsch waren. Die rosigen Spitzen waren hart und hatten dasselbe grelle Pink, das Amanda von der Innenseite ihrer eigenen Möse kannte. Die Farbe ließ Nolas Nippel verletzlich wirken.

Diese zog den Kopf des Mannes jetzt zum Nippel ihrer winzigen rechten Brust herunter. Dabei drehte er sich halb Amanda zu. Es war Rupert, Amandas neuer Einkaufsleiter. Der Scheißkerl! Diese Schlampe! Ihre Hand schloss sich um den Türknauf. Sie würde beide feuern, und zwar sofort!

Nola legte den Kopf in den Nacken. Auf ihrem Gesicht stand ein Ausdruck reinster Freude. Amanda zögerte. Es stimmte,

Rupert war ihr Lustknabe, aber sie hatten einander ja auch nicht ewige Treue geschworen. Sie hatte ihn nur das eine Mal in seiner Filiale verführt. Amanda hatte also eigentlich kein Recht, die betrogene Madame zu spielen. Sie ließ den Türknauf wieder los.

Rupert saugte und knabberte an Nolas Brüsten hinauf zu ihrem Hals, ehe er seinen Mund auf ihren legte. Sie küssten sich leidenschaftlich. Seine Hand glitt unter ihren kurzen geschlitzten Rock. Es sah nicht so aus, als wollten sie hier nur ein bisschen schmusen. So wie beide sich verhielten, würde es nicht lange dauern, bis sie es vor Amandas Augen in ihrem Büro wie die Karnickel trieben ... Es machte vielleicht Spaß, ihnen zuzusehen ...

Amandas Finger schlüpften in den Bund ihres Rocks. Ihre Hand stahl sich gegen ihr Zutun unter den Rock, und sie fand mühelos den Schritt ihres Höschens. Sie schob die Fingerspitzen unter den Stoff.

Nein! Hatte sie nicht eben erst beschlossen, nicht mehr allein zu masturbieren? Warum sollte sie denn vor ihrem eigenen Büro herumlungern und sich fingern, während ihre Mitarbeiter das ganz große Vergnügen einheimsten? Ohne noch länger darüber nachzudenken, riss Amanda die Tür auf und marschierte in ihr Büro.

»Was zum Teufel glaubt ihr, was ihr hier tut?«, wollte sie von den beiden wissen.

Es war das berühmte Klischee, das vor ihren Augen zum Leben erwachte: Die beiden sprangen schuldbewusst auseinander. Amanda musste ein Lachen unterdrücken.

Rupert stotterte herum. Nola wurde rot und vergrub das Gesicht in beiden Händen. Die Schultern des Mädchens bebten, und sie gab schluchzende Geräusche von sich. Amanda war aber sicher, dass die kleine Schlampe ihr nur was vorspielte.

»Nola hat gesagt, Sie wären für heute weggegangen«, sagte Rupert.

»Und das ist deine Entschuldigung?«

»Nein, ich dachte nur ...«

»Und du machst es ja nicht mal richtig. Sie braucht es anders.«

Rupert starrte sie ausdruckslos an. Nola hob den Kopf und starrte sie verwirrt aus großen Augen an.

»Du warst zu zärtlich zu ihr. Nola mag es, grob angefasst zu werden. Stimmt doch, Nola? Sie liebt es, wenn jemand sie dominiert. Sie will dazu gezwungen werden. Diese kleine sexgeile Hure liebt es, Schmerz zu spüren. Das steigert ihre Lust.«

»Woher wissen Sie ...? Was wollen Sie damit sagen?«, stotterte Rupert. »Ich verstehe nicht ...«

»Ich glaube, ich bin schon ziemlich deutlich gewesen, Rupert.« Amanda sprach etwas sanfter mit ihm. »Ach, du musst noch so viel über Frauen lernen. Ich glaube, es ist das Beste, wenn ich dir ein bisschen was beibringe. Gib mir deine Krawatte.«

Verblüfft gab Rupert ihr, was sie wollte.

»Werden Sie uns rausschmeißen, Ms Garland?«, fragte Nola.

Amanda überlegte kurz, ob sie die Drohung, den beiden zu kündigen, als Druckmittel missbrauchen sollte, damit sie sich ihr fügten. Aber dann entschied sie sich dagegen. Das war die Art schmutziger Trick, die nur langweilige alte Männer benutzten, um ihre Untergebenen zu kontrollieren. Diese beiden würden tun, was sie wollte. Und zwar nur das, was Amanda von ihnen wollte, weil es den beiden im Blut lag. Sie *wollten* gehorchen, so wie Amanda ihnen Befehle erteilen wollte. Und ebenso sehr sehnte Amanda sich zugleich danach, selbst von jemandem herumkommandiert zu werden.

Sie wusste eben, wie erregend es war, sich bewusst zu unterwerfen, und sie wollte, dass Nola und Rupert diese Freuden auch voll auskosten konnten.

»Nein«, sagte sie deshalb. »Eure Jobs sind absolut sicher. Es steht euch beiden frei, mein Büro sofort zu verlassen, und ich werde dann vergessen, was ich hier gesehen habe.«

»Und weiter?«, fragte Nola. Verstehen blitzte in ihren hellgrünen Augen auf.

Amanda grinste. »Dann würdet ihr mein ›Programm zur Belohnung guter Mitarbeiter‹ verpassen. Das wollt ihr doch nicht, oder?«

»›Programm zur Belohnung guter Mitarbeiter‹?«, fragte Rupert.

»Es ist ein Ausbildungsprogramm. Du weißt doch noch, was ich dir beigebracht habe? Dass du einfach gehorchen sollst?«

Er nickte. Nola blickte erst Rupert und dann Amanda fragend an.

»Du wirst schon verstehen, was ich meine«, sagte Amanda beruhigend. Sie atmete tief durch. Sie hatte bisher nie daran gezweifelt, dass sie junge Männer verführen und dominieren konnte. Amanda war sexy, und Jungs in diesem Alter waren von Natur aus immer geil auf Sex. Sie hätten jeder einen Hoden geopfert, wenn sie dafür Amanda haben durften. Nola war allerdings eine neue Herausforderung. Amanda hatte keine Ahnung, wie das Mädchen es aufnehmen würde, wenn eine andere Frau sie liebkoste. Was sollte sie machen, wenn Nola sich ihr verweigerte? Schlimmer noch, was sollte sie machen, wenn Nola es einfach nur über sich ergehen ließ, weil sie glaubte, es zulassen zu müssen?

Das andere Problem war, dass Amanda zwar schon eine Menge Erfahrung hatte, aber noch nie mit einer Frau zusammen war. Es war also sehr wahrscheinlich, dass das Mädchen mit dem Zuckerwattehaar in dieser Sache mehr Erfahrung hatte als sie. Auf jeden Fall konnte Nola kaum weniger Erfahrung als Amanda haben …

Aber ehe sie kneifen konnte, drehte Amanda Nola einfach an ihren nackten Schultern herum, nahm ihre Hände hinter ihren Rücken und fesselte die Handgelenke mit Ruperts Seidenkrawatte. Nola wehrte sich nicht und protestierte auch nicht, was in Amandas Augen ein gutes Zeichen war.

Sie atmete noch einmal tief durch.

Amanda drehte Nola wieder um. Die hellen Augen des Mädchens wirkten glasig. Ihr kleiner Schmollmund wirkte schlaff, die rosigen Lippen waren feucht und leicht geöffnet. Amanda schluckte schwer. Ihr erster lesbischer Kuss wartete auf sie. Wie anders als der Kuss eines Jungen konnte das schon sein? Sie musste an Sophie Sharpes androgynen Sohn Tom denken; ihn zu küssen unterschied sich bestimmt kaum vom Kuss einer anderen Frau.

Sie verdrängte jeden weiteren Gedanken und legte ihre Lippen auf Nolas. Sie waren voll und weich und schmeckten nach Kirschlipgloss. Nola beugte sich vor. Ihr Mund, nein, ihr ganzer Körper verzehrte sich nach Amandas Berührung. Die Bereitwilligkeit, mit der Nola sich ihr ergab, schenkte Amanda eine ungeahnte Macht. Plötzlich gewann sie an Selbstvertrauen. Mit ihrer Zunge öffnete sie Nolas Lippen und erkundete die süße Nässe im Innern des Mundes der jungen Frau. Nola stöhnte und wand sich. Sie rieb ihre Scham an Amandas. Daraufhin packte Amanda ihr bereitwilliges Opfer. Eine Hand verknotete sich mit Nolas Haar, die andere hielt ihr Kinn, während Amanda den Mund des Mädchens ausgiebig erkundete.

Nola hatte eine masochistische Neigung, wenn die Bilder, die Amanda in Rogers Schreibtisch gefunden hatte, nicht logen. Amanda knabberte an Nolas Unterlippe. Dann biss sie zu. Nicht so hart, dass Blut floss, aber immerhin fest genug, um ihr wehzutun und ihr vielleicht wenigstens eine Schwellung zuzufügen. Je mehr Amandas Zähne an Nolas zarter Haut kratzten, umso eifriger wand Nola sich und wimmerte geradezu herausfordernd.

Amanda zog sich leicht zurück und blickte sich suchend nach Rupert um. Der Junge stand völlig erstarrt neben ihnen. Er schien schlicht überwältigt davon zu sein, endlich leibhaftig das zu sehen, was er sich immer nur in seinen kühnsten Träumen ausgemalt oder im Internet angeguckt hatte.

Sie bellte einen Befehl. »Ausziehen! Ich will dich nackt haben.«

Dann wandte Amanda ihre Aufmerksamkeit wieder dem Mädchen zu. Sie ließ ihr Kinn los und griff nach dem Saum ihres kurzen Rocks. Nola versteifte sich. Warum? Weil sie das Gefühl hatte, dass Amanda nun bald in sie dringen würde, und weil sie das nicht wollte? Oder war das ein Anzeichen für ihre große Vorfreude auf die Lust, die ihr bevorstand? Amanda erinnerte sich gut, wie es für sie war, als das erste Mal ein Junge die Hand unter ihren Rock geschoben hatte – damals, als sie noch ein Teenager war. Sie hatte Angst gehabt, war zugleich aber schrecklich aufgeregt gewesen. Hauptsächlich hatte sie diese Angst verspürt, weil sie den Jungen nicht enttäuschen wollte (wobei sie sich heute nicht mal mehr an seinen Namen erinnerte). Nur ein Teil dieser Angst entsprang der Befürchtung, es könne grausam oder schlimmer noch, ungeschickt ablaufen, wenn er sie so intim berührte.

Amandas Hand glitt nach oben und streichelte die Spitze von Nolas halterlosen Strümpfen. Das Mädchen zitterte tatsächlich. Das ermutigte Amanda. Die Haut an der Innenseite von Nolas Oberschenkel war wie warmer Satin, der sich über harte junge Muskeln spannte. Weiter oben erreichte Amanda den dünnen Baumwollstoff, der eine schwere Scham umschmiegte.

Sie schlug leicht dagegen. Nolas Knie gaben fast unter ihr nach. Amandas Fingerspitzen erkundeten den Schritt von Nolas Höschen. Sie war feucht.

Das machte wirklich Spaß! Sie mochte vielleicht bloß so tun, als ob sie eine mit sapphischen Freuden vertraute Domina war, aber ihr Vorgehen schien bei Nola prima zu funktionieren. Vielleicht war sie ja ein Naturtalent?

Ruperts höfliches Hüsteln erinnerte Amanda daran, dass er auch noch da war. Sie drehte den Kopf in seine Richtung. Der Junge stand bereits nackt neben ihnen. Seine Hände schwebten über der stattlichen Erektion, dass er sie beinahe vor ihren Blicken verbarg.

»Hier«, sagte sie. Amanda packte Ruperts rechte Hand und schob sie unter Nolas Rock. »Fingere ihre Muschi. Du weißt doch noch, was ich dir beigebracht habe? Schieb zwei Finger hinter ihrem Schambein nach oben und drück auf ihren G-Punkt. Du drückst das Schambein einfach zwischen den Fingerspitzen und deiner Handfläche zusammen. Sei nicht zärtlich oder behutsam. Mit diesem Griff kannst du sie hochheben, bis sie mit Mühe auf den Zehenspitzen steht. Ich glaube, das wird ihr gefallen.

Mit einer Hand in Nolas Haar und der anderen fest um ihr Kinn zog Amanda den kleinen Schmollmund des Mädchens weit auf und spuckte hinein. Huch! Woher kam denn diese Idee?

Amanda sprach schnell weiter. »Sie ist mein Spielzeug. Sie wird alles akzeptieren, was ich mit ihr mache, und ebenso alles, was ich dir befehle, mit ihr zu tun.« Sie ließ das Kinn des Mädchens los. »Ist es nicht so, Nola?«

Nola schluckte schwer und leckte ihre Lippen. Amanda war ein bisschen erleichtert, denn sie machte nicht den Eindruck, als habe Amanda sie zu schnell zu weit getrieben. »Ja, Ms Garland. Alles.«

Amanda spürte, wie eine Welle der Zuneigung für diese pinkhaarige Hure in ihr aufstieg, deren Wohlergehen nun in ihrer Hand lag. »So spricht nur ein braves Mädchen. Wir werden eine Menge Spaß mit dieser kleinen Schlampe haben, Rupert. Das verspreche ich dir. Jetzt heb sie an ihrer Muschi hoch, wie ich es dir erklärt habe.«

Amanda schob Nolas Rock höher, damit sie die schlanken Muskeln in den Oberschenkeln sehen konnte, die sich anspannten und zitterten, als Ruperts Hand sie hochhob. »Bring sie da rüber zum Sofa.« Amanda öffnete ihren eigenen Rock und ließ ihn einfach zu Boden fallen, ehe sie den beiden folgte. »Zwing sie auf die Knie.« Jetzt stand Amanda direkt vor Nolas Gesicht. »Zieh mir meinen Slip aus, Nola.«

Da ihr die Hände hinter dem Rücken gefesselt waren, blieb Nola nichts anderes übrig, als sich vorzubeugen und das Bündchen von Amandas Slip zwischen die Zähne zu nehmen. Sie warf den Kopf von links nach rechts und zog und zerrte am Stoff. Stück für Stück gelang es ihr, das nasse Seidenhöschen runterzuzerren, bis zu Amandas Knöcheln. Amanda kickte das Höschen beiseite und spreizte ihre Beine. Ihre nackte Scham war nur wenige Zentimeter von Nolas Mund entfernt. Sie musste nicht hingucken, um zu wissen, dass die rosigen inneren Schamlippen feucht waren und nach ihrem Nachmittag mit Tom immer noch ein bisschen angeschwollen.

»Du magst es, eine Möse zu lecken?«, fragte sie.

Nola nickte und leckte sich wieder die Lippen. Verdammt! Amanda hatte also recht behalten. Das Mädchen war viel erfahrener als sie selbst, wenn es um Lesbensex ging. Okay ... Sie musste einfach weiter so tun, als kenne sie sich aus. Amanda warf sich rücklings aufs Sofa, legte ein Bein auf die Rückenlehne und stellte den anderen Fuß auf den Boden.

»Rupert, sieh zu, dass sie den Rock und das Höschen loswird!«, befahl sie. »Und dann soll sie sich hier über die Armlehne beugen.«

Der junge Mann zog Nola hoch, befreite sie von Rock und Slip und zwang sie dann, sich über die Lederarmlehne zu legen. Ihre Wange landete so auf der Innenseite von Amandas Oberschenkel. Mit einer geballten Faust im Haar des Mädchens übernahm Amanda wieder die Kontrolle.

»Diese kleine dreckige Schlampe war ein sehr, sehr ungezogenes Mädchen. Habe ich recht, Nola?«, fragte Amanda.

»Ja, Ms Garland«, flüsterte sie.

»Du wirst sie für mich bestrafen, Rupert. Du wirst ihr für mich ordentlich den Hintern versohlen. Wir fangen mit zwanzig Schlägen an.« Weil diese Aussicht das Mädchen nicht besonders zu beeindrucken schien, fügte Amanda hinzu: »Zwanzig Schläge auf jede ihrer Pobacken. Schlag fest zu, mit der flachen Hand. Ich will jeden einzelnen Schlag hören, klar? Sie hält das schon aus. Sie hat schon viel Schlimmeres ausgehalten, nicht wahr, Nola?«

»Ja, Ms Garland«, gab Nola mit einem kleinen schüchternen Lächeln zu.

Hure! Sicher war sie schon früher versohlt worden – von Roger. Amanda spürte plötzlich eine unbändige Wut in sich aufsteigen. Es wäre eigentlich nur logisch, wenn sie jetzt sofort aufhörte, das Mädchen zu missbrauchen – zumindest, wenn sie echte Wut verspürte. Aber Amanda wollte nicht aufhören. Ihre Hand verdrehte Nolas Haar, und sie hob den Kopf des Mädchens. Der Ausdruck auf dem Puppengesicht dieser Schlampe war irgendwie die perfekte Mischung aus Unschuld und bereitwilliger Verderbtheit. Amandas Wut verrauchte.

»Nun, mein süßer kleiner gefallener Engel«, gurrte sie. »Wirst du für mich ein großes, tapferes Mädchen sein?«

»Ich versuch's. Ich verspreche Ihnen, dass ich es versuchen werde, Ms Garland.«

»Und du wirst mich außerdem brav lecken?«

»Ich werde mein Bestes geben.«

»Dann können wir anfangen.« Amanda stieß Nolas Gesicht nach unten und drückte ihren Mund auf die weiche, feuchte Schrunde ihrer Möse.

Unaufgefordert drang die spitze Zunge zwischen Amandas innere Schamlippen ein und öffnete sie. Gott, der Mund dieses Mädchens war so zärtlich und ihre Zunge so klein, ihr Gesicht ganz weich – es war so vollkommen anders als alles, was Amanda bisher gefühlt hatte. Sie wollte sich einfach diesem Gefühl ergeben, aber wenn sie das tat, würde sie ihre zwei jungen Sexsklaven vermutlich in große Verwirrung stürzen.

»Rupert, fang jetzt an, sie zu schlagen. Fang langsam an, und zähl die Schläge laut mit.«

Seine Hand hob sich und sauste hinab.

»Gib dir ruhig etwas mehr Mühe! Das war ein zärtliches Tätscheln und kein Schlag.«

»'tschuldigung, Ms Amanda. Ich fange noch mal an.« Sein nächster Schlag hatte mehr Schwung. »Eins.«

Nola zuckte. Ihre Zunge kreiste und erkundete das Innere von Amandas Möse. Amanda zog ihr Gesicht tiefer zwischen ihre Beine; sie wand sich und spreizte die Beine noch weiter. Die Zunge des Mädchens flatterte in ihr und gab damit ein Versprechen für Amandas Klit ab ... später.

Nach dem zehnten Schlag schien Rupert in einen guten Rhythmus gefunden zu haben. Seine Hand sauste nicht nur mit noch mehr Schwung herab, sondern seine Erektion stand auch in einem 45-Grad-Winkel von seinem Bauch ab. Nola wimmerte mit offenem Mund in Amandas Möse. Die Nässe auf ihrem Gesicht stammte nicht nur von Amanda.

Amanda zog Nolas Kopf weiter nach oben und führte diese betörende Zunge zu ihrer schmerzenden Knospe. Verflucht noch mal, war dieses Mädchen gut! Ein Seufzen entschlüpfte

Amandas Mund, ehe sie es verhindern konnte. Aber das schien Nola noch zu ermutigen. Als Rupert beim 39. Schlag angelangt war, zwang Amanda sich, den Mund des Mädchens von ihrer Klit wegzuschieben und ein paarmal tief durchzuatmen. Sie hatte die ganze Zeit über dem Abgrund ihres nächsten Höhepunkts geschwebt und wollte nicht kommen. *Noch* nicht.

Rupert rief: »Vierzig! Zwanzig auf jede Pobacke.« Er schwieg kurz, ehe er hinzufügte: »Ms Amanda, Sie sollten sich ihren Hintern mal angucken. Er ist großteils rot, aber da sind auch ein paar blaue und violette Stellen … Kann kaum glauben, dass ich das gemacht habe.«

»Gut.«

Amanda blickte in Nolas Gesicht. Ihre Augen waren glasig, der Mund schlaff. Sie machte auf Amanda den Eindruck, als habe sie sich vollständig ergeben, ohne dabei verzweifelt zu wirken. Es schien fast, als wären vierzig harte Schläge auf ihren Hintern kaum mehr als die Vorspeise für dieses kleine masochistische Sexspielzeug. Also gut. Jetzt war der richtige Moment, um zum Hauptgericht zu kommen.

»Rupert, da ist ein Plastiklineal in der mittleren Schublade meines Schreibtischs«, sagte Amanda. »Hol es mir.«

Nola riss die Augen auf. »Nicht …«

»Du weißt also, wie es sich anfühlt?«, fragte Amanda.

»Ja … nein … ich meine … ich kann es mir vorstellen.«

»Das glaube ich, dass du es dir vorstellen kannst. Willst du aufhören? Du kannst jetzt gehen, wenn du nicht genug Mut aufbringst.«

»Ich kann es ertragen.«

»Braves Mädchen.« Amanda schob Nolas Gesicht zurück in ihren Schoß. »Rupert, diesmal nur zehn Schläge, fünf auf jede Pobacke. Ziel etwas weiter unten, wo der Hintern und die Oberschenkel zusammentreffen.«

»Aber dann könnte ich ihre …«

»Ihre Schamlippen treffen? Ja, kann schon sein. Das wird sie richtig zusammenzucken lassen!«

Nolas Zunge flatterte schneller und härter, als würde die Vorstellung, wie ihre zarten Schamlippen von einem Plastiklineal geschlagen wurden, sie beflügeln.

Beim fünften harten Schlag mit dem Lineal jaulte Nola.

Amanda hob den Kopf des Mädchens. »Möchtest du mich um Gnade anflehen?«

Nola schüttelte stumm den Kopf.

»Also gut. Mach weiter, Rupert.«

Der neunte Schlag erzeugte bei Nola einen langen klagenden Laut, der von Amandas Möse erstickt wurde. Wenn sie das Geräusch richtig deutete, war diese kleine Schlampe gerade gekommen! Der zehnte und letzte Schlag ließ das Mädchen grunzen. Erstaunlich! Amanda konnte jetzt irgendwie verstehen, was an einem ordentlichen Spanking so lustvoll sein sollte. Sie hatte sich nie vorstellen können, wie ein paar Schläge ein Mädchen zum Orgasmus bringen konnten. Das musste sie unbedingt auch mal ausprobieren.

Die Liste der Dinge, die sie unbedingt machen wollte, schien nicht kleiner zu werden. Gerade versuchte sie sich zum allerersten Mal an Lesbensex und konnte damit eine Sache abhaken, aber schon musste sie »Ordentlich versohlt werden, weil ich wissen will, ob ich dann auch komme« unten dazuschreiben.

Nola leckte immer noch eifrig an Amandas harter pinker Knospe, obwohl sie gekommen war.

»Braves Mädchen«, schnurrte Amanda. »Du warst wirklich sehr tapfer. Ich bin stolz auf dich.«

Nolas ernstes »Danke« war gedämpft, aber gut zu verstehen.

Was sollte sie jetzt machen? Ruperts harter Schwengel

brachte sie auf eine Idee. »Rupert, fick dieses kleine Flittchen. Mach schön langsam, wie ich es dir gezeigt habe.«

Nola quiekte und blickte fragend zu Amanda auf. Sie hatte offenbar nicht gewusst, dass Amanda den Jungen zuerst bekommen hatte. Das war nur fair. Nola hatte Amandas Mann gevögelt, und Amanda hatte im Gegenzug Nolas neuen Freund gefickt. Gleichstand, Baby.

Amanda setzte sich auf und hob Nolas Kopf. Ihr Mund war nass und wollte geküsst werden. Amanda schmeckte ihr eigenes Aroma auf der Zunge des Mädchens. Während sie sich küssten, schaute Amanda an Nola vorbei. Rupert musste sich halb hinkauern, damit sein Schwengel mit der Möse des Mädchens auf einer Höhe war. Nola spannte sich an. Zweifellos spürte sie Ruperts Schwanzspitze, die sich gegen die geschundenen Schamlippen drückte.

Sowohl das Mädchen als auch der Junge grunzten. Und jetzt war er in ihr? Der junge Mann nahm die junge Frau, und das alles nur, weil Amanda es den beiden befohlen hatte! Das war einfach zu gut! Amanda war außer sich vor Freude. Sie hob das Bein über Nolas Kopf und rollte sich vom Sofa. Auch wenn sie diese herrlichen Sachen, die das Mädchen mit der Zunge bei ihr gemacht hatte, sehr genoss, musste sie jetzt einfach *sehen*, was Rupert in der Zwischenzeit gemacht hatte.

Was für ein Anblick! Rupert hatte nicht übertrieben, als er sagte, dass Nolas anmutige gerundete Hinterbacken knallrot mit blauen und violetten Einsprengseln waren. Und die bleichen Streifen stammten vom Lineal. Das musste richtig wehgetan haben.

Rupert lehnte sich zurück, um seinen Schwengel tiefer in Nola zu hämmern. Als er sich zurückzog, konnte Amanda Nolas Möse sehen. Oh ja, er hatte ihre Schamlippen nicht verschont. Sie waren geschwollen und pflaumenfarben. Sie musste so empfindlich sein, dass jeder Stoß ihr einen neuen heftigen Schmerz bescherte.

Er hielt ihre Hüfte mit einer Hand, während er in der anderen noch immer das Lineal hielt. Amanda nahm es ihm aus der Hand und legte es zur Seite. Es war egal, ob Nola Spaß an dieser Art der Bestrafung fand; für den Moment hatte sie genug davon ertragen.

Rupert richtete sich etwas auf und stieß von oben in Nolas Möse. Amanda griff zwischen die Körper der beiden jungen Leute und tastete sich vor, bis sie Nolas Klit fand. Zum ersten Mal hatte sie ein bisschen Verständnis dafür, wenn Männer hilflos herumtasteten. Es war jedenfalls nicht so leicht, die Klitoris zu finden wie einen Penis, so viel stand mal fest. Sobald sie das Knöpfchen gefunden hatte, zwirbelte sie es zwischen den Fingerspitzen. Ruperts Hoden klatschten gegen ihre Hand. »Braver Junge, Rupert«, sagte sie. »Mach so lange, wie es nur irgendwie geht.«

Amanda hockte sich hin, um besser sehen zu können. Ihre andere Hand fuhr über die Hitze von Nolas geschundener Haut. Das Mädchen kniff die Arschbacken zusammen und schauderte, als ob Amandas Berührung elektrisch aufgeladen war. »Bitte«, seufzte sie.

Bitte was? Amanda streichelte sie noch mal. Nola wand sich und drehte ihr die Hüfte halb zu. Sie wollte berührt werden – aber wo? Ach, jetzt begriff Amanda. Sie befeuchtete einen Finger und streichelte um die gerunzelte Haut rund um Nolas kleines Arschloch.

»Mh!«

»Das gefällt dir wohl?«

»Sogar sehr. Vielen Dank, Ms Garland.«

Amandas Fingerspitze drehte sich tiefer, bis sie direkt auf dem runzligen Arschloch lag. Zu ihrer Überraschung spürte sie, wie Nolas Schließmuskel sich lockerte, ohne dass sie auch nur ein bisschen Druck ausüben musste. Das war eine Einladung, der selbst Amanda nicht widerstehen konnte. Ihr Finger stieß hinein, und sie spürte, wie Nolas Arschloch sich heiß und hart um ihn schloss. Amanda bewegte den Finger und stieß ihn weiter vor. Wie sich das wohl für das Mädchen anfühlte?

Rupert keuchte. »Oh, scheiße!«

Für einen Moment glaubte Amanda, der Junge werde gleich kommen. Aber sein Ausruf war nur die Reaktion darauf, dass seine Chefin und Herrin ihren Finger tief in den Arsch seiner jungen Freundin steckte. Es musste für ihn ein ziemlich schockierender Anblick sein, wenn man bedachte, wie Amanda ihn erst vor kurzem verführt hatte.

Der Junge zog sich zurück. Amanda spürte, wie seine dicke Eichel unter ihrem Finger in Nolas Arsch hindurchglitt. Das Gefühl war irgendwie anders, aber es war zugleich auch unglaublich erregend. Er trieb seinen Schwengel wieder bis zum Anschlag hinein, weitete Nola und drückte auch gegen Amandas Finger. Die erwachsene Frau und der erst vor kurzem verführte junge Mann tauschten wissende Blicke. Als er das nächste Mal tief in Nola stieß, tat er das vor allem, um Amanda Lust zu schenken und nicht Nola.

Nola schnurrte: »Bitte, Ms Garland.«

»Worum bittest du mich?«

»Zwei Finger vielleicht? Oder drei?«

So eine sadistische Domina war sie also: Ihr Opfer musste sie um noch mehr Misshandlung anflehen. Nola wollte mehr, nicht wahr? Das sollte sie haben.

»Hör auf, sie zu vögeln, Rupert!«, befahl sie.

Rupert erstarrte mitten in der Bewegung, sein Schwanz steckte halb in Nola.

»Zieh ihn raus.«

Er gehorchte. Amanda zog ihren Finger aus dem Arsch des

Mädchens und ließ auch davon ab, ihre Klit zu bearbeiten. Amanda packte Ruperts harten Schwengel und drückte seine glitschige Spitze gegen Nolas entspanntes Arschloch. »Hast du so was schon mal gemacht, Rupert?«

»Nein, Ms Amanda.«

»Es wird dir gefallen. Jetzt stoß ihn rein.«

Rupert packte Nolas Hüfte mit beiden Händen und zog sie zu sich heran, während er ohne Umschweife hart in ihren Arsch stieß. Amanda keuchte sogar noch lauter als Nola. Rupert grunzte und machte es gleich noch mal. Nola kreischte, aber sie hatte offensichtlich Spaß an der Sache. Also gut.

»Fick sie so hart und schnell, wie du magst, Rupert«, sagte Amanda.

Er trieb seinen Schwanz bis zum Anschlag in das Mädchen und drehte die Hüfte, um so tief hineinzustoßen, wie es ging. Amandas Hand kam von unten und umschloss gleichermaßen die geschwollenen Schamlippen des Mädchens und die klatschenden Hoden des Jungen. Er zog sich rasch zurück und rammte sich wieder bis zum Anschlag in Nolas Arsch.

»Schneller!«, feuerte Amanda ihn an.

Er pumpte schnell und wild in Nola. Sein Gesicht verzerrte sich. Es sah aus, als würde er gleich kommen, und das wollte Amanda nicht. Es war noch zu früh. Sie schnappte sich das Lineal und zog ihm eins über den Arsch.

»Was …!«

Sie schlug ihn erneut.

Der plötzliche Schmerz schien Rupert von dem drohenden Abgrund zurückzubringen, über dem er gerade hing, aber Amanda musste zugleich feststellen, dass sie viel zu viel Spaß an dieser Art der Bestrafung hatte, um sofort wieder damit aufzuhören. Darum fanden sie schon bald in einen Rhythmus, der irgendwann immer schneller wurde, als hätten sie sich abgestimmt. Amanda zählte die Schläge nicht, aber sie war ziemlich sicher, dass er mehr von ihr kassierte als Nola vorher von ihm. Trotzdem hatte er bisher nicht ein einziges Mal gejammert. Amanda war wirklich erstaunt, wie der Schmerz bei Nola und Rupert wirkte. Sie hatte wohl noch eine Menge zu lernen. Sie nahm den Arm weit zurück und platzierte einen neuen Schlag auf Ruperts krebsrotem Arsch.

Rupert stöhnte. »Ich kann mich nicht länger zurückhalten, sorry!«, schrie er, und vergrub seinen Schwengel tief im Arsch des Mädchens.

Nola, die die ganze Zeit lustvoll gestöhnt und gewimmert hatte, schrie plötzlich auf. »Ja, flute mich, du verdammter Mistkerl! Gib mir deine ganze heiße Ladung!«

Diese versauten Worte, die sie laut schrie, schienen den Jungen zu elektrisieren. Er rammte sich in Nola, stöhnte und grunzte und ließ sich völlig gehen. Nola streckte ihm den Arsch entgegen und zwang ihn mit ihrem Körper und ihrem wortlosen Stöhnen, ihr noch mehr zu geben. Es sah aus, als erfasste ein Pulsieren Ruperts Körper, ehe er nach vorne fiel, zurückstolperte und schließlich auf den Boden sank. Seine Sahne rann obszön aus Nolas Arschloch.

Dieses wilde Vögeln hatte Amanda heiß gemacht. Sie warf Nola auf den Rücken, sodass sie mit dem Hintern auf der Sofalehne ruhte und ihre geschwollene Möse in die Höhe reckte. Amanda kauerte sich neben Nola und rammte drei Finger in das Mädchen. Ihr Daumen fand das harte Knöpfchen, und sie bearbeitete Nola ohne Unterlass. Nola streckte zugleich die Hand nach Amandas Muschi aus und fingerte sie genauso.

Endlich gab Amanda sich dem Verlangen hin, das mit jedem Herzschlag in ihrem Körper widerhallte. Es dauerte nur ein paar Minuten, bis sie von diesem heftigen Fingern endlich kam. Nola kam mehr oder weniger gleichzeitig. Amanda warf den Kopf in den Nacken und ließ ihren Gefühlen freien Lauf, während ihr Körper den zigsten Orgasmus an diesem Tag erlebte. Nolas lustvolles Trällern vermischte sich mit Amandas Stöhnen, und diese beiden Stimmen vereint in sapphischen Freuden klangen noch immer in Amandas Kopf nach, als sie bereits nach Hause fuhr. Sie verstummten auch dann nicht, als sie erschöpft ins Bett fiel, um sich ein paar Stunden wohlverdienter Ruhe zu gönnen.

Als sie am nächsten Tag in ihr Büro kam, erwarteten sie zwei Geschenke. Das erste war offensichtlich: Es war ein gigantischer Blumenstrauß aus weißen und rosa Rosen in voller Blüte, der sofort ihre Aufmerksamkeit auf sich zog. Die Rosen dufteten so schwer wie konzentriertes Parfüm. »Hübsch!«, rief sie Nola zu, die etwas vorsichtig auf ihrem Bürostuhl saß. »Wer hat die geschickt? Du oder Rupert?« Es war eigentlich undenkbar, dass ihre beiden jungen Spielgefährten das Geld oder das Zartgefühl besaßen, um so einen extravaganten Strauß zu schicken.

Nola schüttelte den Kopf. Ihre vollen Lippen pressten sich zu einem dünnen Strich zusammen. »Nein, *der* ist nicht von mir«, grummelte sie.

Amanda schloss die Tür zu ihrem Büro. Sie umkreiste den Blumenstrauß. Das war wirklich ein überragend schöner Strauß. Wenn sie sich nicht irrte, war die Vase aus Kristallglas. Sie begann, die Rosen zu zählen, und schob den Moment bis sie die Karte lesen musste, möglichst lange hinaus. Sie genoss die Spannung.

Es waren 26 Rosen. Die Blumen kamen von Knospen, einem Laden, der so exklusiv war, dass sein Name eher zurückhaltend und nicht dumm klang. Auf der Karte stand: »Keine Rose kann so schön sein wie du. – Tom«

Ach ja, der junge Tom Sharpe. Sie hatte ihn fast vergessen,

nachdem sie gestern Abend noch ihren ersten Dreier, ihr erstes Mal mit einer Frau und ihr erstes Mal als Domina erlebt hatte. Er war ein guter Junge, vielleicht für ihren Geschmack etwas zu zahm. Genau, er war eher der Vanilla-Typ, so nannte man das. Amanda musste all ihre Kraft aufwenden, um die riesige Vase mit den Rosen von ihrem Schreibtisch zu einem Tischchen unter dem Eckfenster zu tragen. Da bekamen sie viel Licht, und Amanda brauchte ihren Schreibtisch. Sie musste Tom anrufen und sich bei ihm bedanken, und das sollte sie lieber schnell machen, denn er wollte in ein paar Tagen zurück zum College, wenn sie sich richtig erinnerte.

Amanda setzte sich an den Schreibtisch. Sie spürte, dass der Name auf der Karte sie ein bisschen enttäuschte. Sie drehte die Karte in der Hand. Wen genau hatte sie denn erwartet? David Beckham? Leonardo DiCaprio? Jared Leto? Amanda kicherte. Vielleicht auch einen der beiden britischen Prinzen, William oder Harry? Sie steckte die Karte in die Schreibtischschublade. Amanda konnte nur hoffen, dass Tom die Blumen von seinem eigenen Geld bezahlt und nicht die Kreditkarte seiner Mutter benutzt hatte.

Nachdem sie die Vase vom Tisch gestellt hatte, entdeckte Amanda einen dicken braunen Umschlag, der am Vorabend noch nicht dort gelegen hatte. Er war an »Ms Garland – persönlich« adressiert. Als sie den Umschlag öffnete, fand sie ein Fetischmagazin, in dem auch eine Fotostrecke über eine böse dreinblickende, aber sehr schöne Domina war, die mit einem Lederpaddel den Hintern einer kleinen Untergebenen versohlte, die das sehr zu schätzen wusste. Die Domina war mit Kugelschreiber als »Ms A. G.« gekennzeichnet worden, und die Haare ihrer Untergebenen hatte jemand mit pinkfarbenem Textmarker eingefärbt.

Nola hatte also Amanda Garland als ihre neue Herrin angenommen – sie sollte wohl Roger Garland ersetzen, hm? In dem Fall sollte Amanda sich mal lieber ein bisschen besser informieren, überlegte sie. An diesem Tag verließ sie das Büro früh. Ehrlich gesagt schmerzte jeder Muskel in ihrem Körper nach den gestrigen Ausschweifungen. Aber sie bemerkte, nicht ohne eine gewisse Freude, dass sie sexuell vollkommen befriedigt war.

Nach einem langen und traumlosen frühabendlichen Nickerchen ging Amanda ins Internet und suchte nach allem, was sie über Dominanz und Unterwerfung finden konnte. Die Anzahl der Webseiten, die sich diesem Thema widmeten, war überwältigend, weshalb sie sich auf ein paar Seiten beschränkte, die ihr vor allem Informationen und weniger Bilder boten. Amanda stellte zufrieden fest, dass sie instinktiv vieles richtig gemacht hatte. Es war richtig gewesen, als sie dachte, dass es ein Fehler war, jemandem Schmerzen zuzufügen, wenn man wütend wurde, und sie hatte ihre Stimme richtig eingesetzt, indem sie die beiden Untergebenen abwechselnd herumkommandiert und gelobt hatte. Amanda hatte also allen Grund, auf ihren ersten Versuch als Domina stolz zu sein. Aber sie hatte auch Glück gehabt. Was hätte sie tun sollen, wenn Nola oder Rupert sich geweigert hätten, etwas zu tun? Sie hätte dann nicht gewusst, wie sie mit der Situation umgehen sollte.

Aber jetzt wusste sie Bescheid.

Die fremde Welt aus Dominanz und Unterwerfung war tatsächlich gut geordnet. Es gab strikte Regeln, die in Amandas Augen Sinn ergaben. Alles musste sicher, im Vollbesitz geistiger Gesundheit und in gegenseitigem Einvernehmen vonstatten gehen. Beim nächsten Mal – und sie war sicher, dass es ein nächstes Mal geben würde – würde sie ihre Untergebenen nach einem Safeword fragen, und sie würde die ganze Sache schon im Vorfeld planen. Aber insgesamt war Amanda wirklich zufrieden mit sich. Es war wirklich einfach, solange der

Beherrschende die Kontrolle über die Situation behielt, was für Amanda einfach gewesen war. Sie musste auch sich selbst unter Kontrolle halten, was leider nicht so richtig ihrer Natur entsprach. Es hatte einige Momente gegeben, in denen sie sich verzweifelt danach gesehnt hatte, sich selbst endlich Erfüllung schenken zu dürfen. Aber es war richtig gewesen, diesem Impuls nicht nachzugeben. Man musste eben Opfer bringen, wenn man sich für die dominante Rolle entschied. Aber Amanda hatte ja bereits erfahren, dass die Belohnung für diese Opfer wirklich großartig war.

Als Amanda an diesem Abend ins Bett ging, träumte sie von einer unendlichen Kette aus Menschen, abwechselnd Herren und Sklaven, die einander Befehle erteilten und gehorchten, die absolute Kontrolle ausübten und sich bedingungslos ergaben. Und jeder kannte seinen Platz in dieser Menschenkette und war damit absolut glücklich.

12

Mr Eggerdon war abwechselnd mutlos und überschwänglich begeistert. Da sie die Preise in allen Filialen von Forsythe Footwear deutlich reduziert hatten, füllten sich die Konten des Unternehmens und waren inzwischen so dick wie seit Jahren nicht mehr. Und immer noch wuchsen die Einnahmen. Andererseits brachte das ein anderes Problem mit sich, denn der Wert ihrer Warenbestände in den Geschäftsbüchern stürzte zugleich ab. Das Ergebnis war eine negative Bilanz – das Unternehmen verlor also auf dem Papier richtig viel Geld.

Um das Ganze noch zu krönen, hatte das jugendliche Team, das Ms Garland um sich geschart hatte, das ganze System aktualisiert, weshalb nun jede Einnahme erst dann verbucht wurde, wenn ein Artikel tatsächlich verkauft worden war. Das war doch lächerlich!

Mrs Carrey war verzweifelt. In weniger als einer Woche hatten fünf Filialleiter bei ihr vorgesprochen, weil sie Gerüchte gehört hatten, dass Forsythe Footwear gerade baden ging und sie natürlich um ihre Jobs bangten. Sie hatte auch noch nie so viele Abfindungen gleichzeitig bearbeiten müssen. Sowas hatte es damals, als noch *Mr* Garland das Ruder in der Hand hielt, nie gegeben!

Während sie ein paar von den Musterschuhen anprobierte, die ihr von den einzelnen Filialen zugeschickt worden waren, führte Amanda eine Unterredung mit Rupert und Paul. Rupert kannte die verschiedenen Filialleiter, die jetzt um ihre Entlassung ersuchten und eine Abfindung kassieren wollten, und Paul besaß so viel Köpfchen und wusste, wie diese Leute bestellten, weshalb sie sich ein gutes Bild über die Fähigkeiten der fünf Abtrünnigen machen konnten. Sie waren einer Meinung, dass zwei ruhig gehen konnten, zwei weitere wollten sie aber auf jeden Fall zum Bleiben überreden. Bei der fünften Filialleiterin waren sie sich nicht einig. Es war Meg, die große Blondine, die vorher Ruperts Stellvertreterin war und jetzt seinen Job übernommen hatte. Rupert meinte, sie sei ein Gewinn für Forsythe Footwear. Paul führte ins Feld, sei sie zu jung und unerfahren für den Job sei, außerdem war sie eine Frau. Es sei bei Forsythe Tradition, dass die Filialleiter immer Männer waren. Paul meinte, Rupert wollte sie bloß behalten, weil er ihr gern unter den Rock greifen wollte.

Rupert und Amanda warfen einander verstohlene Blicke zu. Keiner von beiden wollte Paul erklären, dass Rupert mit Amanda und Nola – oder beiden zusammen – so viel Sex bekam, wie er brauchte.

Armer Paul! Amanda vermutete, dass er der Klügste von ihren jungen Stars und vermutlich derjenige war, der sich am meisten aufrieb – für ihr Unternehmen, aber auch für sie persönlich. Sie musste ihn zukünftig auf jeden Fall dafür belohnen, aber es würde keine Zukunft geben, wenn sie es nicht schaffte, Forsythe Footwear zu erhalten.

»Ich fahre hin und überzeuge mich mit eigenen Augen von ihren Fähigkeiten«, sagte Amanda.

Rupert grinste. Amanda warf ihm einen Blick zu, der ihm das Blut in den Adern gefrieren lassen sollte.

Die Gegensprechanlage summte. »Der Mann vom Werkschutz, Trevor, will Sie gern sprechen, Ms Garland«, verkündete Nola.

Amanda scheuchte ihre hübschen Lustknaben aus dem Büro und ließ den riesenhaften Trevor herein.

Er sagte: »Diese Ms Sophie Sharpe war heute Morgen wieder hier, Ms Garland. Ich habe ihr erklärt, dass ihr der Zugang zu den Büroräumen verwehrt ist, und habe sie wieder nach draußen begleitet.«

»Danke.« Amanda blickte schuldbewusst zu den inzwischen etwas verwelkten Rosen vor dem Fenster.

»Hat sie irgendwas gesagt? Was sie wollte, zum Beispiel?«

»Sie wissen, was sie will. Sie will sich Ihr Unternehmen unter den Nagel reißen.«

»Ach ja, richtig.«

»Sie hat mir erklärt, wenn sie erst die Verantwortliche bei Forsythe Footwear ist, würde mich das meinen Job kosten.«

»Machen Sie sich deshalb Sorgen?«

Er schmunzelte. »Ich arbeite ja nicht für Ihr Unternehmen, sondern für das Gebäude. Aber es gibt noch etwas, das ich mit Ihnen besprechen muss.«

»Noch etwas? Was wollte sie denn noch?« Amandas Mut sank. Verflucht sollte dieser kleine Tom Sharpe sein! Er hatte ihr doch versprochen, ihre kleine Affäre geheim zu halten, und jetzt das!

Trevors Miene wurde sehr ernst. »Ich, es hat nichts mit Ms Sharpe zu tun, sondern es geht eher um etwas zwischen Ihnen und mir.«

Amanda sagte: »Sprechen Sie weiter.«

»Nicht hier. Nicht jetzt.«

»Wann dann? Und wo?«

»Irgendwo, wo wir ungestörter sind.« Er kam näher. Seine Gestalt ragte über ihr auf, und seine Stimme grollte tief in seiner Brust. »Morgen ist Samstag. Ich finde, Sie sollten mich zu sich nach Hause zum Abendessen einladen. Finden Sie nicht auch?«

Amandas Unterleib zuckte. Mit ihrer schwachen »Kleinmädchenstimme« sagte sie: »Wäre halb acht okay, Trevor?«

»Acht Uhr. Zieh dir was Hübsches an.«

»Ja, das mache ich. Und danke, dass du Sophie Sharpe hier fernhältst.«

Mühelos gelang es ihm, wieder in die Rolle des Angestellten zu schlüpfen. »Kein Problem, Ms Garland. Es ist mir immer ein Vergnügen, auf Sie aufzupassen.« Er salutierte mit zwei Fingern an der Stirn und verließ ihr Büro.

Amanda sank auf ihren Bürostuhl, schloss die Augen und erlaubte sich einen Moment lang, sich ganz der süßen Vorfreude hinzugeben. Sie durchfuhr ihren Körper wie eine starke, heiße Brise. Die Gegensprechanlage summte.

»Ja, Nola?« Sie versuchte, sich ihre Verwirrung nicht anmerken zu lassen.

»Tom Sharpe ist in Leitung eins, Miss Amanda. Soll ich ihm sagen, dass Sie unterwegs sind?

Oh nein, dieser Junge! Er hatte sie seit dem gemeinsamen Nachmittag ständig belästigt. »Ja ... ach, nein. Stell ihn durch.«

Jetzt reichte es langsam. Sie drückte den Knopf auf der Gegensprechanlage so schwungvoll, dass einer ihrer Nägel abbrach. Verdammt! »Tom?«

»Wann kann ich dich wiedersehen? Bitte, bitte sag mir, dass wir uns dieses Wochenende sehen!« Seine Stimme war ein hohes, unangenehmes Wimmern.

»Solltest du nicht längst zurück in der Schule sein?«

»Ich hab meiner Mutter erzählt, ich wäre krank. Ich kann es nicht ertragen, noch länger von dir getrennt zu sein!«

Ach du lieber Himmel! »Tom, sei nicht dumm. Du musst dich wieder aufs College konzentrieren.«

»Ich kann mich nicht konzentrieren. Alles, was ich sehe, bist du. Hör doch mal, ich habe dir ein Gedicht geschrieben. ›Die Göttin‹ von Tom Sharpe. Ihr Herz ist herzförmig wie das der Athene, ihre Stirn so zart wie Heras, so hoch und klar ...«

»Hör auf!« Amandas Stimme war streng. »Hör auf, diesen

Unsinn von dir zu geben, junger Mann. Und beweg deinen Arsch zurück ans College.«

»Und was wird dann aus uns?«

»Es gibt kein ›wir‹, Tom. Wir hatten ein ... ein bisschen Spaß. Mehr nicht.«

Er stöhnte, als habe sie ihm gerade ein Messer in den Bauch gerammt. »Nein!«

»Ich habe versucht, geduldig mit dir zu sein. Aber ich habe eine Arbeit, die gemacht werden muss. Hör einfach auf, mich anzurufen, okay? Keine Blumen mehr, keine Schokolade, keine Gedichte – nichts. Ist das klar?«

»Aber ich liebe dich!«

»Das ist nur die Vernarrtheit eines Schuljungen. Das geht vorbei. Such dir ein Mädchen in deinem Alter, mit dem du spielen kannst. Du weißt ja jetzt, wie's geht. Ich muss jetzt auflegen. Mach's gut, Tom.«

»Nein, warte! Ich liebe ...«

Amanda drückte ihn weg. Sie sprang auf, schnappte sich ihre Handtasche und eilte aus dem Büro. »Schmeiß diese blöden welken Rosen weg!«, schnauzte sie Nola an. »Und all diese Schokolade und die Stofftiere und diesen lächerlichen riesigen Keks, verstanden?«

»Ja, Ms Amanda.«

»Falls Tom Sharpe nochmal anruft ...«

Wie auf Kommando fing Nolas Telefon wieder an zu klingeln.

»... sagst du ihm, dass ich rechtliche Schritte einleiten werde, wenn er mich weiter belästigt. Verstanden?«

»Ja, Ms Amanda. Wo gehen Sie jetzt hin?«

»Irgendwohin. Ich bin weg!«

Amanda nahm ein Taxi zu dem Laden, den bis vor kurzem Rupert geführt hatte und der jetzt in Megs Händen lag. Sie hatte ihre Lektion gelernt und versuchte nicht noch einmal, durch dieses Gewirr aus Einbahnstraßen zu finden. Autofahren war wie Sex, fand sie: Es sollte immer Spaß machen und nie zu einer lästigen Pflicht verkommen.

Sie betrat einen Laden, in dem das reinste Chaos herrschte. Vor kurzem noch war der Laden aufgeräumt und ordentlich gewesen, aber jetzt standen überall Aufsteller und Klapptische, auf denen sich Berge aus Schuhen, Stiefeln und Ballerinas türmten. Es waren mindestens ein Dutzend Kunden im Laden, die sich durch das Angebot wühlten, und sechs weitere saßen auf den Bänken und ließen sich von Meg helfen, die heute einen ziemlich hübschen cremefarbenen Hosenanzug trug. Ihre Haare waren allerdings zerzaust und hingen wirr in die Stirn. Amanda beobachtete, wie die junge Frau sich erhob, von einer Kundin zur nächsten wechselte, währenddessen mit einer dritten redete und rasch im Lager verschwand, aus dem sie mit einem Schuhkarton wieder auftauchte. Sie hockte sich neben die Füße einer weiteren Kundin. Eine Sekunde später war sie wieder im Lager, huschte heraus und überreichte mit einem Lächeln und ein paar freundlichen Worten einen Schuhkarton. Dann eilte sie zum Verkaufstresen, wo sie die Einkäufe einer Frau eingab, die in der Zwischenzeit gefunden hatte, was sie suchte.

Als sie das Wechselgeld überreichte, warf Meg Amanda ein Lächeln zu und sagte: »Hallo, Ms Garland.«

»Sie sind sehr beschäftigt.«

»Ja, sieht so aus.«

»Warum sind Sie allein?«

»Weil das Budget keinen Spielraum für Hilfe lässt. Entschuldigen Sie mich bitte.« Sie stürzte sich wieder ins Getümmel, nahm einer Kundin einen Schuhkarton ab und trug ihn zur Kasse.

»Kann ich Ihnen helfen?«, bot Amanda sich an.

»Wissen Sie, wie man das Richtige für eine Kundin findet?«

»Ich fürchte, dafür reicht es nicht.«

»Können Sie eine Kasse bedienen?«

»Ich kann es versuchen.«

»Dann überlasse ich Ihnen das Feld hier.« Sie eilte wieder in den Verkaufsraum und ließ Amanda an der Kasse stehen.

Die Abrechnung mit den Kreditkarten war einfach. Amanda hatte anfangs ein paar Probleme mit dem Bargeld, aber Gott sei Dank zahlten die meisten Kundinnen mit Karte. Meg bediente, vier, fünf, sechs, manchmal sogar acht Kundinnen gleichzeitig. Amanda hatte große Mühe, mit ihr Schritt zu halten, obwohl sie nur kassieren und die Schuhkartons eintüten musste. Sechs Uhr war längst vorbei. Als Meg einmal an ihr vorbeieilte, hielt Amanda sie kurz auf. »Wann schließen wir heute?«

»Heute ist Freitag, da bleibt der Laden bis neun offen.«

Erst bei der nächsten Gelegenheit konnte Amanda ihr noch eine Frage stellen. »Und wann können Sie mal Pause machen?«

»Gute Frage.« Meg wandte sich einer Kundin zu. »Ich fürchte, diesen Schuh gibt es nur in Schwarz, Madam. Aber Schwarz passt ja zu allem, und bei dem Preis können Sie nichts falsch machen, stimmt's?«

Eine hagere Frau mit zusammengewachsenen, ungepflegten Augenbrauen brachte einen Schuhkarton zur Kasse. Als Amanda die Summe eingab, kam Meg plötzlich aus dem Getümmel gestürzt und legte ihre Hand auf den Schuhkarton der Dame.

»Tut mir leid«, sagte sie. »Ich glaube, ich habe einen Fehler gemacht.« Sie öffnete den Schuhkarton, nahm die Schuhe heraus und untersuchte sie. »Wie dumm von mir! Ich habe Ihnen aus Versehen einen rechten Schuh in Größe acht und einen linken in Größe sieben gegeben. Welche Größe wollten Sie denn gern, Madam?«

Die Frau murmelte: »Ich hab es mir anders überlegt«, und eilte mit gesenktem Kopf Richtung Ausgang.

»Was war das denn?«, wollte Amanda wissen.

»Die arme Frau. Ihr rechter Fuß ist deutlich größer als der linke. Sie wollte beide Größen anprobieren und hat sie dann absichtlich falsch in den Schuhkarton gelegt. Wir hätten ein unverkäufliches Paar Schuhe mit zwei verschiedenen Größen zurückbehalten, wenn sie damit durchgekommen wäre.«

»Und woher wussten Sie das?«

»Sie hat mich gebeten, ihr jeweils ein Paar in Größe sieben und Größe acht zu bringen. Sie hat mich nicht nach einer siebeneinhalb gefragt.«

»Ich verstehe! Das ist wirklich klug von Ihnen, Meg. Sagen Sie, ist es ungewöhnlich, dass Leute verschieden große Füße haben?«

»Nein, gar nicht so sehr. Niemand hat zwei Füße, die exakt gleich groß sind. Aber bei den meisten Leuten ist der Unterschied kaum auffällig. Bei einigen Leuten ist der rechte Fuß größer als der linke, bei anderen umgekehrt. Und bei manchen Leuten trifft beides zu.«

»Beide sind größer?« Amanda blinzelte verwirrt. Dann lachte sie. »Ach so, das ist vermutlich Schuhverkäuferhumor?«

»Der verhindert, dass wir verrückt werden.« Meg war schon wieder unterwegs, um dem kleinen Sohn einer Kundin einen Schuh zu entwinden, an dessen Absatz er verzückt kaute. Sie wischte den Schuh mit einem Feuchttuch sauber.

Auch wenn Amanda viel zu tun hatte, blieb ihr doch genug Zeit, um Meg zu beobachten, wie sie effizient und freundlich den Schuhladen schmiss. Sie hatte die Anmut einer Ballerina und ihr schlanker Körper ließ eine klassische Ballettausbildung vermuten, aber in den seltenen Augenblicken, wenn sie einfach stehenblieb und nicht herumrannte, war ihre Haltung nicht die einer Tänzerin. Ihr schulterlang geschnittenes Haar und die langen Stirnfransen umrahmten ein herzförmiges Gesicht. Ihre großen, grauen Augen und die Lippen ihres breiten Mundes verliehen ihr ein knabenhaftes Aussehen, das Amanda einfach unwiderstehlich fand. Der Gedanke, dass sie Meg vielleicht einfach so entlassen hätte, ohne sie noch einmal zu sehen, versetzte Amanda einen schmerzhaften Stich. Dieses Mädchen war doch ein Schatz!

Eine halbe Stunde später machte Meg wieder eine Pause an der Kasse. »Wollen Sie mal eine gute Geschichte hören?«, fragte sie Amanda. Sie lehnte sich auf den Tresen und beugte sich vor, wie es Geschichtenerzähler überall auf der Welt tun.

»Ich könnte eine gute Geschichte durchaus vertragen.« Amanda gab sich große Mühe, Meg nicht hungrig anzustarren, aber sie hatte das Gefühl, sich ihr Leben lang nach der Gesellschaft dieser Frau verzehrt zu haben.

»Sehen Sie das Mädchen, das da vorne vor dem hohen Spiegel steht? Das mit dem extrem kurzen Rock?«

»Der Rotschopf mit den hübschen Beinen?«

»Ist Ihnen aufgefallen, hm? Also, sie hat die hochhackigsten Schuhe anprobiert, die wir haben. Wissen Sie, warum?«

»Sagen Sie es mir.«

»Sie hat eben erst diesen kurzen Rock im Laden nebenan gekauft. Und jetzt fürchtet sie, er könnte für ihren zugeknöpften Freund zu kurz sein.«

»Und?«

»Und sie wollte ein Paar von den höchsten Schuhen, die wir im Angebot haben, um ihre Beine *im* Rock hochzuheben.« Meg brach in schallendes Gelächter aus und schlug sich fast gleichzeitig die Hand vor den Mund. Vergeblich: Sie konnte ihre übersprudelnde Freude kaum verbergen.

Amanda schnaubte. »Ist nicht wahr!«

»Doch!« Meg lachte wieder, diesmal noch lauter.

Amanda war entzückt. Dieses laute, brüllende Lachen hatte sie bei diesem dürren Mädchen nicht erwartet.

»Und dann behaupten sie, wir Blondinen wären dumm!«, meinte Meg noch, ehe sie davonrauschte.

Es kostete Amanda große Überwindung, ihr nicht nachzurufen: »Bleib hier! Erzähl mir mehr Geschichten! Ich will dein Lachen nochmal hören!«

Irgendwie schaffte Amanda es, diesen Abend zu überstehen. Obwohl ihre Füße schmerzten und sogar ihr Rücken anfing, sich über die ungewohnte Belastung zu beklagen, war es weniger ihre körperliche Verfassung, um die sie sich sorgte. Es war eher ihr Geisteszustand. Sie fragte sich, ob sie jetzt wohl vollkommen den Verstand verloren hatte.

Es war nicht so, als hätte sie etwas Derartiges noch nie zuvor empfunden. Sie vermutete, man könnte das, was da mit ihr passierte, als »Verknalltsein«, bezeichnen. Ja, sie war verknallt, wie ein kleines Schulmädchen. Aber sie wusste, es war noch viel mehr ... Wenn Verknalltsein auf direktem Wege zu Leidenschaft führte, dann, ja, dann passte das. Aber sie kannte Meg doch kaum ...

Um zehn nach neun kamen noch drei Frauen in den Laden geeilt, die nach Schnäppchen suchten. Meg signalisierte Amanda, hinter ihnen die Tür abzuschließen. Amanda war so erschöpft, dass sie einfach gehorchte, ohne Fragen zu stellen. Wenn sie richtig zählte, waren immer noch elf Kundinnen im Laden. Amanda nahm sie eher als Feinde und weniger als Kunden wahr. Am liebsten hätte sie gebrüllt: »Nehmt einfach die Schuhe und verschwindet!« Aber das würde nicht funktionieren. Es war schon fünf vor zehn, als es ihnen wie durch ein Wunder gelang, die letzten beiden Kundinnen aus dem Laden zu scheuchen.

Amanda sank auf eine Lederbank und seufzte. »Wie um

alles in der Welt halten Sie das aus?« Sie schob die Schuhe von den Füßen und rieb sich die schmerzenden Zehen.

Meg zählte in atemberaubender Geschwindigkeit die Tageseinnahmen. »Ich werde das nicht mehr lange machen. Sie sehen ja, warum ich kündigen will.«

»Ja, hm. Das ist übrigens der Grund, warum ich hier bin.«

»Das habe ich mir schon gedacht.«

»Warum stellen Sie nicht noch jemanden ein?«

»Fragen Sie die Leute in der Verwaltung.« Während sie die Kreditkartenbelege sortierte und zusammenrechnete, erklärte Meg ihr, dass jede Filiale ein bestimmtes Budget für Personalkosten habe, das auf den Einnahmen im selben Monat des Vorjahrs basierte. Zu Weihnachten funktionierte das ganz gut. Der Laden warf genug ab für zwei Vollzeitkräfte und vier Teilzeitkräfte. Im Februar reichte das Budget nicht mal für das Gehalt des Filialleiters, weshalb Rupert Sechzig-Stunden-Wochen hatte und Megs Stunden bis auf ein Minimum hatte kürzen müssen. Trotzdem hatte er noch Probleme bekommen, weil er das Budget deutlich überzog.

»Das ist nicht gerecht«, sagte Amanda.

»Es ist Ihr Unternehmen.«

»Wenn ich das in Ordnung bringe, würden Sie dann bleiben?«

»Vielleicht als Stellvertreterin, aber nicht als Filialleitung.«

»Warum nicht?«

»Die Filialleiter bekommen ein Festgehalt. Die Stellvertreter werden nach Stunden bezahlt. Im Moment verdiene ich weniger als vor meiner Beförderung.«

»Das ist doch lächerlich! Was wäre, wenn die Filialleiter einen Bonus oder eine prozentuale Beteiligung bekommen würden?«

»Dann bleibe ich vielleicht. Im Moment bin ich zu müde, um auch nur einen Gedanken daran zu verschwenden.« Meg überreichte Amanda eine graue Segeltuchtasche, in der die Schecks und das Geld waren. »Halten Sie das mal kurz fest, ja?« Sie verschwand im Lagerraum und kam kurz darauf mit einem Staubsauger zurück.

»Sie müssen jetzt noch staubsaugen?«

»Und aufräumen, ja. Ich hoffe, ich schaffe das bis Mitternacht. Dann gehe ich noch zur Bank und zahle die Tageseinnahmen am Nachttresor ein. Hoffentlich kriege ich noch einen Bus nach Hause. Und dann muss ich morgen früh um zehn vor neun wieder hier sein, um den Laden aufzumachen. Gott sei Dank ist morgen Samstag, da schließen wir um sechs. Oder irgendwann danach, sobald es unsere Kunden erlauben.«

»Das ist doch absurd!«, rief Amanda.

Meg zuckte mit den Schultern. Sie schaltete den Staubsauger ein, der mit einem Grollen zu Leben erwachte.

Amanda stand auf. Mit wedelnden Armen machte sie Meg auf sich aufmerksam. »Nein, das meine ich ernst! Das ist doch Sklavenarbeit. Meg, mach aus. Hör auf.« Als Meg gehorchte, fuhr Amanda mit ihrer Schimpftirade fort: »Niemand sollte so arbeiten müssen. Das ist wirklich entsetzlich.«

Meg stützte sich mit einem Ellbogen auf das Saugrohr des Staubsaugers. Erneut nahm sie eine zeitlose Pose an. Diesmal war es die eines Cowboys, der sich gegen einen Zaun lehnte. »Wie ich schon sagte, es ist Ihr Unternehmen«, fauchte sie.

»Das muss ich sofort in Ordnung bringen. Vergiss den Staubsauger, Meg. Hol deine Jacke.«

Amanda zog ihr Handy aus der Tasche und wählte eine Nummer. »Rupert? Ich bin's, Amanda. Du hast doch noch einen Schlüssel von deinem alten Laden?« Sie wartete. »Gut. »Ich will, dass du Paul anrufst. Morgen früh um acht kommt ihr beide her und räumt auf. Ihr schmeißt morgen den Laden. Meg gebe ich frei. Seid pünktlich, ihr werdet nämlich noch aufräumen und staubsaugen müssen, und hier herrscht echt Chaos.« Sie nickte. »Nun, wenn Paul nicht so gut Schuhe verkaufen kann wie du, wirst du es ihm wohl beibringen müssen.« Sie strahlte Meg an. »Ich verlasse mich auf euch, Rupert. Lasst mich nicht im Stich. Tschüss!« Sie drückte betont den Auflegen-Knopf. »Das wäre erledigt«, sagte sie. »Du brauchst morgen keine Sklavenarbeit zu leisten!«

Meg meinte: »Ich wette, Rupert wünscht sich, das auch behaupten zu können.« Sie gab Amanda ihren Mantel, ehe diese darauf etwas erwidern konnte. »Kommen Sie. Den Bus um halb elf erwische ich vielleicht noch, wenn wir uns beeilen.«

Amanda folgte Meg aus dem Laden. Sie konnte nicht zulassen, dass Meg sie jetzt verließ, oh nein! »Wann hast du das letzte Mal was gegessen?«

»Ich habe mir heute Morgen ein paar Donuts mitgebracht. Einen hatte ich zum Frühstück und den anderen …« Während sie sprach, schloss Meg den Laden ab. »Den anderen gab's zum Mittag, glaube ich. Ich habe immer mal einen Bissen genommen, wenn ich dazu kam.«

»Dann musst du jetzt doch hungrig sein?«

»Ich bin am Verhungern.«

»Du siehst nicht so aus, als würdest du viel essen.« Amanda war entsetzt. Hatte sie das wirklich gerade laut gesagt? Sie wollte das Mädchen nicht bemuttern, aber genau so hörte es sich an.

»Ich bin einfach von Natur aus dünn«, sagte Meg. Sie nahm Amanda die Segeltuchtasche ab. »Das muss ich noch beim Nachttresor abgeben. Aber ich verspreche Ihnen, ich werde mir noch was beim Inder bei mir um die Ecke mitnehmen, wenn ich es dorthin schaffe, ehe er zumacht.« Sie lächelte höflich.

Amanda erkannte, dass Meg eigentlich nur noch weg wollte.

Sie spürte ein aufgeregtes Flattern in ihrem Innern, als wäre dies ein Moment, der über alles oder nichts entschied. Als gäbe es kein Morgen und Meg könnte einfach für immer verschwinden, wenn Amanda sie jetzt gehen ließ.

»Ich lade dich zum Essen ein«, stieß sie hervor. Erneut klangen ihre Worte in ihren eigenen Ohren unpassend und dröhnten zu laut.

»Sie waren heute schon mehr als großzügig zu mir, Ms Garland. Hm, macht es Ihnen was aus, wenn wir uns auf den Weg machen?«

Amanda schüttelte den Kopf. Meg ging voran. Sie machte große Schritte, und Amanda musste sich beeilen, um aufzuschließen.

»Ich weiß Ihr Angebot zu schätzen, aber was ich jetzt wirklich brauche, ist ein entspannendes Bad, und dann muss ich sofort ins Bett.«

»Das klingt großartig! Wo ist das nächste Vier-Sterne-Hotel?«

Meg lachte. Es war wieder dieses überschäumende Lachen aus vollem Hals, das Amanda so sehr an ihr mochte. Sie könnte glücklich sterben, wenn sie im Augenblick ihres Todes einfach Megs Lachen hören durfte. Das war auch irgendwie in Ordnung, doch zugleich fühlte sie sich peinlich berührt. Jetzt war sie nicht mehr die Glucke, sondern ein Raubtier auf der Jagd nach der nächsten Eroberung. Keins dieser beiden Bilder entsprach dem, was sie wirklich sein wollte.

»Hören Sie, ich will nicht undankbar klingen, aber …« Meg blieb vor der Bank stehen und warf die graue Segeltuchtasche in das Nachttresorfach. Im Innern erklang ein dumpfer Knall; der Laut war kaum lauter als Amandas Herz, das so heftig klopfte, dass sie glaubte, Meg müsse es hören.

Erneut überkam sie die Angst, Meg könne auf Nimmerwiedersehen verschwinden wie eine Erscheinung, wie das

Ergebnis der süßen Träume eines Schulmädchens. Aber sie war kein Schulmädchen mehr, verdammt noch mal! »Forsythe Footwear macht gerade eine grundlegende Veränderung durch«, begann sie. Das klang schon besser. »Ich habe nur wenig freie Zeit, und es gibt eine Menge, worüber ich mit dir reden möchte. Und wenn ich ehrlich bin, fühle ich mich völlig erschlagen. Meine Beine sind auch nicht mehr so jung wie früher …« Verflixt, jetzt redete sie auch noch über ihr Alter. Aber wenigstens hörte Meg ihr zu. Sie hatte die schmalen Brauen konzentriert zusammengezogen. Amanda sprach hastig weiter. »Warum mieten wir uns nicht zwei Zimmer oder gleich eine ganze Suite und bestellen uns was zu essen? Wir können uns entspannen, uns einfach etwas Zeit nehmen, und ich müsste nicht nochmal einen Termin mit dir machen. Das wäre doch perfekt, findest du nicht?«

»Also, wenn Sie das so sagen, denke ich …«

»Wir brauchen ein gutes Hotel, besser wäre natürlich ein richtig tolles Hotel mit Zimmerservice.«

»Es gibt ein sehr schönes ein paar Straßen weiter.«

»Perfekt. Aber wir nehmen ein Taxi.« Amanda trat an den Bordstein und hob die Hand. »Was möchtest du gern essen, Meg? Wenn wir unser Zimmer bezogen haben, kümmere ich mich sofort um den Zimmerservice, während du erstmal ein schönes Bad nimmst. Würde dir eine Badewanne mit Whirlpooldüsen gefallen?«

»Ich glaube schon. Sind Sie sicher …?«

Ein Taxi hielt neben ihnen. Amanda öffnete die Tür. »Ganz sicher«, versicherte ihr Meg und scheuchte das Mädchen in den Wagen.

Während der Fahrt fragte Amanda: »Wie war es für dich, mit Rupert zusammenzuarbeiten?«

»Es war echt toll, mit ihm zu arbeiten, und am Boden war er einfach großartig.«

»Am Boden?«, fragte Amanda. Sie musste schmunzeln.

»Sie wissen schon, was ich meine. Im Verkauf. Ich habe ihn zur Weihnachtszeit erlebt, da schaffte er es allen Ernstes, ein Dutzend Kunden gleichzeitig zu bedienen.«

»Und persönlich?« Amanda unterstrich ihre Frage mit einer angehobenen Augenbraue.

»Sie meinen er und ich? Nein, da war nichts. Ich glaube, ich habe ihm gefallen, aber er war einfach nicht mein Typ.«

»Nein? Ein gut aussehender junger Mann wie Rupert?«

»Nicht mein Typ«, wiederholte Meg und überließ es Amanda, diese Bemerkung so zu interpretieren, wie sie wollte.

Die Lobby des Hotels hatte mit pergamentfarbener Wildseide bespannte Wände. Die Fahrstuhlmusik war von Mozart, und der Teppich war so dick, dass ihre Absätze fast darin stecken blieben. Amanda buchte eine Luxussuite mit zwei Schlafzimmern und eilte mit Meg in die Boutique im Erdgeschoss, wo sie Toilettenartikel kauften. Dann fuhren sie in den zwanzigsten Stock hinauf.

Amanda sank erschöpft auf das Bett in ihrem Schlafzimmer. »Das war ein anstrengender Tag.«

Die große Blondine machte sich sofort auf den Weg ins Badezimmer.

»Zieh deine Sachen aus, ich gebe sie dem Wäscheservice, damit sie morgen wieder sauber sind«, schlug Amanda vor.

Meg rief aus dem Badezimmer: »Und was soll ich bis dahin tragen?«

»Da müssten doch zwei Bademäntel hängen, oder?«

»Ach ja, genau. Toll!« Meg tauchte in der Tür auf. »Vielen Dank, Ms Garland. Für das alles hier.«

»Gern geschehen. Und bitte, nenn mich doch Amanda.«

Sie bestellte über das Bildschirmbestellsystem Rührei mit weißen Trüffeln, Vollkorntoast mit süßer Butter, graublauen

Belugakaviar vom Kaspischen Meer, türkischen Kaffee mit Rohrzucker und zum Nachtisch Beeren in Armagnac mit Schlagsahne. Sie forderte außerdem eine Karaffe Buck's Fizz auf Eis an. Diese Mahlzeit ähnelte jener, die Roger einst für sie bestellt hatte, als sie das erste gemeinsame Wochenende in einem Hotel verbracht hatten. In ihren Augen hatte diese Mahlzeit seine Verführung immer komplett gemacht. Es war ja nicht so, dass sie versuchte, Meg zu verführen. Nicht so richtig jedenfalls. Sie wusste nicht, was sie tatsächlich versuchte, nur dass sie mit Meg zusammen sein wollte. Sie wollte mit ihr reden und lachen, und ja, wenn sie ehrlich war, wollte sie auch Megs mönchisch strengen Mund küssen. Sie sehnte sich schmerzlich nach einem Kuss von Meg. Wenn sie ehrlich war, empfand sie es zwar als Glück, dass sie mit Nola schon ein bisschen Erfahrung hatte sammeln können, aber irgendwie wünschte sie sich auch, das sei nie passiert, denn dann könnte sie mit Meg die Erfahrung machen, das erste Mal eine Frau zu küssen. Aber was käme dann?

Dieser Gedankengang machte sie noch nervöser. Amanda klopfte an die Badezimmertür und marschierte hinein, ohne auf eine Antwort zu warten. »Ich brauche einen Bademantel«, erklärte sie bloß. »Ich will meine Sachen auch für die Reinigung nach draußen hängen. Ich hasse es, Sachen zu tragen, die nicht mehr frisch sind. Findest du nicht auch?« Sie verstummte.

Der Jacuzzi blubberte munter vor sich hin, und das Wasser sprudelte schaumig auf und bedeckte Megs nackte Brüste. Aber ihre nassen Schultern waren rosig und wohlgeformt. Das Mädchen schien von Amandas Gegenwart nicht im Geringsten beeindruckt zu sein, weshalb sie einfach weitersprach. »Der Zimmerservice wird etwa fünfunddreißig Minuten brauchen, bis unser Essen kommt. Wenn es dir nichts ausmacht, würde ich vorher gern noch duschen.«

»Frauen machen immer alles zusammen, stimmt's?«, meinte Meg ironisch.

»Stimmt.« Amanda wollte es nicht übertreiben, weshalb sie nur die Sachen des Mädchens aufsammelte und sie mitsamt dem Bademantel ins Schlafzimmer trug. Sie zog sich rasch aus, steckte die Klamotten in den Wäschesack und hängte ihn von draußen an die Tür zur Suite.

Amanda schlüpfte in den kuscheligen weißen Frotteebademantel, atmete tief durch und marschierte zurück ins Badezimmer. Megs grauer Blick maß sie kühl und undurchdringlich, während sie Amanda beim Ausziehen beobachtete. Amanda hängte den Bademantel auf und trat in die Duschkabine.

Amanda gab sich Mühe, möglichst elegant auszusehen, während sie sich wusch, falls Meg ihr durch das matte Glas zusah. Sie wusste, sie konnte sich kaum mit der natürlichen Anmut messen, die Meg zu eigen war, aber sie konnte es ja wenigstens versuchen. »Ich habe mich gefragt, ob du Tänzerin bist!«, rief sie über das Rauschen der Dusche.

»Ich doch nicht!«, rief Meg. »Das war die Clownschule.«

Der Motor des Jacuzzi erwachte zum Leben, und jedes Gespräch wurde durch das laute Brummen im Keim erstickt.

Als Amanda fertig war, trat sie anmutig aus der Dusche und ließ sich absichtlich Zeit. Sie schlüpfte in den Frotteebademantel und gab Meg vorher ausreichend Gelegenheit, ihren Körper mit Blicken zu messen.

Ob diese Frau auf Frauen stand? Amanda vermutete, dass die Antwort Ja war. Schließlich hatte Meg ihr das zwischen den Zeilen zu verstehen gegeben, als sie meinte, Rupert sei nicht ihr Typ. Obwohl das natürlich alles Mögliche bedeuten konnte. Und selbst wenn das Mädchen auf Mädchen stand, mochte sie dann auch Frauen? Amanda glaubte, sterben zu müssen, wenn Meg sie nicht wollte. Deshalb wollte sie ihr lieber einen ansprechenden Blick auf das gewähren, was sie zu bieten hatte. Wenn Meg dann nicht interessiert war, fand Amanda das vielleicht heraus, ohne sich die Blöße geben zu müssen, sich ihr anzubieten. Und dann müsste sie sich nicht der Peinlichkeit aussetzen, abgelehnt zu werden. Dann könnte sie einfach geschlagen davonkriechen und allein sterben.

Der Waschtisch stand der Badewanne gegenüber. Amanda lockerte ihren Frotteegürtel und schaltete den Föhn ein. Beide Ellbogen nach oben gereckt, fuhr sie mit einer Hand durch ihr Haar und führte mit der anderen den Föhn. Natürlich klaffte so ihr Bademantel weit offen und zeigte ihre Brüste im Spiegel sehr schmeichelhaft. Amanda beobachtete Meg aus dem Augenwinkel. War es Zufall, dass Meg ausgerechnet in diesem Moment ihre Haare wusch und deshalb aufrechter im Wasser saß, die Hände um den Kopf gelegt? Wie Nola hatte auch sie kleine Brüste, aber wo Nola diese kleinen, sanften Rundungen mit den rosigen Nippeln hatte, verfügte Meg über etwas größere Brüste, konisch geformt und ganz blass mit rondellförmigen hellbraunen Spitzen. Wie ihre Augen standen auch die Brüste weit auseinander, die Schlüsselbeine stachen darüber deutlich hervor, und auch die Rippen konnte man darunter erkennen. Amanda erwischte sich dabei, wie sie Meg im Spiegel anstarrte, obwohl sie sich geschworen hatte, das nicht zu tun. Jetzt schaute Meg ihrerseits in Amandas Richtung und hatte sie beim Glotzen erwischt. Gott, was machte eine Frau, die von einer Jüngeren dabei ertappt wurde, wie sie ihren nackten Körper mit anzüglichen Blicken maß und diese jüngere Frau die Blicke ebenso gierig erwiderte? Oder deutete Amanda die Zeichen absichtlich falsch und zu ihren Gunsten?

Ein Klopfen an der Tür der Suite bewahrte Amanda vor einer Entscheidung. Sie knotete den Gürtel ihres Bademantels zu und eilte zur Tür. Das Essen wurde auf einem kleinen

Silberwägelchen hereingeschoben. Amanda unterschrieb. Sie spürte, dass sie errötet war und schneller atmete. Rasch schob sie den Wagen ins Badezimmer.

»Möchtest du im Badezimmer essen, Meg?«, fragte sie. »Oder wäre das zu dekadent?«

Meg drehte den Jacuzzi aus. »Dekadenz scheint heute das Motto des Tages zu sein, und ich hatte schon seit Ewigkeiten keine Gelgenheit mehr, dekadent zu sein.«

Amanda setzte sich auf den Toilettendeckel. Sie lachte. »Ich finde, du bist zu jung, um von irgendwelchen ›Ewigkeiten‹ zu sprechen.«

»Wahrscheinlich.« Megs graue Augen wirkten dunkler. »Obwohl ich älter bin, als ich aussehe. Ich werde demnächst achtundzwanzig, hätten Sie's gedacht?«

Amanda lachte. »Du bist ja noch ein Kind!«

»Wenn Sie das sagen ...« Meg streckte ihre langen Glieder und seufzte. »Manchmal fühle ich mich uralt.« Sie lehnte sich gegen die geschwungene Wand der Wanne und schloss die Augen.

»Du arbeitest wirklich zu viel.«

»Das habe ich nicht gemeint, aber stimmt natürlich. Ich arbeite zu viel. Mein Boss bringt mich noch um.« Sie lachte wieder ihr überschäumendes Lachen, und der finstere Moment war schnell vorbei. »Was gibt's zu essen?« Sie setzte sich wieder auf.

»Rühreier.«

»Seit wann sind denn Rühreier dekadent?«

»Seit sie mit weißen Trüffeln serviert werden.« Amanda gab einen Löffel fluffiges Rührei auf ein Toastdreieck und hielt es Meg hin.

Meg nahm den Toast und steckte ihn ohne Umschweife in den Mund. »Lecker.« Sie zeigte auf das Tablett. »Ist das etwa Kaviar?«

»Ja«, sagte Amanda nur.

»Ich habe noch nie Kaviar probiert.«

»Willst du jetzt probieren?«

»Auf jeden Fall! Ich probiere alles mindestens einmal oder zweimal, manchmal sogar ein drittes Mal. Wenn ich es beim ersten Mal nicht mag, könnte ich ja beim zweiten Mal Geschmack daran finden. Ich glaube, die besten Erfahrungen sind die, wenn man sich erst an etwas gewöhnen muss. Wie zum Beispiel bei Kindern: Alle Kinder mögen Süßigkeiten, aber die erwachsenen Genüsse wie Espresso oder Martini – da braucht es eine gewisse Zeit, bis man sie zu schätzen lernt. Sie verlangen einen erwachsenen Gaumen, finden Sie nicht auch?«

»Ich glaube schon. Obwohl es einige erwachsene Freuden gibt, an die ich mich so schnell gewöhnt habe wie ein Fisch ans Wasser.« Amanda nahm ein paar von den glitzernden grauen Kügelchen auf den Löffel und hielt ihn vor Megs Mund. »Behalt sie ein paar Sekunden auf der Zunge, um ihre Struktur zu erkunden. Dann zerbeißt du sie, um den Geschmack freizusetzen.«

Megs Gesicht wirkte nachdenklich, während sie zunächst das Gefühl der kleinen Delikatessen auf ihrer Zunge erkundete, ehe sie den salzigen Geschmack erlebte. »Irgendwie anders«, meinte sie nachdenklich. »Bitte, ich will mehr davon. Und mehr von den guten alten Rühreiern, bitte.«

Amanda fütterte sie mit ein paar kleinen Löffeln Kaviar und danach wieder mit Rühreiern auf Toast.

»Daran könnte ich mich direkt gewöhnen«, meinte Meg.

»Ich auch«, sagte Amanda. Die extreme Nervosität, unter der sie den ganzen Abend gelitten hatte, war inzwischen zum Glück verschwunden. Sie war jetzt ganz ruhig. Eigentlich wäre sie zufrieden, wenn sie einfach neben Meg an der Wanne sitzen und ihr die ganze Nacht kleine Leckerbissen servieren dürfte. Wenn es sich so entwickelte, wäre ihr das sehr recht. Amanda hob eine Flöte an den Mund des Mädchens. »Buck's Fizz?«

»Was ist das?«, fragte Meg.

»Bloß Orangensaft und Champagner. Ich mag es sehr gern, weil es mich immer an die Epoche des Regency denken lässt.«

»Regency? Sie meinen Männer in engen Wildlederhosen und Frauen in fließenden Empirekleidern? Lecker!« Sie legte die Lippen an die Champagnerflöte und trank.

»Was ist lecker? Die Männer in den engen Hosen oder die Frauen in ihren fließenden Gewändern?«

»Orangensaft mit Champagner ist lecker.« Meg lachte so schallend, dass ihre Brüste auf dem Wasser auf und ab wippten. Sie öffnete den Mund wie ein hungriges Vogelkind, und Amanda hielt gehorsam das Glas an ihren Mund und neigte es. Meg schlürfte das Getränk geräuschvoll. Als sie fertig war, setzte Amanda das Glas an ihre eigenen Lippen.

»Was ist mit Ihnen?«, wollte Meg wissen. »Ich meine nicht das Getränk, sondern eher die Männer in engen Hosen und die Frauen in schönen Kleidern. Wen würden Sie bevorzugen?«

Da war er, der entscheidende Moment. »Beides«, antwortete sie ehrlich.

Meg griff nach Amandas Hand, tauchte zwei ihrer Finger in den Kaviar und nahm sie in den Mund, um anmutig die Köstlichkeit von Amandas Fingern zu lecken. Ihre kühlen grauen Augen begegneten Amandas Blick. »Hast du Lust, mich zu vögeln?«

»Habe ich«, antwortete Amanda. »Sogar richtig viel Lust.«

»Ich auch«, sagte Meg.

Danach hielten sie sich nicht mehr lange mit dem Essen auf. Sobald die Teller leer waren, schob Amanda das Wägelchen in den Flur. Sie behielt den Buck's Fizz und die beiden Gläser und hängte ein »Bitte nicht stören«-Schild an den Türknauf. Dann setzte sie sich aufs Bett und wartete auf Meg. Vielleicht müsste sie das Licht noch ein bisschen anders arrangieren? Sollte sie sich unter die Bettdecke legen? Nach Musik im Radiowecker suchen oder den Fernseher einschalten? Sie hatte das Gefühl, nicht klar zu denken, wenn Meg in ihrer Nähe war, was ihr jede Entscheidung ziemlich schwer machte. Außerdem kam sie jetzt sowieso aus dem Badezimmer. Nackt und rosig vom Bad, schritt sie ins Schlafzimmer und setzte sich zu ihr. Es schien das einzig Richtige zu sein, Meg einfach zu küssen, und Meg erwiderte den Kuss. Amanda küsste sie länger und inniger, bis beide schwer atmeten und Meg ihr aus dem Bademantel half. Dann fielen sie rückwärts aufs Bett. Ihre Glieder wanden sich umeinander, sie drückte Meg fest an sich, und sie küssten sich, als gäbe es kein Morgen.

Das erste Mal war in jeder Hinsicht grober, als Amanda es sich je vorgestellt hätte, obwohl sie in diesem Moment kaum mehr klar denken konnte. Da sie Meg erst seit wenigen Stunden kannte und die ganze Zeit in einem merkwürdigen Zustand der Aufregung gewesen war, hatte sie eigentlich nicht darüber nachgedacht, was folgte, sobald sie nur endlich Megs Haut auf ihrer spüren durfte. Megs Lippen auf ihren, Megs Brüste, die sich an ihren rieben. Amanda hatte nichts geplant, und ihr sonst so präzise funktionierender Verstand und ihr normales Verhalten ließen sie absolut im Stich. Darum war es etwas linkisch, was sie machten, weil sie sich in die eine Richtung drehte und Meg in die andere, sodass sie mit den Köpfen zusammenstießen oder einander in die Rippen stießen. Da Meg so dünn war, schienen sich ihre Knochen besonders tief in Amandas Fleisch zu bohren, aber wenigstens bewahrte sie dabei ihre natürliche Anmut. Amanda fühlte sich irgendwie größer als sonst. Als nähme sie doppelt so viel Raum ein wie sonst, weshalb sie ungeschickt war. Einmal würgte sie Meg mit ihrem Oberschenkel, und es fiel ihr zum Glück früh genug auf, ehe es gefährlich werden konnte.

Nichts davon war irgendwie wichtig. Beide Frauen waren geil darauf, die andere zu bekommen. Sie benutzten Hände, Münder, Füße, sogar Haare, die Brüste und ihre Scham, um einander zu verlocken und zu verführen. Ihre Brüste drückten sich aneinander, sie saugten an der Zunge der anderen und kniffen in die Nippel, bissen und leckten an Ohrläppchen und rieben schamlos ihre Mösen aneinander. Sie lagen nebeneinander und benutzten zunächst die Finger, um jede Schrunde in der Vagina der anderen Frau zu erkunden, sie staunten über die kleine Perle, die erst ganz klein unter ihrer Kapuze saß, dann nicht mehr so klein war und sich aus dem geschützten Bereich hervorwagte, als wollte sie spielen.

Sie schmeckten einander. Sie machten einander nass, nicht nur mit ihren Zungen, sondern mit all dem, was sie sonst noch taten. Und als sie schließlich glasige Augen hatten, als sie schwer atmeten und tropfnass waren, versuchten sie, auf den harten Körperteilen der anderen zu reiten, wobei sie sich ungeschickt anstellten und einander manchen blauen Fleck zufügten. Aber das war egal. Ein gemurmeltes Keuchen, eine rasche Entschuldigung, ein geflüstertes »Macht nichts«, und weiter ging es, immer weiter. Bis Amanda den perfekten Schwung von Megs Hüftknochen bestieg und ihn ritt, ohne einen Gedanken daran zu verschwenden, ob das anmutig aussah. Sie ritt Meg wie verrückt, wie ein wildes Tier, das seine Beute in den Fängen hatte und nicht wieder hergeben wollte. Meg drängte sie, und ihre Worte waren eher der Gossensprache entlehnt, ihre Stimme aber so zart und singend wie die eines Engels. Amandas Lust wuchs, bis sie fast Angst hatte, endlich loszulassen. Meg aber war unerbittlich. Sie rieb ihre Hüfte an Amandas nassem, glitschigem Zentrum, stieß den Hüftknochen fast gewaltsam hinein, liebkoste ihre Brüste mit den schlanken Fingern und sang dabei: »Zeig mir, wie du kommst, süße Amanda. Verströme dich ganz auf meinen Leib. So ist es brav, du bist ein gutes Mädchen, so eine schöne, nasse, lesbische Schlampenhure.«

Als sie kam, war es ein Gefühl, als stürzte sie vom höchsten Berg durch einen strahlend weißen Himmel, ohne den Boden sehen zu können. Bei jedem Zucken wimmerte sie wie eine Verrückte, und dann ließ sie sich endlich fallen. Der atemlose Absturz dauerte ewig, ehe sie sicher und maunzend in Megs Armen landete.

In diesem Moment waren sie sich unendlich nahe. Amanda atmete Megs verbrauchte Atemluft ein. Sie vergrub das Gesicht in Megs Haar, bis sie ihr Ohr fand und die Konturen mit der Zunge erkundete, an ihrem Ohrläppchen saugte und ihr süße Liebesworte ins Ohr flüsterte. Sie wäre gern in dieser warmen, weichen Umarmung eingeschlafen, aber Meg bewegte sich. »Falte deine Hand so«, sagte sie und schob Amandas Daumen und den kleinen Finger unter die anderen drei Finger ihrer rechten Hand. »Fick mich mit der Hand, Amanda. Bitte.«

Amanda fand zu neuer Kraft, obwohl sie hätte schwören können, dass sie völlig erschöpft war. Sie zwängte sich in Megs Möse und hielt ihre Finger ausgestreckt. Meg fühlte sich ganz weich an, sie war eine kleine warme Höhle mit Wänden aus nassem Satin, in die Amanda so tief wie möglich eindrang. In Wahrheit hoffte sie, mit den Fingerspitzen Megs Muttermund zu berühren, obwohl sie vermutete, dass es sich für ihre Geliebte nicht besonders angenehm anfühlen würde. Aber wie wäre es, nur ein einziges Mal den Gebärmutterhals zu berühren?

»Schieb deine Hand tief rein, und balle sie dann zu einer Faust. Genau. Die ganze Hand.«

»Das ist wohl ein Scherz«, bemerkte Amanda. Aber Meg war es ernst. »Ist das überhaupt möglich?«

»Ja. Bitte, Amanda. Ich mag das.«

So musste sich Rupert oder Paul gefühlt haben, als sie ihnen befahl, etwas zu tun, das sie sich so nie hätten vorstellen können. Obwohl es in diesem Fall eher eine Bitte war. Ihren Lustknaben gab Amanda ja eher Befehle. »Also gut.«

Sie hielt die Hand so, wie Meg es ihr gezeigt hatte, und stieß zu. Sie versuchte, nicht daran zu denken, wie eng sich Megs Möse um sie schloss oder wie sehr Meg sich ihr öffnen musste, damit das hier überhaupt möglich war. Als ihre Finger Megs Schambein passiert hatten, begann sie, langsam die Faust zu ballen. Ihre Fingerknöchel schrappten über den von zartem Fleisch überzogenen Knochen. Meg stöhnte so tief und laut, wie sie vorhin noch gelacht hatte. Amanda machte eine Faust.

Es passte.

Meg war selig. Ihre Augen waren offen, die Pupillen geweitet. Sie blickte ins Leere. Die Wangenknochen wirkten weicher, als habe sie all ihre Knochen gelockert, um Amanda einzulassen.

Dieser Moment war absolut friedlich, und kurz genossen beide die Stille.

»Und jetzt?«, fragte Amanda ganz leise. »Um meine Faust schmiegt sich eine Möse. Meine ganze Hand ist in Megs Möse, und das ist eine so schöne, süße Möse. Ich frage mich, was wohl passiert, wenn ich die Hand bewege?« Sie spannte die Faust an.

Meg stöhnte. Sie nickte, vielleicht nickte sie aber nur wie ein Junkie, der auf Droge war und nicht genug bekam. Trotzdem begriff Amanda ihr Nicken als Aufforderung.

»Was passiert, wenn ich die Hand drehe?« Amanda drehte die Faust. Ihre Hände waren klein, und sie hielt die Faust fest geballt. Trotzdem spürte sie, wie ihre Knöchel über die zarte Haut kratzten. Meg jammerte leise. Amanda drehte die Faust in die andere Richtung. Es war nicht viel, aber Meg erbebte unter ihr. Das Mädchen war wie eine Handpuppe, in der Amandas Faust bis zum Handgelenk steckte. Es war ganz einfach, sie zu manipulieren. »Sowas hätte ich mir nie träumen lassen«, gab sie zu.

Zu ihrer grenzenlosen Überraschung lachte Meg. Es war nicht das übliche brüllende Lachen, sondern ein halb verlegener, halb stolzer kleiner Laut. »Sieht meine Klit aus, als wäre sie von einer Dampfwalze überrollt worden?« Sie kicherte. Ihr Kichern ging in ein Stöhnen über, als das leise Beben ihre Muschi erreichte.

»Tut sie«, bemerkte Amanda. »Sieht aus, als könnte ich meinen Daumenaufdruck darauf hinterlassen. Ich glaube, das versuche ich mal.« Sie tauchte ihren Daumen in die überschüssige Sahne, die ihr Handgelenk benetzte, und drückte ihn mitten auf Megs flache Klit.

»Danke. Zieh dich nicht zurück, bitte ...« Meg verstummte. Erneut nickte sie leicht.

Amanda übte weiter mit dem Daumen Druck aus, während sie vorsichtig ihre Faust drehte, die Finger leicht öffnete und schloss. Jede Bewegung ließ Meg erschauern und stöhnen, bis sie schließlich zitterte und lautstark kam. Das erste Zucken quetschte Amandas Hand zusammen wie ein zu kleiner Handschuh, und zum ersten Mal fürchtete sie ernsthaft um Megs Sicherheit. Sie wurde ganz reglos, den Daumen auf Megs Klit gedrückt, die Faust tief in ihr vergraben. So verharrte sie, bis Meg nicht mehr stöhnte und zuckte.

Amanda öffnete die Hand und zog sie behutsam aus Megs

Möse. Sie konnte wieder tief durchatmen. Ihre Hand war mit weißer Soße bedeckt.

Meg war ganz ruhig und schlaff.

Amanda legte sich neben sie und legte ihre nasse Hand auf Megs Brust. Sie schob den anderen Arm unter Megs Schultern und zog sie an sich. Auch wenn sie erst vor einer halben Stunde in Megs Armen hatte ausruhen wollen, wollte sie jetzt diese ätherische Kreatur in ihren Armen halten und sie selig und sicher festhalten.

13

Amanda war früh auf und duschte. Meg schlief noch. Obwohl sie das Mädchen gern geweckt hätte, bewegte Amanda sich auf leisen Sohlen in der Suite. Unter Megs Augen waren dunkle Schatten, und so wie sie da ganz ruhig im Bett lag, wirkte sie wie ein Engel, der sich nicht nur verirrt, sondern seine Flügel verloren hatte. Amanda hatte Meg versprochen, dass sie ausschlafen durfte. Sie wollte dieses Versprechen halten.

Der Wäscheservice hatte ihre Sachen schon zurückgebracht, alles war gewaschen und gebügelt. Aus einer Laune heraus nahm Amanda Megs weißes Baumwollhöschen und ließ ihr den eigenen schwarzen Satinstring. Sie hoffte, Meg würde dies als eine romantische Geste begreifen. Auf jeden Fall würde sie an diesem Scherz ihre Freude haben – denn so konnte jede Frau ins Höschen der anderen schlüpfen. Sie erinnerte sich zärtlich an Megs schallendes Gelächter, das bei diesem zarten Wesen, das leise im Schlaf murmelte, so vollkommen fehl am Platz wirkte.

Meg war überarbeitet, unterbezahlt und todmüde. Und wessen Schuld war das? Wenn sie ehrlich war, dachte Amanda nur selten über die Misere der Arbeiterklasse nach. Sie hatte seit dem Tod ihres Mannes nichts anderes getan, als ständig irgendwas auszuhecken, sei es die Suche nach einem neuen Lustknaben oder ein neuer Businessplan. War die letzte Nacht eine Ausnahme gewesen? Oder hatte sie wieder dasselbe gemacht?

Sie schlich sich aus der Suite.

Amanda nahm ein Taxi, das sie vom Hotel zum Parkplatz vor dem Bürogebäude brachte, wo ihr Auto parkte. Sie fuhr noch an ein paar Läden vorbei, wo sie zerstreut und geistig abwesend für das Essen mit Trevor heute Abend einkaufte. Fast hätte sie das Treffen abgesagt, weil sie den Rest des Tages abwechselnd ausruhen und sich um wichtigere Dinge kümmern wollte – zum Beispiel um die baldige Vorstandssitzung. Es wäre besser, wenn sie sich darauf sorgfältig vorbereitete. Aber Trevor machte auf sie nicht den Eindruck, als sei er der Typ Mann, der eine Verschiebung einfach so hinnahm. Sie hatten sich auf einen Termin und einen Ort geeinigt, und sie vermutete, es wäre das Beste, wenn sie sich daran hielt.

Während sie ihren Wagen durch den morgendlichen Verkehr lenkte, versuchte Amanda, ihre Gedanken zu ordnen. Sie musste vor dieser schicksalhaften Begegnung mit Trevor noch eine Menge erledigen, aber ihr blieb noch ein wenig Zeit, um ein paar Sachen abzuhaken, ehe sie sich auf Trevor vorbereiten musste. Wenn sie sich wenigstens darauf konzentrieren könnte! Aber ihre Gedanken kehrten unwillkürlich zu den Stunden zurück, die gerade hinter ihr lagen. Sie wusste genau, in welchem Moment alles angefangen hatte, wann sie sich Hals über Kopf in Meg verknallt hatte. Es war schwer zu glauben, dass seitdem so wenig Zeit verstrichen war. Vor allem, wenn man bedachte, dass sie sogar einige Stunden geschlafen hatten. Selbst im Schlaf hatten sie perfekt zusammengepasst, sie hatten sich aneinandergekuschelt wie zwei Kätzchen, die zufrieden auf dem Sofa lagen. Letzte Nacht hätte sie schwören können, dass sie verliebt war. Und wenn die Tatsache, dass sie eine Frau liebte, sie zur Lesbe machte, dann war das eben so. Heute Morgen hatte sie es nur deshalb so eilig gehabt, zu verschwinden, weil sie sich auf ihr nächstes Treffen hatte vorbereiten müssen: Sie musste sich den Gesetzen eines riesigen Schwengels unterwerfen.

Es war so viel einfacher gewesen, als Roger noch lebte! Verflucht sollte er sein! Verflucht, weil er sie betrogen hatte, und doppelt verflucht, weil er daran gestorben war! Ihre Augen füllten sich mit Tränen, und sie drückte das Gaspedal durch. »Fick dich, Roger.« Amanda drehte den Kopf, als säße Roger neben ihr auf dem Beifahrersitz, während sie ihm mal gehörig die Meinung sagte. Oh, das war mehr als einmal vorgekommen. Schließlich waren sie über acht Jahre verheiratet gewesen, das ging nicht ohne Streit. »Du hattest deinen Spaß. Wenn ich jetzt jemanden wie mich hätte, die zu Hause auf mich wartet, wäre ich auch so gut organisiert wie du. Aber ich bin allein. Du hast noch nicht mal ordentlich für mich vorgesorgt, du elender Scheißkerl.«

Amanda wischte sich die Tränen mit dem Handrücken aus dem Gesicht. »Fick dich, Kumpel. Ich werde jeden vögeln, den ich vögeln will, wann und wo ich will, und ich werde mich nicht das kleinste Bisschen mies fühlen deswegen.« Sie schaltete das Radio an. Rock 'n' Roll erfüllte den Wagen. »Genau, Roger! Jetzt geht's ab!«

Das Haus war schon fast perfekt vorbereitet. Da inzwischen kein unordentlicher Mann mehr hier lebte, gab es nur noch wenig Hausarbeit, die an Amanda hängenblieb. Sie musste nur ein bisschen aufräumen. Danach verbrachte sie ungefähr eine Stunde am Schreibtisch. Sie suchte Megs Privatadresse aus der Liste der Angestellten bei Forsythe heraus und rief bei Knospen an, um für den nächsten Tag ein exotisches Bouquet zu bestellen. Gemeinsam mit der Floristin entwickelte sie eine aufregende Mischung aus Strelitzien und Callas.

Nachdem sie sich darum gekümmert hatte, verdrängte sie

alle Erinnerungen an Meg. Der Samstagabend rückte unaufhaltsam näher.

Mit dem Abendessen machte sie es sich einfach. Sie hatte Steaks gekauft, um keine auftauen zu müssen. Bier stand im Kühlschrank – nur für den Fall, dass Trevor eher ein Freund von Bier war –, und Wein hatte sie auch ausgesucht. Auf dem Sideboard standen weitere Flaschen mit Alkoholika. Nachdem sie das überprüft hatte, musste Amanda nur noch sich selbst vorbereiten. Es war eine alte Tradition, die sie pflegen wollte. Doch diesmal machte sie sich nicht für Roger schön, sondern für Trevor!

Trevor. Sie stellte sich den riesigen Kerl vor, mit seinen düsteren, zerklüfteten Gesichtszügen und seinem bemerkenswerten Körper. In gewisser Weise wäre Sex mit ihm vermutlich recht entspannend. Da sie inzwischen die Verantwortung für Forsythe Footwear übernommen hatte und sich etwa 150 Menschen darauf verließen, dass sie den Job gut machte, hing die Zukunft des Unternehmens davon ab, wie sie sich als Geschäftsführerin machte. Ihr Sexleben war auch davon bestimmt, dass sie die Kontrolle übernahm. Sie war dafür verantwortlich, dass Rupert, Paul und Nola Lust empfanden und ihr Lust schenkten. Kein Wunder, dass die vergangene Nacht so fantastisch war; Meg und sie waren gemeinsam für das Gelingen verantwortlich gewesen, was den Druck halbierte.

Bei Trevor jedoch konnte sie die Verantwortung voll abgeben. Sie konnte aufhören, Intrigen zu spinnen, und es war eher unwahrscheinlich, dass sie ein ähnlich schmerzhaftes Ziehen im Herzen spüren würde wie heute Morgen, als sie Meg im Schlaf beobachtet hatte. Sie brauchte sich nur vorzubereiten. Mehr nicht. Sobald er ihr Haus betrat, würde er die Kontrolle übernehmen. Erfolg oder Misserfolg lag allein in seinen Händen, nicht in ihren. Sie musste ihm nur gehorchen.

Und wenn es jemanden gab, der morgen Früh zärtlich auf eine Schlafende niederblickte, wäre es Trevor. Er würde ihre Zerbrechlichkeit bewundern, und es wäre sein Herz, das von diesem schmerzhaften Ziehen erfasst würde.

Amanda genehmigte sich ein zweistündiges Bad mit duftendem Badeöl. Da sie durchaus damit rechnen musste, in den Arsch gefickt zu werden, widmete sie dieser Körperregion besonders viel Aufmerksamkeit. Danach cremte sie sorgfältig ihren ganzen Körper ein. Seit sie sich in ein Raubtier verwandelt hatte, das bei jeder sich bietenden Gelegenheit Sex hatte, hielt sie ihre Schambehaarung perfekt kurz, weshalb sie sich nicht wachsen brauchte. Die sorgfältige Untersuchung ihrer Scham versetzte ihr einen kleinen aufregenden Stromschlag. Was sie sah – die weiche Haut, die schweren Schamlippen, die sich rosig um ihre Möse kräuselten – würde Trevor schon bald sehen.

Und er würde sie in den Arsch ficken, das stand für sie fest. Er hatte sie bereits dort mit den Fingern erkundet, weshalb das vermutlich etwas war, was er gern tat. Sie war sicher, ihm irgendwie signalisieren zu können, dass sie es auch wollte. Indem sie den Arsch schwenkte, während sie ihm das Essen servierte, zum Beispiel. Sie würde erröten und ihre Bitte stammelnd vorbringen. »Bitte, würdest du so nett sein, mich in den Arsch zu ficken?« Nein, das klang nicht niedlich oder geil genug. »Bitte, Trevor. Wärst du so freundlich, mich in meinen jungfräulichen Arsch zu ficken?« Viel besser.

Amanda kniete auf ihrem Bett. Sie lutschte ihre Finger, ehe sie die Hand nach hinten führte und eine Fingerspitze auf ihren Schließmuskel legte. Das fühlte sich schön an! Vorsichtig drückte sie den Finger gegen das kleine, enge Loch und zwang es, sich zu entspannen. Da! Die Fingerspitze rutschte fast mühelos hinein.

Es fühlte sich unglaublich eng an, und dabei benutzte sie gerade nur einen Finger! Trevors Schwengel musste mindestens so dick sein wie vier ihrer Finger, und die Eichel war vermutlich noch dicker. Und obendrein war er viel länger. Ihr Finger bewegte sich tastend in ihrem Arschloch. Hm! Der ringförmige Muskel umschloss ihren Finger. Das würde einem Mann gefallen, wenn er sowas um seinen Schwanz spürte. Amanda sank vorwärts aufs Bett, den Finger immer noch im Arsch. Mit der anderen Hand suchte sie nach ihrer Klit. Oh ja. Die beiden Berührungen passten gut zusammen. Kein Wunder, dass Nola so heftig gekommen war, als sie in den Arsch gefickt und ihre Klit gezwirbelt wurde.

Es gab noch etwas, das sie sich wünschte. Sie wollte nicht nur in den Arsch gefickt werden – was bestimmt heute Nacht passierte –, sondern würde gern auch von zwei Jungs oder Männern gleichzeitig genommen werden. Der eine könnte sie von hinten nehmen, während der andere sich bis zum Anschlag in ihre Muschi rammte. Sie stellte sich vor, wie Trevor ihren Arsch fickte, während Rupert – oder vielleicht lieber Paul? – sie fickte. Ups! Da wäre die nächste Idee für ihre Liste der Dinge, die sie unbedingt ausprobieren wollte: *Drei* Männer gleichzeitig! Schließlich hatte sie drei Löcher. Wie es sich wohl anfühlte, wenn sich ihr Arsch, ihre Möse und ihr Mund weit öffneten, um riesige heiße und stoßende …

Stopp!

Sie war einem Orgasmus gefährlich nahe gekommen. Natürlich konnte Amanda – anders als ein alter Mann, dessen Namen sie wohlweislich vergessen hatte – an einem Abend viele Male kommen. Sie hätte jetzt kommen können, und sie wäre immer noch geil gewesen, wenn Trevor endlich eintraf. Aber das wäre nicht richtig gewesen. Wenn sie sich für einen Mann vorbereitete, erlaubte sie sich zwar, mit sich zu spielen, aber sie durfte dabei nicht kommen. So war sie besonders scharf, wenn er endlich eintraf, und konnte ihm ihre unverfälschte Geilheit zeigen.

Amanda wusste schon lange, was sie an diesem Abend tragen wollte. An jenem Abend in ihrem Büro hatte Trevor offenbar großen Gefallen daran gefunden, dass sie sich wie eine echte Schlampe verhalten hatte. Wenn er eine Schlampe wollte, würde er heute genau das bekommen. Eine Schlampe, verletzlich und bereit, ihm das Doppelte und Dreifache von dem zu geben, was er verlangte. Sie besaß ein Outfit, das Roger mal dazu verleitet hatte, sie als »Superschlampe« zu bezeichnen. Je eher auch ein anderer Mann in den Genuss dieses Outfits kam, das eines von Rogers liebsten an ihr war, umso besser!

Amandas Netzstrümpfe hatten Nähte, weshalb sie zehn Minuten damit zubrachte, sie zu zupfen und zurechtzuzerren, bis die Nähte perfekt gerade waren. Aber sie hatte noch genug Zeit, und je mühevoller die Vorbereitungen waren, umso mehr hatte sie das Gefühl, dem Mann gut zu dienen. Als sie mit den geraden Nähten zufrieden war, die an der Rückseite ihrer schlanken Beine hinaufliefen, gelangte sie allmählich in eine unterwürfige Stimmung. Die Domina Amanda war verschwunden und hatte einer Amanda Platz gemacht, die nicht nur eine erbärmliche Sexsklavin war, sondern auch richtig stolz darauf.

Ihr Stringtanga war aus einem feinen schwarzen Netzstoff. Sie drückte ihn gegen ihre leicht geschwollenen Schamlippen und fuhr mit einem Fingernagel zwischen den Schamlippen nach oben, damit der Stoff an ihrer Möse haftete. Der leicht transparente, hauchzarte Stoff verhüllte nur wenig von der üppigen Belohnung darunter.

Das langärmelige, hochgeschlossene Oberteil war aus dem gleichen Stoff gefertigt wie ihr String. Es war nicht mehr als eine Hand voll schimmernder, federleichter Stoff. Wenn sie den Stoff aber dehnte, über den Kopf zog und ihn zurechtzupfte, drückte er ihren Leib zusammen und umschmeichelte ihn, wie es ein dunkler Schatten kaum besser vermocht hätte. Amanda brauchte nichts, um ihre Brüste zu stützen, aber dieser Stoff hob sie recht vorteilhaft an.

Sie sah wirklich atemberaubend aus. Amanda fragte sich, was wohl ihre Lustknaben von ihr halten würden, wenn sie das hier trug? Oder Meg? Bei dem Gedanken an ihre gertenschlanke Gespielin vom Vorabend wurde das angenehme Gefühl, das sich ihrer bemächtigt hatte, einfach beiseitegewischt, und sie hatte plötzlich ein Dutzend nervige Fragen im Kopf.

Verdammt!

Aber Amanda hatte keine Wahl. Wenn sie diesen Abend genießen und sich Trevor unterwerfen wollte – und das wollte sie so sehr! –, musste sie Meg aus ihren Gedanken verbannen, wie sie vorher schon Roger verbannt hatte. Ihn hatte sie in eine staubige Ecke ihres Verstands gesteckt, wo sie ihn hinter all den Spinnweben kaum sehen konnte und er gar nichts sah, weil sie ihm einen Jutesack über den Kopf gezogen hatte. Meg blieb in ihrer Gedankenwelt einfach so, wie Amanda sie zuletzt gesehen hatte: Sie schlief friedlich in einem gemütlichen Bett in der Luxussuite eines Hotels. Amanda kicherte. Paul, Rupert und Nola waren keine Gefahr für ihren Seelenfrieden, aber sie fand Gefallen an diesem Spiel und gestand den dreien einen Raum im selben Fantasiehotel zu. Darin gab es ein riesiges Bett, das genug Platz für ihre drei Sexspielzeuge bot. Und für Amanda wäre mitten unter ihnen auch noch Platz.

Sie stellte sich vor, wie sie die Bettdecke bis unter Megs Kinn zog, die Kleinen ins Bett schickte und dem schmollenden Roger den Stinkefinger zeigte. Fertig. Sie hatte gerade noch genug Zeit, sich fertig anzuziehen, ehe Trevor kam.

Beim Gedanken an ihn rauschte Erregung durch ihren Körper. Ihre Arme und Beine kribbelten, und in ihrem Unterleib brannte ein schmerzliches Feuer. Gott, er war so groß und kräftig! Irgendwie war er auch gefährlich, aber zugleich strahlte er eine Sicherheit aus, auf die sie sich absolut verlassen konnte. Dieser Abend konnte nur großartig werden!

Ihr Rock war sehr kurz und aus glänzend schwarzem Satin. Die Schlitze reichten bis zu ihre Hüfte. Amanda entschied sich für dazu passende schwarze Pumps mit schmalen Zehnzentimeterabsätzen. Kurz überlegte sie, Schuhe mit höheren Absätzen anzuziehen. Aber sie zitterte jetzt schon am ganzen Körper. Es würde schwierig werden, das Essen unfallfrei zu servieren. Wenn sie sich mit Tellern in den Händen auf die Nase legte, wäre das alles andere als sexy.

Amanda liebte die Vorfreude, die es mit sich brachte, wenn man eine Nacht voller Sex plante. Sie hatte sich während der Vorbereitungen immer wieder berührt, und als sie ihren Arsch gefingert hatte, wäre sie sogar beinahe gekommen. Aber sie hob sich für Trevor auf. Jeder Blick, jedes Lächeln würde ihn verführen. Sie würde ihn mit Bewunderung geradezu überschütten, bis er sich wie ein König fühlte, der unter einem Wasserfall aus Vergötterung stand. Und dies würde ihm ein Gefühl von Macht und freudiger Erregung bescheren.

Im Gegenzug würde er sich ihrer annehmen. Er sprach es vielleicht nicht laut aus, aber sie würde es an seinen Blicken und seinem Tonfall erkennen. Er wäre so überwältigt von ihrem königlichen Auftreten als Schlampe wie Cäsar einst von Kleopatra. Amanda umrandete zum Schluss ihre Augen noch mit schwarzem Kajal – das wirkte dramatisch und fast ein bisschen übertrieben. Außerdem legte sie einen Lippenstift auf, der so teuer war, dass er sogar gut roch. Ihre Lippen glänzten im Rot von Maraschinokirschen.

Sie bewunderte sich abschließend im Spiegel. »Trevor«, schnurrte sie. Mit diesem einen Wort versprach sie ihrem Gast absoluten und bereitwilligen Gehorsam – in allen sexuellen Belangen.

Zwanzig vor acht. Sie legte die Steaks in die Pfanne und schaltete die Mikrowelle mit Trevors gebackener Kartoffel ein. Ein in Folie gewickeltes Baguette hielt sie bereits im Ofen warm. Der Salat war einfach gehalten, Eisbergsalat mit Frühlingszwiebeln, orangenen Paprikastreifen und papierdünnen Gurkenscheiben, zu denen sie eine Auswahl Dressings servierte. Außerdem gab es frittierte Zwiebelringe, gelbe Tomaten in Panade und leicht gedünstete schwarze Zuchtchampignons zu den Steaks.

Zwei vor acht. Höchste Zeit, ein letztes Mal vor dem großen Spiegel in der Eingangshalle ihr Outfit zu überprüfen. Sie gab sich kurz der Eitelkeit hin und freute sich über ihren wohlgerundeten Körper, ihre perfekten Beine und das hübsche Gesicht. Was für ein Anblick!

Ob er pünktlich kam? Sie hatte jeden Moment der Vorbereitungen genossen, aber die Vorfreude konnte rasch in Unruhe umschlagen, wenn er nicht pünktlich kam. Amanda nahm direkt vor der Tür Aufstellung und legte die Hand auf die Klinke. Ein Wagen fuhr in ihre Einfahrt, Kies knirschte unter den Reifen. Ja! Amanda kniff ihre Nippel. Die Türglocke ertönte.

Sie atmete ein letztes Mal tief durch und öffnete.

Trevors riesige Gestalt ragte vor ihr auf und verschluckte alles Licht. Hatte er Rasierwasser aufgelegt? Sie wusste es nicht so genau. Er trug die Uniform, was sie ja insgeheim gehofft hatte. Aber eins war diesmal anders: Am Gürtel hingen Handschellen. Der Anblick des kalten, blitzenden Metalls ließ sie erbeben.

»Willkommen in meinem Haus«, begrüßte sie ihn.

Er maß sie von oben bis unten mit einem prüfenden Blick. Amanda hielt den Blick nach unten gerichtet und ließ seine Musterung widerspruchslos über sich ergehen.

Schließlich sagte Trevor: »Gut. Gefällt mir.«

Amanda glühte vor Stolz, als sie aufblickte. »Es gibt in etwa fünf Minuten Essen, Trevor. Oh! Darf ich dich überhaupt so nennen, oder wäre dir etwas anderes lieber?«

»Zum Beispiel?«

»Na ja, Sir vielleicht? Oder Meister?«

»Du bist ein braves Mädchen, dass du mir das anbietest. Trevor wird reichen.«

»Danke, Trevor. Das Esszimmer ist da drüben.« Sie spürte seine hünenhafte Gestalt hinter ihrem Rücken, als er ihr durch das Wohnzimmer folgte.

Er blieb neben dem Klavier stehen. »Spielst du?« Er klimperte ein bisschen darauf herum.

»Ich liebe es, zu spielen«, antwortete sie und freute sich wie ein Kind, weil er über ihren kleinen Witz lachte. Gott, dieses Treffen machte sie ja jetzt schon ganz verrückt!

Er setzte sich ans Kopfende des Tischs.

»Darf ich dir was zu trinken bringen?«

Trevor nahm wortlos die Karaffe, schenkte sich einen Schluck ein, ließ ihn im Glas kreisen und schnupperte. »Pflaume, Eiche, Champignons, Karamell und leicht erdig? Ein Merlot, hm?« Er schnupperte noch einmal, nahm einen Schluck und verkündete: »Chateaux Petrus.« Es war eine Feststellung, keine Frage. »Der wird's tun.« Er schenkte sein Glas halbvoll.

»Danke.« Amanda verschwand in Richtung Küche. Dieser bullige Sicherheitsmann war tiefgründiger, als sie gedacht hatte. Er hatte nicht nur das Auftreten eines Mannes, der natürliche Autorität verströmte, sondern kannte sich offenbar auch mit Weinen aus. Amanda beschloss, sich zukünftig ihm gegenüber auch dann nicht herablassend zu verhalten, wenn sie sich in der Öffentlichkeit begegneten.

Weil er so ein großer und bulliger Mann war, hatte sie ihm ein acht Zentimeter dickes, über ein Pfund schweres Porterhousesteak gebraten. Ihr Steak wog nur etwa zweihundert Gramm und war ein Filet Mignon. Sie servierte die Steaks und holte aus der Küche seine Backkartoffel, die Zwiebelringe, die Tomaten und die Pilze.

Als sie zum Tisch zurückkehrte, war Wein in ihrem Glas, und er hatte ihr Steak in mundgerechte Stücke geschnitten. Sie legte die Kartoffel auf Trevors Teller und hielt ein Messer darüber. »Darf ich?«

Er nickte. Amanda teilte die Kartoffel in zwei Hälften, ritzte sie ein und gab eine großzügige Portion Sauerrahm drauf, den sie mit Schnittlauchröllchen bestreute. Während sie ihn bediente, nahm er sich von dem Gemüse.

Amanda setzte sich rechts neben Trevor und wollte zu ihrem Besteck greifen.

Er sagte: »Nein.«

Amanda legte das Besteck beiseite und blickte ihn fragend an. Trevor spießte ein Stückchen Steak von ihrem Teller auf, gab einen Champignon dazu und hielt die Gabel an ihre Lippen.

»Danke!« Amanda freute sich. Das würde Spaß machen!

Trevor aß ein paar Bissen von seinem Steak und der Kartoffel, ehe er Amanda noch eine Gabel voll gab und anschließend ihr Glas an ihre Lippen hob, damit sie den Bissen herunterspülen konnte. Seine arrogante, herrische Art wob langsam einen Zauber um Amanda. Sie hatte das Gefühl, sie sollte sich auf alle viere begeben, um Gnade winseln und mit dem Schwanz wedeln, wenn er sie lobte.

Während Trevor aß und Amanda hin und wieder fütterte, plauderte er angeregt über die neuesten Filme und angesagtesten Fernsehserien. Es kam ihr so vor, als habe er sich bewusst für den Job als Stuntman entschieden, obwohl die Arbeit gefährlich war. Seine nächtliche Arbeit als Wachmann sicherte ihm das Einkommen, und tagsüber blieb ihm genug Zeit für seine Einsätze bei Filmen oder den Karateunterricht, den er gab. Er besaß sogar einen schwarzen Gürtel! »Du schleichst dich lieber nie an mich heran«, erklärte er Amanda. »Das meine ich wörtlich.«

Amanda nickte. Wenn man seine Karatekünste und die imposante Größe zusammennahm, war Trevor vermutlich ziemlich gefährlich. Sich so einem bedrohlichen Mann zu unterwerfen, war ziemlich mutig von ihr, fand sie. Doch sie war sich sicher, dass er ihr keinen Schaden zufügen würde, solange sie nicht plötzlich auf seinen Rücken sprang.

Amanda neigte den Kopf zur Seite. »Aber du bist auch schon mal tagsüber im Bürogebäude gewesen. Du hast diese entsetzliche Ms Sharpe des Grundstücks verwiesen.«

»Das habe ich für dich getan. Offiziell war ich da nicht im Dienst.«

»Du hast extra unbezahlte Schichten eingelegt? Nur meinetwegen?«

»Ja.« Seine Augen verengten sich. »Sieh mich an.«

Amanda hob den Kopf und begegnete seinem intensiven Blick.

»Das, was wir haben, mag vielleicht nur eine flüchtige Affäre und allein sexueller Natur sein, Amanda, aber wir haben nun mal eine besondere Beziehung. Das ist so, seit ich dich an jenem Abend erwischt habe, als du dich als Diebin versucht hast, weißt du noch?«

»Ja, Trevor. Natürlich erinnere ich mich.«

»Wenn ich eine sexuelle Beziehung zu einer Frau unterhalte, bin ich für ihre Sicherheit verantwortlich. Das musst du akzeptieren. Es bedeutet nichts weiter, aber solange wir miteinander vögeln, und sei diese Sache noch so beiläufig, werde ich dich beschützen, soweit es in meiner Macht steht. Ist das klar?«

Amanda senkte den Blick. »Ja, Trevor, ich habe verstanden. Danke.«

Er legte Messer und Gabel beiseite. »Jetzt räum den Tisch ab, und komm danach wieder zu mir.«

In Amandas Unterleib tanzte die Aufregung. Jetzt war der Moment gekommen. Als er es ihr im Büro besorgt hatte, war es hastig geschehen und war völlig unerwartet. Sie hatte keine Zeit gehabt, um sich darauf zu freuen oder an ihrem Tun zu zweifeln. Jetzt aber hatte sie ihr übliches Ritual durchlaufen, um für ihn bereit zu sein. Sie hatte nach und nach etwas in ihr aufgebaut, das … Ja, was war es? Nicht unbedingt Angst. Es war auch nicht bloß Verlangen. Es war eine Mischung aus beidem und so viel mehr. Amanda wusste, sobald er sie erst berührte, würde sie sich wieder besser fühlen, aber bis dahin war sie wie ein Mädchen, das auf dem Zehnmeterturm stand und auf den Sprung ins Schwimmerbecken wartete. Sie wollte sich in die Tiefe des Vergessens stürzen, doch fürchtete sie sich zugleich vor dem Sprung.

Als sie zu Trevor zurückkehrte, hatte er seine Uniformjacke abgelegt und seinen Stuhl vom Tisch weggedreht. Er zeigte auf den Fußboden direkt vor seinen Füßen. Sie trat auf diese Stelle, und er bedeutete ihr, ihm den Rücken zuzuwenden. Amanda warf einen flüchtigen Blick auf die stumm drohenden Handschellen, die auf ihrem Esstisch lagen, ehe sie gehorchte. Sie verschränkte die Handgelenke hinter ihrem Rücken, ohne auf seine Anweisung zu warten. Der kalte Stahl schloss sich mit einem Klicken erst um ihr rechtes, dann um ihr linkes Handgelenk.

Sie war hilflos. Was wusste sie schon über diesen großen,

kräftigen Mann, in dessen breite Hände sie ihr Wohlergehen gelegt hatte? Er konnte genauso gut ein ... Oh nein, ihr Verstand weigerte sich, diesen Gedanken zu Ende zu denken. Wenn sie sich in die Hände eines Verrückten begeben hatte, war es wohl zu spät, sich deshalb noch Sorgen zu machen.

Sein Finger drehte ihr Gesicht zu ihm herum. Sein Handrücken strich von ihrem Nabel bis fast hinab zu ihrem Schamhügel über den dünnen Satin ihres Rocks.

»Du warst ein sehr böses Mädchen, Amanda.«

»Ja, Trevor.«

»Weißt du, was genau ich gerade meine?«

Amanda schüttelte den Kopf.

Trevors Finger wanderte von ihrer Scham hinauf zum Nabel und wieder nach unten. »Du weißt, womit ich meinen Lebensunterhalt verdiene, stimmt's?«

Amanda nickte.

»Du weißt, dass ich nachts durch die Büros patrouilliere.«

»Ja, Trevor.«

Seine Fingerspitze kreiste auf dem Satinstoff und reizte sie. »Vor vier Nächten warst du noch spätabends in deinem Büro.«

Das war erst vier Nächte her? Ach du Schande! Nola, Rupert, die Tracht Prügel mit dem Plastiklineal und ...

»Es ist dir nicht in den Sinn gekommen, dass ich wie üblich meine Runde gedreht habe?«

»Ähm ... nein.« Sie erinnerte sich dunkel daran, dass sie ursprünglich noch mal ins Büro gegangen war, weil sie ihm über den Weg laufen wollte. Aber dann hatte sie Rupert und Nola in ihrem Büro erwischt und ... Sie zog eine Grimasse. Er hatte sie also beobachtet. »Du ...« Ihre Stimme versagte.

»Ja, ich habe dich gesehen. Ich habe jede verdorbene, perverse Handlung registriert, zu der du diese beiden jungen, unschuldigen Menschen gezwungen hast. Wie du sie gezwungen hast, es miteinander zu tun. Du hast sie gedemütigt und verdorben. Du bist eine Verführerin, Amanda.«

»Ist das böse?« Amanda wagte jetzt, zu ihm aufzublicken, weil sie wissen wollte, wie ernst er diesen Vorwurf meinte.

»Was glaubst du?« Seine Miene war undurchdringlich.

»Ich ... Ich vermute, ich bin eine Verführerin, ja.« Sie zögerte. »Aber ich habe sie zu nichts gezwungen, das die beiden nicht auch wollten.«

»Das habe ich bemerkt.« Sein Finger wanderte wieder nach unten, über ihren Schamhügel hinweg. Fast hätte er durch den Stoff ihre rosige Perle berührt. »Trotzdem musst du dafür bestraft werden. Findest du nicht auch?«

Amanda versuchte nachzudenken. Das Dilemma, in dem sie steckte, stand deutlich vor ihr. Sie konnte ihm zustimmen – dann wurde sie bestraft. Wenn sie ihm widersprach, würde er sie bestrafen, weil sie ungehorsam war. Sie war bereits so sehr in ihre Rolle als Sklavin geschlüpft, dass sie einen Augenblick lang ehrlich verwirrt war. Doch dann fiel ihr wieder ein, dass sie bestraft werden *wollte*. Das machte die Antwort leichter. »Ja«, erklärte sie.

Trevor musste grinsen. Er sprach weiter: »Was glaubst du, welche Bestrafung für deine Sünde angemessen ist?«

Verflixt, jetzt musste sie noch mehr nachdenken. »Eine ordentliche Tracht Prügel?«, fragte sie.

»Einverstanden. Ein paar Schläge für den Anfang, und später noch viel, viel mehr. Du hast sie verdorben, weshalb ich dich im Gegenzug verführen werde. Das ist meine Bestrafung. Da du mir versichert hast, dass die beiden das gern mit sich machen ließen und sogar geradezu begierig darauf waren, sollte es bei dir nicht anders sein. Ich werde deine Grenzen ausloten, Madam. Ich werde dich aufs Heftigste erniedrigen und dich der extremsten Verdorbenheit aussetzen, die ein Mann einer Frau zufügen kann. Aber ich werde auf keinen

Fall weiter gehen, als du tatsächlich willst. Hast du mich verstanden?«

»Ja, Trevor. Danke, Trevor. Wird es wehtun?«

»Du willst doch, dass es wehtut, oder?«, hakte er nach.

»Ich weiß nicht …«

»Nun, dann werden wir es einfach herausfinden.« Er spreizte die Knie und tätschelte seinen linken Oberschenkel. »Komm, leg dich über mein Bein, Amanda.«

Sie gehorchte mit zitternden Knien. Sein Oberschenkel war muskulös und breit unter ihrem Bauch. Amanda versuchte, sich so gut wie möglich zu entspannen und sich einfach über seinen Oberschenkel zu legen. Ihr Haar berührte den Teppich, und die Füße berührten den Fußboden. Seine große Hand glitt über die Rückseite ihrer Oberschenkel. Er schob den kurzen, dünnen Rock nach oben. Plötzlich fühlte Amanda sich schrecklich verletzlich. Sie zerrte an ihren Handfesseln, aber damit tat sie nur sich selbst weh.

Sie spürte seine dicken Finger, die sich unter ihren String schoben und ihn bis zu den Knien nach unten zogen. Als er sie abends beim Durchsuchen von Nolas Schreibtisch erwischt hatte, war seine Hand nur unter ihren Rock geschlüpft. Es sah ganz so aus, als wollte er sie dieses Mal ausgiebiger erkunden.

»Bist du bereit, deine Strafe zu bekommen?«, fragte er.

Amanda nickte. Jetzt war der Moment gekommen: Sie musste nur die Augen schließen und vom Zehnmeterturm springen.

Trevor hob die Hand.

»Oh, ich habe noch eine Frage!« Sie war noch nicht bereit; sie brauchte mehr Zeit, um die Angst niederzuringen. »Wie viele Schläge bekomme ich denn?«

»Für den Anfang vierzig.«

Himmel … Sie erbebte. »Auf jede Pobacke oder zusammen?«

Seine Hand ruhte beinahe zärtlich auf ihrem Hintern. »Du hast einen so hübschen kleinen Arsch, dass meine Hand ihn ganz gut abdeckt. Deshalb wirst du vierzig Schläge auf beide bekommen – gleichzeitig.« Seine Stimme war leise. Ein tiefes, beruhigendes Grollen. Seine Hand erkundete ihre üppigen Kurven, als wollte er prüfen, wie widerstandsfähig sie war. »Bist du jetzt bereit, deine gerechte Strafe zu empfangen?«

Erneut nickte Amanda.

»Weißt du noch, was du dem Jungen gesagt hast? Über Schläge, die Nolas Schamlippen berühren?«

Amanda stöhnte. Was ihr damals recht erträglich erschienen war, fiel jetzt auf sie zurück und war schrecklich brutal. So fühlte es sich also an, wenn man auf der anderen Seite stand.

Es fühlte sich an, als schwinge er die Hand horizontal. Er traf ihren Hintern weit unten, und sie rutschte ein Stück nach vorne, als der Schlag sie traf. »Eins«, zählte er mit.

Oh, und das tat weh! Wie um alles in der Welt hatte sie je glauben können, dass sowas Spaß machte? Sie musste wieder an Nola denken, die so viel Freude empfunden hatte. Vielleicht wurde es ja besser?

Trevors zweiter Schlag landete etwas weiter oben, wo ihr Hintern wohlgerundet war. Der dritte Schlag landete wieder dort, wo der erste sie getroffen hatte. Amandas Hintern brannte wie Feuer.

Gegen ihren Willen streckte sie ihre Beine, um sich vor dem nächsten Schlag zu schützen. Trevor schob sein rechtes Schienbein gegen ihre Waden und drückte die Beine wieder nieder, während er sie weiter im beständigen langsamen Rhythmus versohlte. Hilflos wand sie sich und versuchte, dem unnachgiebigen Strom aus Schmerz zu entkommen. Sie hatte das Gefühl, ihr Hintern sei erblüht und zerschunden, weshalb jeder

Schlag sie eher traf als der vorherige. Die Haut glühte von den Schlägen, und die Hitze breitete sich in alle Richtungen aus, sammelte sich zwischen ihren Schenkeln und drang tief in ihren Körper ein, bis nicht nur ihre Haut, sondern ihr Inneres brannte und das Blut schier kochte.

Amanda begann sich in dem Schmerz zu verlieren. Jeder Schlag vertiefte das Gefühl, da sie nichts weiter tun konnte, als sich zu ergeben.

Sie zählte nicht mehr mit, und im Grunde war es auch egal. Es war nicht so, dass es nicht mehr wehtat. Ganz im Gegenteil. Es war herrlich. Gott, Trevor war einfach wunderbar! Sie hatte noch nie einen Liebhaber gehabt, der war wie er. Es war ein Fest, sich ihm zu unterwerfen.

Amanda kam. Es war ein kurzes, heftiges Zucken, das kam und ging, ehe sie überhaupt begriff, was es war. Es half nichts – sie brach haltlos in Tränen aus.

Ihr Schluchzen bremste ihn jedoch nicht. Wenn überhaupt, schien es Trevor zusätzlich anzuspornen. Er schlug sie weiter, und die Leidenschaft entzündete sich an diesem Schmerz erneut und rauschte durch ihre Adern. Geliebter Trevor! Egal, was er von ihr wollte, egal, wie erniedrigend das sein würde, sie war bereit, es ihm zu geben. Himmel, sie würde alles für ihn tun, solange er ihr nur versprach, dass sie sich immer wieder so fühlen durfte wie in diesem Augenblick.

Erneut spürte sie, wie sich ein Orgasmus tief in ihrem Innern regte. Er durchzuckte sie wie ein Tornado, nahm Geschwindigkeit auf und stand kurz davor, über ihr zusammenzuschlagen. Amanda wand sich auf Trevors Oberschenkel und versuchte, sich an ihm zu reiben. Der Orgasmus entglitt ihr. Heftige Verzweiflung packte sie. Die Schläge auf ihren Arsch taten plötzlich wieder weh. Nie zuvor in ihrem Leben war sie so empfindlich gewesen. Es war so grausam! Er tat ihr weh, und sobald sie nur endlich gekommen war, würde sie ihm das auch ins Gesicht sagen. Sie schaffte es irgendwie, sich so auf ihm nach vorne zu schieben, dass ihre glühend heiße Klit sich mit jedem Schlag an ihm rieb. Sie war der Erlösung so nahe ... Amanda machte mit dem Mund kleine feuchte Geräusche. Was war das Nasse auf ihren Wangen? Tränen? Egal. Sie war so nah ... so nah ...

Plötzlich hörten die Schläge auf. Ihr so heftig ersehnter Orgasmus verschwand am Horizont. »Mehr, bitte mehr, Trevor«, brabbelte sie. »Darf ich noch ein paar Schläge mehr haben?«

Er hob sie hoch, schloss sie in die Arme und drückte ihren Kopf gegen seine muskulöse Brust. Sein Körper fühlte sich wie eine von einer dünnen Haut bespannte Ziegelmauer an. »Gieriges Mädchen. Vielleicht schlage ich dich später noch einmal, aber fürs erste Mal habe ich dir exakt vierzig Schläge versprochen, und ich bin es gewohnt, mein Wort zu halten. Das war das erste Mal, dass du als Erwachsene eine ordentliche Tracht Prügel bekommen hast, stimmt's?«

Sie konnte nur nicken.

»Du warst wirklich sehr tapfer, Amanda. Ich bin so stolz auf dich! Wirklich eine Schande, dass du so lange hast warten müssen, um es herauszufinden.«

»Um was herauszufinden?« Ihr Kopf fühlte sich schwer an, als wäre sie eben erst aufgewacht.

»Du bist eine Schmerzschlampe.«

»Echt?« Sie runzelte die Stirn. »Was ist das?«

Trevor lachte. »Es ist genau das, wonach es sich anhört, Dummerchen. Du stehst auf Schmerzen.«

Sie versuchte, ihr Gesicht in seinem Hemd zu vergraben, weil diese Erkenntnis sie verlegen machte.

»Hey, kein Grund, so traurig zu sein. Es ist eine besondere Gabe. Dir stehen jetzt Freuden zur Verfügung, die vielen anderen Frauen verwehrt bleiben.«

»Na gut.« Amandas Stimme klang erstickt. Sie presste sich an ihn. Trevor wiegte sie in den Armen und strich über ihr Haar. Amanda fühlte sich wie ein Mädchen, das etwas richtig gut gemacht hat und deshalb von einem großen, wichtigen Mann dafür gelobt wurde.

Er war unter ihrem nackten und empfindlichen Hintern hart. Sie rutschte auf seinem Schoß herum, bis sein harter Schwanz sich zwischen ihre brennenden Pobacken drückte. Amanda wollte jetzt nur noch eines: Sie wollte ihm etwas Gutes tun. Sie wollte ihm gefallen, damit er sie weiterhin belohnte. Und das sollte, wenn es nach ihr ging, ewig so weitergehen. »Würde es dir gefallen, wenn ich dich lutsche, Trevor? Ich würde das gern machen, wenn du mich lässt.«

»Du bist ein braves Mädchen, weil du mich erst fragst. Und später werde ich es dir sicher erlauben. Für den Moment aber habe ich etwas anderes mit dir vor.«

Noch nie hatte sie einem Mann angeboten, ihn zu lutschen, und war dann abgewiesen worden. Doch Amanda hatte nicht das Gefühl, dass er sie tatsächlich zurückwies. Trevor hatte etwas mit ihr vor. Und so sollte es ja auch sein: Er erteilte die Befehle und sie gehorchte. Mit ihren jüngeren Liebhabern, mit Rupert, Paul und Nola, war es schließlich umgekehrt. Befehle erteilen war vor allem anstrengend. Wenn man gehorchte, konnte das auch anstrengend sein, aber die Anstrengung war anderer Natur, sie war eher emotional. Ansonsten war es unglaublich entspannend, einfach nur Befehle zu befolgen.

Hm. Was wohl passierte, wenn sie irgendwann Nola Trevor zum Geschenk machte, damit er mit ihr spielte? Es stand im Grunde in ihrer Macht. Sicher würde Nola einen besonderen Kick erleben, wenn Amanda sie an Trevor »auslieh«. Wäre das nicht eine tolle Möglichkeit, diesem großen Mann zu zeigen, was sie für ihn empfand? Wo sie schon mal dabei war – was genau fühlte sie denn für ihn? War das etwa Liebe?

Aber gestern Abend und auch heute Früh hätte sie schwören können, dass sie Meg liebte. Wollte sie überhaupt jemanden lieben? Sie hatte Roger »geliebt«, und jetzt sah sie ja, wohin das geführt hatte.

Verflucht! Sie dachte nach, und es war zwar ganz nett, von Trevor gestreichelt zu werden, aber wenn er nicht bald mal etwas mehr tat, verlor sie dieses herrlich verschwommene Gefühl, das sie erfüllte. Amanda drückte ihr Gesicht in die Kuhle an seinem muskulösen Hals. Sie leckte seine Haut.

»Hast dich wohl schon wieder vollständig von deiner ersten Tracht Prügel erholt, hm? Bereit für etwas Neues?«

»Ja bitte, Trevor«, flüsterte sie.

»Also gut.« Er stand auf und stellte sie auf ihre Füße. Dann zog er ihren String über die Waden ganz nach unten. Mit wenigen Handgriffen hatte er sich vollständig entkleidet.

Sein Körper war einfach atemberaubend! Vielleicht lag es an seiner Arbeit als Stuntman, dass er seine muskulöse Brust rasierte oder wachste. Die Brustmuskeln waren harte Flächen, gekrönt von winzigen dunklen Brustwarzen, die wie Rosinen wirkten. Der Bauch war ebenfalls muskelbepackt und glich einem Sandstrand, nachdem die Flut sich zurückgezogen hatte. Die Oberschenkel hätten sogar Reithosen mit weitem Bein vollständig ausgefüllt. Sie wusste ja, dass er üppig bestückt war, sie hatte ihn schließlich schon mal in den Mund genommen, aber sogar jetzt im halb erigierten Zustand war er schon größer, als sie ihn in Erinnerung hatte. Natürlich hatte er beim letzten Mal noch seine Hose angehabt. Es kam ihr so vor, als habe er ihr an jenem Abend absichtlich nur einen Bruchteil dessen gezeigt, was er zu bieten hatte.

Amanda musste gegen den Drang ankämpfen, vor ihm auf die Knie zu sinken und ihn mit dem Mund zu verwöhnen. Ihre Zunge wollte ihn lecken, ihre Lippen wollten ihn umschließen, und sie wollte ihn ausgiebig verwöhnen. Zuerst wollte sie die dicken Adern erkunden, die seinen ganzen Schwanz von der Wurzel bis zur Spitze modellierten.

Himmel! Wenn sie sich nicht völlig täuschte, hatte sie sich tatsächlich vorgenommen, dieses riesige Gerät in ihren Arsch gerammt zu bekommen! Vielleicht hätte sie ihren Arsch vorher von Rupert oder Paul entjungfern lassen sollen. Tja, jetzt war es dafür wohl zu spät. Sie könnte Trevor nie irgendwas verweigern.

Er packte ihre Haare und zerrte sie zum Tisch. Sie blieb dort stehen, während er kurz verschwand und mit einem Sofakissen zurückkam, das er vor sie auf die Tischplatte legte. Dann bog er ihren Oberkörper nach vorne, bis sich ihre Oberschenkel gegen die nun gepolsterte Tischkante drückten. Er hob ihre Hände und legte sie gegen ihren Hinterkopf. Amandas Brüste wurden gegen die kalte Tischplatte gedrückt.

»Mach dich bereit.«

Das war wohl seine ziemlich unprätentiöse Art, ihr mitzuteilen, dass er sie gleich in den Arsch ficken wollte. Amanda machte ihre Beine breit und biss die Zähne zusammen. Sein Bauch berührte ihren Rücken. Jetzt ging's los!

Seine Eichel drückte sich zunächst hart und feucht gegen ihre Muschi. Erst verspürte sie leise Enttäuschung, aber dann spreizte er ihre Möse weiter, als sie je zuvor gespreizt worden war, und er drang tiefer in sie ein als jeder andere Mann vor ihm. Amanda hatte das Gefühl, von einem warmen, weichen Baumstamm gepfählt zu werden.

»Du bist sehr eng«, bemerkte er.

»Hm«, machte sie. »Du bist sehr groß.«

Seine Hand riss ihre Haare nach hinten. Sie drückte den Rücken durch. Der andere Arm legte sich um ihre Hüfte, die Hand ruhte weit gespreizt auf ihrem Bauch. Sie konnte sich kaum rühren. Einer seiner Finger berührte ihr Knöpfchen.

Er bewegte sich, und Amanda stöhnte auf. Die Fingerspitze begann zu kreisen, dann glitt sie von links nach rechts. Trevors Bewegungen waren so langsam und kontrolliert, dass er so niemals zum Höhepunkt käme. Amanda versuchte, ihre Muskeln anzuspannen, aber er hatte sie so sehr geweitet, dass sie keine Kraft hatte.

Allein sein Finger bewegte sich unnachgiebig und trieb sie dem nächsten Höhepunkt immer näher …

Bis der Finger einfach verharrte.

»Armer Liebling«, summte Trevor in ihr Ohr.

Sie versuchte, sich gegen ihn zu drängen, aber dank seiner Stärke und seines Gewichts bezweifelte sie, ob er überhaupt bemerkte, was sie versuchte.

Der Finger begann wieder, auf ihr zu kreisen. Vielleicht … aber nein. Er zog sich aus ihr zurück. Sie versuchte, sich wieder gegen ihn zu drängen, hatte damit aber keinen Erfolg. Er hielt sie unnachgiebig fest, wie die Handschellen, die ihre Hände fesselten. Verdammt! Wann ließ er sie denn endlich kommen?

Er griff an ihr vorbei zu dem Teller mit der Butter. Amanda wusste, was jetzt kam, aber sie weigerte sich, es zu begreifen. Das, was jetzt kam, hatte sie immer schon mal probieren wollen, aber jetzt, da der Moment unmittelbar bevorstand, schien es ihr keine gute Idee zu sein. Ihr Verstand zog sich zurück. Sie konnte noch spüren, was mit ihr geschah, doch konnte sie keinen klaren Gedanken mehr fassen.

Etwas öffnete ihre Pobacken. Etwas Kaltes und Glitschiges wurde großzügig auf ihrer harten Rosette verteilt. Dann wurde das Fett von etwas in sie hineingestopft, und sie spürte, wie dieses Etwas – seine Finger? – immer tiefer in sie drang und ihren trockenen Anus ordentlich einölte. Der Eindringling zog sich zurück, und sofort hatte sie das Gefühl, leer zu sein. Sie wünschte, diese Leere werde bald gefüllt.

Etwas wirklich Riesiges drückte gegen ihren Schließmuskel. Ihre Rosette verkrampfte sich reflexartig, aber Amanda wusste, dass das die falsche Reaktion war. Sie musste sich entspannen … Der riesige Eindringling war unnachgiebig. Er zwang ihr schwaches Fleisch auseinander, um mit seinem starken, mächtigen Schwengel tief in sie einzudringen.

Ihr Hintereingang wurde von ihm erobert. Es tat weh. Er zog sich leicht zurück und zwang sich wieder tiefer in sie hinein. Sie wurde geweitet, um ihn ganz in sich aufzunehmen. Jetzt tat es schon nicht mehr so sehr weh. Erneut zog er sich aus ihr zurück, ehe er sich ganz in ihr versenkte. Oh Gott. Sie wurde gerade missbraucht, und es fühlte sich absolut gigantisch an.

Etwas reizte wieder ihr Lustknöpfchen. Seine Stimme flüsterte ganz nah an ihrem Ohr, aber sie verstand nicht, was er sagte. Das Ding, das ihren Arsch erobert hatte, steckte jetzt bis zum Anschlag in ihr und hielt inne. Ganz langsam, während ihr Körper sich allmählich an diese Entweihung zu gewöhnen begann, kam Amanda wieder zu Bewusstsein.

»Geht es dir gut?«, fragte Trevor.

Sie nickte.

Seine Hüfte ruckte ein paar Zentimeter nach vorne und zog sich wieder zurück. »Willst du …?«

Irgendwie fand Amanda ihre Stimme wieder. »Ja. Bitte, mach es. Ich will so von dir gefickt werden. Ich kann das, wenn du mich so vögelst. Also mach es einfach.«

»Braves Mädchen.«

Seine Stöße begannen ganz langsam und beinahe zärtlich. Doch rasch gewannen sie an Schnelligkeit und wurden heftiger. Trotz der Butter, die ihren Arsch schön glitschig machte, umklammerte sie seinen Schwengel, weshalb es sich anfühlte, als würde ihr Inneres von jedem Stoß, von jedem Rückzug völlig durcheinandergebracht. Seine Fingerspitze quälte ihr Knöpfchen, bis ihre Lust nicht nur an einer Stelle, sondern an zweien an Schmerz grenzte. Mit jedem Stoß klatschten seine Hoden gegen ihre geschwollenen Schamlippen.

»Fuck, fuck, fuck!« Das war ihre Stimme, zunächst murmelnd, dann immer lauter. Der Orgasmus erhob sich wie ein wildes Tier, sowohl dort, wo er sie mit dem Finger bearbeitete, als auch dort, wo er sie in den Arsch fickte. Wie ein Sturm raste der Höhepunkt heran, wie eine Flut, die immer höher stieg und in ihren Ohren rauschte. Sie schrie immer lauter, um die tobende See zu übertönen. »Fuck, fuck, fuck!« Sie schrie, bis sie ertrank.

Amanda war befriedigt. Sie schwebte in einem verträumten, warmen Zustand, in dem es ihr egal war, was um sie herum geschah. Ihr Körper war schlaff, als habe er keine Knochen.

Trevor hob sie hoch und umarmte Amanda. »Geht es dir gut?«

Sie konnte die harte, nasse Spitze seiner Erektion spüren, die gegen ihr Rückgrat drückte. Irgendwie gelang es ihr, zu krächzen: »Ich bin selig. Absolut selig.«

Er lachte leise. »Das begreife ich mal als Kompliment. Und jetzt ab ins Bett mit dir.«

»Aber was ist mit dir? Du hast noch nicht ...«

»Du darfst ein kleines Nickerchen halten. Wir haben noch viel Zeit, und ich möchte, dass du im Vollbesitz deiner Kräfte bist.«

14

Als Amanda wieder aufwachte, hatte sie ein schlechtes Gewissen. Soweit sie wusste, hatte Trevor bisher noch keinen Orgasmus gehabt. Wie lange hatte sie geschlafen und ihm diese Erlösung einfach verweigert? Der Radiowecker neben dem Bett zeigte wenige Minuten nach Mitternacht an. Sie hatte also kaum länger als eine Stunde geschlafen. Amanda war inzwischen nackt. Kein Oberteil, keine Handschellen, keine Strümpfe mehr. Er hatte sie ausgezogen und ins Bett gesteckt.

Amanda drehte sich auf die Seite und legte ihre Hand versuchsweise auf ihren Hintern. Er war nicht viel wärmer als sonst auch, obwohl er erst vor kurzem ordentlich versohlt worden war. Sie schob einen Finger zwischen ihre Pobacken. Ihre Rosette fühlte sich nicht anders an als heute Nachmittag, als sie noch unschuldig war. Versuchsweise spannte sie den Schließmuskel an. Soweit sie es beurteilen konnte, war er immer noch so fest wie vorher. Sie versuchte, ihr Arschloch zu entspannen. Aha! Das fühlte sich jetzt anders an. Wenn Trevor oder ein anderer Mann sie das nächste Mal in den Arsch fickte, würde er auf weniger Widerstand stoßen.

Es sei denn, sie wollte ihm Widerstand leisten.

Im angrenzenden Badezimmer rauschte Wasser. Amanda entspannte sich. Alles war in Ordnung. Trevor duschte und würde sich schon bald wieder zu ihr gesellen. Sie hatte ihn nicht enttäuscht, und ihnen standen noch große Freuden bevor ...

Sie sprang vom Bett und hastete zu ihrem Toilettentisch, von dem sie ein Dutzend winzige Pfefferminzpastillen aus einem Döschen kippte, einen Spritzer ihres Parfüms in ihr Haar sprühte und rasch ihr Make-up auffrischte. Das Wasserrauschen verstummte. Amanda warf sich zurück ins Bett, zog die Decke nur bis zum Nabel hinauf und gab sich Mühe, sich für ihn hübsch in Pose zu werfen.

Dampfend und nackt kam Trevor aus dem Badezimmer. Er rubbelte seine Haare mit einem Handtuch trocken. Sein riesiger, von einer roten Eichel gekrönter Schwengel wippte auf und ab. Dieser übergroße Schwanz hatte bis zum Anschlag in ihrem Arsch gesteckt. Sie hatte dieses ganze verfluchte Ding tief in sich aufgenommen, und sie hatte nicht geschrien oder ihn um Gnade angefleht. Eine erstaunliche Leistung!

»Du bist ein richtig guter Switch, weißt du?«, fragte er.

»Was bedeutet das?« Sie war sich ziemlich sicher, dass er das als Kompliment meinte.

»Als ich dich mit Nola und Rupert beobachtet habe, warst du so herrschsüchtig, dass ich mich gefragt habe, was nur mit der süßen kleinen Sklavin passiert war, die ich kennengelernt hatte.«

Trevor trat ans Bett und warf ihre Bettdecke einfach zu Boden. Seine Hand schloss sich um ihren Nacken, und er zog ihr Gesicht zu seinem nach oben. Amanda ging erst jetzt auf, dass er sie in den Mund, die Möse und den Arsch gefickt hatte – aber bisher hatte er sie nicht ein einziges Mal geküsst.

Ihr Mund wurde wässrig, ehe seine Lippen ihre berührten. Ehe seine dicke Zunge sich keinen Widerstand duldend in ihren Mund bohrte. Seine Hand umschloss fest ihre linke Brust. Er war zugleich aber zärtlich und quetschte ihre Brust nicht, obwohl das durchaus in seiner Macht lag. Ihre Brust war sicher, allein weil die Hand, die sie umschlossen hielt, alles an

Amanda so sehr schätzte. Wenn er nicht so vorsichtig gewesen wäre, hätte er mit der ihm eigenen Stärke ihr durchaus ernsthaften Schaden zufügen können.

Amandas Hände tasteten sich suchend vor, bis sie seinen Schwengel und die großen Hoden darunter fand. Mit der einen Hand streichelte sie ihn, während die andere die Hoden leicht bewegte. Ihre vorsichtigen Zärtlichkeiten schienen die Zunge, die ihren Mund beherrschte, anzuspornen. Seine Zunge hob ihre an und saugte an dem Nektar, der sich darunter sammelte. Sie begann zu keuchen. Zugleich war sie stolz, weil ihre kleinen, schwachen Hände einen Mann erregten, der ihr mit einer nachlässigen Handbewegung das Genick hätte brechen können. Es war, als liebte sie einen Löwen. Das Risiko verstärkte ihre Leidenschaft.

Trevor unterbrach den Kuss, packte ihr linkes Bein direkt oberhalb des Knies mit seiner linken Hand und hob es an, bis nur noch ihre Schultern und ihr Hals auf dem Bett lagen. Ihr rechtes Bein hing irgendwie in der Luft. Seine rechte Hand drückte das Bein nach unten und öffnete sie weit. In seinen Händen war Amanda nur noch eine anatomisch korrekte Puppe, und jetzt fand er Vergnügen daran, ihren anatomisch korrekten Intimbereich zu inspizieren. Sie entspannte sich, soweit ihr das in dieser unangenehmen, halb in der Luft hängenden Stellung möglich war.

Seine Hand drehte sie beinahe nachlässig auf den Bauch. »Auf deinem Arsch ist kaum mehr eine Spur zu sehen, du bist nur noch ein bisschen gerötet«, teilte er ihr mit. »Du erholst dich rasch.« Er drehte sie wieder auf den Rücken. »Lass diese hübschen Beine ordentlich weit gespreizt, ist das klar?«

Amanda versteifte sich. Trevor hob die Hand und ließ sie niedersausen. Drei seiner kräftigen Finger schlugen direkt auf ihre Möse. Dem Schlag folgten ein paar kurze, heftige Klapse. Manchmal machte Amanda sowas, wenn sie masturbierte, aber das war nur ein vorsichtiges, kontrolliertes Klapsen mit zwei Fingern, und die Schläge waren dann auch direkt auf die Klit gerichtet. Seine Schläge waren doppelt so hart und doppelt so schnell – und sie trafen ihre ganze Scham. Innerhalb weniger Augenblicke schwollen ihre äußeren Schamlippen wieder an, und sie war so nass, dass seine Finger jedes Mal ein leises, schmatzendes Geräusch von sich gaben.

Erneut waren es die Demütigung und ihre Hilflosigkeit, die ebenso wie das Gefühl seiner harten Hand Amanda erregten. Es kam ihr so vor, als habe er gerade erst angefangen, doch schon bald wurde ihr bebender Körper von einem Orgasmus erfasst. Ohne ihr eine Pause zu gönnen und obwohl die Nachwirkungen noch durch ihren Körper tobten, drehte er sie herum, ließ ihr Bein los und legte eine Hand auf ihre Kehle. Die andere vergrub er in ihrem Haar und dirigierte so ihren Kopf in Richtung seiner harten Männlichkeit. Er zog ihr Gesicht so dicht an seine Lenden, dass sie die Nase in seiner Schambehaarung vergrub und seine Eichel gegen ihre Kehle stieß. Sie war eigentlich ganz gut darin, aber trotzdem hatte sie ein bisschen Angst. Amanda versuchte, Luft zu schnappen, doch es ging nicht. Ihr Mund war von seinem harten Schwengel vollkommen ausgefüllt. Irgendwie konnte sie atmen, aber nur ganz flach. Jedes Mal, wenn sie Luft holte, ratterte ihr Atem. Ihr Mund wurde von ihrer Spucke geflutet, und Amanda spürte, wie ihr Gesicht heiß und rot wurde. In ihren Schläfen pochte es.

Er würde ihr nicht wehtun. Das würde er niemals tun. Nein, nein, nein …

Ihre Augen richteten sich nach oben. Flehend blickte sie zu ihm auf. Sobald sich ihre Blicke trafen, zog er sich aus ihr zurück und ließ ihre Kehle frei. Amanda atmete tief und gurgelnd durch. Sie wischte sich den feuchten Mund ab.

»Danke«, keuchte sie.

»Du bist bei mir sicher«, versicherte er ihr. »Kann sein, dass du manchmal höllische Angst hast, aber ich werde dir niemals etwas antun. Hast du das verstanden?«

»Ja. Danke.«

»Jetzt werde ich dir ein paar besondere Techniken zeigen, wie du mir Lust bereiten kannst.«

»Danke, Trevor. Ich würde gern von dir lernen.« Ein verirrter, verräterischer Gedanke kam ihr. Die erotischen Tricks, die er ihr beibrachte, konnte sie auch bei anderen Männern und ihren Lustknaben anwenden.

»Während ich dich unterweise«, fuhr er fort, »darfst du dich jederzeit selbst berühren. Mir macht es Spaß, dir dabei zuzusehen. Du darfst jederzeit kommen, aber es geht hier vor allem darum, dass du mir Lust bereitest. Mehr nicht.«

»Ich verstehe, Trevor. Ich werde mir große Mühe geben, damit du mit mir zufrieden bist.«

»Das weiß ich.« Sein Grinsen war ein Versprechen oder eine Drohung. Auf jeden Fall überraschte es sie. »Du hast auch keine andere Wahl, als mir zu dienen. Du bist letztlich nur eine Puppe. Du bist meine schöne, unbeschreiblich erotische, sehr leichte und sehr biegsame Puppe. Aber niemals mehr als eine Puppe. Bald wirst du verstehen, was ich damit meine.«

Eine riesige Hand packte ihre rechte Schulter, die andere ihren linken Oberschenkel. Mit einem leisen Grunzen hob er sie vom Bett und hielt sie über seinem Kopf in die Luft. Es fühlte sich sogar so an, als würde ihr Hintern die Decke berühren. Trevor blickte zu ihr auf. Seine Arme spannten sich an, und während sie hilflos über ihm hing, ließ er sie langsam herab. Amandas linke Brust sank in seinen Mund wie Weintrauben. Er leckte mit der Zungenspitze über ihren Nippel, ehe er ihn tief in den Mund saugte und seine Zähne die empfindliche Knospe umschlossen. Trevor schob sie nach oben.

Amandas Brust wurde in die Länge gezogen wie eine unzüchtige Birne, bis Amanda nur noch eine Mischung aus Schmerz und Lust verspürte, die ihren Körper übernahm.

Amanda musste sich eingestehen, dass sie keinem ihrer anderen Liebhaber diesen Trick zeigen konnte. Paul oder Rupert konnten das jedenfalls nicht. Sie war jetzt so leicht und gewichtslos wie ein Ballon, und nur ihr Nippel in seinem Mund hielt sie mit der Erde in Verbindung.

»Trevor?«, fragte sie. Irgendwie wusste sie nicht, was sie jetzt tun sollte.

Er warf sie rücklings auf die Matratze. »Meine biegsame Puppe!«

Ehe sie auch nur tief durchatmen konnte, packte er ihre Fußknöchel, spreizte ihre Beine weit und zwang ihre Knie in ihre Achselhöhlen. »Ich werde dich dehnen, aber nicht brechen«, versprach er.

Jetzt kniete Trevor neben dem Bett. Streckte die Zunge heraus und machte sie ganz steif. Mit einem Nicken tauchte er tief in ihre Möse ein. Er nickte erneut, fickte sie ausgiebig mit der Zunge. Als er zu ihr hinaufblickte, waren seine Wangen feucht von ihren Säften. »Magst du, wie du schmeckst?«

»Ich ...«

»Natürlich magst du es.« Er ließ ihr linkes Bein los, aber das rechte blieb in dieser unnatürlichen Stellung. Drei Finger der rechten Hand formten einen stumpfen Dolch, der tief in ihre zarte Scham vorstieß. Er bearbeitete sie mit einer Brutalität, die fast schmerzhaft war.

Grober Sex. Soweit Amanda es beurteilen konnte, schien Trevor damit viel Erfahrung zu haben. Obwohl er sich scheinbar wenig um ihr Wohlergehen kümmerte, schien doch jede seiner Handlungen darauf abzuzielen, ihr neue Angstschübe und neue Wellen der Hilflosigkeit zu bescheren, ohne sie dabei tatsächlich zu verletzen.

Trevor drehte seine Finger in ihr, als wollte er ihre Säfte aus ihr herauspressen –, sie musste unwillkürlich an eine Zitrone denken – dann zog er die Hand heraus und hielt die Finger an ihren Mund.

»Leck!«

Sie gehorchte.

»Schmeckt das gut?«

Amanda nickte. »Aber du schmeckst besser.«

»Später.« Er vergrub sein Gesicht zwischen ihren Schamlippen.

Die geräuschvollen, schnobernden Laute, die er in ihrem Innern erzeugte, weckten in ihr den Wunsch, leise zu kichern. Aber sie war sich nicht sicher, ob sie damit nicht die gute Stimmung ruinieren würde. Außerdem lachten Gliederpuppen nicht, oder?

Sein Mund wanderte weiter nach unten. Jetzt bearbeitete seine Zunge die empfindliche Stelle zwischen ihren Schamlippen und ihrem Arsch. Ihr Perineum oder – wie hieß das noch? – ihren Damm. Oh, und das fühlte sich so gut an! Der Wunsch zu lachen verschwand. Amandas Fäuste gruben sich in die Bettlaken.

Trevor packte ihren freien Knöchel wieder und schob ihr Bein nach oben zu dem anderen. Er zwang beide Beine noch weiter nach hinten, und Amanda grunzte. Ihre Knie wurden neben ihren Ohren in die Matratze gedrückt. Ihre Brüste wurden so unter ihren Oberschenkeln zerdrückt. Ihr ganzer Körper war in zwei Hälften geteilt, ihre Schamregion und ihr Arsch reckten sich weit nach oben. Trevors Zunge erkundete sie jetzt von der Klit bis hinab zu der fleischigen Schale, wo die Schamlippen direkt am Damm zusammentrafen. Er leckte von oben nach unten und wieder hinauf, und als er jetzt wieder nach unten kam, glitt seine Zunge etwas tiefer.

Amanda sog scharf die Luft ein. Die Spitze von Trevors

Zunge tanzte um ihr Arschloch. Das war einfach obszön, aber es fühlte sich so herrlich an, dass sie spürte, wie sie sich ihm unwillkürlich öffnete.

Erneut machte Trevor diese ruckartige, nickende Bewegung, aber jetzt war es ihr Hintereingang, den er mit seiner steifen, nassen Zunge fickte. Oh, verdammt! Sie mühte sich ab, bis sie ihre Arme unter ihrem verschränkten Oberkörper hervorgezogen hatte, und schob sie hinab zu ihrer Scham. Die Finger ihrer linken Hand schlichen sich in ihre Muschi. Die Finger der rechten fächerte sie auf und schnippte gegen ihr Lustknöpfchen, soweit es ihr in dieser verkrampften Haltung überhaupt möglich war.

Seine Zunge steckte nun tatsächlich in ihrem Arsch und arbeitete sich noch tiefer vor! Verflixt, sie war doch erst vor wenigen Minuten gekommen. Trotzdem war sie jetzt geiler als je zuvor in ihrem verfluchten Leben.

Der Orgasmus kam. Er näherte sich ihr wie ein geflügeltes Ungetüm, aber es fühlte sich an, als verhinderte ihr verdrehter Körper, dass dieses Ungetüm abhob. Der gefangene Höhepunkt schien sich seinen Weg in die Freiheit zu erkämpfen, während Trevor sich plötzlich über ihr aufrichtete. Er packte ihre beiden Knöchel mit einer riesigen Faust und benutzte die andere Hand, um ihr seinen Schwanz ins Arschloch zu stopfen. Er vergrub sich tief in ihr, und erst in diesem Moment hob ihr Orgasmus ab.

»Oh ja, füll meinen Arsch mit deiner Sahne, Trevor! Flute mich von innen«, flehte sie ihn an. Gott, sie wünschte so sehr, dass er mit ihr kam.

Er hörte auf, sich in ihr zu bewegen. »Kleine Sexpuppen dürfen keine Bitten an mich richten«, erklärte er ihr und zog seinen Schwanz aus ihr heraus.

»Tut mir leid! Das tut mir wirklich leid!«

»Sie dürfen sich auch für nichts entschuldigen. Hast du

nicht vergessen, dass ich dich dieses Mal wie mein Spielzeug benutzen darf?«

Amanda nickte, aber jetzt wagte sie nicht mehr, noch etwas zu sagen. Er wirkte so ernst auf sie. Sie wusste zwar, dass das nur Teil seines Spiels war. Sie war sich sogar ziemlich sicher, aber dennoch nicht absolut überzeugt. Deshalb war es das Beste, wenn sie einfach stumm blieb.

Trotzdem gab sie einen Klagelaut von sich, als er plötzlich ihre Beine auf die Matratze legte und sie an den Knöcheln einfach vom Bett zog. Sie saß auf dem Boden, den Rücken gegen die Matratze gedrückt und den Mund geöffnet. Nur wenige Zentimeter vor ihrem Mund wippte die gerötete Spitze seines harten Schwengels.

Seine Hüfte bewegte sich von links nach rechts, und er schlug sie mit seiner Rute ins Gesicht. Ihre Wangen wurden von seinen Säften benetzt. Sie wollte seine glänzende Eichel endlich in den Mund nehmen, aber wenn sie bei diesem Spiel eines gelernt hatte, dann dass jede Initiative von ihrer Seite sofort aufs Strengste unterbunden und bestraft wurde. Wenn er wollte, dass sie seinen Schwanz lutschte, würde er ihn ihr einfach in den Mund stecken und ihr befehlen, ihn zu lutschen.

Trevor packte Amanda unter beiden Achselhöhlen und warf sie wieder aufs Bett. Sie war verwirrt. Was kam jetzt?

Er stellte sich aufs Bett. Riesig ragte er über ihr auf und hatte die Beine leicht gespreizt. Amanda lag zwischen seinen Beinen, und wenn sie hinaufblickte, sah sie die muskulösen Oberschenkel, die Unterseite seiner wippenden Rute und seine schweren Hoden. Sie leckte sich verführerisch über die Lippen. Sie durfte ihn zwar nicht um irgendwas bitten, aber es gab keine Regel, die ihr verbot, ihre Körpersprache einzusetzen, oder?

Trevor ließ sich langsam nieder. Er kniete sich, das Gesicht von ihr abgewandt, langsam über ihr Gesicht. Ihre Lippen öffneten sich einladend, aber es war nicht seine Erektion, die er ihr darbot. Die krausen Härchen auf seinem linken Hoden kitzelten ihre Lippen. Seine Eier waren echt riesig. Obwohl Amanda versuchte, den Mund so weit wie möglich aufzureißen, schaffte sie es nur, einen Hoden halb in den Mund zu nehmen. Wie ein Ei, das in einem Eierbecher saß.

»Lutsch sie!«, befahl er Amanda. »Und denk dran, dass du an dir herumspielen darfst, wenn du willst.«

Sie begriff diese Erinnerung als Befehl. Ihre Zunge bewegte sich, soweit es die Enge ihres Mundes zuließ. Zugleich zog Amanda ihre Knie an und spreizte sie so weit wie möglich. Sie teilte ihre Schamlippen mit den Fingern ihrer linken Hand und begann mit dem rechten Zeigefinger, langsam um ihre rosige Perle zu kreisen. Sie vermutete, dass er sich wünschte, ihr dabei zuzusehen. Dabei ging es allein um sein Vergnügen und weniger um die Befriedigung ihrer Lust. Merkwürdigerweise fühlte es sich sehr viel erregender an, ihm zu zeigen, wie sie sich selbst befriedigte, statt es nur für sich zu tun. Sie hob ihre Hüfte, damit er sehen konnte, wie sehr sie in diesem Spiel aufging.

Trevor erhob sich leicht, bewegte sich etwas zur Seite und sank wieder auf ihr Gesicht. Jetzt hatte Amanda den anderen Hoden im Mund, den sie mit der Zunge verwöhnen konnte. Seine Finger kniffen ihre Nippel und zwirbelten sie heftig. Sie stöhnte.

»Hm, das fühlt sich gut an«, meinte Trevor. »Bist eine brave kleine Puppe.«

Sie stöhnte noch etwas mehr und versuchte, ihre Stimme vibrieren zu lassen. Er schien es zu bemerken, denn er ließ von ihrem linken Nippel ab. Wenn sie seine Bewegungen richtig deutete, fing er an, sich selbst zu streicheln.

Es wäre schön, wenn sie ihm dabei zusehen könnte. Sie

hatte schon immer eine Schwäche für masturbierende Männer gehabt. Vielleicht ein anderes Mal. Oder vielleicht machte er das später nochmal für sie. Er schien ja schier unermüdlich zu sein. Wie konnte Trevor so lange mühelos auf ihr hocken? Es war wirklich beeindruckend. Ja, *er* war beeindruckend.

Trevor hob sich und sank wieder auf ihr Gesicht nieder. Dieses Mal drückte er sein Perineum gegen ihren Mund. Nun ja, sie hatte diese Liebkosung ja auch genossen, als er sie ihr angedeihen ließ, weshalb es nur fair war, wenn sie diesen Gefallen jetzt erwiderte. Obwohl es hier ja nicht darum ging, was fair war. Sie leckte von links nach rechts und von vorne nach hinten.

»Setz die Zähne ein«, sagte er. »Knabber vorsichtig, und kratz meine Haut mit deinen Zähnen.«

Amanda gab sich große Mühe, ihm zu gehorchen, obwohl sie es schwierig fand, zu atmen, wenn ihre Nase zwischen Trevors muskulösen Arschbacken eingeklemmt war. Die Aufmerksamkeit, die sie seinem Perineum schenkte, schien bei ihm zu wirken. Sie konnte spüren, dass er sich jetzt noch heftiger rubbelte. Amanda spielte jetzt nicht mehr mit ihrem Lustknöpfchen, sondern rieb es heftig. Wenn sie es richtig anstellte, konnten sie gemeinsam kommen.

Erneut erhob Trevor sich. Amanda atmete tief durch, solange es möglich war. Als er sich wieder auf ihr Gesicht setzte, wurde ihr Mund zwischen seine muskulösen Arschbacken gepresst.

Okay. Er erwartete also von ihr, dass sie ihn dort leckte. Das hatte er schließlich auch für sie getan, und es war unbeschreiblich gut gewesen. Aber das Arschloch eines Mannes lecken? Konnte sie das? Konnte es etwas geben, das noch erniedrigender war?

Aber es gehörte zu dem Spiel, das sie spielten, dass Amanda erniedrigt wurde. So viel hatte sie inzwischen verstanden.

Amanda streckte die Zunge heraus und versuchte, sie möglichst steif zu machen. Dann ließ sie die Zungenspitze in kleinen, festen Kreisen um seine Rosette kreisen.

Trevor seufzte und bearbeitete seinen Schwengel noch heftiger.

Amanda schaffte es irgendwie, den Hinterkopf in die Matratze zu drücken. Sie spuckte auf sein Arschloch, und in diesem Moment wurde sie von einem Gefühl wilder Macht erfasst. Sie drückte ihr Gesicht gegen seinen Arsch und zwängte ihre feuchte Zunge in das verbotene runzlige Arschloch.

Trevor grunzte. Amandas Finger tanzten auf ihrer Klit. Mit zwei Fingern der anderen Hand drang sie tief in sich ein und versuchte, sich möglichst weit zu öffnen. Sie wollte ihm einen obszönen Einblick gewähren, während sie ihn mit der Zunge in seinen perfekten Arsch fickte. Das müsste eigentlich genügen, damit eine Steinstatue abspritzte.

Trevor gab unzusammenhängendes Zeug von sich. »Du verfickt wunderbare, schöne, verdorbene, super kleine süße Möse, verfickte Hexenschlampenhure, ich werde dich ...« Ein ersticktes Heulen beendete seine Tirade.

Trevor verlor die Kontrolle? Das hätte ihr eigentlich Angst einjagen müssen, besonders sein wildes Heulen. Aber Amanda fand es bloß unglaublich erregend. Sein heißer, glitschiger Samen ergoss sich über Amandas Körper, von ihrem linken Nippel bis zu ihrer rechten Hüfte war sie vollkommen nass. Und das war auch für sie der Auslöser. Ein neuer Orgasmus durchfuhr ihren Körper. Dieser war so heftig und schnell, dass sie glaubte, in Stücke gerissen zu werden.

Trevor kippte einfach zur Seite weg. Endlich war er gekommen. Sie waren nicht wirklich gleichzeitig gekommen, aber das war ihr jetzt auch egal. Es war einfach unglaublich herrlich gewesen.

15

Amanda wachte auf. Ihr Rücken war gegen Trevors harte Brust gedrückt, und seine muskulösen, behaarten Oberschenkel umschlossen ihre weichen, schmalen Beine. Sein massiger Arm hielt sie fest an seinen Körper gedrückt. Sie versuchte vorsichtig, sich aus seiner Umklammerung zu befreien, und spürte seinen Schwengel, der zwischen seinem Bauch und ihrem Rücken eingeklemmt war und sich bereits wieder regte.

»Wie wär's mit einem Quickie vor dem Frühstück?«, flüsterte er.

Amanda stöhnte. »Ich kann nicht mehr. Mir tut alles weh!«

Sein Lachen kitzelte in ihrem Haar. »Das wollte ich hören.«

»Was ist mit dir?«

Trevor streckte sich. »Mit mir? Ich fühle mich wie eine gut geölte Maschine. Eine hungrige, gut geölte Maschine.«

Während Trevor duschte, bereitete Amanda ein üppiges Frühstück aus Rühreiern von freilaufenden Hühnern, knusprigem Speck, Vollkorntoast und Müsli zu. Es gab außerdem eine Schüssel Obstsalat, frische Milch und Orangensaft sowie frisch aufgebrühten Kaffee. Amanda, die selten viel frühstückte, knabberte an einem Toast und trank eine Tasse Tee. Sie war noch nicht bereit, sich den Erinnerungen an die Ereignisse der letzten Nacht hinzugeben; dafür wollte sie lieber allein sein. Oh Gott. Oh Gott, oh Gott, oh Gott! Der Mann war wirklich eine wahnsinnige Sexmaschine. Rückblickend erkannte sie auch den Plan, der hinter allem steckte. Er hatte erst jedes ihrer Bedürfnisse befriedigt, bis sie vollkommen erschöpft in seinen Armen lag, ehe er sie ein wenig schlafen ließ und sie dann wie ein Spielzeug benutzte. »Meine kleine Gliederpuppe«, hatte er sie genannt, und ihm hatte dies eindeutig gefallen. Sie lächelte. Das Lächeln tat weh. Ihre Hüfte brannte und ihr Unterleib schmerzte. Ihre Nippel waren geschwollen, und vermutlich sah es in ihrer Möse kaum anders aus. Ihr versohlter Hintern war empfindlich, obwohl es ihrem Arschloch zu ihrem Erstaunen sehr gut ging. Oh Gott. Er sollte wirklich bald verschwinden, damit sie einfach kollabieren konnte.

Aber zugleich wollte sie, dass er zu einem späteren Zeitpunkt zu ihr zurückkehrte.

»Guten Morgen«, sagte er. Inzwischen hatte er sich angezogen, aber die Handschellen hingen nicht an seinem Gürtel. Er setzte sich auf den Platz am Kopfende des Tischs, den sie für ihn hergerichtet hatte.

»Kaffee?« Sie hob fragend die Kanne.

»Darauf kannst du wetten.«

Amanda schenkte ihm ein, obwohl sie sich diesmal nicht so devot gab wie letzte Nacht. Ihre Küche war eine Art neutrale Zone. Hier zählten weder die Rollen als Herr und Sklavin noch waren sie in die Rollen als Arbeitgeberin und Sicherheitsmann verstrickt. Diese fehlende Struktur machte sie nervös.

Amanda nippte an ihrem Tee, während er aß.

»Trevor? Ich hab da noch ein paar Fragen.«

»Schieß los.«

»Hast du Roger jemals mit einer anderen Frau zusammen gesehen?«

»Hmmm. Eigentlich mag ich es nicht, über die Leute im Büro zu tratschen, aber … sagen wir's mal so: Er liebte den Rummel.«

»Du meinst das Mädchen mit den Zuckerwattehaaren, stimmt's? Ich weiß das mit Nola. Gab es noch andere Frauen?«

Trevor schüttelte den Kopf. »Aber ich habe damals nicht so aufgepasst. Das fing erst an, nachdem du gekommen bist.« Er grinste. »Nächste Frage?«

»Letzte Nacht hast du gesagt, ich müsste bestraft werden, weil ich junge Leute verderbe. Meintest du das wirklich so?«

»Nein. Das war nur Teil unseres Spiels. Und wenn ich das so sagen darf: Du hast schön mitgespielt.« Er zwinkerte ihr zu und nahm sich noch mehr Ei.«

»Dann denkst du nicht, dass ich die Kids verderbe?«

»Es handelt sich doch um junge Erwachsene. Genau wie bei mir. Weißt du, ich bin nämlich um einiges jünger als du.«

»Aber nicht viel!« Sie lachte. »Du bist nur ein *bisschen* jünger als ich.«

»Die viel spannendere Frage ist doch eher der Umstand, dass diese jungen Leute für dich arbeiten. Du musst ihnen gegenüber eine sehr deutliche Position beziehen. Sie müssen wissen, dass sie sich dir jederzeit verweigern können, ohne fürchten zu müssen, dass sie ihre Jobs verlieren. Wenn das so ist, reicht das schon.«

»Ja natürlich. Ich habe versucht, da sehr deutlich zu sein.«

»Und sie sollten ihre Safeworte haben. Ups! Das ist wohl etwas, das ich gestern Abend ganz vergessen habe.« Er gab sich gespielt zerknirscht. »Dafür ist es jetzt wohl zu spät, nehme ich an.« Wieder dieses freche Grinsen.

»Na ja, aber es ist schon okay. Ich habe kein einziges Mal darüber nachgedacht, mich dir zu widersetzen. Außerdem habe ich mir vorher sogar eins überlegt.«

»Und wie lautet es?«

»Darüber habe ich ausgiebig nachgedacht. Es ist ›Kartoffel‹.«

»Aha, ist das so? Ich werde mir jetzt doppelt so viel Mühe geben, damit du es irgendwann mal sagst. Jetzt weiß ich ja Bescheid.«

»Hey!« Sie spielte die Gekränkte, und beide lachten.

»Ich spiele dieses Spiel seit langem«, sagte er. »Bei mir bist du sicher.«

»Ich weiß. Und das habe ich auch gestern Abend gewusst. Ich fühle mich bei dir immer sicher. Deshalb möchte ich, dass du in Zukunft für mich arbeitest.«

Er starrte sie sichtlich überrascht an. Wenn sie seinen Gesichtsausdruck richtig deutete, würde Trevor einen Moment brauchen, um über ihr Angebot nachzudenken.

Das Telefon klingelte, und Amanda griff nach dem Hörer. »Hallo.«

»Ich finde, du hast kein Recht, mir mit rechtlichen Schritten zu drohen«, winselte die zittrige Stimme von Tom Sharpe.

»Das kann doch so nicht weitergehen. Du musst wieder aufs College.«

»Meine Kumpel kommen heute, um mich abzuholen.«

»Gut. Geh wieder zur Schule, und vergiss mich einfach.«

»Ich werde dich nie vergessen. Ich werde dich lieben, solange ich lebe.«

»Ja, meinetwegen. Aber das mit uns ist nun endgültig vorbei.«

»Es wird nie vorbei sein.«

Es war das erste Mal, dass Tom zuerst auflegte. Amanda drückte nachdenklich das Telefon an ihre Brust und begegnete Trevors besorgtem Blick. »Das ist der Grund, weshalb ich dich brauche. Ich will dich jederzeit anrufen können, Trevor.«

»Wer ist dieser Kerl?« Seine Stimme klang grollend.

»Ach … nur ein Mann. Ein sehr junger Mann. Er verlässt die Stadt bald, deshalb …«

»Bist du sicher, dass er weggeht? Wenn er dich noch einmal belästigt, rufst du mich sofort an. Verstanden?«

Amanda nickte.

»Wenn ich für dich arbeite, dir ist klar, dass das die Balance zwischen uns verschiebt, oder?«

»Ich weiß nicht, warum das einen Unterschied machen sollte. Ich glaube aber, das wäre es mir wert, wenn ich bloß wüsste, dass ich mich jederzeit auf dich verlassen kann.«

»Amanda. Ich bin auch jetzt jederzeit für dich da.«

Wenige Minuten später ging Trevor. Er küsste Amanda nicht zum Abschied, aber das überraschte sie nicht. Sie begann allmählich, ihn zu verstehen. Küsse bedeuteten für ihn Intimität, und diese Intimität hatte für ihn nur in jenem Moment Platz, wenn eine Frau nach einem Nickerchen in seinen Armen aufwachte, weil sie sich von dem erholen musste, was er ihr mit seiner sexuellen Stehkraft hatte angedeihen lassen. Intimität war, dass er sie einfach über seinen Kopf halten und seine »Gliederpuppe« nennen konnte. Der Rest war für Trevor nur ein Spiel.

16

Vor der Tür zur Einkaufsabteilung blieb Amanda stehen.

Pauls erhobene Stimme drang durch die Tür. »... betrachte jede Saison als eine Einheit. Und sobald die Saison zu Ende geht, wird alles runtergesetzt und ausverkauft.«

Rupert erwiderte darauf scharf: »Aber wir verscherbeln nur die Saisonartikel. Es gibt keinen Grund, klassische schwarze Pumps wegzuschenken, bloß weil ein Datum im Kalender es uns vorschreibt.«

»Du verstehst es einfach nicht. Oder willst du es nicht verstehen? Es ist scheißegal, wie ›klassisch‹ ein Schuh ist, denn das Modell der nächsten Saison wird immer etwas anders sein. Wenn du über diese ›klassischen‹ Schuhe sprichst, klingst du schon wie Humpty-Dumpty Dumphries oder Schleimbeutel Sophie Sharpe.«

»Fick dich!« Rupert klang wütend. »Warte nur ab. Wenn Ms Amanda mich erst zum Vizepräsidenten macht, wirst du schon sehen, wie wir die Dinge hier handhaben. Es kommt schließlich immer darauf an, was am Ende bleibt.«

»Fick dich selber! Ms Amanda soll dich zum Vizepräsidenten machen? Den Tag werde ich nicht erleben.« Auch Paul erhob jetzt die Stimme. »Ich werde in Zukunft dein Chef sein. Ms Amanda und ich haben nämlich eine ganz besondere Verbindung. Sie erkennt ein großes Talent, wenn es vor ihr steht.«

»Du glaubst allen Ernstes, mit Ms Amanda eine besondere Verbindung zu haben? Pff! Ich bin derjenige, auf den sie sich verlässt, *ich* werde ihr helfen, Forsythe Footwear zu retten. Sie und ich sind *so!*«

Amanda stellte sich vor, wie Rupert zwei Finger aneinandergepresst hochhielt. Verflixt! Sie hatte nie einen Gedanken daran verschwendet, dass ihre Jungstars irgendwann streiten könnten. Wenn das so weiterging, verkündete einer von beiden noch etwas wie: »Und ich vögle unsere Chefin. Was hältst du davon?«

Sie klopfte an die Tür und marschierte ins Büro, ohne auf das Herein zu warten. Ihre beiden jungen Liebhaber standen sich mit vor Wut geröteten Gesichtern und geballten Fäusten gegenüber. »Paul!«, bellte sie. »Wolltest du dich heute nicht um die Zahlen von Laden Nummer neun kümmern?«

Paul murmelte irgendwas und eilte mit gesenktem Kopf zur Tür. Rupert grinste triumphierend.

»Und zu dir, Rupert«, fuhr Amanda fort. »Die Regale unserer Läden sind fast vollkommen leer. Solltest du nicht einen Plan machen, wie wir sie wieder auffüllen, sobald der Ausverkauf vorbei ist?«

Paul blickte zurück und grinste zufrieden, ehe er die Tür hinter sich schloss. Rupert machte ein finsteres Gesicht. Er nahm das Telefon und wählte aus dem Kopf eine Mailänder Nummer.

Verflixt! Sie musste rasch etwas unternehmen, ehe diese kleinliche Rivalität zwischen den beiden Jungs alles ruinierte!

Zurück in ihrem Büro, zerbrach sie sich den Kopf. Sie musste irgendwas unternehmen, bevor ihr sorgsam ausgewähltes Team außer Kontrolle geriet. Amanda fasste einen Entschluss. Es war riskant, aber alles war besser, als tatenlos zuzusehen, und im Grunde hatte sie in letzter Zeit schon einige Risiken auf sich genommen. Warum sollte sie jetzt damit aufhören? Sie machte eine Liste, ehe sie Nola hereinrief.

»Schau dir mal diese Liste an.« Amanda tippte vor sich auf den Schreibtisch.

Nola stand neben ihr und las. Amanda nutzte die Gelegenheit und ließ ihre Finger unter den kurzen Rock des Mädchens schlüpfen und nach oben wandern.

»Das meiste auf der Liste kannst du ganz leicht bekommen. Einiges gibt es hier im Büro, und bei den anderen Sachen weißt du, wo du sie bekommst, oder?«

Nola schluckte. Sie wurde rot. Und das lag nicht an dem, was ihre Chefin unter ihrem Rock trieb, glaubte Amanda. Es waren eher die Dinge auf der Liste und Amandas Vermutung, dass sie wusste, wo man diese Sachen bekam. Das stürzte sie in eine gewisse Verlegenheit – und ja, vielleicht erregte es sie auch.

»Ich ... also ... Ich glaube, ich kann die meisten Sachen hier und da besorgen«, gab Nola schließlich zu.

»Was du hier nicht findest, kannst du kaufen und aus der Portokasse bezahlen. Das ist vertraulich, verstanden?« Amandas Finger strich über den Baumwollstoff in Nolas Schritt.

»Natürlich, Ms Amanda.«

Amanda schob den Stoff beiseite. »Wie läuft's denn so mit dir und Rupert?«, fragte sie beiläufig.

Nola zuckte zusammen. »Gut, aber es ist nicht dasselbe wie ... Nicht so gut wie ...«

»Wie an jenem Abend, als wir den Dreier hatten?« Amandas Finger tastete sich in die Falten von Nolas zartem, jungem Geschlecht vor.

»Ja, Ms Amanda.«

»Das hat dir gefallen, stimmt's?«

»Ja, Ms Amanda. Es war sehr ... etwas ganz Besonderes.«

»Glaubst du, du liebst Rupert?« Sanft begann Amanda, Nola mit dem Finger zu ficken.

»Ich? Ihn lieben? Ich glaube nicht. Es ist ...«

»Du stehst wohl mehr darauf, dich beim Sex zu unterwerfen?«

»Ich glaube schon. Der Sex mit Rupert ist toll, aber ...«

»Aber er ist nicht besonders dominant, stimmt's?«

Nola nickte.

»Und du bist bisexuell wie ich, nicht wahr?«

»Ja, Ms Amanda.«

»Was würdest du sagen, wenn ich dir erzähle, dass ich darüber nachdenke, dich einem sehr dominanten, sehr fordernden Freund auszuleihen, damit du eine Nacht lang sein Sexspielzeug bist? Würde dir das gefallen?«

»Wären Sie dann auch da, Ms Amanda?«

»Ich könnte auch dabei sein. Wenn ich dabei wäre, hättest du einen Meister und eine Herrin, denen du gehorchen müsstest. Würde dir das gefallen?«

Nola presste sich gegen Amandas Finger und wand sich. »Oh, beide auf einmal?«

»Wir werden sehen. Wenn du gut bist, darfst du das.« Amanda zog ihre Hand unter Nolas Rock hervor und hielt der jungen Frau die Hand hin.

Nola saugte automatisch ihren Finger ab.

»Und jetzt verschwinde und kümmer dich um die Liste!«, befahl Amanda.

»Sind die Sachen für eine Party?«, fragte Nola.

»In gewisser Weise, ja.«

»Darf ich – laden Sie mich auch ein?«

»Zu dieser Party nicht, aber bei der nächsten darfst du wieder dabei sein. Versprochen.«

Das Mädchen war enttäuscht. Trotzdem sagte sie: »Danke, Ms Amanda.«

Am nächsten Tag schob Nola um kurz vor halb sechs eine Sackkarre mit einem Karton in Amandas Büro. »Der Karton ist nicht so schwer oder so voll«, erklärte sie. »Ich dachte nur, es sieht besser aus, wenn ich ihn nicht trage. Ist quasi zur Tarnung.«

»Gut gemacht. Hast du alles bekommen?«

Nola blieb neben Amandas Schreibtisch stehen. »Ja, alles, Ms Amanda. Darf ich was sagen, Ms Amanda?«

»Ja.«

»Ich trage keine Unterwäsche.«

Amanda verkniff sich ein Lächeln. »Und warum nicht?«

»Na ja, wegen gestern. Ich dachte, für den Fall ... Also, wenn Sie mich wieder berühren wollen, sollte ich lieber vorbereitet sein.«

»Ich werde es mir merken, meine kleine Pfadfinderin. Sag mal, macht Rupert es dir während der Arbeitszeit?«

»Nur in der Mittagspause, Ms Amanda. Nie während der Arbeitszeit.«

»Aber ich darf dich berühren, wann immer mir danach ist.«

»Na ja, Sie sind die Chefin, Ms Amanda.«

»Moment. Das heißt, nur weil ich dich ...«

»Nein, so meine ich das nicht. Ich mache das nicht, weil Sie mich bezahlen. Es ist eher wegen Ihnen und wegen meiner Neigung. Ich könnte mir nichts erträumen, das ich Ihnen verweigern würde. Es sei denn, ich hätte überhaupt keinen Spaß daran.«

»Aber dann würdest du es mir verweigern?«

»Ja.«

»Rupert könntest du jederzeit abweisen?«

»Er ist ja nur ein Junge, Ms Amanda. Er ist echt süß und niedlich, aber ...«

»Ich verstehe.« Amanda schaute auf die Uhr. »Es ist schon

spät. Hast du die Telefonzentrale für heute schon geschlossen?«

»Ja, Ms Amanda.«

»Dann pflanz deinen süßen kleinen Arsch mal hierhin.« Sie wies einladend auf die Kante ihres Schreibtischs.

Nola setzte sich ganz dicht neben ihre Chefin auf den Schreibtisch.

»Zieh deinen Rock ganz nach oben, Nola. Du musst mir schon beweisen, dass du absolut nichts darunter trägst.«

Das Mädchen hakte die Finger unter den Rocksaum und zögerte. Sie blickte über die Schulter zu der Glaswand, die das Büro mit dem Empfangsbereich verband. »Die Leute könnten uns sehen.«

»Die Leute gehen jetzt, und die Jalousien sind fast vollständig geschlossen. Man müsste schon direkt davor stehen, um was zu sehen. Und dann sitzt du mit dem Rücken zu ihnen, weshalb man nur sieht, wie wir beide uns angeregt unterhalten.« Amandas Stimme wurde fordernder. »Mach schon, Nola.«

Das Mädchen zog den Rock ganz nach oben, rutschte etwas herum und zog den Rock noch über ihren Hintern. Stolz rutschte sie nach vorne und spreizte ihre Oberschenkel, um sich Amanda zu präsentieren. Amanda erinnerte sich noch gut an das kleine, sauber gestutzte Feld aus sandfarbenen krausen Schamhaaren, das Nolas Venushügel krönte – wie könnte sie das vergessen? Jetzt aber war Nola so nackt wie Amanda. War das noch eine Art, ihr zu zeigen, wie sehr Nola sie verehrte?

Die äußeren Schamlippen des Mädchens waren üppig und geschlossen – nichts verriet, welch köstlicher, rosiger Schatz darin lauerte.

Amanda sagte: »Spiel mit dir, Nola. Zeig mir, wie du es dir machst, wenn du alleine bist.«

Nola nickte. »Ja, Ms Amanda.« Sie biss sich auf die Unterlippe und schob einen Finger tief in sich hinein, den sie dann nach oben bog und ein Dutzend Mal auf und ab bewegte. Während sie an sich herumspielte, schwollen ihre Schamlippen an und öffneten sich. Nun waren auch die rosigen inneren Schamlippen zu erkennen, an deren Rändern tiefes Rot pulsierte. Nola beugte sich vor, um einen Blick auf ihre Muschi zu werfen.

»Benutzt du einen Spiegel, um dir selbst dabei zuzusehen?«, fragte Amanda.

Nola nickte.

Amanda hatte nicht übel Lust, ihren Rock nun ebenfalls hochzuschieben und sich zu befriedigen. Aber das wäre eine völlig andere Sache – ein Spiel, bei dem zwei Frauen sich in Gegenwart der anderen befriedigten. Jetzt wollte sie das Spiel spielen, bei dem eine Sklavin sich vor den Augen ihrer Herrin erniedrigte. Wenn Amanda Sex mit jemandem wollte, der ihr ebenbürtig war, wollte sie lieber Meg anrufen. Sie hatten allerdings nicht mehr miteinander gesprochen, seit Meg sie angerufen und ihr für die Blumen gedankt hatte. Wenn Amanda ehrlich war, war sie nicht sicher, wie sie mit ihren Gefühlen für Meg umgehen sollte.

Mit den Fingern ihrer anderen Hand spreizte Nola ihre Schamlippen und ließ ihren Finger nach oben zu ihrem Lustknöpfchen wandern. Die kleine rosige Perle war inzwischen auf die Größe einer großen Erbse angeschwollen und hatte sich unter der Hautkapuze hervorgewagt. Das schien nur die erste Vorbereitung zu sein, ehe Nola sich ganz in ihr Spiel vertiefte. Sie umfasste das empfindliche Knöpfchen mit Daumen und Zeigefinger und begann, die Finger vor und zurück zu bewegen. Wie ein kleiner Junge, der zum ersten Mal abspritzen wollte.

Das sah interessant aus. Wenn Amanda nicht gerade den

Einsatz eines Vibrators bevorzugte, rieb Amanda ihr Knöpfchen und schnippte dagegen. Sie hatte es auch schon getätschelt oder leicht dagegengeklapst, aber sie hatte noch nie daran gezogen. Das musste sie irgendwann mal ausprobieren – aber nicht jetzt.

Die Finger der jungen Frau wurden hektischer. Sie legte den Kopf in den Nacken und atmete schwer.

»Kommst du gleich?«, fragte Amanda.

Nola nickte. Darum packte Amanda ihre Hand und zog sie einfach weg.

»Was ist?« Das Mädchen zitterte voller Verlangen.

Jetzt übernahm Amandas Hand die Rolle, die vorher Nolas Finger gespielt hatten. Sie zog und rieb die Klit rasend schnell, denn sie wollte Nola absichtlich schnell zum Höhepunkt bringen. Als der Orgasmus Nola überkam, sank sie rückwärts auf Amandas Schreibtisch und hob sich der Hand ihrer Chefin entgegen, ehe sie mit einer Mischung aus Seufzen und Schreien endgültig losließ.

Ihr aromatischer, süßer Honig strömte aus ihrer Muschi. Nola schnappte nach Luft. »Danke, Ms Amanda. Das war so verdammt geil!«

»Ich habe meine Meinung geändert«, sagte Amanda. »Du bist doch zu meiner Party eingeladen, auch wenn es eigentlich keine richtige Party ist. Du wirst meine Anweisungen genau befolgen müssen. Ich weiß, dass du das kannst. Nachdem ich mich entschlossen habe, dich mit einzubinden, werden wir noch mehr von den Dingen brauchen, die du mir besorgt hast. Die Sache steigt morgen Abend um acht Uhr. Und nun hör dir an, was ich vorhabe ...«

17

Am nächsten Abend um zwanzig vor acht schoben Amanda und Nola den Schreibtisch durch Amandas Büro, bis er nur noch einen Meter von der Wand entfernt stand. Amanda suchte ein paar Sachen aus dem Karton und reichte sie ihrer rosahaarigen Empfangsdame. »Bring diese Sachen in Mr Eggerdons Büro. Du musst sie nicht verstecken, sondern kannst sie einfach auf seinen Schreibtisch legen.«

Nachdem das Mädchen zurückgekommen war, erklärte Amanda ihr den Ablauf. »Am besten ziehst du dich schon mal aus. Rupert müsste in zehn Minuten kommen, und vielleicht kommt er sogar etwas früher.«

Nola brauchte nur eine Sekunde, um ihr fließendes kurzes Organzakleid über den Kopf zu ziehen und beiseitezuwerfen. Amanda hatte ihr gestern eingeschärft, sie solle darauf vorbereitet sein, sich schnell zu entkleiden, weshalb sie außer dem dünnen Kleid, ihren rosa halterlosen Strümpfen und pink gemusterten hochhackigen Pumps aus Krokolederimitat nichts weiter anhatte. Amanda war ebenso bereit, sich rasch auszuziehen: Heute trug sie ein kurzes marineblaues Kleid mit weißen Tupfen und drei großen Knöpfen, die das Kleid vorne schlossen. Sonst trug sie nichts außer ihrer hellen Haut, blauen Pumps und dunkelblauen Strümpfen von Leg Avenue.

Nola kicherte, während sie über Amandas Schreibtisch kroch und auf der anderen Seite zu Boden glitt. Sie versteckte sich unter dem Schreibtisch. Keinen Moment zu früh: Schon klopfte Rupert an Amandas Bürotür.

»Komm rein!« Amanda warf das Kleid hinter Nola her.

Er trug Turnschuhe, eine verwaschene Jeans und eine abgetragene braune Fliegerjacke aus Leder über einem schwarzen Rollkragenpullover. Vielleicht wollte er damit etwas Bestimmtes ausdrücken. Gewöhnlich kleidete er sich ziemlich geckenhaft. Vielleicht dachte er, wenn er sich so wie sonst kleidete, wäre er mit seinen jungenhaften Gesichtszügen, weiblichen Lippen und der blassen Haut nicht männlich genug. Zumal er sich Amandas Dominanz so bereitwillig unterworfen hatte. Armer Rupert! Vielleicht würde das, was Amanda mit ihm vorhatte, eine heilsame Erfahrung.

»Sie wollten mich sehen?«, fragte er nervös.

»Ja, genau. Zieh dich aus.«

»Wie bitte?«

»Ich sagte: ›Zieh dich aus‹. Wir werden jetzt ein Spiel spielen, das zugleich eine Art Test ist. Um den Test zu bestehen, musst du mir absolut gehorchen. Das habe ich dir bereits beigebracht, weshalb ich mich auf dich verlasse. Du musst still sein. Ich will kein Wort, kein Seufzen oder Stöhnen von dir hören. Du darfst nicht mal leise hicksen. Schaffst du das?«

Er runzelte die Stirn. »Ich verstehe nicht ...«

»Das brauchst du auch nicht. Als ich dich in deiner Filiale das erste Mal getroffen habe, hast du mir gehorcht. Überleg doch nur, wie weit du damit gekommen bist. Dein Gehorsam hat dir ein paar außergewöhnliche sexuelle Erfahrungen beschert, nicht wahr?«

Er nickte. »Das stimmt, aber ...«

»Gehorche mir immer. Aber besonders jetzt! Die Belohnung wird sehr erhellend sein. Wenn du allerdings irgendwelche Bedenken hast, solltest du einfach jetzt gehen. Es wird keinen Einfluss auf unsere Zusammenarbeit haben, das verspreche ich dir.«

»Oh, ich werde alles tun, was Sie von mir verlangen, Ms

Amanda – und genau so, wie Sie es wollen. Ich vertraue Ihnen da vollkommen.«

»Braver Junge. Also dann: Zieh dich aus.«

Sie hatte ihn schon gevögelt und gelutscht. Sie hatte sich von ihm oral befriedigen lassen. Sie kannten den Körper des anderen recht gut, und trotzdem entkleidete er sich wie ein schüchterner kleiner Junge und wandte ihr seinen Rücken zu und versuchte, sich mit den Händen zu bedecken, wenn er in ihre Richtung gedreht dastand.

Als er nackt war, zeigte Amanda auf ihren Bürostuhl. »Setz dich.«

Er gehorchte nervös. Seine Erektion war bereits zu voller Pracht erwachsen. Amanda nahm einen langen Lederstrick aus dem Karton. Er riss die Augen auf. Als sie hinter den Lederstuhl trat und den Strick um seine Taille wand, öffnete er den Mund, aber irgendwie gelang es ihm, seine Bemerkung herunterzuschlucken.

Amanda zog den Strick fest und machte einen Knoten. Rupert konnte Arme und Beine problemlos bewegen, aber er war trotzdem ihr Gefangener und zur Untätigkeit verdammt. Er hatte keine Chance, den Knoten zu erreichen.

Als Nächstes zog sie eine Augenbinde aus dem Karton, die entfernt an eine Schlafmaske erinnerte – nur dass die meisten Schlafmasken nicht aus hartem schwarzem Leder gefertigt und mit dichtem weichem Lammfell gesäumt waren. Amanda hatte diese Schlafmaske selbst mal aufgesetzt – man sah überhaupt nichts. Nicht mal ein kleiner Lichtstrahl drang an die Augen.

Es war merkwürdig, aber sobald Rupert die Augenbinde trug, wurde er etwas ruhiger. Vielleicht hatte er beschlossen, sich in sein Schicksal zu ergeben und alles, was Amanda mit ihm vorhatte, geschehen zu lassen. Sie wusste aus eigener Erfahrung, wie angenehm es sein konnte, sich einfach zu ergeben.

»Jetzt verschränk die Hände in deinem Nacken. Lass sie dort. Ich werde dir nun einige Fragen stellen, Rupert. Du darfst durch Nicken und Kopfschütteln darauf antworten. Sonst will ich nichts von dir hören. Verstanden?«

Der Junge nickte.

»Du musst mir gegenüber absolut ehrlich sein. Wenn ich dich bei einer Lüge erwische oder nur dabei, wie du die Wahrheit vor mir verbirgst, werde ich *sehr* enttäuscht sein. Und das willst du doch nicht, oder?«

Er schüttelte heftig den Kopf.

»Gut. Rupert, schaust du dir im Internet auch mal Pornoseiten an?«

Er zögerte, ehe er nickte.

»Braver Junge.« Sie fuhr mit den Fingernägeln an seiner Brust nach unten. Er erschauerte. »Siehst du dabei Mädchen zu, die es mit anderen Mädchen tun?«

Nicken.

»Wie ist es mit Videos, auf denen es Jungs anderen Jungs besorgen?«

Amanda bedeutete Nola, aus ihrer Deckung zu kommen.

Ruperts Oberkörper zuckte, sein Kopf schwankte in einer Mischung aus Nicken und Kopfschütteln.

»Ist das die Antwort auf meine Frage? Oder ist meine Frage zu kompliziert für ein eindeutiges Ja oder Nein?«

Nola musste ein Kichern unterdrücken, während sie über Amandas Schreibtisch kletterte.

Rupert nickte als Antwort auf Amandas Frage.

»Hast du dir vor allem Dreier angeguckt? Zwei Männer mit einer Frau oder zwei Frauen, die es einem Mann besorgen?«, fragte sie.

Nicken.

»Aber wenn es zwei Männer sind, berühren die sich doch manchmal zufällig, nicht wahr? Manchmal berühren sich ihre

Geschlechtsorgane, hm? Wenn zum Beispiel der eine Mann das Mädchen vögelt und der andere sie in den Arsch bumst, ist doch ein gewisser Kontakt kaum zu vermeiden, oder?«

Nicken.

»Hast du gesehen, wie sich drei Menschen küssen? Also die Zungen von zwei Männern mit einer Frau oder zwei Frauen mit einem Mann sich berühren?«

Nicken.

»Hat es dich erregt, dir das anzusehen?«

Ein zögerliches Nicken.

»Wenn Menschen aus Spaß Sex haben, ist es toll, diese Erfahrung zu teilen. Ein bisschen ist das wie eine Party. Zwei Männer können eine Frau teilen oder zwei Frauen einen Mann – und Menschen in beliebiger Kombination und Anzahl können Spaß miteinander haben. Sie müssen einander bloß mögen oder zumindest nicht allzu sehr verabscheuen. Verstehst du, was ich meine? Wäre besser, wenn du es verstehst, denn schließlich hat es dir Spaß gemacht, als Nola, du und ich uns vergnügt haben, nicht wahr?«

Wieder ein Nicken.

»Was wäre, wenn du und ich es zusammen mit einem sehr guten Freund von dir tun würden? Könntest du damit umgehen?«

Rupert zuckte mit den Schultern.

»Du siehst gern beim Sex zu, das hast du mir erzählt. Wie wäre es, wenn du zusiehst, wie ich einem guten Freund von dir den Schwanz lutsche? Einem Freund, dem du vertraust? Dann könntest du erst zuschauen, und statt dir danach einfach nur einen runterzuholen, könntest du mich lieben. Würde dir das Spaß machen?«

Sein Nicken war nachdenklich.

»Hast du schon mal Bilder von Frauen gesehen, die diese Umschnalldildos tragen?«

Sein Nicken war zuversichtlich.

»Wie sie es einander besorgt haben?«

Nicken.

»Und du hast gesehen, wie Männer die Umschnallschwänze dieser Frauen gelutscht haben, stimmt's?«

Rupert legte nachdenklich den Kopf zur Seite, ehe er nickte.

»Würdest du sowas auch machen?«

Er wiegte den Kopf, ehe er heftig nickte, als sei dieser Gedanke sehr erregend.

»Wie wäre es ... Hm, nein. Später kann ich dir immer noch weitere Fragen stellen. Jetzt muss ich erstmal deine Selbstbeherrschung prüfen. Du musst absolut still sitzen und darfst keinen Laut von dir geben, während mit deinem Schwanz gespielt wird. Ich warne dich, du wirst aufs Äußerste gereizt werden. Aber was auch immer mit dir geschieht, du darfst unter keinen Umständen reagieren. Wenn du es nicht länger erträgst und möchtest, dass ich damit aufhöre, sag einfach: ›Mehr nicht‹, und ich höre auf. In Ordnung?«

Er grinste breit und nickte.

Wie Amanda es geplant hatte, streckte Nola in diesem Moment die Hand aus und fuhr mit der Fingerspitze an der Unterseite von Ruperts hartem Schwengel hinauf. Auf Zehenspitzen schlich Amanda aus ihrem Büro und ließ die Tür weit offen.

In Eggerdons Büro fand Amanda Paul, der auf sie wartete. Sie erklärte ihm so ziemlich dasselbe wie Rupert, bis hin zu dem »Zieh dich nackt aus«. Als er nackt, an Eggerdons gemütlichen Bürostuhl gefesselt und blind war, erklärte sie ihm: »Denk nur daran, dass dieses Spiel eine Prüfung ist. Eine Menge hängt davon ab, wie gut du dich machst – nicht nur, was deine Karriere betrifft, sondern auch dein Sexleben. Jetzt musst du still sein. Ich will kein Wort und keinen Laut von dir hören, es sei denn, du willst wirklich, dass ich aufhöre. Dann darfst du »Mehr nicht«, sagen. Ansonsten musst du stumm gehorchen. Du musst …«

Nach achtzehn Minuten schob sie Paul in ihr Büro und blieb an der Tür stehen. Nola spielte mit Rupert ein kleines Spiel: Sie zog mit einem Finger seinen harten Schwanz zu sich hinab, denn ihre Wange ruhte auf seinem Oberschenkel. Dort umschlossen ihre Lippen ihn ganz kurz und ließen dann von seinem Schwengel ab, der sofort wieder nach oben schnellte, wo sie ihn einfing und wieder hinabzog. Kluges Mädchen! So würde er niemals kommen, und diese langsame Tortur würde sein Interesse trotzdem wachhalten.

Amanda schob Pauls Bürostuhl direkt neben Ruperts. Wie geplant stand Nola auf und bezog zwischen den beiden jungen Männern Position. Sie streichelte jetzt beide Schwänze gleichzeitig. Amanda öffnete die drei Knöpfe ihres Kleids und schlüpfte heraus.

»Wir haben ja vorhin schon über Frauen geredet, die Umschnalldildos tragen«, sagte Amanda. »Ich möchte, dass du dir das vorstellst. Also, stell dir vor, wie ich oder vielleicht unsere kleine Nola so einen Dildo tragen. Sie ist ein hübsches kleines Ding, findest du nicht auch?«

Beide jungen Männer nickten. Sie waren sich der Gegenwart des anderen überhaupt nicht bewusst.

Während Amanda im Plauderton mit den beiden redete, schnallte sie sich ein Geschirr um und zog die Gurte fest. Ein lebensechter, zwanzig Zentimeter langer, knallroter Gummidildo steckte bereits in der dafür vorgesehenen Fassung.

Beide jungen Männer nickten wieder.

»Da bin ich deiner Meinung. Stell dir nur ihren hübschen, schlanken Körper vor. Ihre kleinen süßen Brüste, ihr gerundeter kleiner Arsch. Stell dir vor, wie sie nackt ist bis auf dieses Geschirr um ihre Hüfte und einen sehr realistischen riesigen Plastikpenis, der vor ihr aufragt. Siehst du sie?«

Wieder nickten beide. Amanda übernahm nun von Nola die Aufgabe, beide Männer zu streicheln, damit die junge Frau sich ebenfalls mit einem Umschnalldildo ausstaffieren konnte. Ihrer war schwarz wie die Nacht.

Amanda erzählte weiter: »Und jetzt stellt euch vor, wie ich auch so einen Umschnalldildo trage. Und Nola geht vor mir auf die Knie, um den Gummischwanz, den ich trage, ordentlich zu verschlingen. Ist das nicht ein aufregender Anblick?«

Heftiges enthusiastisches Nicken.

»Wie wäre es, wenn *du* derjenige bist, der an meinem falschen Schwanz lutscht? Oder du und Nola, wie ihr euch dabei abwechselt. Wie wäre es, wenn ich Nola mit meinem Umschnalldildo in den Arsch bumse? Würdest du gern zusehen, wie ich sie in den kleinen engen Arsch ficke?«

Ihr Nicken wurde geradezu manisch. Nola übernahm es jetzt wieder, die Schwänze zu streicheln.

Amanda schnurrte: »Weißt du was? Ich wette, Nola würde Gefallen daran finden, wie du an meinem Dildo lutschst. Nein, besser: Wenn sie hier wäre, bin ich sicher, es würde ihr gefallen, mir dabei zuzusehen, wie ich meinen harten Plastikschwanz tief in deinen Arsch ramme und dir einen richtig ordentlichen Arschfick verpasse.«

Nola grinste und nickte ebenso eifrig wie die beiden Männer. Ihre Finger schlossen sich etwas fester um die beiden Schwänze.

Um ihren Plan etwas mehr voranzutreiben, sagte Amanda: »Wie wär's, wenn wir uns jetzt mal was richtig Versautes vorstellen? Du könntest Nola in den Arsch bumsen, während du deine Arme um sie legst und ihren Plastikschwanz bearbeitest, als wäre sie ein Junge, den du wichsen willst. Und während du sie in den Arsch fickst, bumse ich dich mit meinem Gummipimmel in deinen Arsch.«

Der Ausdruck auf den Gesichtern der beiden jungen Männer verriet ihr mehr als ihr heftiges Nicken. Es war fast so, als wären die Szenen, die sie schilderte, umso erregender für die beiden jungen Männer, je perverser sie waren.

Amanda machte also weiter. »Und wenn ich dir jetzt sage, dass Nola genau in diesem Augenblick bei uns ist und dass wir beide Umschnalldildos tragen?«

Rupert öffnete den Mund, doch ehe er einen Laut von sich geben konnte, legte Nola ihren Mund auf seinen.

»Denk an die Regel, dass du still bleiben sollst!«, fauchte Amanda, sobald Nolas Lippen sich von Ruperts gelöst hatten.

Paul runzelte die Stirn. Er verstand offenbar nicht, warum Amanda das noch mal extra betonte. Nolas Finger streichelten ihn jetzt etwas heftiger, und schon bald hatte er seine kurze Verwirrung vergessen.

Gleichzeitig traten die Frauen jetzt hinter die Stühle und öffneten die Lederriemen, die ihre Gefangenen auf die Stühle fesselten.

»Jetzt werde ich dich ein Stück bewegen«, sagte Amanda. »Ich will damit deinen Gehorsam und dein Feingefühl prüfen. Lass dich einfach von meiner Berührung leiten. Egal, was mit dir geschieht, du lässt es einfach passieren. Gib keinen Laut von dir, verstanden? Nur wenn du das Spiel beenden möchtest, darfst du ›Mehr nicht‹ sagen, okay? Ansonsten will ich absolut nichts von dir hören.«

Nola führte Rupert von seinem Stuhl weg. Sie stieß ihn hier und stupste ihn da, bis er sich gehorsam auf alle viere niederließ.

Jetzt nahm Amanda eine von Pauls Händen und führte sie zu dem Dildo, den sie umgeschnallt trug. Er streichelte ihn anfangs noch etwas zögernd, aber schon bald gewann er an Sicherheit, zumal sie seine Bewegungen mit der Hand an seinem Schwengel imitierte.

Jetzt war Amanda dran. Sie führte Paul an seinem Schwengel gepackt und drückte ihn auf die Knie. Er war nur dreißig Zentimeter von Rupert entfernt und kniete im rechten Winkel neben dem anderen Mann. Die Frau und das Mädchen spreizten zugleich die Arschbacken ihrer Opfer. Sie gaben reichlich Gleitgel auf ihre Plastikpimmel und führten die Spitzen zwischen die Arschbacken. Vorsichtig drückten sie gegen die Rosetten.

Amanda sprach weiter: »Ich habe gesagt, das Spiel sei auch gewissermaßen eine Prüfung. Das ist es auch. Es geht hier um Verderbtheit und um Vertrauen – und um deine Männlichkeit. Ein Mann muss sich schon seiner selbst sehr sicher sein, um sich von einer Frau in den Arsch bumsen zu lassen. Genauso ist es ja bei einer Frau: Sie muss sich ihrer Weiblichkeit sehr bewusst sein, ehe sie sich von einem Mann so nehmen lässt.«

Sie gab Nola das verabredete Signal. Gleichzeitig übten sie sanften Druck aus.

Amanda fuhr fort: »Ich mag es, wenn mein Liebhaber sich seiner selbst sicher ist. Und ich mag es, wenn er verdorben ist. Bist du das? Verdorben und selbstsicher?«

Beide jungen Männer nickten.

»Verdorben und sicher genug, dass es für dich okay ist, wenn wir einen vierer machen, vorausgesetzt der andere Mann hat genauso viel Lust drauf wie du?«

Beide zögerten, aber dann nickten Rupert und Paul.

»Also gut ...« Amanda kauerte über Paul.

Nola kniete derweil über Ruperts Rücken. Sowohl die Frau als auch das Mädchen griffen nach unten und packten den Schwengel ihres willigen Opfers.

»Jetzt!« Amanda stieß tief in Pauls Rektum, während Nola zugleich dasselbe bei Rupert machte. Sie blickten einander an und grinsten zufrieden. Es fühlte sich seltsam und erregend an, was sie gerade taten.

Rupert grunzte, aber Paul bemerkte es nicht. Er schien wohl zu glauben, dass Amanda diesen Laut von sich gab, denn er drängte nur noch williger gegen Amandas Plastikpimmel. Die Frau und das Mädchen blickten einander an, während die Männer unwillkürlich gegen die Plastikdildos drängten. Als die Muskelstränge an Ruperts Hals hervortraten und sein Gesicht sich rötete, wurde Nola langsamer, während Amanda ihre Geschwindigkeit erhöhte. Das richtige Timing war sehr wichtig.

Irgendwie, weniger dank Geschick, sondern eher zufällig, knurrten beide Männer zugleich, und ihre beiden harten Schwengel verspritzten ihre Gischt auf den Fußboden. So schnell wie möglich drehten Amanda und Nola die beiden Männer auf die Seite und nahmen ihre Eicheln in den Mund, um ihnen die zweite Ladung auszusaugen. Erst nachdem sie auch damit fertig waren, nahmen sie den Männern die Augenbinden ab.

Die beiden blickten einander in diesem Augenblick an, in dem sie höchst verletzlich waren.

Amanda wischte sich den Mund ab. »Seht nur, wie viel Spaß man zu viert haben kann, wenn alle vier gut befreundet sind und sich nicht von dummen Gefühlen oder Besitzgier leiten lassen.«

Die Männer wirkten etwas bedröppelt, aber dann grinsten sie erst Amanda und dann den anderen an.

Amanda löste die Gurte. »Für heute haben die Frauen genug für die Männer getan. »Komm, Nola, wir tauschen. Lass uns den beiden Jungs mal zeigen, wie schnell wir sie wieder hart bekommen, wenn wir unsere Münder geschickt einsetzen und ihnen der Genuss winkt, jetzt noch eine Frau zu vögeln. Außerdem haben wir hier noch zwei kleine, enge Ärsche, die mal ordentlich von ihren Schwänzen gebumst werden wollen.«

Es lief doch eigentlich ganz gut, fand Amanda. Aber trotzdem war sie ein bisschen enttäuscht. Nachdem sie und Nola von beiden Männern von vorne und von hinten genommen worden waren und die Männer sich allmählich damit wohlfühlten, es der einen Frau zu besorgen, während sie die andere Frau küsste und liebkoste, waren sie vollkommen ausgelaugt. Amanda hatte insgeheim gehofft, sie könnte sich zum ersten Mal gleichzeitig in Möse und Arsch ficken lassen, aber auch Männer hatten anscheinend ihre Grenzen.

Sogar junge, vor Lebenskraft strotzende Männer.

18

Amanda und Nola holten beim Chinesen zwei große braune Papiertüten mit Essen und trugen sie zur Einkaufsabteilung. Die Tische in dem großen Büro waren zusammengeschoben, damit sie eine große Arbeitsfläche hatten. Außerdem war noch ein zusätzlicher Schreibtisch nebst Stuhl hier reingestellt worden. So oft wie möglich versuchten Amanda und ihre kleine sexy, unterwürfige Empfangsdame, die Mittagspause mit Rupert und Paul zu verbringen. Es war Teil von Amandas großem Plan, um den Zusammenhalt zu stärken und ein dynamisches Team zu schmieden. Ihre Theorie war, dass die gemeinsame Arbeit, das erotische Spiel und gemeinsame Mahlzeiten diesen Zusammenhalt schufen.

Nola verteilte die Pappteller und das Plastikbesteck, ehe sie auf jeden Teller eine Pappbox stellte.

Am Schreibtisch legte Rupert gerade auf und erklärte Paul, der eine Statistik an die Pinnwand hängte: »Sie haben nur noch vier Einheiten in verschiedenen Größen, aber keine in vierzig – das entspricht unserer Sieben.«

»Verdammt! Dabei brauchen wir Größe sieben am dringendsten. Ich nehme trotzdem, was sie haben. Das ist ein hübscher kleiner Schuh.«

Nola verteilte zuletzt noch die Plastiktütchen mit Sojasauce. Sie fragte: »Ich habe immer gedacht, in einer Verpackungseinheit ist von jeder Größe mindestens ein Paar drin? Habe ich das falsch verstanden?«

Amanda öffnete eine Packung mit dampfendem Moo Goo

Gai Pan und atmete den aromatischen Duft ein. »Erklär Nola, was genau wir machen, Rupert.«

Er setzte sich zu ihnen und nahm seine Essstäbchen. »Du hast im Grunde recht, Nola. Aber jetzt bedenke, dass wir über hochmoderne Schuhe reden und nicht über Dumphries sogenannte ›Klassiker‹. Stell dir mal vor, ein Hersteller macht fünftausend Paar von einem neuen Schuh. Die Hälfte oder mehr von dieser Charge werden in die Verpackungseinheiten aufgeteilt, in denen jeweils jede Größe von drei oder vier bis Größe zehn ist – manchmal sogar mit einer Elf. Diese Verpackungseinheiten werden dann von den Kunden bestellt, und zwar über ein Jahr im Voraus.« Rupert spießte einen knusprig ummantelten Shrimp auf und tauchte ihn in warme Pflaumensauce.

»Der Rest der Einheiten steht für die Nachbestellungen zur Verfügung«, fuhr er mit vollem Mund fort. »Wenn ein Laden für den Anfang zwei Verkaufseinheiten bestellt, dann hätte er zum Beispiel zwei Paare in Größe vier. Wenn beide Paare sich schnell verkaufen, könnte der Shop beim Hersteller oder beim Großhändler nochmal ein Paar nachbestellen.«

Paul unterbrach ihn. »Wenn der Schuh allerdings aus China, Indien oder Manila kommt, sind keine Nachbestellungen möglich.«

Rupert fuhr fort: »Zum Ende einer Saison bleibt der Hersteller oder der Großhändler auf den Resten sitzen, das kann ein Viertel, die Hälfte oder sogar drei Viertel der Größen abdecken. Er will diese Überhänge dann eigentlich nur noch loswerden.« Er nahm einen Bissen vom gebratenen Reis.

Nola fragte: »Aber wollen die Schuhläden nicht immer alle Größen von einem Schuh einkaufen?«

Jetzt war es an Paul, es ihr zu erklären: »Natürlich wollen sie das – theoretisch. Aber die Praxis sieht anders aus, denn sie können nie auf Dauer alle Größen von einem Modell anbieten.

Eine Verkaufseinheit wird geliefert, jemand kauft das einzige Paar in Größe fünf, ein anderer Kunde die einzige Zehn – Bingo! Schon ist die Verkaufseinheit nicht mehr vollständig. Und wenn dann ein Kunde einen Schuh will, der nicht mehr am Lager ist, müsste ihm der Verkäufer einen Schuh anbieten, der dem Modell ähnlich ist und den sie noch in der passenden Größe vorrätig haben.«

Nola klatschte begeistert in die Hände. Jetzt hatte sie verstanden, was die beiden meinten. »Dann kauft ihr also die Reste von den neuesten Schuhen, die es überhaupt noch nicht in den Läden gibt, und verlasst euch darauf, dass die Verkäufer in den Filialen den Kunden statt des Schuhs, den sie ursprünglich wollten, einen etwas anderen anbieten?«

»Und im Einkauf kosten diese Überhänge nur fünfzehn bis zwanzig Prozent von dem, was wir ursprünglich hätten zahlen müssen«, fügte Amanda hinzu. »So werden wir unsere Läden wieder ordentlich bestücken, sobald unser großer Ausverkauf vorbei ist. Und erst danach kümmern wir uns um einen gut organisierten Einkauf. Das wird nochmal zwei Halbjahre dauern. Mindestens.«

»Wir können es schaffen«, sagte Paul.

Rupert nickte zustimmend. Beide Männer warfen Amanda einen fragenden Blick zu.

Rupert fügte hinzu: »Wir schaffen das, solange Ms Amanda für Forsythe Footwear verantwortlich ist.«

Nola strahlte Amanda liebevoll an. »Oh, Ms Amanda, ich hoffe so sehr, dass Sie die Chefin bleiben!« Der unschuldige Ausruf der jungen Frau brachte die anderen drei zum Lachen. Es war zugleich die Frage, die alle am meisten beschäftigte, obwohl weder Paul noch Rupert es laut aussprachen.

Amanda wurde von tiefer Zuneigung erfasst. Diese drei jungen Menschen waren ihr treu ergeben und sehr liebenswert. Zwei von ihnen verfügten über außergewöhnlichen Geschäftssinn, und die Dritte war so süß wie Zuckerwatte. »Ich erwarte, dass die Aktionärsversammlung gut ausgehen wird«, sagte sie. »Versprechen kann ich leider nichts.«

»Wir stehen immer hinter Ihnen«, sagte Paul.

Rupert nickte.

Nola kicherte. »Hinter Ihnen«, wiederholte sie. »Das ist lustig!«

Amanda wollte den Rest des Tages damit verbringen, die anderen Anteilseigner anzurufen. Bisher hatte sie keine Zeit gehabt, diese Leute zu hätscheln, wie es Sophie Sharpe wahrscheinlich längst getan hatte. Zahlen lügen nicht. Trotzdem wäre es besser, wenn sie für ihre Sache ein bisschen die Werbetrommel rührte. Sie schickte Nola mit einer Reihe Fragen ins Lager, ehe sie sich in ihr Büro setzte und an die Arbeit machte. Sie begann, die Anteilseigner in alphabetischer Reihenfolge anzurufen.

Als sie den Buchstaben »J« erreichte, war Amandas Gesicht zu einem gequälten Lächeln erstarrt. Seit der Beerdigung hatte sie keinen der Anteilseigner mehr gesehen, weshalb jeder Einzelne ihr erst sein Beileid ausdrücken musste. Sie musste im Gegenzug so tun, als sei sie wenigstens ein bisschen betrübt über Rogers frühzeitiges Ableben. Wenn das Gespräch danach auf die bald anstehende Aufsichtsratssitzung kam, versicherten ihr die meisten Anteilseigner, sie würden auf jeden Fall auf ihrer Seite stehen. Einige jedoch gaben eher widerstrebend zu, sie hätten bereits Sophie Sharpe ihre Zustimmung zugesichert.

Als sie nach dem Telefon griff, um Jim Jacobek anzurufen, der als Nächster auf ihrer Liste stand, klingelte ihr Telefon. Sie ging sofort dran, weil sie froh war über die Ablenkung.

»Ich habe Neuigkeiten für Sie, Ms Garland.«

Verdammt! Tom Sharpe.

Sie versuchte, ihre Stimme fest klingen zu lassen. »Sind

deine Freunde nicht endlich hergekommen, um dich abzuholen?«

»Vergessen Sie das. Es ist was passiert. Ich habe gehört, wie meine Mutter telefoniert hat. Sie hat gesagt, sie wüsste, wie sie Sie *und* Forsythe Footwear in den Ruin stürzen könnte.«

»Na ja, zumindest hat sie versucht, sämtliche Aktionäre einzuwickeln.«

»Es ist noch viel schlimmer. Sie müssen sich mit mir treffen, damit ich es Ihnen zeigen kann. Sie ist bis Donnerstagmorgen unterwegs.«

Amanda war ernsthaft versucht, das Angebot anzunehmen. Es war wirklich sehr verlockend, mehr Informationen über ihre Gegenspielerin zu bekommen, aber wenn das bedeutete, dass sie sich mit Tom traf, musste sie leider ablehnen. »Das mit uns ist vorbei, Tom. Ich treffe mich nicht mit dir.«

»Dann muss ich leider die Polizei rufen. Was glauben Sie, wie die Aktionärsversammlung abläuft, wenn Sie im Knast sitzen?«

»Was … wovon sprichst du da?«, stieß Amanda hervor. Was für eine Frechheit!

»Ich rede von ›Vergewaltigung‹, Ms Garland. Unzucht mit Minderjährigen.«

»Du bist doch volljährig, oder?«

Er gab keine Antwort.

»Du gehst aufs College, Tom. Du musst volljährig sein.«

»Ich habe zwei Jahre übersprungen, weil ich so verdammt klug bin.«

»Oh mein Gott.«

»Tja! Das heißt wohl, dass Sie in den Knast wandern. Obendrauf gibt's noch einen riesigen Skandal.«

»Oh mein Gott. Tom, weiß deine Mutter über uns Bescheid?«

»Nein. Das hat nichts mit ihr zu tun. Ich werde ihr nie von

uns beiden erzählen, Ms Garland. Aber nur, wenn Sie herkommen und ich Sie ein letztes Mal sehen darf.«

Sie wusste, wann sie sich geschlagen geben musste. »Wann und wo?«

»Im Haus meiner Mom. Heute Abend um sieben. Kommen Sie allein.« Sein Versuch, bedrohlich zu klingen, hätte sie unter anderen Umständen zum Lachen gebracht, wenn sie nicht so entsetzt gewesen wäre.

Ihr nächster Anruf galt daher nicht Mr Jacobek, sondern Trevor. »Ich brauche deine Hilfe. Hast du heute Abend Zeit? So gegen sieben?«

»Das lässt sich einrichten. Warum?«

»Ich habe mich da wohl in etwas verwickelt und komme nicht allein wieder heraus.«

»Hat das zufällig etwas mit dem Anruf zu tun, den du letztens bekommen hast?«

»Ja. Trevor, es ist Tom Sharpe. Der Sohn von Sophie Sharpe.«

Trevor lachte leise. »Du würdest alles für Forsythe Footwear tun. Mit jedem.«

»So war es nicht, ehrlich! Es bestand diese Anziehungskraft zwischen uns, und ich ... Na ja, vielleicht habe ich zugelassen, dass es weiter ging, als gut für mich war. Aber ich habe geglaubt, er würde es zu schätzen wissen, wenn seine Kirsche von jemandem mit Erfahrung gepflückt wird. Stattdessen ist er verrückt geworden. Den einen Moment erzählt er mir noch, dass er mich liebt, und im nächsten droht er mir damit, mich ins Gefängnis zu bringen.«

»Weswegen will er dich anklagen lassen?«

»Wegen Unzucht mit Minderjährigen«, flüsterte sie. Es war einfach nur schrecklich! Entsetzlich! »Er behauptet, er sei noch nicht volljährig.«

»Könnte er dich anlügen?«

»Ja.« Sie atmete erleichtert aus. »Das wird's vermutlich

sein. Er lügt wahrscheinlich. Trotzdem ist es sicher besser, wenn ich ihn heute Abend treffe. Kommst du?«

»Ich werde mich in der Nähe verstecken und euch belauschen. Nur für den Fall, dass er ausflippt.«

»Danke, Trevor.«

»Bring dein superduper Spionagegerät mit.«

»Hm?«

Trevor lachte. »Du sollst dein Handy mitbringen.«

19

Sie nahmen Trevors Van. Amanda saß auf dem Beifahrersitz und beobachtete ihn beim Fahren. Seine Oberarmmuskeln spannten sich an, wenn er das Lenkrad drehte. Er trug eine schwarze Hose, die sich über den dicken Muskelpaketen seiner Oberschenkel spannte, und ein dazu passendes Muskelshirt. Seine riesigen Arme waren nackt. Er wirkte so gefährlich, dass sie im Unterleib ein Ziehen verspürte.

»Ich habe Rogers Handykamera geleert, wie du es mir erklärt hast«, sagte sie. Schon wollte sie mehr sagen, doch dann ließ sie es und fragte ihn, warum er ihr aufgetragen hatte, für diese Gelegenheit einen Hosenanzug zu tragen.

»Diese kleine Kröte verdient es nicht, deine schönen Beine anstarren zu dürfen, Amanda.«

»Aber du verdienst es?«, neckte sie ihn.

»Wenn ich deine Beine sehen will, ziehst du deine Hose eben für mich aus.«

Er fragte nicht, er befahl ihr nichts. Wenn er sie nackt sehen wollte, bekäme er sie nackt, nichts weiter. Wenn sie sich in diesem Spiel aus Herr und Sklavin verloren, war er sich seiner Macht über sie durchaus bewusst.

Er parkte ein Stück die Straße runter von Sophie Sharpes Haus. Trevor überprüfte noch einmal, ob Amandas Handy ihre leise Stimme aufnehmen und auf sein Handy übertragen konnte. Ihr Handy steckte tief unten in ihrer großen Handtasche, doch eine Antenne lugte ein Stück daraus hervor. Er hatte ihr ein kleines flaches Quadrat aus Metall gegeben, das auf einer Seite mit Klebeband verstärkt war. Als er ihr aus dem Van half, schärfte er ihr nochmal ein, was zu tun war. »Ich bin die ganze Zeit bei dir und belausche das Gespräch. Wenn irgendwas ist, sag einfach meinen Namen und ich komme.«

»Was soll ich machen, wenn mein Trick«, sie öffnete die Hand und zeigte das metallische Quadrat, »nicht funktioniert?«

»Dann muss ich eben Sophies Tür eintreten, hm?«

»Oh!« Sie musste sich unwillkürlich vorstellen, wie Trevor Sophies Tür eintrat. Die Vorstellung gefiel ihr …

Tom öffnete die Tür kurz nachdem sie klingelte. Seine Augen waren trübe, und sein Atem stank nach Alkohol. Kein gutes Zeichen.

Amanda schritt auf ihn zu und zwang ihn zurückzuweichen. Das gab ihr Gelegenheit, das kleine Metallquadrat über die Öffnung zu kleben, in die normalerweise das Schloss der Haustür einrastete. Dann zog sie die Tür einfach zu. Hörte sie, wie das Schloss einrastete? Sie war sich nicht sicher. Wenn sie es vermasselt hatte, würde es Trevor behindern, wenn er sie retten musste.

Wobei sie nicht hoffte, dass das nötig war.

»Hier lang«, nuschelte Tom und führte sie in das Wohnzimmer.

Der Raum stank wie eine Trinkhalle in einem Armenviertel, wobei der Gestank alter Socken und von schalem Teenagertestosteron eine zusätzliche Note hinzufügte. Auf dem Sideboard lag ein dreckiges Handtuch, zweifellos, um die polierte Lackoberfläche zu schützen. Und das Sideboard hatte Schutz bitter nötig. Ein Dutzend leere Bierflaschen lagen umgekippt auf dem Handtuch, dazu noch ein halbes Dutzend Flaschen mit billigem Fusel, allesamt offen, die in Ringen aus klebriger

Flüssigkeit standen. Unter den knallbunten Drinks erkannte Amanda Bananenlikör, Schokoladenlikör, etwas Grünes, zwei orangefarbene Schnäpse und einen Klaren – vielleicht Anis? Es roch jedenfalls alles sehr künstlich und sah auch so aus. Amanda konnte sich kaum etwas Ekligeres vorstellen.

Tom machte mit dem Arm eine weit ausholende Geste, bei der er fast das Gleichgewicht verlor. »Das sind meine Kumpel«, verkündete er, als sei er überaus stolz auf das ungehobelte Duo, das in dem Raum herumhing.

Der eine Jugendliche war groß und hatte eine von Mitessern übersäte Knollennase. Der andere war etwas kleiner als Tom, aber doppelt so breit. Er hatte eher die Statur eines Hydranten. Während Amanda bei Tom an einen durchtrainierten Kricketspieler dachte, musste sie bei diesem an Rugby, an Wrestling und Sporthallenduschen denken. Unter anderen Umständen hätte Amanda ihn vielleicht sogar recht attraktiv gefunden, aber eher auf eine geschmacklose, vulgäre Art. Jetzt war das anders.

»Nett, Sie kennenzulernen«, begrüßte er sie mit einem Grinsen.

Der andere gab nur ein Grunzen von sich.

Eine schleimige Kälte kroch in Amandas Unterleib. Irgendwo ganz oben auf der Liste ihrer Masturbationsfantasien stand die Vorstellung, entführt zu werden, um anschließend von einer Gruppe wildfremder Kerle zu Obszönitäten gezwungen zu werden. Zu einem Gangbang gezwungen zu werden, gehörte zu den üblichen Fantasien einer Frau, hatte sie mal gelesen.

Aber das hier war real und eine schmutzige Angelegenheit, weshalb sie nicht im Geringsten erregt war.

»Ich möchte deinen Ausweis sehen«, sagte sie an Tom gewandt. Sie versuchte, die Situation wieder in den Griff zu bekommen. »Du musst doch irgendwas haben, auf dem dein Geburtsdatum steht.«

»Is so? Wollnse meinen Führerschein?« Tom beugte sich zu ihr vor. »Von Ihnen will ich auch was sehn.«

Amanda musste sich beherrschen, damit ihre Angst nicht in der Stimme mitschwang. »Du wolltest mir etwas über deine Mutter erzählen«, erinnerte sie Tom.

»Es gibt nur eins, was Sie über meine Mutter wissen müssen. Sie is nich hier! Und sie wird erst in einigen Tagen zurückkommen. Ich und meine Kumpel wollten noch 'n bisschen Spaß haben, ehe ich wieder zum College fahr. Und Sie sind als Ehrengast eingeladen, um uns zu unterhalten.«

»Ehrengast?«

»Ich hab meinen Jungs erzählt, was für echt dreckige Sachen Sie mit mir da letztens gemacht haben. Sie wolln, dass Sie dasselbe jetzt auch bei ihnen machen. Stimmt doch, oder?« Er wandte sich an seine Freunde.

Sie stimmten begeistert zu. »Ja, ja!«

Amanda wollte tief durchatmen, aber der Gestank im Wohnzimmer war überwältigend. Alles an dieser Szene war einfach über die Maße unerträglich. Sie versuchte trotzdem, ruhig zu bleiben. »Und was ist, wenn ich diese Sachen nicht für deine dämlichen Freunde machen will?«

Er wollte bedrohlich klingen, aber seine Stimme war nur ein Krächzen, weshalb der Versuch gründlich misslang. »Es könnte echt nett für Sie sein, wenn Sie mitspielen. Wenn nicht, wird's 'ne hässliche Angelegenheit. Auf jeden Fall werden Sie es uns dreien besorgen, und zwar auf jede erdenkliche Weise, ob Sie wollen oder nicht.«

»Ich kann nicht glauben, dass du mir das antust, Tom. Nicht nach dem, was wir gemeinsam erlebt haben.«

Das war genau der falsche Ansatz. Plötzlich flammte Wut in Toms Augen auf, und sein Gesicht wurde knallrot. Tränen blitzten in seinen Augen. »Ich habe Sie geliebt, und Sie haben mich benutzt. Darum liebe ich Sie nicht mehr.«

Amanda schrak zurück. »Ich brauche Hilfe«, flüsterte sie.

Der fette Junge kämpfte sich mühsam aus dem Sessel hoch, der seinen dicken Bauch bisher umschlossen hatte. Der schielende Ringer stieß sich von der Wand ab, an die er sich bisher lässig gelehnt hatte.

»Sie sollten es lieber genießen, Süße. Passiert so oder so«, meinte der Dicke.

»Nein!« Amanda hob ihre Handtasche an ihr Gesicht und gab jeden Versuch auf, ihren Hilferuf zu kaschieren. »Trevor! Ich brauche dich. Ich brauche dich *dringend!*«

»Was soll der Scheiß?«, fragte Tom.

»Wer is'n dieser ›Trevor‹?«, wollte der Dicke wissen.

Dann hörte sie ein Krachen aus dem Flur, und im selben Moment wurde die Tür hinter Amanda aufgerissen. Die drei Möchtegernvergewaltiger machten gleichzeitig einen Schritt nach hinten.

»Die Party ist vorbei, Jungs«, erklärte Trevor.

Der Ringer spielte sich auf. »Verschwinde, Alter, ehe ich dir wehtun muss.«

Tom kreischte: »Das ist ein Privathaus! Ich rufe die Polizei, wenn Sie nicht verschwinden!«

»Das ist ja mal eine leere Drohung«, bemerkte Trevor. »Hier.« Er schnappte sich das antike Telefon von einem Tischchen und warf es in Toms Richtung, der versuchte, es aufzufangen. Das Telefon schrillte zu Boden, der Hörer sprang in eine andere Richtung.

»Geh schon, ruf die Polizei«, drängte Trevor ihn.

Der Wrestler mischte sich wieder ein. »Ich zähle bis drei, wenn Sie bis dahin nicht verschwunden sind, setzt es was.«

»Eins, zwei, drei«, zählte Trevor. »Und was jetzt?«

Der Wrestler stürzte sich auf Trevor und schwang die Fäuste. Trevors Handkante traf die Stirn des Jungen und riss seinen Kopf nach hinten, ehe er gegen die Wand krachte. Er sprang von der Wand ab, als sei er aus Gummi, und ging erneut zum Angriff über. Trevor wich seinen Fäusten aus und versetzte ihm ein halbes Dutzend Ohrfeigen. Der Wrestler wich zurück und fiel über seine eigenen Füße.

Tom hatte sich keinen Schritt bewegt, aber Trevor streckte jetzt den Arm aus und packte die Unterlippe des Jungen mit Daumen und Zeigefinger. Als Trevor die Finger verdrehte, sank Tom röchelnd zu Boden und vergoss heiße Tränen. Trevor zwang ihn erst auf die Knie und dann auf den Bauch. Er überprüfte Toms Hosentaschen, zog seine Brieftasche heraus und warf sie Amanda zu.

Jetzt war der Dicke an der Reihe. Er ging zum Angriff über und wurde sofort wieder aufgehalten, weil Trevor ihm einfach die flache Hand gegen die wabbelige Brust stieß. Er wich zurück und schnappte nach Luft. Im Rückwärtsgang fiel er über einen Stuhl. »Sonst noch jemand?«, fragte Trevor ruhig.

Die drei Teenager blickten einander fragend an, aber keiner versuchte, Trevor ein zweites Mal anzugreifen.

»Ach, verdammt«, beklagte Trevor sich. »Nicht mal meine üblichen Karategriffe durfte ich anwenden.« Er nahm die offene Flasche mit Schokoladenlikör und kippte ihn über Toms Kopf. »Leck das auf, während ich mir überlege, was ich mit euch mache!«, befahl er.

Tom gehorchte ohne Widerspruch.

»Was steht in seinem Ausweis, Amanda?«, fragte Trevor, während er eine Flasche mit dickflüssigem rotem Likör über den großen Jungen kippte und einen ekelhaften eitergelben Likör über den Kopf des Dicken. Wie Tom leckten sie den Likör auf, sobald er auf den Boden tropfte.

»Er ist mehr als nur volljährig, der kleine Scheißkerl«, sagte Amanda.

»Du hast Ms Amanda Angst eingejagt, Tom. Entschuldige dich.«

»Es tut mir leid, Ms Amanda«, flüsterte Tom.

Trevor sagte: »Ich glaube, das reicht noch nicht, Bürschchen. Amanda, guck doch mal, ob du irgendwo eine Schere findest. Vielleicht in der Küche?«

Als Amanda zurückkam, fand sie Tom immer noch am Boden kauernd, wo er sich entsetzlich verdrehte, um seine Hose über die Füße zu ziehen. Auch die anderen beiden Jungs zogen ihre Hosen aus. Alle drei hatten verschmierte Gesichter und Oberteile. Sie starrten mit großen Augen auf die Schere in Amandas Hand.

»Trevor«, flüsterte sie. »Ich habe Toms Gefühle verletzt. Vielleicht ...«

»Er und seine Kumpel wollten dich vergewaltigen, Amanda. Gib mir die Schere.«

»Was hast du damit vor?«

»Keine Sorge, ich werde ihnen nicht die Pimmel abschneiden, obwohl ich nichts dagegen hätte, es zu tun. Hier.« Er warf Amanda Toms Hose zu. »Du machst das.«

Er wandte sich den anderen beiden Jungs zu. »Gebt der Lady eure Hosen, Jungs.«

An Amanda gewandt fuhr er fort: »Bitte zerschneide ihre Hosen. In hübsch kleine Fetzen, wenn es dir nichts ausmacht.«

Amanda lachte erleichtert auf. Sie begann, die Hosen der Jungs zu zerfleddern.

Trevor wandte sich wieder den drei Teenagern zu. »Und jetzt runter mit den Unterhosen. Du da. Glaub ja nicht, dass du Muskeln hast. Setz dich in den Sessel. Los, beweg deinen Arsch. Wir drehen jetzt einen Film, Kinder! Frau Regisseurin, halten Sie Ihre Kamera bereit. Wir drehen jetzt einen Pornofilm, in dem Tom und Dick mitspielen – und Harry.« Er zog Tom auf die Füße und ließ seine geschundene Lippe los. »Okay, Tom, du hast deinen Freunden Blowjobs und Schweinskram versprochen. Wir wollen sie doch nicht enttäuschen! Auf die Knie mit dir. Sei ein braver Junge und lutsch ihn.«

Tom wurde kreidebleich. »Lutschen ...?«

»Ja klar! Lutsch den Schwanz deines Kumpels! Los, mach schon.«

»Nein, das werde ich nicht tun!«

»Nein?« Trevors Hand schnellte vor. Er packte Toms Schwanz und seine Eier und umschloss beides mit seiner großen Faust. »Willst du es dir nicht doch nochmal überlegen? Hast du schon mal gehört, wie die Eier eines Mannes explodieren, weil sie langsam zerquetscht werden?«

»N...nein.«

»Ich auch nicht. War bloß eine Fangfrage. Man hört es nämlich nicht, weil derjenige so schrecklich laut brüllt.«

»Ms Amanda?« Tom klang flehend. »Helfen Sie mir?«

Amanda blickte von dem Handy auf, bei dem sie die Filmfunktion eingestellt hatte.

»Wie wär's, wenn die Jungs nur so tun, als würden sie es miteinander tun? Auf JuhuTube oder wie das heißt wird es so aussehen, als würden sie es wirklich tun.«

»Ich weiß nicht«, sagte Trevor. »Ich glaube, sie würden einander liebend gern bumsen und lutschen.«

»Nein!«, schrie Tom. »Ich schwöre, so bin ich nicht!«

»Ich auch nicht!«, fiel der Stämmige ein.

Interessanterweise blieb der Dicke still.

»Also gut. Aber ich finde, dafür schuldet ihr alle drei Ms Amanda ein großes Dankeschön.«

Ein Chor aus tiefempfundenen Dankesworten erklang. Amanda konnte kaum glauben, dass diese speichelleckerischen Feiglinge nur wenige Minuten zuvor ihr Angst eingejagt hatten. Sie warf Trevor einen dankbaren Blick zu. »Und jetzt Ruhe am Set!« Sollte er ruhig seinen Spaß mit den drei Jungs haben. Er hatte es sich verdient.

Trevor wies Tom an, sich vor den stämmigen Jungen zu knien, der mit gespreizten Beinen auf der Couch saß. Den Dicken dirigierte er direkt hinter Tom. »Hier, knie dich hinter ihn. Ich will, dass es so aussieht, als würdest du ihn in den Arsch bumsen.«

Als alle drei rotgesichtigen Jungs platziert waren, meinte Trevor an Amanda gewandt: »Du musst auf jeden Fall ihre Gesichter, die nackten Ärsche und ihre albernen kleinen Schwänze mit aufs Bild kriegen. Und ich will Erektionen sehen! Ich will hören, wie ihr Jungs ein paar lüsterne Geräusche von euch gebt!«

Die Jungs rubbelten ihre Schwänze hart und begannen zu stöhnen.

»Action!« Amanda machte Nahaufnahmen und ging zwischendurch auf Abstand, um das ganze Panorama mit einem Schwenk einzufangen, während die Jungs wie Profis stöhnten und bumsten. Nach einiger Zeit drückte sie den Stopp-Knopf. »Neue Stellung, wenn ich bitten darf«, sagte sie zuckersüß.

Trevor platzierte die Jungs so, dass der eine auf der Couch anscheinend von Tom gebumst wurde, während er das Glied von dem dicken Jungen in den Mund nahm.

Amanda filmte das noch für ein paar Minuten, ehe sie meinte: »Ich glaube, das reicht.«

Die Jungs brachen zusammen.

Trevor stand zwischen ihnen und stupste sie mit dem Fuß an. »Hey, ihr wisst doch, wie schnell ich diese Videos an eure Eltern oder eure Freunde auf dem College schicken kann? Oder sie einfach ins Netz stellen könnte? Aber keine Sorge. Ich glaube, ich werde sie erstmal für mich behalten. Vielleicht lade ich sie morgen hoch oder nächsten Monat. Vielleicht auch erst nächstes Jahr. Ich könnte auch einfach warten, bis einer von euch irgendwas erreicht. Also, nicht dass das sehr wahrscheinlich ist. Wäre es nicht nett, wenn einer von euch irgendwann in der Zeitung steht, mit Foto und einem kleinen Bericht, weil ihr einen ersten Preis in einem Hässlichkeitswettbewerb gewonnen oder einen halbwegs vernünftigen Job bekommen habt? Oder weil ihr es einfach geschafft habt, zu heiraten? Und das könnte dann meinem Gedächtnis auf die Sprünge helfen. Ich würde online gehen und einfach auf ›Senden‹ klicken – damit könnte ich jeden von euch ruinieren, stimmt's? Denkt mal drüber nach.«

Wenn Amanda ihr Heulen richtig deutete, dachten die Jungs tatsächlich darüber nach.

»Sind wir hier fertig?«, fragte Trevor.

»Ich bin fertig, ja.« Amanda kniete sich neben Tom und starrte ihn an. »Tut mir leid, dass es so weit kommen musste«, flüsterte sie. »Ich werde das Video aufbewahren, hörst du? Er kriegt es nicht in die Finger.« Sie wies mit dem Kopf in Trevors Richtung. »Ich werde es nicht benutzen, solange du dich von mir fernhältst. Okay?«

Tom nickte. In seinen Welpenaugen blitzte Dankbarkeit.

Der dicke Junge würgte: »Ich glaub, ich muss kotzen.«

»Ich glaub, ich auch«, wimmerte der Wrestler.

»Ihr dürft gehen«, erlaubte Trevor ihnen. »Dann verfolgt ihr uns wenigstens nicht. Wenn ihr es trotzdem versucht, werde ich euch ziemlich hart in den Arsch ficken. Komm, Amanda.«

Die Tür zum Wohnzimmer schloss sich hinter ihnen. Eine Sekunde lang war alles still, dann hörte Amanda lautstarkes dreistimmiges Würgen.

Als Trevor sie nach Hause fuhr, kuschelte Amanda sich an seinen muskulösen Oberarm. »Ich weiß nicht, wie ich dir danken soll«, sagte sie.

»Das brauchst du nicht. Ich habe es dir doch gesagt, schon vergessen? Ich beschütze dich. Das gehört zu meinem Rundumservice.«

Sie fuhr mit der Fingerspitze über seinen Schwanz, der sich unter der Hose abzeichnete. »Es ist ein großartiger Service.«

Er legte seine Hand auf ihre. »Nein, Amanda. Nicht so.«

»Warum nicht?«

»Das da drin war eine ziemlich hässliche Angelegenheit. Dir kann jetzt unmöglich nach Sex sein. Nicht nach dem, was du gerade durchgemacht hast.«

»Aber ich will dir wirklich danken, und ...«

»Nicht so, Amanda. Unsere körperliche Nähe ist nicht das Einzige, was uns auszeichnet. Zumindest hoffe ich das. Ich bin froh, weil ich dir helfen konnte. Stell dir vor, jetzt hast du Sophie Sharpe in der Hand. Sobald sie das Video gesehen hat ...«

Amanda setzte sich auf. »Nein, Trevor. Sophie Sharpe wird das Video niemals zu Gesicht bekommen.«

»Aber ...«

»Er hat ziemlich viel Wind gemacht, aber Tom hat seiner Mutter nie von uns erzählt. Selbst wenn er volljährig ist, bin ich mir sicher, dass seine Mutter mir einiges zu sagen hätte, wenn sie davon erfährt. Und sie würde den Aktionären eine Menge über die Moral ihrer Vorstandsvorsitzenden erzählen. Nein, das ist eine Sache zwischen Tom und mir, und sie wird zwischen uns bleiben, solange er sich in Zukunft benimmt.«

»Selbst wenn es dich dein Unternehmen kostet.«

»Ich glaube, so weit wird es nicht kommen. Ich habe von diesem Jungen eine Menge gelernt.«

»Das steht mal fest. Fürs Erste solltest du dir immer den Ausweis zeigen lassen, ehe du kleine Jungs mit ins Bett nimmst.«

»Ja, zum Beispiel.« Amanda musste lachen. »Obwohl ich glaube, es würde auch reichen, wenn ich einfach nicht mehr mit Jungs ins Bett gehe, die noch bei ihren Eltern wohnen.«

20

Es war absolut dunkel um sie, und ihr Körper badete in Wärme. Sie schwebte in einem Stahlkokon in Sicherheit. Vollkommen ruhig inmitten von Chaos ... Amanda frage sich, wie es sich wohl anfühlte, wenn sie auf der Sonnenbank masturbierte. Ihre Hand kroch an ihrem Bauch nach unten auf ihr Ziel zu. Ihre rosige Perle, von der sie wusste, wie sehr sie es zu schätzen wusste, wenn Amanda sie mal gehörig polierte, hob sich ihr fast augenblicklich entgegen.

Verdammt! Amanda verharrte mitten in der Bewegung. Sie war ins Solarium gegangen, weil sie für eine kleine Weile Ruhe von ihren beiden großen Aufgaben haben wollte: Einerseits musste sie ein Unternehmen führen, andererseits verbrachte sie einen großen Teil ihrer Zeit damit, sich von einem ihrer fünf Liebhaber den Verstand wegvögeln zu lassen. Sie musste aber ihre Gedanken ordnen, ihre innere Mitte finden und sich auf die Aktionärsversammlung vorbereiten. Dazu gehörte für sie auch eine gesunde Bräune. Das absolut Letzte, was jetzt ihre Aufmerksamkeit brauchte, war ihr Lustknöpfchen.

Da lag der Haken. Liebte einer ihrer Liebhaber sie? Oder liebte sie einen oder eine ihrer Bettgefährten?

Wenn es nicht so war, war dies vor allem ihre eigene Entscheidung? Oder war das so, weil sie tief in ihrem Inneren nicht liebenswert war? Schließlich hatte auch Roger abseits ihrer Ehe etwas anderes gesucht ... und in den Armen einer anderen Frau gefunden.

Auch wenn sie ihre Ausschweifungen in gewissem Maße genoss, hätte sie sich kaum darauf eingelassen, wenn Roger sie nicht auf diese erniedrigende, öffentlich wirksame Art zur Witwe gemacht hätte. So viel stand mal fest! Aber nachdem er sie als schlechte Ehefrau hingestellt hatte – oder nein, noch schlimmer: als lausige Liebhaberin! – und sie zugleich zur Witwe machte, hatte sie jedes Interesse an Monogamie bis auf Weiteres verloren.

Es gab nur zwei Möglichkeiten, diesem Dilemma zu entgehen: Entweder sie lebte zölibatär oder sie nahm sich mehrere Liebhaber. Amanda schmunzelte. An die erste Option hatte sie kaum einen Gedanken verschwendet. Es war einfach herrlich, sexuell so aktiv zu sein. Sie könnte noch mehr Liebhaber haben, wenn sie wollte. Irgendwie war sie zu einer wandelnden Sirene geworden, einer Göttin, die unter Menschen wandelte – eine Kleopatra im Businessanzug. Wenn sie wollte, hätte sie auch schon den Parkplatzwächter und mindestens einen Vertreter haben können. Und dann war ja bald noch die Aktionärsversammlung. Die Kerle sollten sich in Acht nehmen! Allein mit ihrer sexuellen Ausstrahlung konnte sie die allesamt in die Tasche stecken.

Besonders, wenn sie tief befriedigt strahlte.

Stille. Dunkelheit, da die Brille über ihren Augen alles Licht ausschloss. Sie war in diese Hitze eingehüllt.

Erneut fragte Amanda sich, wie es wohl war, auf der Sonnenbank zu masturbieren.

Vergiss es. Eine Frau mit fünf Liebhabern brauchte auch irgendwann mal etwas Erholung. Amanda grinste, während sie ihre Liebhaber durchzählte. Ein riesenhafter Adonis namens Trevor. Rupert und Paul. Und dann waren da noch die Mädchen: Nola und Meg.

Sie hatte nicht mehr allzu oft an Meg gedacht, seit das Mädchen sie angerufen und sich artig für die Blumen bedankt hatte. Ihr Gespräch war nur sehr kurz gewesen. Na ja, Amanda hatte auch nicht so recht gewusst, was sie sagen sollte, und es war nicht Megs Aufgabe, mehr zu sagen als nur Danke.

Wieso nur hatte dieses Mädchen ihr so den Kopf verdreht? Sie hatte wirklich Glück, dass Trevor jenen Abend mit ihr verbracht und ihr den Verstand aus dem Kopf gefickt hatte. Gott, was für ein Mann!

Und was war sie? Eine »Switch«, so hatte Trevor sie genannt. Vielleicht war es die extreme Weiblichkeit, die Meg ausstrahlte und sie so angezogen hatte, die eine ebenso unwiderstehliche Einladung war wie die extreme Männlichkeit, die Trevor verströmte. Das war für jemanden wie Amanda, die im Moment entweder herrisch oder unterwürfig war, einfach zu viel.

Gott, dabei machte es so viel Spaß, die Verführungskunst einer Frau mit der Macht eines Mannes zu kombinieren. Kein Wunder, dass sie fünf Liebhaber brauchte. Amanda runzelte die Stirn. Ach nein, nicht bloß fünf. Sechs. Tom zählte auch dazu. Sie musste aber in Zukunft vorsichtiger sein, und das hieß nicht nur, dass sie sich von der Volljährigkeit ihrer Liebhaber überzeugen musste. Nur weil ihre jungfräulichen Liebhaber bisher immer Männer gewesen waren, hieß das ja nicht, dass der Verlust ihrer Jungfräulichkeit für sie nicht wichtig war. Sie hätte die Probleme mit dem kleinen Herzensbrecher (wobei ja eher sein Herz gebrochen wurde und nicht ihres) kommen sehen müssen. Sie hätte vorsichtiger sein müssen, oder noch besser: die Finger von Tom lassen sollen. Sie hatte im Grunde schon Glück gehabt, weil Rupert und Paul auf ihre Offerten eingegangen waren. Und wie sie Amanda willkommen geheißen hatten! Beide jungen Männer waren ihr in die Hände gefallen und waren voll dankbarem Eifer gewesen. Oder war es eher eifrige Dankbarkeit? Egal, diese ersten Treffen im Schuhladen waren jedenfalls wahrhaft göttlich gewesen.

Erneut fragte Amanda sich, wie es sich wohl anfühlte, wenn sie auf der Sonnenbank masturbierte.

Verdammt noch mal!

21

Amandas Fingernägel schoben sich unter die Kante der harten Wachsschicht, die Nolas Scham umhüllte. »Bereit?«

Das Mädchen nickte, und Amanda riss den Wachsstreifen herunter. Nola quiekte. Das meiste Wachs kam in einem Stück herunter, und Amanda musste nur noch die letzten Stückchen abschälen. »Steh auf und dreh dich um.«

Nola hob ihren Hintern vom Badewannenrand in Amandas Badezimmer und drehte sich zu ihr um.

»Beug dich nach vorne.«

Die Stelle, wo man am leichtesten kleine kurze Härchen vergaß, war der Damm, aber nach Amandas ausführlicher Untersuchung – sowohl mit den Augen als auch mit den Fingerspitzen – fand sie kein vergessenes Härchen. »Siehst du?«, sagte sie. »Das ist doch viel besser, als sich ständig zu rasieren. Es hält außerdem viel länger.«

»Vielen Dank, Ms Amanda.«

»Dreh dich wieder um.« Amanda gab eine kühlende Lotion auf ihre Hand und rieb Nolas nackte, empfindliche und rosig glatte Haut ein. »Ich will, dass du für meinen Gast absolut perfekt bist.«

»Das will ich auch. Ist er ... Hm, ich weiß nicht, wie ich das fragen soll. Aber was ist er für ein Mann, Ms Amanda?«

»Du bist ihm bereits begegnet. Es ist Trevor, der Wachmann, der in unserem Bürogebäude arbeitet.«

»Oh? Das ist ein großer Kerl. Ich wusste gar nicht, dass Sie ihn persönlich kennen.«

»Ich kenne ihn mehr als nur ›persönlich‹«, korrigierte Amanda und lächelte. »Er hat mir sehr geholfen, Nola. Und das meine ich in mehr als einer Hinsicht. Du wirst mein ›Dankeschön‹ an ihn sein, weil du das beste Spielzeug auf der ganzen Welt bist.«

»Danke!« Nola strahlte so breit, dass die wunderschönen Grübchen ihre Wangen noch viel mehr wie Äpfelchen aussehen ließen. »Ich bin noch nie ein ›Dankeschön‹ gewesen.« Sie kicherte. »Das gefällt mir.«

»Das habe ich mir gedacht.« Amanda bestäubte Nolas Schamhügel mit rosafarbenem Talkumpuder und wischte den überschüssigen Puder ab. »Ich kann nicht glauben, dass Trevor und du noch nie …«

»Ach, keine Ahnung. Ich war ja nie nach fünf im Büro, es sei denn …, also Roger …« Sie verstummte, und ihr Gesicht, das noch wenige Sekunden vorher gestrahlt hatte, wirkte merkwürdig umwölkt.

»Es tut mir leid, Nola. Das war gedankenlos von mir.«

»Nein, mir tut's leid, Ms Amanda. Ich hätte Ihnen nie wehgetan, wenn ich gewusst hätte, wie Sie sind.«

»Jetzt ist es auch egal«, sagte Amanda. »Ich weiß, dass nicht du mit ihm im Hotelzimmer warst.«

»Auf keinen Fall! Ich hab ihm immer gesagt, er soll nach Hause gehen. Ins Hotel bin ich *nie* mit ihm gegangen. Ehrlich nicht.«

»Ich glaube dir. Wirklich. Aber sag mal, hast du ihn auch mit anderen Frauen gesehen?«

»Nein. Und das kapiere ich einfach nicht. Wenn er Sie *und* mich hatte, was konnte ihm dann noch fehlen?«

Amanda grinste. »Gute Frage. Siehst du, jetzt ist deine Muschi perfekt. Mach dein Gesicht, und spar nicht beim Make-up, ja?«

Die pinkhaarige Nola schminkte ihre Lider silbern mit weißen glänzenden Highlights. Ihre Lippen wurden in derselben Farbe geschminkt und wirkten ebenso feucht wie die zarte Haut rund um ihre Muschi.

Als Nola fertig war, holte Amanda ein paar rosafarbene Bänder hervor. Sie hatte beschlossen, dass Nola keine Strümpfe tragen sollte. Stattdessen wollte sie ihre schlanken jungen Beine mit den Bändern einschnüren, bis zum Oberschenkel, wo halterlose Strümpfe aufhörten. Ein längeres Band schlang sie um Nolas Hüfte und knüpfte einen Knoten direkt über ihrem Schamhügel. Kleinere Bänder dekorierten Nolas Unterarme. Schließlich knüpfte Amanda noch eine Schleife als Kropfband um Nolas Hals.

»Jetzt bist du ein hübsches rosa Kätzchen, das Trevor streicheln darf«, verkündete Amanda stolz.

Sie nahm Nola mit in ihr Schlafzimmer, in dem Roger noch zu Lebzeiten einige mannshohe Spiegel angebracht hatte. Er hatte es so sehr genossen, sich und Amanda beim Liebesspiel zuzusehen. Der alte verfluchte Scheißkerl.

»Ich bin wie ein Geschenk verpackt!«, quietschte Nola hocherfreut. »Danke-danke-danke!« Sie betrachtete Amanda prüfend von oben bis unten, die noch immer ihren Frotteebademantel trug. »Was werden Sie anziehen, Ms Amanda? Und wenn ich das fragen darf: Wer darf bei wem was machen? Werden wir uns zu dritt auf dem Bett wälzen? Oder werden Sie es vor allem mit ihm tun, und ich werde Ihnen assistieren? Oder machen wir beide es, während er uns zusieht? Oder mache ich es mit ihm, während Sie uns sagen, was wir zu tun haben?«

»Ich vermute, zuerst werdet ihr zwei euch vergnügen, schließlich bist du sein Geschenk. Und danach schauen wir einfach mal, was passiert.« Amanda merkte erst jetzt, dass sie noch nicht darüber nachgedacht hatte, wie sie zwischen einem dominanten Mann und einer submissiven Frau zwischen ihren eigenen Rollen als Herrin und Sklavin hin und her springen sollte. Na ja. Darum kümmerte sie sich, wenn es so weit war. »Er hat ein erstaunliches Stehvermögen«, erklärte sie. »Lass dich von seinem Verhalten bei der Arbeit nicht täuschen. Wenn er nicht im Dienst ist, wird er dominant. *Sehr* dominant sogar, und er mag es sehr, armen Mädchen die kleinen süßen Hintern gehörig zu versohlen.«

Nola strahlte. »Das ist genau der Typ Mann, den ich mag, Ms Amanda.«

»Ich würde dich ihm nicht zum Geschenk machen, wenn es nicht so wäre.«

Jetzt war es für Amanda Zeit, sich fertigzumachen. Sie schminkte ihre Lider mit goldenem und grünem Glitzer, ihre Lippen wurden von einem feucht glänzenden Kirschrot bedeckt. Das war zwar ein kleines bisschen übertrieben, sogar für einen aufregenden Abend, aber nicht annähernd so theatralisch wie Nolas Make-up.

Amanda hatte immer noch nicht entschieden, was sie tragen wollte. Wenn sie sich wie eine Domina kleidete, würde dieses Auftreten mit ihrer Unterwerfung kollidieren, mit der sie Trevor begegnete. Wenn sie sich wie eine Sklavin kleidete, wäre es in Bezug auf Nola unpassend. Sie konnte außerdem kaum mit dem Mädchen konkurrieren. Andererseits wollte sie neben ihr aber auch nicht blass wirken. Keine Herrin, keine Sklavin, keine Hure und auch nicht ganz und gar zahm. Hm, das war schwierig!

Hatte sie nicht kürzlich in der *Cosmo* einen Artikel gelesen, wie man sich so kleidete, dass man vom Büro direkt zum heißen Date durchstarten konnte? Die Autorin hatte empfohlen, man solle verschiedene Schichten anziehen, die man dann nach und nach entblättern konnte, sodass aus einer Frau, die sich tagsüber züchtig gab, am Abend erst eine Tanzmaus wurde, die sich später in eine echte Verführerin verwandeln konnte, wenn sie wollte. Amanda besaß ja auch die hoch geschlitzten Röcke, die in gewisser Weise ähnlich funktionierten, aber sowohl Trevor als auch Nola kannten sie bereits in einem dieser Röcke.

Nun, dann musste sie eben ganz von vorne anfangen. In diesem Fall also mit den Kleidungsstücken, die sie direkt auf der Haut trug. Amanda begann, die Schubladen der riesigen Kommode zu durchsuchen, in denen sie ihre Unterwäsche aufbewahrte.

Es hatte durchaus sein Gutes, Roger los zu sein. Die erotisch verspielten Sachen, die sie im Laufe der Jahre immer wieder gekauft hatte, um ihre Ehe aufregend zu gestalten, waren noch so gut wie neu – und für ihre Liebhaber, egal ob jung oder alt, waren diese Sachen etwas völlig Neues, wenn man mal von dem Netzbody mit passenden Strümpfen absah, den sie für Trevor getragen hatte.

In der mittleren Schublade fand sie eine Korsage, die sie seit Jahren nicht getragen hatte. Als sie sie entdeckte, erinnerte sie sich wieder daran, warum Roger sie gekauft hatte. Die Korsage war sehr beengend, obwohl sie unterhalb ihrer Brüste begann und nur knapp bis über den Nabel reichte. Sie hatte damals den damit verbundenen dezenten Hinweis auf seine Vorliebe für Bondage nicht verstanden. Sein Pech! Wenn er diese Spielart mit ihr hatte erkunden wollen, hätte er eben etwas deutlicher werden müssen.

Die Korsage hatte breite senkrechte Streifen aus goldenem Satin und grünem Samt. Das passte perfekt zu ihrem Make-up. Amandas Taille war zudem immer noch gertenschlank, weshalb ihr die Korsage perfekt passte. Brüste und Hüfte waren üppiger, weshalb sie, wenn die Korsage fest geschnürt war, eine dramatische Wespentaille hatte, die durch die Streifen betont wurde, die von oben nach unten erst schmaler und dann wieder breiter wurden. Das wäre ein guter Anfang.

»Komm, Nola. Hilf mir mal, das anzuziehen.«

Nola machte andächtig »Oh« und »Ah«. Sie zerrte mit so viel Begeisterung an den Schnüren, dass Amandas Taille fest eingeschnürt wurde und schlanker wirkte, als sie mit zwanzig gewesen war. Die Fischbeinstäbe machten es ihr schier unmöglich, sich zu bücken, aber die Hüfte konnte sie frei bewegen.

»Ms Amanda!«, rief Nola. »Jeder Mann, der Sie darin sieht, wird in seine Hose abspritzen, ehe er Sie überhaupt berühren darf.«

»Danke. Dann müssen wir dafür sorgen, dass Trevor mich erst so sieht, wenn er die Hose schon ausgezogen hat, nicht wahr?«

Nola kicherte. »Das überlassen Sie mal mir, Ms Amanda. Ich reiße ihm die Hose in Nullkomma…«

»Du ziehst sie ihm aus, wenn er es will«, unterbrach Amanda sie streng und erinnerte Nola an ihre unterwürfige Rolle an diesem Abend.

»'tschuldigung, Ms Amanda. Ich hab mich wohl hinreißen lassen.«

»Schon in Ordnung. Und jetzt müssen wir uns überlegen, wie wir das hier vor ihm verstecken.«

»Ist doch eigentlich eine Schande, das überhaupt zu verstecken. Können Sie nicht was anziehen, das es zumindest hervorblitzen lässt?«

Amanda dachte einen Moment lang nach. »Weißt du was, Nola? Das ist eine sehr gute Idee. Das müsste ich irgendwie hinkriegen.« Sie führte Nola in ihren begehbaren Kleiderschrank.

»Wow, cool!«, rief die junge Frau. »Sorry. Sie haben nur so wahnsinnig viele tolle Sachen.«

»Eines Tages lade ich dich mal zu einem Mädelsabend ein. Dann darfst du ein paar meiner Sachen anprobieren«, versprach Amanda. »Aber jetzt …« Sie zog einen gepolsterten Kleiderbügel mit einer grünen Samtjacke hervor, die militärisch angehaucht war. Das Grün passte nicht perfekt zum Grün der Korsage, aber die Farben bissen sich auch nicht. Amanda entschied sich für die Jacke vor allem, weil sie sehr kurz war und nur wenige Zentimeter über das untere Ende der Korsage hinausragte. Die Jacke hatte einen Stehkragen und lange, eng anliegende Ärmel. Außerdem wurde sie mit sechs grünen Samtschnallen verschlossen. Wenn sie die Jacke schloss, wurden ihre Brüste etwas zusammengedrückt, aber es war nicht so schlimm, dass sie es als unangenehm empfand.

»Und jetzt noch der Samtrock, der zu der Jacke gehört.« Es war ein leicht ausgestellter Rock, der bis zu ihren Waden reichte und von einem passenden Wildledergürtel gehalten wurde. In wenigen Minuten hatte Amanda mit einer Lochzange ein paar zusätzliche Löcher gestanzt und ein paar Nähte ausgelassen. Jetzt konnte sie den Rock tief auf der Hüfte sitzend tragen, und der Saum reichte fast bis zu ihren Knöcheln. Zum Schluss zog sie halterlose goldene Netzstrümpfe an und ein Paar Goldsandalen mit zehn Zentimeter hohen Bleistiftabsätzen.

»Sie sind so schön!«, seufzte Nola. »So elegant und stilvoll. Ich beneide Sie wirklich um Ihre tolle Figur, Ms Amanda.«

»Danke. Aber du hast keinen Grund, eifersüchtig zu sein. Du hast auch einen hübschen Körper.«

»Er ist ganz okay, aber …« Sie malte mit den Händen eine Sanduhr in die Luft. »Das mögen die Männer einfach viel mehr.«

»Nun, ich finde, du hast einen herrlichen kleinen Körper«, sagte Amanda. »Und dazu ein hübsches Gesicht.«

Die Frauen näherten sich einander. Amandas Fingerspitzen ruhten auf Nolas nackter Hüfte. Sie öffneten die Lippen leicht, doch ausgerechnet in diesem Moment klingelte jemand.

»Das wird der Caterer sein«, erklärte Amanda. »Neben meinem Bett stehen rosa Hausschuhe mit Puscheln. Die sollten dir passen. Zieh sie an, und komm nach unten, sobald der Lieferant weg ist.«

Sie ging nach unten und überwachte die Männer in der weißen Kochkluft, die eine riesige Schüssel mit Eis und zwei Dutzend Austern in der Schale hereintrugen. Dann brachten sie eine Platte mit Belugakaviar und ein halbes Dutzend Teller mit Shrimps und Scampi, die auf ebenso viele verschiedene Arten zubereitet waren. Es gab ein Tablett mit geknackten Krabbenscheren, ein Tablett mit geöffneten Hummerschwänzen und vier verschiedene Brotsorten. Dazu gab es drei verschiedene Salate, eine Auswahl verschiedener Dips, einen Teller mit Zitronenschnitzen auf einem Bett aus Petersilie sowie eine Pyramide aus Brioches, die mit Weinbergschnecken gefüllt waren. Trevor hatte ihr gegenüber mal erwähnt, das Beste daran, wenn man ans Meer fuhr, waren die Meeresfrüchte. Amanda war stolz auf sich, weil sie sich solche Dinge merkte und dann auch umsetzte.

Verflucht! Aber was sollte sie machen, wenn er eigentlich viel lieber die guten alten Muscheln und Wellhornschnecken aß? Nun, jetzt war es zu spät, noch etwas zu ändern. Die Weinbergschnecken waren streng genommen keine Meeresfrüchte und könnten die Wellhornschnecken ersetzen. Eine Schnecke ist eine Schnecke ist eine Schnecke. Oder?

Nachdem Amanda den Köchen ein Trinkgeld in die Hand gedrückt und sie verabschiedet hatte, kam Nola nach unten. Das Mädchen staunte und plapperte nervös, während Amanda derweil auf einem Servierwagen die Getränke vorbereitete. Sie entkorkte einige Weinflaschen und entfernte die Folie und den Draht vom Champagnerflaschenhals. Sie wusste, dass

Trevor ein Weinfreund war, weshalb sie besondere Sorgfalt auf die Auswahl der Weine gelegt hatte.

»Wann komme ich ins Spiel?«, fragte Nola. »Bin ich von Anfang an da, wenn er eintrifft? Oder soll ich irgendwann einfach auftauchen?«

»Ich habe leider nicht daran gedacht, dir eine Torte zu besorgen, aus der du hervorspringen könntest«, neckte Amanda sie.

»Ist schon in Ordnung«, meinte Nola. Sie nahm ihre Herrin beim Wort. »Ich würde danach kleben von der Glasur.«

»Gut mitgedacht«, lobte Amanda sie und musste ein Lachen unterdrücken. Nola glitt schon jetzt in den Zustand völliger Unterwerfung. Es war ein Vergnügen, ihr dabei zuzusehen. »Ich glaube, wir werden es so machen: Den Servierwagen stellen wir in die Küche, und du bringst ihn herein, wenn ich danach rufe. Du kannst uns die Drinks servieren, und dann ...« Suchend blickte Amanda sich im Raum um. »Genau! So machen wir es.« Sie nahm ein riesiges Sofakissen mit goldrotem Bezug vom Sofa und warf es neben den Stuhl, auf dem Trevor Platz nehmen würde, auf den Boden.

»Sobald du uns die Getränke serviert hast, kannst du dich hierher setzen. Er wird dich mit kleinen Bissen vom Tisch füttern, wenn er will, und kann dich einfach berühren – was er auf jeden Fall tun wird. Wenn wir unsere Gläser aufgefüllt haben möchten, kannst du ihm zeigen, wie elegant du bist, wenn du aufstehst und dich wieder hinkniest.«

»Oh ja, das klingt hübsch! Sie denken wirklich an alles, Ms Amanda. Das macht bestimmt riesigen Spaß!«

»Ich würde an deiner Stelle nicht zu viel essen«, riet Amanda ihr. »Er hat harte Oberschenkel. Du wirst wahrscheinlich irgendwann von ihm übers Knie gelegt.«

»Juhu!« Nola schwenkte ihren nackten Hintern und gab sich selbst einen Klaps. »Das gefällt mir!«

Amanda entzündete das Stövchen unter dem Butterpfännchen. Die Türglocke schrillte.

»Das ist er. Rasch in die Küche!«

Amanda hatte Trevor gebeten, leger gekleidet zu kommen. Er trug eine enge Jeans und ein weißes Hemd mit aufgerollten Ärmeln. Er umarmte sie und hielt sie dann auf Armeslänge von sich, um ihr Outfit zu begutachten. »Ich bin beeindruckt, aber das ist nicht gerade das, was du meintest, als du leger gesagt hast, oder?«

»Ich wollte, dass *du* leger kommst. Von mir war nicht die Rede. Ich wollte dir heute für deine Tapferkeit danken.«

»Ich bin schon vollauf zufrieden, wenn ich dich einfach anschauen darf.«

»Schmeichler! Gut, du denkst vielleicht so, aber ich sehe das anders. Du bekommst heute einen ganz besonderen Leckerbissen.« Sie führte ihn ins Esszimmer.

»Hast du dich inzwischen von dem erholt, was in Sophies Haus passiert ist?«, fragte er.

Amanda antwortete darauf, indem sie ihre Hüfte schwenkte.

»Sieht aus, als hättest du dich erholt«, murmelte er.

Als er die Köstlichkeiten erblickte, die sie für ihn aufgetischt hatte, war er ehrlich erstaunt. »Sag mal, wie viele Leute kommen denn noch zu dieser Party?«

»Ich erwarte heute Abend keine weiteren Gäste. Du musst ja auch nicht alles essen, weißt du? Und ich werde auch was davon essen. Setz dich, Trevor.«

Er setzte sich und nahm ein Weinglas. Sein Blick huschte suchend über den Tisch, auf dem keine Flaschen standen. Seine leicht gehobene Augenbraue war eine stumme Frage an Amanda.

»Ach ja, richtig!«, sagte sie. »Die Getränke.« In Richtung Küche rief sie: »Pinkie! Drinkies!«

Verträumt lächelnd rollte Nola den Servierwagen ins Esszimmer.

Trevor pfiff anerkennend. »Das nenne ich mal tollen Service. Noch dazu so hübsch präsentiert.«

Amanda tat so, als nehme sie seine Bemerkung einfach so hin. »Ich dachte, wir trinken Mumm's Carte Classique zu den Austern«, sagte sie. »Und den weißen Burgunder – einen Côte de Beaune, gibt es im Anschluss zu den anderen Köstlichkeiten.« Sie hielt den Atem an und wartete auf seine Reaktion.

»Eine ausgezeichnete Wahl!«

»Ich habe außerdem noch eine Flasche Chopin-Wodka im Tiefkühler, wenn dir das lieber ist?«

»Ein reizender Gedanke, aber den gibt es erst viel später. Vielleicht nachdem ich …«

»Ja, später. Das ist eine gute Idee«, stimmte Amanda ihm zu. Keiner von beiden musste aussprechen, nach *was*.

Trevor nahm die Magnumflasche Champagner aus dem Eiskühler und zog den Korken mit einer einfachen Drehung des Handgelenks aus dem Flaschenhals. Das Ploppen war leise, und kein Schaumwein wurde verschwendet. Nola hielt zwei Champagnerflöten bereit, in die er einschenkte. Nachdem er eingeschenkt hatte, wollte sie ein Glas Amanda reichen, doch er hielt sie auf. Es genügte, dass er die Finger auf ihre nackte Hüfte legte.

»Kopf nach hinten!«, befahl er ihr.

Als sie den Kopf in den Nacken legte, hielt er die Flasche an ihren Hals. »Nicht schlucken.« Er kippte köstlichen Champagner in ihren Mund, bis er ihre Lippen überflutete. »Behalt ihn im Mund.« Seine Zunge leckte den verschütteten Champagner zwischen ihren jungfräulichen Brüsten auf. »Und jetzt bringst du das in deinem Mund und das im Glas zu Ms Amanda.«

Nola umrundete den Tisch. Sie hielt den Kopf in den Nacken gelegt und trat zu Amanda, die ihrerseits den Kopf in Richtung Decke drehte. Nola beugte sich vorsichtig und ganz langsam über sie und ließ den Champagner zwischen ihren Lippen in Amandas wartenden Mund rinnen.

»Hübsch«, bemerkte Amanda, nachdem sie geschluckt hatte.

Nola kehrte auf Trevors Tischseite zurück und sank mit dem Rücken zu ihm auf ihr Kissen. Ihr Nacken ruhte jetzt auf seinem Oberschenkel. Sie legte den Hinterkopf weiter oben auf den Oberschenkel und blickte aus großen Augen direkt zu ihm auf. Diese ausgefuchste Schlampe! Welcher Mann konnte da noch widerstehen?

Amanda drehte ihren Stuhl so, dass sie mehr sehen konnte.

Trevors großer Daumen rieb Nola hinter dem Ohr. Seine kräftigen Finger schlossen sich um ihre Kehle. Amanda stellte sich vor, wie sich das anfühlte; die Bedrohung, die in dieser Bewegung lag. Sie spürte plötzlich überdeutlich den Stoff ihres Rocks, wo sie darauf saß, und rutschte auf dem Stuhl hin und her. Trevors Zeigefinger tippte gegen Nolas Lippen. Sie öffneten und schlossen sich um die Fingerspitze. Amanda stellte sich vor, wie Nola mit der Zungenspitze Trevors Finger reizte.

Sie nahm eine Auster und ließ das glitschige Fleisch über ihre Zunge die Kehle hinabgleiten. Trevor legte zugleich eine Auster zwischen Nolas geöffnete Lippen. Die junge Frau machte eine erotische Vorstellung daraus, wie sie die Auster aß. Sie rieb ihren Nacken an seinem Bein. Wahrscheinlich wollte sie seine Rute spüren.

Amanda grinste. Trevor trug ihn also links, bemerkte sie. Und das Bein, gegen das Nola sich so begierig drückte, war sein rechtes.

Trevor aß und fütterte zwischendurch Nola. Er steckte

kleine Happen von den Scampi und den Shrimps zwischen ihre Lippen, und einmal beugte er sich über sie, um eine Auster von seinem Mund in ihren gleiten zu lassen. Seine große Hand knackte einen Hummerschwanz. Trevor hielt das Hummerfleisch, das er in einem Stück aus der Schale gezogen hatte, über seinen Teller und goss geschmolzene Butter darüber. Als er mit dem glitschigen, fünfzehn Zentimeter langen Stück weißem Hummerfleisch Nolas Lippen berührte, saugte sie es ganz langsam und zugleich gierig ganz in ihren Mund, bis es vollständig verschwand, ehe sie es in einem Stück wieder aus dem Mund gleiten ließ. Trevor schmunzelte. Nola saugte, ließ den Hummer herausgleiten und besorgte es dem Hummerfleisch, als wäre es ein Schwengel.

Jetzt blies Trevor die Kerzenflamme vom Stövchen unter der geschmolzenen Butter aus. Er wartete ein paar Sekunden, ehe er mit einem Finger die Temperatur prüfte. Das Ergebnis stellte ihn wohl zufrieden, denn er ließ die geschmolzene Butter erst auf Nolas einen Nippel, dann auf den anderen tropfen. Sie quiekte, als habe sie Schmerzen, aber keiner ihrer beiden Beobachter ließ sich von ihr täuschen.

Trevor zwirbelte eine buttrige Knospe zwischen Finger und Daumen. Nola wand sich. Amanda fand, sie übertrieb es.

Hatte Trevor eigentlich vergessen, dass sie auch noch da war?

Aber jetzt schaute er über den Tisch zu ihr herüber und fragte: »Ist dir mit der Jacke nicht ein bisschen zu warm?«

Amanda wollte ihm gerade erklären, dass alles in Ordnung sei, als sie das Glitzern in seinen Augen bemerkte. Natürlich! Weil Nola dabei war, dominierte er Amanda nicht über die Maßen. Deshalb war seine Frage in Wahrheit ein Befehl gewesen. »Ich könnte die Jacke aufknöpfen«, bot sie an.

Er nickte.

Absichtlich langsam hakte Amanda die einzelnen Verschlüsse nacheinander auf. Die ganze Zeit beobachtete Trevor sie. Nachdem jedes einzelne Flechtband geöffnet war, klaffte die Jacke ein Stück auf, weil ihre eingezwängten Brüste nach außen drängten. Endlich öffnete sich die Jacke vollständig. Ihre Nippel waren aber noch unter dem Stoff verborgen, weshalb Amanda sich nach der Flasche mit Burgunder vorbeugte. Ihre linke Brust war für ein paar Sekunden in ihrer ganzen üppigen, von einem rosigen Nippel gekrönten Pracht zu sehen.

Trevor grinste zufrieden. »Sehr hübsch. Also gut, Amanda. Komm her.« Er machte eine Pause, ehe er hinzufügte: »Bitte.«

Amanda gehorchte und stellte sich so hin, dass ihre Zehen Nolas Sofakissen berührten. Ihr Rock strich über die Taille der jungen Frau. Trevors rechte Hand zog Amanda zu sich nach unten. Seine Zunge, diese überaus männliche und starke Zunge, drang zwischen ihre Lippen, die sich ihm bereitwillig öffneten. Er drang in ihren Mund ein. Amanda spürte, wie er mit der anderen Hand Nolas Kopf dirigierte, bis Amanda die Lippen und Zähne der jungen Frau um ihren linken Nippel spürte.

Amanda hatte Angst, das Gleichgewicht zu verlieren, zumal die Korsage um ihre Taille sie behinderte. Sie stützte sich mit einer Hand auf dem Tisch ab und hielt sich mit der anderen an der Rückenlehne von Trevors Stuhl fest.

Nola saugte und knabberte an Amandas Nippel und sandte ein heftiges Ziehen durch ihre Brust. Zugleich waren Trevors Finger eifrig mit ihrem Unterleib beschäftigt und öffneten die Schnalle ihres Gürtels. Der Samt glitt über ihre Hüfte und Oberschenkel hinab und bauschte sich auf dem Boden. Jetzt war ihre Scham vollständig nackt. Trevors Handfläche drückte ihre Oberschenkel auseinander. Mit Daumen und Fingern bearbeitete er ihre Schamlippen, und sie spürte, wie sie bei dieser rüden Behandlung anschwoll. Er neckte und reizte sie, aber als sie schwer und für ihn bereit waren, damit er seine riesigen Finger in ihr vergraben konnte, zog er sie einfach zurück.

Amanda konnte schlecht protestieren, solange seine Zunge ihren Mund in Besitz hatte. Durch halb geöffnete Augen beobachtete sie, wie er nach einem weiteren Hummerschwanz suchte und ihn fand. Erneut kippte er geschmolzene Butter über das weiße Fleisch. Und dann ... Oh ja, sie konnte immer darauf vertrauen, dass Trevor sie schockierte. Gott, das war wirklich obszön! Sie spürte das feste, feuchte Hummerfleisch, das sich gegen die geöffneten Lippen ihrer Möse drückte und in sie eindrang. Der Hummerschwanz erfüllte sie, er stopfte ihn ihr mit den Fingern bis zum Anschlag in die Möse. Dann zog er ihn zurück, umschloss den köstlichen Leckerbissen fester und rammte ihn immer wieder mit voller Wucht in sie hinein. Verdammt! Er bumste sie mit einem Hummerschwanz, und Nola sah bei diesem perversen Akt zu, der sich wenige Zentimeter vor ihren Augen abspielte.

Während Trevor sie fickte, fand sein Daumen ihre Knospe, die mehr als bereit für ihn war, und bearbeitete sie. Amanda kämpfte nur kurz gegen den Orgasmus an, der sie erfasste. Aber die Empfindungen und vor allem die Erniedrigung waren einfach zu viel für sie.

Sie kam. Es war ein heftiges einzelnes Zucken, das so heftig war, dass der Hummerschwanz fast fünf Zentimeter aus ihr herausgepresst wurde. Sie erbebte vom Kopf bis zu den Zehen.

Trevor zog Amanda nach oben und gab ihr einen Klaps auf den Hintern. Ihre Hüfte zuckten nach vorne. Nola war mindestens so entsetzt wie Amanda, wenn sie den Ausdruck auf ihrem Gesicht richtig deutete. Jedenfalls dirigierte Trevor als Nächstes Nolas Kopf in Richtung Amandas Möse. Er hielt ihren Hinterkopf unnachgiebig umfasst. »Iss!«, befahl er.

Die junge Frau gehorchte. Sie genoss den Hummerschwanz, der jetzt von der geschmolzenen Butter und Amandas ebenso würzigen Säften gebadet war.

Sobald sie aufgegessen hatte, fragte Trevor Nola: »Das hat dir gefallen, stimmt's?«

Nola blickte zu ihm auf und nickte.

Amanda erkannte, dass das die Wahrheit war. Sie entspannte sich ein wenig und konnte sogar kurz lächeln, als Trevor nicht hinschaute.

Er jedoch schüttelte den Kopf. »Das ist ja wohl ein verdorbenes kleines Flittchen, das du mir hier gebracht hast.«

Amanda zuckte mit den Schultern. Sie war ein bisschen sprachlos.

»Ich glaube, sie muss bestraft werden«, fuhr er fort. »Findest du nicht auch?«

Amanda nickte. Irgendwie war sie dankbar, weil Trevor immer noch so tat, als ob ihre Meinung etwas zählte. Dabei wusste Amanda genau, dass sie in seinen Händen absolut nichts zu sagen hatte.

Nolas Gesicht war verschmiert, während in ihren Augen etwas Schalkhaftes aufblitzte. »Werden Sie mich jetzt züchtigen?«, fragte sie eifrig.

Amanda schnappte zum zweiten Mal an diesem Tag nach Luft. So ein dreistes Mädchen!

22

Amanda bestand nur noch aus Empfindungen.

In diesen Zustand verfiel sie manchmal, wenn der Sex besonders intensiv war. Der rationale Teil ihres Verstands, der in Worten dachte, trat einfach in den Hintergrund, und sie stand in einem Nichts zwischen Gefühlen und Verlangen. Vielleicht war »Verlangen« nicht das richtige Wort. Denn Verlangen verlangte nach etwas. Und in diesem Zustand fehlte ihr nichts. Sie nahm jede Empfindung einfach hin und genoss sie, ohne sie als eine Stufe auf ihrem Weg zur Erfüllung zu begreifen. Später würde das drängende Gefühl wieder einsetzen, das wusste sie. Und sie genoss es, wenn sie zur gegebenen Zeit wieder gierig wurde. Jetzt aber war sie in einem Zustand, in den sie auch auf anderem Wege hin und wieder gelangte: wenn sie sich auf der Sonnenbank entspannte zum Beispiel, oder wenn sie zum ersten Mal auf dem Gipfel eines Berges stand, die dünne Luft einatmete und den Ausblick genoss. Und mehr als einmal hatte sie diesen Zustand für den Bruchteil einer Sekunde erreicht, wenn sie Auto fuhr. Aber meistens gelang es ihr, wenn sie überirdisch guten Sex hatte, der ihr den Verstand raubte. Dieses Gefühl, einfach zu sein und nichts tun zu müssen, außer eben zu sein.

Amanda bestand nur noch aus dieser Empfindung.

Ihre Fersen wurden durch ihre Schuhe hochgedrückt, weshalb auf ihren Ballen zusätzlicher Druck lastete. Ihr Innenspann wurde dadurch ein bisschen gedehnt, ohne dass es sich unangenehm anfühlte. Die kleinen Muskeln in ihren Waden waren angespannt, wie auch die längeren Muskeln ihrer Oberschenkel. Nachdem Trevor sie von der Korsage abwärts entkleidet hatte, war sie sich seltsam bewusst, wie schamlos sie ihre Möse präsentierte. Sie spürte einen kühlen Luftzug, der sich besonders zwischen den erhitzten Schamlippen kalt anfühlte. Ihre Möse fühlte sich dick und gerötet an, und das rosige Perlchen puckerte und war zum Zerbersten gespannt.

Nichts berührte gerade die empfindliche Haut ihrer Scham. Trotzdem war sich Amanda nur allzu bewusst, wie glatt sie dort war. Fast war es, als berührte sie nichts, und dieses Nichts war spürbar und liebkoste sie. Ihre Arschbacken fühlten sich voller, reifer und verletzlicher als sonst an. Das musste an der engen Korsage liegen, die ihre Taille wie eine erotische Rüstung umschlossen hielt. Ihre Taille konnte sie wegen der festen Umklammerung der Korsettstäbe nicht frei bewegen. Merkwürdig, aber was sie fesselte, gab ihr auch ein Gefühl von Freiheit und beschützte sie, weshalb allein dieses Gefühl ihr eine gewisse Sicherheit schenkte.

Amanda bestand nur aus Empfindungen.

Die kurze Samtjacke stand offen. Der weiche Stoff verhüllte nur noch ihre Arme. Mit jedem Atemzug strich der Stoff der Jacke über ihre Nippel. Die Sachen, die Trevor vorhin mit ihr gemacht hatte, hatten sie ins Schwitzen gebracht. Sie spürte eine leichte Feuchtigkeit im Nacken und in den kleinen Kuhlen ihrer Schlüsselbeine.

Mit leicht geöffnetem Mund atmete Amanda ein.

Ihre Nase füllte sich mit dem Aroma der Meeresfrüchte. Ein satter, fleischiger und salziger Geruch, der sie an den Duft von Sex denken ließ. Ihr Mund wurde wässrig. Austern, die wie Trevors Samen schmeckten. Hummerfleisch, das sie daran erinnerte, wie eine Frau schmeckte, wenn sie – oh – so nass war ...

Amanda lauschte und beobachtete.

Ihre Ohren nahmen begierig das Geräusch von Trevors großer Hand auf, die quer auf die glühend rote Haut von Nolas Arsch klatschte. Sie genoss die obszönen, geifernden Laute, die aus Nolas Mund drangen, während sie um Gnade flehte, um im selben Atemzug zu brabbeln, der Mann, der sie so quälte, solle ihr noch größere Schmerzen zufügen.

Amandas Augen erfreuten sich an den unzähligen Farbschattierungen, die auf Nolas Arschbacken erblühten, und sie genoss das Beben, das mit jedem Schlag über die Haut der jungen Frau raste. Sie nahm erfreut zur Kenntnis, wie Nolas Nässe inzwischen die Innenseiten ihrer Oberschenkel flutete. Das Mädchen hatte irgendwie das Band verloren, das um ihre Hüfte geknotet gewesen war, und das um ihren linken Oberschenkel war auch verschwunden. Das um ihren rechten Oberschenkel war inzwischen von ihren Lustsäften durchnässt.

Trevor machte eine Pause. Er hielt Amanda seine Hand hin, und einen Moment lang verstand sie nicht, was er von ihr wollte. Ohne seine Aufforderung wäre sie vollends damit zufrieden gewesen, einfach passiv danebenzustehen und zuzusehen. Aber nach kurzem Zögern legte sie die Hand in seine, und er führte sie. Wenige Zentimeter über dem leuchtenden Rot und Lila von Nolas Arsch verharrten ihre Hände. Amanda spürte die Hitze, die von Nolas Haut aufstieg.

»Heiß, was?«, fragte er.

Einer sadistischen Eingebung folgend räusperte Amanda sich und sagte: »Gib ihr noch ein paar Klapse mehr. Dann wird ihr kleiner verdorbener Arsch noch heißer.«

»Na, was hältst du davon, kleine rosa Nola?«, fragte Trevor.

»Bitte? Bitte, nein, ich meine ... ich glaube ...«

»Du musst sagen: ›Nein, bitte nicht, Trevor‹, wenn du möchtest, dass ich aufhöre«, erinnerte er sie. Dieses Mal hatte er vorher dafür gesorgt, dass sein Opfer mit einem Safeword jederzeit aussteigen konnte. Er hatte die Phrase zudem ein paarmal mit ihr geübt. »Sag es nur, wenn du es wirklich willst.«

Nola wandte ihm ihr tränenüberströmtes Gesicht zu und lächelte ihn tapfer an. »Wenn du willst, dass ich es sage, wirst du mich schon dazu bringen müssen.«

»Du kleine verdorbene Schlampe!« Er hob die Hand und ließ sie wieder auf ihren Hintern niedersausen.

Nola kreischte. Sie ließ den Kopf wieder nach vorne sinken. Amanda blieb die Erinnerung an ihr tränenüberströmtes Gesicht und den schlaffen, sabbernden Mund. In diesem Augenblick konnte sie sich kaum etwas Schöneres oder Begehrenswerteres vorstellen. Sie umrundete Trevor und kniete sich vor Nolas Kopf. Mit beiden Händen umschloss sie die vollen Wangen der jungen Frau und hob ihr Gesicht. Mit der Zunge fuhr sie über Nolas rosige Wangen. Sie leckte die bitteren Tränen auf, die sich mit dem süßen Speichel aus Nolas Mund vermischten. Der Geschmack war einfach unglaublich erregend. Unausweichlich fand Amandas Zunge den Weg zu Nolas geöffnetem Mund und schlüpfte schlangengleich zwischen ihre Lippen.

Trevor gratulierte den beiden. »Ihr seid zwei verdorbene kleine Huren, eine kaum besser als die andere!« Mit diesen Worten schlug er heftiger zu.

Nola riss ihren Mund von Amandas los. Sie keuchte. »Nein, bitte nicht, Trevor! Nicht mehr!«

Sofort hörte Trevor auf. Er hob Nola hoch und schloss sie mit beinahe ehrfürchtiger Vorsicht in die Arme. Seine linke Hand streichelte ihr Haar, mit der rechten umschloss er ihr rotes Gesicht. »Braves Mädchen. Du hast eine Menge ausgehalten. Ich bin wirklich stolz auf dich.«

Amanda spürte einen eifersüchtigen Stich, den sie aber rasch von sich wies. Er lobte sie ja für das Geschenk, das sie ihm gemacht hatte. Seine Bewunderung für Nola war in Wahrheit ein Lob für Amanda. Gerade so als würde er eine Armbanduhr betrachten und sich darüber freuen, die sie ihm zum Geburtstag schenkte.

»Sie hat das sehr gut gemacht«, sagte Amanda, weil sie den beiden zeigen wollte, dass sie nicht im Geringsten neidisch war. Eine so nichtige Empfindung war unter ihrer Würde.

»Ich finde, dieses kleine Flittchen hat sich jetzt eine Belohnung verdient. Meinst du nicht auch, Amanda?«

Amanda fand, dass Nola fürs Erste genug Belohnungen bekommen hatte. Schließlich war die kleine Hexe mindestens dreimal gekommen, während ihr der Hintern versohlt worden war. Amandas Beziehung zu Trevor verbot es ihr allerdings, ihn um dasselbe zu bitten oder sich darüber zu beklagen. Sie lächelte zuckersüß und fragte: »Was möchtest du denn gerne machen, Nola? Oder sollte ich besser fragen: Was sollen wir mit dir machen?«

Auch wenn ihr Hintern dabei empfindlich schmerzen musste, hüpfte Nola auf Trevors Schoß auf und ab. »Ich darf mir wünschen, was ich will?«

»Im Rahmen der üblichen Regeln«, schränkte Trevor ein. »Du weißt doch, es muss sicher, bei klarem Verstand und in gegenseitigem Einvernehmen sein. Und das betrifft beide Seiten. In diesem Fall sogar drei.«

Die junge Frau runzelte nachdenklich die Stirn. »Ich bin es nicht gewohnt, etwas entscheiden zu dürfen, aber ich würde es lieben, deinen Schwanz zu schmecken, Trevor. Er fühlt sich in meinem Mund so gut an. Oh, und Ihre Muschi, Ms Amanda! Die ist absolut lecker. Und ich ... verflucht, aber ich will alles. Ich will auf beide Arten gebumst werden, wenn du verstehst, was ich meine, und meine Nippel sollen gezwirbelt und gekniffen werden, und ... und ich will alles, nur nicht noch mehr Schläge. *Davon* hatte ich heute wirklich genug, vielen Dank.« Sie zögerte. »Nehmt mich auf jede nur erdenkliche Weise. Wie es euch gefällt. Das will ich am meisten.«

»Eine schöne Antwort!« Trevor knabberte an einem Shrimp und tat, als müsse er angestrengt nachdenken. »Zuerst sollten wir uns bei Amanda bedanken. Sie hat uns drei zusammengebracht. Die beste Methode, sich zu bedanken, sind Küsse, will ich meinen. Also ...« Er hob Nola von seinem Schoß und stellte sie auf ihre Füße.

Das Mädchen warf sich in Amandas Arme. Lippen strichen über Lippen so zart wie Satin über Seide. Zwischen Nola und ihr hätte eigentlich Amanda diejenige sein müssen, die sagte, wo es langging, aber im Moment war Trevor der Puppenspieler. Amanda erlaubte sich, ihre sanfte, weiche Seite zu zeigen, wie sie es schon beim Liebesspiel mit Meg getan hatte.

Sie öffneten zögernd die Lippen. Keine forderte, keine bettelte. Beide verschmolzen einfach ineinander. Nolas Geschmack brannte in Amandas Mund, ehe ihre Zungen sich berührten. Zögernd berührten sich die Zungenspitzen, wurden allmählich mutiger und begannen, einen langsamen, sinnlichen Tango zu tanzen.

Zugleich spürte Amanda Trevors Bewegungen im Hintergrund. Sie hörte, wie er seine Kleidungsstücke ablegte und zu Boden gleiten ließ. Dann ein leises Poltern, dem ein zweites folgte, seine Schuhe. Dabei ließ er sie und Nola keinen Moment aus den Augen. Das wusste sie, ohne hinsehen zu müssen.

Nur für ihn legte sie den Kopf etwas nach hinten, damit er die Zwillingsbrücke aus den miteinander ringenden Zungen sehen konnte. Amandas Fingerspitzen glitten an den leichten Rundungen der Brüste von Nola hinab. Amandas Daumen kreisten um Nolas Nippel, die sich ihr hart entgegenreckten.

Ein schlankes, kräftiges Bein schob sich zwischen Amandas Schenkel. Amanda senkte ihren Unterleib darauf nieder und schob ihrerseits ihren Oberschenkel zwischen Nolas Beine. Jetzt rieb sich jede am Bein der anderen, und ihre weiche Scham traf auf harten Muskel.

Ihre Zungen lösten sich voneinander. Sie legten die Köpfe in den Nacken und blickten einander voll ungezügelter Lust an. Amanda spürte ihre dominante Seite, die wieder die Oberhand zu erringen suchte. Sie spürte den Drang, Nola zu Boden zu stoßen und sie einfach zu nehmen. Vielleicht spürte Nola, was in Amanda vorging, denn sie wurde ganz weich. Wenn Trevor nicht in diesem Moment seine muskulösen Arme um beide Frauen geschlungen hätte, wäre Nola einfach zu Boden gesunken.

Er hob beide Frauen mühelos hoch und trug sie, als ob sie kaum mehr als Spielzeugpuppen waren, durch das Wohnzimmer. Brust an Brust gepresst, Bauch an Bauch gedrückt, die Scham aneinanderstoßend und die Beine einander streifend, während die Füße beider Frauen über dem Boden in der Luft hingen, trug er sie zu Amandas großem Ledersofa.

Zunächst ließ Trevor Nola hinabgleiten. Sie kniete sich auf den Teppich. Dann packte er Amandas Hüfte und hob sie hoch. Er setzte sich aufs Sofa, und Amanda hockte nun rittlings auf seinen Schenkeln.

»Ups!«, meinte er. »Jetzt habe ich glatt die geklärte Butter vergessen. Hopp, Nola!«

Das Mädchen krabbelte eilfertig in Richtung Esszimmer. Trevor lehnte sich weiter zurück und rückte Amanda auf seinem Schoß zurecht. Sie saß fast auf seinem flachen Unterleib, die Beine weit über seinen Oberschenkeln gespreizt. Amanda schaute nach unten. Seine mächtige Rute ragte zwischen ihren Schenkeln hervor. Sie musste unwillkürlich an den Umschnalldildo denken, den sie im Büro getragen hatte.

Nola kam mit einem Kännchen geklärter Butter zurück.

»Das kannst du erstmal beiseitestellen«, erklärte Trevor ihr. »Du willst deinen Mund um meinen Schwanz und Amandas Muschi legen? Da sind sie. Mach dich einfach drüber her.«

Das Mädchen kniete zwischen ihre Beine. Sie legte den Kopf leicht schief, während sie scheinbar über Trevors dicken Schwengel nachdachte, der steif in die Höhe ragte und direkt auf Amandas Schatz zu zeigen schien. Nolas Lippen formten ein »O«. Sie legte den Mund um Trevors Rute und riss die Augen weit auf, als frage sie sich, wie ihr kleiner Mund so viel Männlichkeit in sich aufnehmen konnte.

Trevor griff um Amanda herum und packte Nolas Haar. Er zog sie zu sich heran. Seine Schwanzspitze verschwand mit einem leisen Ploppen zwischen Nolas Lippen und sank tief in ihren Mund. Er schob sie von sich weg, und seine Rute kam wieder hervor. Nach etwa einem Dutzend kurzer Bewegungen hob er Nolas Kopf etwas an. Mit dem Zeigefinger schob er seinen Schwengel beiseite, damit er nicht länger den Zugang zu Amandas feucht glänzenden Falten versperrte.

»Lecker«, sagte Nola. Sie streckte die Zunge weit aus, ehe sie sie zwischen Amandas geschwollenen Lippen vergrub.

Amanda schloss die Augen und lehnte sich gegen Trevors breite Brust. Nolas Zunge erkundete sie von einer Seite zur anderen, grub sich tief zwischen ihre Schamlippen und drang so tief in sie ein, dass sie sich hinter Amandas Schambein nach oben vortastete, ehe sie wieder anfing, sie federleicht zu lecken. Das fühlte sich mehr als nur angenehm an, aber es war nicht das übliche Gefühl, das Amanda hatte, wenn es ihr jemand mit der Zunge besorgte. Sie begann, sich nach diesem Gefühl zu sehnen, aber zugleich zwang sie sich, zu warten. Auch wenn Nola es vielleicht nicht bemerkt hatte, ergriff nun Trevor die Initiative.

Mit der freien Hand, die er nicht in Nolas pinkfarbenem Schopf vergraben hatte, spielte Trevor gedankenverloren mit Amandas Brüsten. Er drückte sie, ließ davon ab, zwirbelte die Nippel und fächelte ihnen geradezu spielerisch Luft zu, bis sie sich zu kleinen kribbelnden Erektionen hochreckten. Er leckte ihr Ohr und fuhr mit der Zunge vom Ohr zu ihrem Kiefer.

Hände und Münder erkundeten ihren Körper. Jetzt war wohl der Moment gekommen, da auch sie an diesem Spiel teilnehmen durfte, statt einfach nur herumzulungern, zu spüren, was vor sich ging, und danach völlig fix und fertig zu sein. Dies war der Moment, da das Drängen in ihr wieder erwachte, und mit diesem Drängen stieg auch die Frage in ihr auf, wie viel Initiative Trevor ihr wohl erlauben würde. Sie leckte über ihre Handfläche und griff dann nach Trevors Schwengel, um ihn mit ihrer nassen Hand zu packen.

Nolas Wange drängte Amandas Hand beiseite. Der Mund der jungen Frau saugte kurz an Trevors Eichel, machte einen kurzen Abstecher zwischen Amandas Schenkel und ging wieder zurück. Das fühlte sich ganz gut an, aber Amanda kannte ein besseres Spiel. Sie erhob sich leicht. Ihre Finger führten Trevors Schwengel. Dann sank sie wieder nach unten und pfählte sich langsam mit ihm. Lieber Gott, es gab doch kein besseres Gefühl auf der Welt als das, wenn ein Mann in sie hineinglitt. Zuerst sein dicker Kopf, dann die Wärme, die seine Männlichkeit in ihr verbreitete, während er langsam und unausweichlich ihre Leere ausfüllte. Jetzt waren Trevor und sie eins. Ein einziges sexuelles Wesen, dem Nola dienen durfte.

Trevors Hüfte bewegten sich. Er hob Amanda leicht an und ruckelte mit seinem Schwanz, der Amanda so vortrefflich aufspießte. Amanda setzte sich ein wenig auf, weil sie Nola bei ihrem Spiel beobachten wollte und damit es für Trevor leichter wurde. Die lange, rosige Zunge der anderen Frau nässte Trevors Eier und die fünf Zentimeter von seiner Rute, die nicht in Amandas Muschi steckten. Und noch höher ging ihre Zunge, bis sie über Amandas Klit huschte.

Hm! Das war wirklich gut. Es war die Art Lustbefriedigung, die Amanda stundenlang genießen könnte. Nolas Liebkosungen waren nicht so konzentriert, um Amanda zum Orgasmus zu bringen, aber sie waren so gut, dass ihr Interesse wach blieb. Außerdem bewegte Trevor sich in ihr, damit sie nicht vergaß, dass sie von einem sehr dicken und harten Schwanz gepfählt wurde. Und dabei rieb sein Schwanz ständig leicht über ihren G-Punkt, auch wenn das ebenfalls nicht reichte, um sie vollends abheben zu lassen. Die Zeit dehnte sich, und Amanda schwebte in einem See aus Glückseligkeit. Noch immer war das Drängen nicht so unerträglich brennend, dass sie ihm sofort nachgeben musste. Sie hatten den ganzen Abend Zeit, die ganze Nacht lag vor ihnen und auch noch der nächste Tag. Amanda war bisher einmal gekommen, als Trevor diese obszöne Sache mit ihr und dem Hummerschwanz gemacht hatte. Sie würde an diesem Abend noch unzählige Orgasmen bekommen, Trevor und Nola würden dafür sorgen. Sie hatte keine Eile.

Aber es schien, als sei Nola in Eile. Sie sabberte schon wieder. Ihr Mund schien geradezu fieberhaft über Trevors Damm und hinauf zu Amandas Klit zu gleiten.

Amanda reckte den Hals. Aha! Das war der Grund. Diese kleine läufige Hündin hatte nicht nur ihren beiden Herren gedient, sondern sich zugleich auch befingert. Sie musste ihrem Höhepunkt schon ziemlich nahe sein. »Du darfst jetzt kommen, Nola«, erklärte Amanda ihr gebieterisch.

Als hätte sie nur auf dieses Signal gewartet, schluchzte die pinkhaarige junge Frau erstickt auf, fiel nach hinten und rammte sich die Finger tief in ihre Möse. Sie drückte ihr Kreuz durch und schrie laut.

»Was für ein Orgasmus«, flüsterte Trevor in Amandas Ohr.

»Spektakulär«, stimmte sie zu. »Möchtest du auch einen? Ich meine, einen Orgasmus.«

»Mir geht's grad ganz gut.«

»Was wäre, wenn du dich keinen Zentimeter bewegen müsstest? Wenn du einfach daliegen könntest, während ich mich deiner annehme?«

»Das wäre nett.«

Die steifen Fischbeinstäbe gruben sich unterhalb ihrer Brüste tief und schmerzhaft in Amandas Fleisch. Trotzdem schaffte sie es irgendwie, sich weit nach vorne zu beugen. Sie umfasste ihre Fußgelenke. Nola hatte Trevor also mit ihrem konvulsiven Orgasmus beeindruckt. Sie hatte ihm etwas vorgemacht, hatte eine Show abgezogen. Amanda reckte ihren Arsch in die Höhe, und ihre Möse ließ Trevors Schwengel fast bis zur Spitze los. Dann senkte Amanda sich wieder hinab und pfählte sich mit ihm, ehe sie den Arsch wieder hochreckte. Schon bald fand sie in einen Rhythmus, den sie beibehalten konnte. Ihre Hüfte kreiste. Sie benutzte Trevors Eichel, um ihren G-Punkt zu massieren. Sie drehte und wand sich auf seiner harten Rute. Die Muskeln in ihrem Unterleib begannen vor Anstrengung zu schmerzen, aber es war ein guter Schmerz. Auf ihrer Stirn brach Schweiß aus, und zwischen ihren Brüsten rannen Schweißtropfen herab.

Nola hatte Amandas Tun mit großer Bewunderung beobachtet. Jetzt kroch sie über den Boden und kletterte aufs Sofa. Amanda konnte sie nicht sehen, aber sie hörte, wie das Mädchen Trevors Brust küsste. Sie wusste, er würde die junge Frau nicht küssen, solange er sie nicht wie eine Gliederpuppe benutzt hatte – und das hatte er bisher nicht getan.

Amanda fühlte sich angespornt und verdoppelte ihre Anstrengungen. Sie spannte ihre Muskeln immer schneller an und verschwendete keinen Gedanken mehr an ihre eigene

Lust. Ihr ganzes Sein war nur auf Trevors Höhepunkt konzentriert. Sie fühlte sich verpflichtet, ihm diesen Orgasmus zu schenken.

Es war merkwürdig, aber ihre selbstlosen Bemühungen wurden mit einem kleinen, herrlich heftigen Orgasmus belohnt.

Aber verdammt! Trevor war immer noch nicht gekommen, und allmählich wurde sie von der Anstrengung lahm. Amanda atmete tief durch. Trevor durfte nicht ihretwegen unbefriedigt bleiben. Vielleicht hatte sie noch genug Energie, um sich zu ihm herumzudrehen und ihm den Schwanz leerzulutschen?

Ehe sie all ihre Kraft zusammennehmen konnte, packten Trevors große Hände ihre Hüfte und hoben sie hoch. Sie baumelte einfach in der Luft, den Kopf zwischen den Knien eingeklemmt. Sein Gesicht vergrub er zwischen ihren Arschbacken und bewegte es in rascher Folge hin und her, bis sie gespreizt waren. Dann umspielte seine starke Zunge den Ringmuskel ihres Anus. Er hatte vermutlich schon vorher mit dieser Absicht Spucke im Mund gesammelt, denn sie spürte, wie etwas Warmes und Feuchtes auf ihr Arschloch tröpfelte.

Nola glitt vom Sofa und hockte sich vor Amanda auf den Boden. Sie gab flüssige Butter auf ihre Hand und griff zwischen Amandas baumelnden Brüsten nach Trevors hartem Schwengel, den sie mit der warmen Schmiere badete.

Oh! Das hatte er also vor.

Nola hielt Trevors Schwengel hoch, als er Amanda auf sich senkte. Ihr Hintereingang war feucht, sein Schaft ordentlich gebuttert. Und sie war vollkommen entspannt. Sie spürte kaum Widerstand, als seine riesige Schwanzspitze sich langsam in ihr vergrub, an ihrer runzligen Öffnung vorbei tief in den engen, muskulösen Tunnel, der vor gar nicht allzu langer Zeit noch ein verbotener Ort war.

Als sie auf seinem Schoß saß, drückte ihr Steißbein gegen sein Schambein. Er zog sie an sich, bis sie gegen seine Brust lehnte, und Trevor umarmte sie. Seine Füße standen auf dem Boden, sein Rücken lehnte an der Rückenlehne des Sofas. Mehr brauchte er nicht, denn jetzt hob er seine Lenden wie zu einer Brücke und bumste Amanda mühelos in den Arsch.

Sie hob beinahe ab. Und obwohl diese Empfindungen sie tief erschütterten, konnte sie beobachten, wie Trevor Butter über Nolas rechte Hand kippte. Was kam jetzt?

Oh nein! War das möglich? Trevors Schwanz füllte sie schon völlig aus, und es fühlte sich an, als wären ihre Organe beiseitegeschoben, um ihm Platz zu machen. Er erwartete doch wohl nicht von ihr, dass sie mehr in sich aufnahm als sie ohnehin schon tat?

Doch, genau das erwartete er von ihr.

Nola streckte die Zunge aus, und als ihre Herrin das nächste Mal nach oben schnellte, zuckte sie über Amandas Klit. Das fühlte sich gut an, aber was Amanda Sorge bereitete, war, wie Nola ihre Schamlippen liebkoste, sie weit spreizte und dann zwei (oder waren es drei?) Finger in sie hineinschob.

Trevor verharrte. Amanda lag völlig hilflos auf ihm, aufgespießt durch seinen Schwengel, während seine Hände ihre Hüfte umfasst hielten. Nolas Finger arbeiteten sich tief in sie vor, dann kamen sie wieder heraus. Als sie die Finger erneut in Amanda vergrub, spürte sie, dass auch der Daumen und der kleine Finger in ihr waren. So hatte Meg es Amanda beigebracht. Nola grub sich tief in Amandas Möse und dehnte sie, wie Amanda nie zuvor in ihrem Leben gedehnt worden war. Der Druck wurde unerträglich, aber zugleich fühlte es sich einfach großartig an. Amanda hielt den Atem an und versuchte, ihre inneren Muskeln zu entspannen, aber sie hatte Angst. Wenn nicht schon der Schwengel in ihrem Arsch gesteckt hätte, wäre es vielleicht möglich gewesen, diese überwältigenden Gefühle zu ertragen, die ihr durch Nolas Hand aufgezwungen wurden.

Trevors Stöße nahmen Fahrt auf. Er knurrte. Sein Höhepunkt war nah.

Amanda schloss ihre Hand um Nolas Handgelenk, damit sie aufhörte, sich tiefer in Amandas Möse vorzuarbeiten.

Trevor hob ihr seine Hüfte entgegen. Diesmal drang er noch tiefer in sie ein, ehe er wieder aufs Sofa sank. Er explodierte in ihr und flutete Amandas Tunnel mit seinem kochend heißen Samen. Er ließ ein Heulen hören, ehe er unter ihr zusammenbrach.

»Kartoffel!«, schrie Amanda sofort.

Trevor grinste erschöpft.

»Hör auf«, fügte sie an Nola gewandt hinzu.

Langsam zog Nola ihre Hand aus Amanda heraus. Sie grinste, als sie Amandas schweißüberströmtes Gesicht sah. »Ich glaube, er ist fertig.«

Amanda schaffte es irgendwie auch zu lächeln. Sie schaffte es irgendwie, Trevors schlaffen Penis aus sich herausgleiten zu lassen, und sagte: »Ja. Ich denke, ich werde mich einfach ein bisschen mit ihm auf dem Sofa einrollen.«

»Was soll ich machen?« Nola legte den Kopf auf die Seite – das fand Amanda immer sehr rührend.

»Süße, wie wär's, wenn du uns eine Decke und ein paar Kissen holst?«

»Klar! Und dann räume ich die Küche auf, während ihr schlaft. Ist das in Ordnung?«

»Dummes Ding«, murmelte Amanda. Sie gähnte und kuschelte sich in Trevors Armen auf die Couch. Kurz bevor sie wegdämmerte, fragte sie sich, ob sie geschlafen hatte, als sie sich dieses eifrige, talentierte und energiegeladene Mädchen für alles erträumt hatte. Wenn es so war, dann war Nola wohl ein wahrgewordener Traum mit rosa Zuckerwattehaar.

23

An einem Montag kam Eggerdon um sieben nach neun in Amandas Büro geflattert. In seiner zitternden Hand hielt er einen Briefumschlag.

»Was ist das?«, fragte sie.

Er wedelte mit dem Umschlag. »Unsere Mrs Carrey ... Sie hat gekündigt.«

»Oh? Wie lange bleibt sie noch?«

»Zwei Wochen. Nicht ganz zwei Wochen.«

»Warum nicht ganz zwei Wochen? Ich meine, wie lange genau bleibt sie denn noch?«

»Sie hat mit zwei Wochen Frist gekündigt, aber ihr bleibt noch eine Woche Resturlaub, die sie auch nehmen wird. Bleibt also nur noch eine Woche.«

»Das ist aber wirklich wenig Vorlaufzeit«, räumte Amanda ein. »Wen haben wir, der ihre Aufgaben übernehmen könnte?«

»Niemanden. Und es wird dauern, jemand Neues einzustellen. Auf jeden Fall länger als eine Woche.«

»Was ist denn früher passiert, wenn sie mal Urlaub gemacht hat?«

»Wir haben einen Monat vorher gemeinsam daran gearbeitet, die Löhne fertigzumachen, und sie hat die Zahlungen termingerecht angewiesen. Und wenn sie wiederkam, konnte sie die Stundenkräfte und Teilzeitkräfte noch problemlos im laufenden Monat bearbeiten. Zumindest, wenn sie am Anfang des Monats ihren Urlaub nahm. Und darauf hat sie immer akribisch geachtet.«

»Dann haben wir noch einen ganzen Monat Zeit, ehe die Katastrophe über uns hereinbricht.«

Seine Miene hellte sich auf. »Ich glaube, Sie haben recht!«

Wieder half Amanda ihr guter Spürsinn. Erst an diesem Morgen hatte sie in der *Financial News* einen Artikel gelesen, wie effizient es wäre, die Lohnbuchhaltung auszulagern. Darum erklärte sie Eggerdon: »Wir werden die Arbeiten der Personalabteilung einfach extern vergeben. Es gibt viele Unternehmen, die sich darauf spezialisiert haben. Das sollte uns sogar Vorteile bringen. Diese Unternehmen, die für andere die Lohnbuchhaltung übernehmen, repräsentieren Dutzende Beschäftigte und nicht nur einen. Ich überlasse es Ihnen, Angebote einzuholen und uns einen neuen Dienstleister zu besorgen.«

»Ich werde Sie nicht im Stich lassen, Ms Garland.«

»Das weiß ich. Mr Eggerdon?«

»Ja?«

»Mrs Carrey muss schon länger gewusst haben, dass sie uns so im Stich lassen wird. Was glauben Sie, warum sollte sie das tun?«

Er wirkte verlegen. »Sie ... Also, sie und Sophie Sharpe sind immer sehr gut miteinander klargekommen.«

»Ach, wirklich? In dem Fall lassen Sie Mrs Carrey vom Wachdienst aus dem Gebäude begleiten. Sie sollten außerdem mal die Bücher von Mrs Carrey überprüfen lassen.«

Eggerdon wirkte ehrlich entsetzt. »Sie wollen doch nicht etwa andeuten ...?«

»Ich deute gar nichts an. Machen Sie es trotzdem.« Sie zögerte und dachte nach. »Wenn Sie den Vertrag über die externe Lohnbuchhaltung unterzeichnen, formulieren Sie ihn so, dass Sophie Sharpe kein Schlupfloch bleibt, um Mrs Carrey wieder einzustellen, falls es ihr gelingt, mich zu schlagen. Oder machen Sie es ihr zumindest verdammt schwer.«

»Ich verstehe. Ich stehe in der Sache hundertprozentig hinter Ihnen«, versicherte er.

»Ich weiß.« Sie tätschelte seine faltige Wange. »Es ist nur noch gut eine Woche bis zur Aktionärsversammlung, und dann wird dieser Druck endlich abnehmen, egal wie die Sache ausgeht.«

Er war bedrückt.

»Nur für den Fall«, fuhr Amanda fort, »dass es nicht gut ausgeht, sollten Sie schon mal eine Absichtserklärung für mich formulieren, ja? Sie sollte Ihnen Ihren Job garantieren, außerdem sollte eine inflationsgekoppelte Steigerung Ihres Gehalts aufgeführt sein, bis Sie in Rente gehen. Machen Sie diesen Vertrag hieb- und stichfest, damit jeder meiner Nachfolger, wie zum Beispiel die liebe Sophie, Sie unmöglich vor die Tür setzen kann.«

»Das ist aber überaus großzügig von Ihnen.« Er sah aus, als sei er den Tränen nahe.

»Das ist doch nichts. Sie sind ein guter Mann, Eggerdon. Solange ich für Forsythe Footwear die Verantwortung trage, möchte ich mit Ihnen zusammenarbeiten. Sollte es Sophie gelingen, mich rauszuekeln und hier das Ruder zu übernehmen, sollten Sie keine Repressalien fürchten müssen, nur weil Sie mit mir zusammengearbeitet haben.«

Amanda folgte Eggerdon aus ihrem Büro. Nola war heute ziemlich mutig. Sie war ganz im japanischen Mangastil gekleidet. Ihre wilden Haare hatte sie zu mehreren Zöpfen auf dem Kopf arrangiert, und sie trug eine japanische Schulmädchenuniform mit einer nachlässig gebundenen Krawatte und einer durchsichtigen Bluse, die keinen Zweifel daran ließ, wo ihre Nippel sich unter dem Stoff abzeichneten. Dazu trug sie einen Faltenrock, der knapp fünfzehn Zentimeter über ihren rotweiß geringelten Overkneestrümpfen endete. Schwarze flache Schnallenschuhe komplettierten ihr Outfit.

»Das ist ja mal weniger als nichts, was du da anhast. Such Rupert und Paul, ja? Sie sind nicht in ihren Büros.«

Das Telefon klingelte.

»Soll ich erst noch rangehen, ehe ich die beiden suche?« Nola war inzwischen noch mehr darauf bedacht, Amanda zu gefallen. Dass sie Nola an Trevor verschenkt hatte, erwies sich im Nachhinein als Glücksfall.

»Nein, ich nehme das Gespräch in meinem Büro an.« Amanda scheuchte das Mädchen mit einer Handbewegung weg und verschwand in ihrem Büro. »Amanda Garland am Apparat.«

»Hi Ms Garland, hier ist Meg.«

Sie hätte Megs Stimme sofort erkannt. In ihrem Bauch breitete sich ein aufgeregtes Flattern aus. Zugleich war Amanda etwas schuldbewusst. »Tut mir leid, dass ich mich nicht gemeldet habe, Meg. Zuletzt war es hier ziemlich chaotisch.«

»Ist schon in Ordnung. Es ist nur ... Also, Ms Sharpe kam heute Morgen hier vorbei. Sie sagte, sie wolle kurz vor Ladenschluss zurückkommen, um die Geschäftsbücher einzusehen und so. Ich glaube nicht, dass sie das darf. Oder?«

»Auf keinen Fall. Sie hat im Unternehmen keinerlei Befugnisse mehr.«

»Na ja, sie meinte, es wäre das Beste, wenn ich tue, was sie mir sagt, und ich den Mund halte. Aber ich dachte, es sei besser, wenn ich Sie anrufe.«

»Danke für deine Loyalität, Meg. Ich komme nach der Arbeit vorbei und ... oder nein, ich habe eine bessere Idee. Ich bitte den Mann vom Werkschutz, bei dir vorbeizuschauen. Er wird dafür sorgen, dass du keine Probleme bekommst. Sein Name ist Trevor.«

»Wie erkenne ich ihn?«

»Oh, du wirst ihn erkennen, keine Sorge.«

Sofort im Anschluss rief Amanda Trevor an. Wenn sie die

Hintergrundgeräusche richtig deutete, schien er gerade mitten in einer Karatestunde zu sein. Aber er versprach Amanda, er sei früh genug fertig und könne kurz vor Ladenschluss in der Filiale sein, die Meg leitete.

»Ich würde es wirklich sehr begrüßen, wenn du Meg für mich beschützen könntest«, betonte Amanda, obwohl das gar nicht nötig war.

»Ich mache alles für dich.« Trevor schmunzelte. »Wie geht's deinem kleinen zuckerwattehaarigen Haustier?«

»Sie ist mir noch ergebener als sonst. Das habe ich dir zu verdanken. Möchtest du sie noch mal haben?«

Trevors Antwort überraschte sie. »Nicht sofort.«

»Ach, nicht?« Amanda war etwas enttäuscht. Es war so, als habe sie sich große Mühe gegeben, eine Uhr für ihn auszusuchen, die er dann nicht trug. »Ist sie nicht dein Typ?«

»Alle Frauen sind mein Typ«; gab er zurück. »Natürlich einige mehr als andere. Es ist nur ...«

Er wurde von einem knappen Ruf unterbrochen. Das Wort war fremdländisch, und auch der Sprecher klang, als sei das eher seine Muttersprache.

»Oje, ich störe dich beim Unterricht, tut mir leid. Danke, dass du mir hilfst.«

»Es ist mir ein Vergnügen«, antwortete er und legte auf.

Nola kam in ihr Büro gestürmt. Ihre Haarbänder hatten sich gelöst. »Oh. Mein. Gott.« Schlitternd kam sie vor Amandas Schreibtisch zum Stehen.

»Was ist los?« Amanda hing in Gedanken noch ihrem Gespräch mit Trevor nach und riss sich davon los. Die junge Frau war rot im Gesicht und hüpfte nervös vor dem Schreibtisch auf und ab.

»Wissen Sie, Miss Amanda, es ist so: Sobald Sie mit von der Partie sind, gibt es für jeden genug Leidenschaft.« Sie kicherte. »Zum Beispiel haben Sie mich mit Trevor geteilt, und wir beide haben uns Rupert geteilt, und dann haben wir uns noch mit Rupert und Paul vergnügt. Ich habe da lange drüber nachgedacht. Sie sind ... wie ein Katalysator der Liebe. Sie machen jeden in Ihrer Umgebung noch heißer, ohne sich selbst zu verbiegen.«

Amanda wusste nicht, was es hieß, sich nicht zu verbiegen, aber sie erwiderte: »Ich verstehe das mal als Kompliment. Aber was ist denn los? Gibt es etwas, das du mir sagen willst?«

Nola beugte sich vor. »Wenn wir schon von denen reden, die Sie zusammenbringen ... Also, raten Sie mal, warum Paul und Rupert nicht ans Telefon gehen.«

»Erzähl.« Erneut verspürte Amanda ein leises Flattern.

»Also ...« Nola genoss es offenbar, in Amandas Aufmerksamkeit zu baden, und versuchte, diesen Zustand möglichst lange aufrechtzuerhalten. »Der Lagerraum hat früher zum Einkauf gehört. Dann wurde er abgetrennt, indem man einfach eine Korkwand einzog.« Ihre Stimme wurde zu einem Flüstern. »Nur Paul und Rupert benutzen den Raum bis heute. Und es gibt eine Stelle, wo man hineingucken kann.«

»Sprich weiter.«

»Als ich gesehen habe, dass sie nicht an ihren Plätzen sind, habe ich durch das kleine Guckloch in der Wand geschaut. Paul und Rupert sind in dem Lagerraum – und sie küssen sich.«

Amanda nickte. »Während der Arbeitszeit.«

»Oh!« Nolas gute Laune war schlagartig wie weggeblasen. Sie war so sicher gewesen, dass Amanda an ihrer Geschichte Gefallen finden würde.

»Ich bin mir nicht sicher, ob das so eine gute Idee ist. Was haben sie noch gemacht?«

»Nichts sonst. Also, nicht viel. Oh, Ms Amanda! Ich wollte die beiden doch nicht in Schwierigkeiten bringen!«

»Das wollen wir doch mal sehen«, sagte Amanda. Sie stand auf und strich ihren Rock glatt. »Ich bin gleich zurück. Du machst dich derweil wieder an die Arbeit.«

Dank Nolas freigiebiger Beschreibung fand Amanda problemlos das Guckloch. Sie spähte in die Dunkelheit des Lagerraums dahinter, in dem kein Licht brannte. Oh ja, da war Paul. Er war der Größere von beiden, wenngleich er Rupert nur um wenige Zentimeter überragte. Jetzt sah sie auch Rupert. Er schüttelte den Kopf. Sie konnte nicht hören, was er sagte, aber obwohl er anscheinend Nein sagte, kam er näher und küsste Paul.

So standen sie beisammen, die Arme hingen herab, während sie sich gierig küssten. Amanda fragte sich, wie lange sie weiterhin den Mund des anderen verschlingen konnten, ohne einander berühren zu wollen.

Paul war der Erste, der die Hand hob und Ruperts Wange streichelte. Daraufhin erschauerte Rupert am ganzen Körper.

Dann waren seine Hände plötzlich an Pauls Schritt, und er begann, an seinem Gürtel zu zerren. Ungeschickt versuchte er, ihn zu öffnen.

Oh Gott. Zuerst war sie irritiert gewesen, aber jetzt erkannte sie, dass sie in Wahrheit eifersüchtig war! Als die beiden Männer ihrer Gnade ausgeliefert waren, während sie gefesselt und mit verbundenen Augen auf den Bürostühlen gesessen hatten, hatte sie absichtlich dafür gesorgt, dass die beiden Männer nichts miteinander machten. Obwohl es ja durchaus möglich gewesen wäre, ihren eigenen Umschnalldildo durch einen richtigen Schwengel zu ersetzen. Sie hatte darauf verzichtet, weil sie gefürchtet hatte, die Männer zu etwas zu drängen, wofür sie noch nicht bereit waren. Und jetzt das! Sie hungerten ja geradezu nach der Berührung des anderen!

Paul legte seine Hand auf Ruperts. Er machte einen Schritt zurück und öffnete selbst seine Hose und nickte stumm, damit Rupert seinerseits dasselbe tat. Obwohl die weißen Hemden Amandas Sicht behinderten, wusste sie, dass beide Ruten hart waren. Sobald beide Männer sich wieder aufrichteten, standen sie nah voreinander. Wie Gegner – gleich starke Gegner. Oder zumindest wie Gleichgesinnte.

So musste es sich auch für die alten Griechen angefühlt haben, wenn sie sich der Knabenliebe hingegeben hatten. Nicht Perverses oder Böses verband sie, nur dieses Gefühl, unter Ihresgleichen zu sein. Wie es auch für Meg und sie gewesen war.

Sie blinzelte. Rupert und Paul küssten sich jetzt wieder. Schüchtern und liebevoll wie Mädchen. Zugleich begaben sich ihre Hände auf Wanderschaft, und beide packten nach der Unterhose des anderen. Hände verschwanden in Hosen, und kurz umfassten sie einander so zärtlich, so intim, dass Amanda von ihrem Guckloch aufsah.

Wie hätte es ihr denn gefallen, wenn jemand heimlich dabei zugesehen hätte, wie Meg und sie einander liebten? Und wenn diese Person ihr Chef gewesen wäre?

Auf ihrem Weg zurück ins Büro winkte sie Nola, ihr zu folgen. Das dumme Mädchen sah aus, als habe es geweint.

»Hör auf zu heulen. Sie sind nicht in Schwierigkeiten.«

»Echt nicht? Ich dachte …«

»Ich bezahle dich nicht fürs Denken.« Hastig korrigierte sie sich. »Okay, natürlich bezahle ich dich auch fürs Denken. Aber du musst nicht jede meiner Handlungen vorhersehen. Diese beiden Jungs – diese *jungen Männer* – arbeiten hart genug für mich. Wenn sie ein paar Augenblicke für sich sein wollen, dürfen sie das.«

»Das habe ich auch gedacht. Ich meine, also … Was ich gedacht hätte, wenn ich denken sollte.«

»Du sollst doch denken, Nola. Ich habe das falsch ausgedrückt. Und jetzt mach dich wieder an die Arbeit. Kein Wort zu den beiden, verstanden? Wenn sie uns davon erzählen wollen, werden sie das früher oder später tun.«

»Ja, Ms Amanda. Ich bin nur ein bisschen überrascht, weil Rupert mir nie etwas von seinen Neigungen erzählt hat.«

»Hm. Redet ihr zwei viel miteinander?«

»Hmhm. Ein bisschen.« Nola nestelte nervös an ihrem Rock herum, als fürchte sie, schon wieder zu viel gesagt zu haben.

»Dann macht das auch weiterhin«, sagte Amanda. »Und jetzt mach die Tür hinter dir zu.«

Sobald sie alleine war, ermahnte Amanda sich. Sie musste sich zusammenreißen! Was war denn dabei, wenn ihre Lustknaben und ihre Gespielin sich miteinander vergnügten, wenn sie nicht dabei war? Alle drei waren ihr hörig. Wenn sie mehr wollte, konnte sie Trevor haben, und dann gab es noch Meg, die ihr ebenbürtig war. Vielleicht musste jeder irgendwann jemanden finden, der ihm ebenbürtig war. Ja, das klang plausibel.

Aber warum tat es dann so schrecklich weh?

24

Sie hatte an alles gedacht, stellte Amanda zufrieden fest. Alles fiel an seinen Platz wie die präzisen Einzelteile einer ausgeklügelten Maschine. Filiale 22 von Forsythe Footwear verkaufte während des kettenweiten Ausverkaufs am besten von allen Läden. Nach nur wenigen Wochen hatte der Filialleiter die Einkaufsabteilung geradezu darum angefleht, ihm mehr Ware zu liefern, egal was. Der Laden lag in einem heruntergekommenen Einkaufszentrum, das von riesigen Wohnblöcken mit billigen Wohnungen umgeben war. Außerdem waren zwei Krankenhäuser und ein Altenheim in der Nähe.

Krankenschwestern kamen in Scharen aus den Kliniken, um die praktischen, radikal reduzierten Gesundheitsschuhe zu bekommen, und die meisten nahmen bei der Gelegenheit auch noch ein Paar modische Schuhe mit. Und das alles zu dem Preis, den sie gewöhnlich für ein Paar flache, schlichte weiße Gesundheitsschuhe bezahlten. Die alten Damen aus dem Seniorenheim rissen sich jedes einzelne Paar der orthopädischen Schuhe und die »vernünftigen« Modelle unter den Nagel und verlangten nach mehr. Singlemütter aus den Plattenbauten waren hoch erfreut, weil sie Schuhe »für gut« zu den Preisen kaufen konnten, die sie sonst für ein Paar Sneaker ausgaben, und zur Überraschung aller entschieden sie sich oft für die aufregenderen, modischeren und eleganteren Modelle. Als Amanda darüber nachdachte, ergab das für sie durchaus Sinn. Schließlich hatten die jungen Frauen mit Kindern mehr gute Gründe, sexy aussehen zu wollen, damit sie einen neuen Partner bekamen – jedenfalls noch mehr als die kinderlosen jungen Frauen.

Als noch vier weitere Filialen nach und nach ihren Lagerbestand auf unter dreißig Prozent der Anfangsbestände reduziert hatten, schloss Amanda die Läden für eine kurze Zeit. Das wollte sie in Zukunft mit allen Filialen machen, sobald der Lagerbestand entsprechend reduziert war. Der Belegschaft blieben dann noch ein paar Tage, um alles zusammenzupacken, und dann wurden die Reste in einen LKW verladen und zu Filiale Nr. 22 gekarrt. Die Vollzeitkräfte bekamen ein paar Tage bezahlten Urlaub, bis die Läden für die Wiedereröffnung neu bestückt und renoviert waren.

Heute stand Megs Laden auf der Liste und sollte für einige Tage geschlossen werden. Amanda hatte sich fest vorgenommen, mit Meg darüber zu reden, damit sie sich mit dem Arrangement wohl fühlte und sicher war, dass sie ihren alten Job wieder aufnehmen konnte, sobald der Laden wieder öffnete. Sie hatte von Meg kein Wort mehr gehört, seit die junge Frau sie angerufen und um Schutz vor Sophie Sharpe gebeten hatte. Aber Amanda machte sich keine allzu großen Sorgen. Trevor war Sophie mehr als überlegen, auch wenn sie wirklich ein ziemlicher Dragoner war.

Außerdem hatte Amanda ein paar alte Freunde aus ihrer Zeit beim Amateurtheater wieder aufgetrieben. Sie hatte einen Elektriker und einen Bühnenbildner zur Hand, die nach Feierabend gern für sie arbeiteten und die leeren Läden auf Vordermann brachten. So gelang es ihr, die Kosten niedrig zu halten. In den Läden mussten vor allem lange Reihen mit Spiegeln unterhalb der Decke angebracht werden, um den Räumen die Illusion von mehr Größe zu geben. Eine weitere Spiegelreihe gab es auf Fußhöhe. Damit sollten die Kunden ermutigt werden, sich ganz auf ihre Füße und die neuen Schuhe zu konzentrieren. Die kitschigen alten Kulissen in den Schaufenstern wurden herausgerissen und durch burgunderroten Samt ersetzt. Die billigen Neonröhren kamen auch weg, und stattdessen gab es nun in der Decke versenkte Spotlights, die den Räumlichkeiten etwas Dramatisches verliehen. Einige einzelne Scheinwerfer bewegten sich hin und her, was an die Beleuchtung in einem hippen Club erinnerte. Schließlich kauften die jungen Frauen diese aufregenden Schuhe vor allem, um sie in Tanzclubs und Bars zu tragen.

Der erste Container mit neuer Ware würde schon in zehn Tagen eintreffen. Paul war in Paris, um die Auswahl und das Verladen des Containers zu überwachen, damit die Fracht so entladen werden konnte, dass die vier Läden nacheinander reibungslos beliefert werden konnten. Es würden weitere Lieferungen folgen, mit denen die anderen Filialen aufgefüllt wurden, sobald der Ausverkauf dort beendet war.

Es gab immer noch viele Entscheidungen, die täglich getroffen werden mussten. Paul wollte als Lockangebot Strumpfware anbieten, damit die jungen Frauen in den Laden strömten. Amanda hatte noch nicht entschieden, ob sie Filiale Nr. 22 nach der Neuorganisation der Kette schließen wollte oder ob der Laden als Outlet bestehen bleiben könnte.

Rupert wollte außerdem eine Filiale eröffnen, die sich auf extremeres Schuhwerk spezialisierte: zehn Zentimeter hohe Plateauschuhe, Overkneestiefel aus Latex und Sandalen mit Riemchen, die mit einem Schloss verschlossen wurden – versautem Kram eben, der Fetischliebhaber anlockte. Wenn er einen oder zwei Lieferanten finden konnte, wollte er gern auch Schuhe bis Größe 14 anbieten, die dann für Transvestiten und Transsexuelle interessant wären. Das alles klang sehr spannend, aber dieses Experiment müsste erst auf finanziell sicheren Füßen stehen, ehe Amanda bereit war, darauf einzusteigen. Es wäre vermutlich teuer, ein Ladengeschäft in der richtigen Gegend zu finden und anzumieten.

Natürlich wäre das alles völlig umsonst, wenn Sophie Sharpe sich auf der Aktionärsversammlung durchsetzte. Oder nicht? Es wäre nur ein schwacher Trost, aber Amanda musste trotzdem lächeln, als sie sich vorstellte, wie diese verfluchte Schlampe sich inmitten eines Mahlstroms der Veränderungen wiederfand und sie diese Veränderungen samt und sonders nicht verstand. Amanda war sich ziemlich sicher, dass diese sauertöpfische Kuh sofort nach der Übernahme zuerst Rupert, Paul und Nola feuern würde, und dann wäre niemand mehr da, der ihr erklären konnte, was gerade vor sich ging.

Amanda verließ ihr Büro und trat an Nolas Schreibtisch. »Jetzt ist der richtige Moment für den Anruf, über den wir gesprochen haben«, sagte sie. »Bist du bereit?«

»Sie können sich auf mich verlassen«, versicherte Nola ihr. Sie nahm das Telefon und drückte mit besonderer Sorgfalt die Tasten. Als sich ihr Gesprächspartner meldete, sagte sie: »Ms Sharpe? Ich bin's, Nola von Forsythe Footwear.« Die junge Frau grinste Amanda schief an. »Ja, Nola, die Empfangsdame, erinnern Sie sich? Rosa Haare, hübsch, sehr kurze Röcke, die Ihnen immer missfallen haben.«

Sie nickte, als Sophie antwortete. »Ihr Name steht nicht auf der Liste, Ms Sharpe, und da sollte er doch stehen, oder?« Sie machte eine Pause. »Welche Liste? Ach, die Liste, die Ms Garland mir gegeben hat. Ich sollte jeden darauf anrufen.«

Sie runzelte die Stirn und verdrehte die Augen in Amandas Richtung. »Die Liste der Aktionäre natürlich, Ms Sharpe.« Pause. »Warum ich die Aktionäre anrufe? Also, sind Sie sicher, dass Sie auf der Liste stehen sollten? Ich würde Ms Garland nur ungern …« In Amandas Richtung formte sie die Worte: »Oh, und wie verdammt sicher sie ist, dass sie auf die Liste gehört.«

Amanda lächelte nachsichtig und wartete, während Nola

versuchte, Sophies Strom aus wüsten Beschimpfungen zu durchbrechen.

»Also, was die Aktionärsversammlung betrifft, ist es so«, fuhr Nola schließlich fort. »Der Termin wurde vorverlegt, und ich sollte das jedem Aktionär mitteilen. Keine Ahnung, wieso Ihr Name nicht auf der Liste steht. Sie sind schließlich Inhaberin eines großen Aktienpakets, das weiß doch jeder hier.«

Sie nickte und zwinkerte Amanda zu. »Sie können sich also denken, wieso? Echt? Ms Amanda ist eine was?« Ihre Augenbrauen schossen hoch. »Na ja, wenn Sie da so sicher sind ...« An Amanda gewandt hauchte sie lautlos: »Verdammt sicher!«, und musste fast lachen.

Amanda blickte sie streng an, woraufhin Nola sich aufrichtete. »Also gut. Die Versammlung ist natürlich immer noch am selben Ort, aber sie ist eine Stunde früher. Halb zwei statt halb drei. Nein, ich frage das nicht Sie, ich beantworte Ihre Frage.« Sie verdrehte wieder die Augen. »Ja, ich bin mir sicher. Oh, und Ms Sharpe, darf ich noch was sagen? Es ist nicht mehr dasselbe, hier zu arbeiten, seit Sie uns so plötzlich verlassen haben.«

Sophie Sharpe legte so heftig auf, dass Amanda es durch den Hörer hören konnte. Nola zuckte zusammen.

»Und, wie war ich?«, fragte sie.

»Du warst perfekt«, gratulierte Amanda ihr.

»Das ist der Vorteil, wenn man so jung ist und ein bisschen albern wirkt, was? Niemand kann sich vorstellen, dass ich auch mal was Schlaues mache.«

»Ich habe dich nie unterschätzt«, versicherte Amanda ihr.

»Nein, Sie sind sehr gut darin, jemanden richtig einzuschätzen. Darum sind Sie ja so eine gute Chefin. Und weil Sie so verdammt heiß sind.« Sie leckte ihre Lippen. »Wo findet die Party nach der Aktionärsversammlung statt?«

»So weit habe ich noch nicht gedacht. Du solltest dich übrigens darauf einstellen, dass es vielleicht keine Party gibt, sondern ein böses Erwachen.«

»Das wird nicht passieren«, sagte Nola. »Sie sind viel zu schlau für dieses Biest, Ms Amanda.«

»Danke. Und jetzt«, verkündete Amanda, »muss ich selbst ein paar wichtige Anrufe tätigen.«

An dem Abend, der möglicherweise ihr letzter als Chefin von Forsythe Footwear sein könnte, war Amanda Garland wieder einmal allein in ihrem Büro und arbeitete bis spät in die Nacht. Sie schmiedete Pläne und träumte von der Zukunft, obwohl sie mehr von Ersterem betrieb als Letzteres.

Schließlich räumte sie ihren Schreibtisch auf. Sie wollte auf keinen Fall etwas liegen lassen, das für Sophie Sharpe von Nutzen sein könnte, falls ihre Kontrahentin morgen siegreich war.

Sie hatte nicht absichtlich auf Trevor gewartet. Aber als sie das Klimpern seiner Schlüssel hörte, die gegen seinen kräftigen Oberschenkel schlugen, hob sich ihre Stimmung. Jetzt erst wurde ihr bewusst, dass sie herumgetrödelt hatte, um ihm noch mal zu begegnen. Es gab keinen Grund, sich mit ihm zu treffen, weil die Pläne für den morgigen Tag bereits geschmiedet waren. Aber er war an ihrem ersten Abend im Büro bei ihr gewesen, weshalb es ihr nur passend erschien, wenn er an dem Abend da war, der vielleicht ihr letzter war.

Sobald er ihr Büro betreten hatte, erkannte sie, dass sich etwas verändert hatte. Trevor hatte sich verändert. Sie konnte nur nicht genau sagen inwiefern. Seine hünenhafte Gestalt, die sonst immer so stabil war, schien zu vibrieren. Er war rot im Gesicht.

»Was ist los?« Sie schmunzelte. Auf Trevor konnte sie immer zählen, er sorgte stets dafür, dass sie ihren Spaß hatte.

»Ich danke dir«, sagte er. »Ich habe gesagt, ich würde nichts sagen, aber ich muss dir einfach danken.« Sogar seine Stimme klang anders. Rauchiger als sonst, fast ein wenig singend? Wenn das überhaupt ging.

»Wofür denn?« Amanda schmunzelte noch immer. Sie glaubte sich in einem Spiel, bei dem er ihr seine Dankbarkeit zeigte. Das war eines ihrer Lieblingsspiele.

»Für Meg natürlich. Mein Gott, Amanda! Sie ist genau die Frau, nach der ich immer gesucht habe. Aber du wusstest das schon vorher.«

Amanda schaffte es irgendwie, weiter zu lächeln, obwohl in ihrem Innern ein heftiger Aufruhr tobte. Ihr Herz sackte in ihren Unterleib hinab, während ihr Magen sich nach außen zu stülpen drohte und sie kaum atmen konnte. »Meg?« Mehr brachte sie nicht hervor.

»Sie ist fantastisch, Amanda! Einfach perfekt. Als ich sie das erste Mal gesehen habe, wusste ich es einfach. Ich war mir nicht sicher, ob du verstehst, wie ... na ja, wie müde ich einfach war. Ich war es müde, Spiele zu spielen. Aber du hast es tatsächlich verstanden, und du hast etwas dagegen getan. Das werde ich dir nie vergessen.«

»Und Meg?« Die zweite Hälfte des Satzes (»diese verräterische Schlampe«) behielt sie wohlweislich für sich.

»Für sie ist es genauso. Wir sind einfach ... Erst hab ich ihr geholfen, Sophie Sharpe loszuwerden, dann hab ich mit ihr den Laden abgeschlossen und die Einzahlung beim Nachttresor gemacht. Danach sind wir uns buchstäblich in die Arme gefallen. Heilige Scheiße, Amanda! Wir *lieben* uns.« Er strahlte sie verlegen an.

Trevor war verlegen? Scheiße.

»Liebe?« Sie klang wie ein Papagei oder wie eines dieser kleinen pelzigen Tierchen, die vor einigen Jahren so beliebt waren. Ein Furby, genau. So klang sie. Sie war ein kleines amüsantes Spielzeug, das sich eine Zeitlang großer Beliebtheit erfreute und danach bald in der Ecke lag und von niemandem mehr gewollt wurde, während sich langsam der Staub in seinem stumpfen, einst glänzenden Fell sammelte.

Tränen brannten in ihren Augen. Sie blinzelte heftig, um sie zurückzudrängen. Niemand, der ein Herz hatte, nicht einmal dann, wenn es ein schwarzes, geschrumpftes und gequältes Herz wie ihres war, konnte sich nicht mit diesem großen Mann freuen, der vor ihr stand.

Amanda errichtete eine eiskalte, unsichtbare Mauer, um sich zu schützen. Das half. Eis weinte nicht. Eis fühlte nichts. Trevor jedoch sah so aus, als wollte er jeden Moment anfangen zu tanzen. Vielleicht sollte sie ihm eine Couch anbieten, auf der er ausgelassen herumhüpfen konnte? Nein, sie sollte lieber den Mund halten. Er durfte nicht wissen, wie sehr seine Worte sie verletzten. Sie war einfach starr und kalt.

»Liebe! Sowas habe ich seit Jahren nicht mehr empfunden. Ich hatte mir geschworen, mich nie wieder zu verlieben, aber jetzt ist es passiert, und es fühlt sich verdammt gut an.« Trevor legte den Kopf in den Nacken und lachte.

Amanda merkte erst jetzt, dass sie ihn noch nie hatte lachen hören. Was war ihr noch entgangen? Anscheinend eine Menge. Es gab vieles, das sie bei Trevor nicht bemerkt hatte, auch manches, das ihm fehlte. Und das lag daran, dass ihr diese Dinge auch fehlten. Für ihn war sie eine Gespielin gewesen, und zwar eine verdammt gute. Aber mehr auch nicht. Und was war er für sie? Eine kleine Stimme in ihrem Kopf versuchte, vernünftig zu sein. Er war auch ihr Gespiele gewesen und hatte das verflixt gut gemacht. Abgesehen von Meg war er ihr bester Liebhaber gewesen. Beide jetzt gleichzeitig zu verlieren, tat weh. Oder nein, es würde wehtun, sobald es ihr gelang, diese gefrorene Miene aufzutauen. Gott, er redete ja immer noch. Seine Stimme hallte zu laut und zu fröhlich in ihren Ohren wider.

»... geht es Last Minute nach Jamaika. Wir waren beide noch nie dort, es wird also für uns ein großes Abenteuer. Ich habe meinen Job hier gekündigt und nehme meinen Resturlaub sofort ...«

Ihre Meg? Die schmale Blondine mit den weit auseinanderstehenden grauen Augen und dem breiten Grinsen? Ihre Clownschulen-Meg? Ihr Engel ohne Flügel? Sie wusste nicht, was schlimmer war: der Verlust von Meg oder der Verlust von Trevor. Beide gleichzeitig zu verlieren, noch dazu an den anderen? Nein! Amanda ballte die Hände zu Fäusten, doch ihr Gesicht blieb starr. Sie lächelte mit glasigen Augen, ihr Lächeln wirkte beinahe grotesk. Verdammt noch mal, das konnte doch nicht wahr sein!

»... wollte bis nach der Aktionärsversammlung warten, aber als ich dich hier gesehen habe, musste ich dir einfach danken ...«

Hm. Vielleicht hatte Meg ja eine Ahnung gehabt, dass Amanda diese Neuigkeit nicht mit ungeteilter Freude aufnehmen würde? Dieses hinterhältige Miststück. War der gemeinsame Abend mit ihr nur eine Scharade gewesen? Bloß eine Nacht voll großartigem Sex?

»... verstehe jetzt, warum du sagtest, ich sollte für dich arbeiten. Und warum das an unserer Beziehung nichts ändern würde. Ich verstehe das jetzt alles. Du bist einfach unglaublich, Amanda. Ich kann dir einfach nur immer wieder danken, und ich werde versprechen, dich für den Rest meines Lebens zu beschützen. Meg und ich, wir schulden dir beide was. Wir schulden Forsythe Footwear alles. Für immer.«

Sie leckte über ihre trockenen Lippen. »Ich bin vielleicht nicht mehr hier, wenn ihr aus den Flitterwochen ... also, aus dem Urlaub zurückkommt. Schon vergessen?«

»Ich habe tiefstes Vertrauen in unseren Plan. Pünktlich um ein Uhr hole ich dich ab. Es wird funktionieren. Du wirst alles bekommen, was du willst. Oder soll ich dich lieber Ms Garland, Präsidentin und CEO von Forsythe Footwear nennen? Das ist es doch, wovon du immer geträumt hast.«

Trevor umrundete den Schreibtisch und riss sie aus ihrem Stuhl hoch. Er drückte sie an seine muskulöse Brust und schloss sie in die Arme. Jetzt zerbrach der Schutzschild aus Eis, den sie so sorgfältig um sich errichtet hatte. Sie war dem Schmerz ihres schrecklichen Verlusts hilflos ausgeliefert. »Hey. Alles in Ordnung mit dir?«

»Nur nervös wegen morgen, aber das wird schon«, brachte sie irgendwie hervor. »Und jetzt dreh schon deine Runden. Ich bin wahrscheinlich schon weg, wenn du fertig bist.«

»Okay. Wir sehen uns morgen!« Er ließ sie los, und Amanda sank wieder in ihren Bürostuhl. Beschwingt verließ er ihr Büro.

Irgendwie gelang es ihr, stumm zu bleiben, bis sie irgendwo eine Tür zuknallen hörte und wusste, dass er außer Hörweite war. Selbst dann hätte sie den Schmerz lieber tief in sich begraben, doch er kam aus ihrem Mund gekrochen, winzig klein erst und ganz jämmerlich, – »Neeeeeeiiiin« –, und das tat so weh, dass sie den Mund leicht öffnete und die zerhackten Schluchzer hervorstieß, die in ihr brannten, und dann riss sie den Mund auf, bis sie heulend den Schmerz herausließ.

Irgendwie schaffte sie es, zur Tür zu stolpern und sie zuzuknallen. »Alles, wovon du je geträumt hast.« Die Ironie war beinahe schon mörderisch. Sie sank wieder in ihren Stuhl und wühlte in der obersten Schublade, in der unter anderem der Samtbeutel mit den Anhängern lag. Sie warf den Beutel in ihren Schoß. Ihr Armband war ein kleiner buttergoldener Haufen inmitten der glitzernden Anhänger, den alten und neuen. Der silberne Geburtstagsdiamant fing funkelnd das Licht im Büro ein und warf es durch die Facetten an der Oberfläche zurück. Er funkelte wie ein Sternbild. Ein Licht der Liebe.

Sie hatte Roger geliebt, und er hatte sie beinahe ruiniert. Nun ja, der finanzielle Ruin war nur eine Seite der Medaille, das konnte schließlich jedem passieren. Nein, er hatte sie auch emotional zerstört. Sie hatte ihn geliebt. Sie hatte es geliebt, ihn zu lieben, sie hatte es geliebt, ihn zu umsorgen, ihn zu umsorgen und ihn zu liebkosen, wenn er in der Dämmerung schreiend aus seinen Albträumen aufgewacht war. Sie liebte ihn.

Mit einer schnellen Bewegung hatte sie die Platinuhr abgelegt. Das Gold wog schwer in ihrer Hand, als sie das Armband aus dem Samtbeutel nahm. Sie schlang es um ihren nun nackten Unterarm und schloss es. Kurz nur fühlte sich das Gewicht fremd an, dann war es wieder sehr vertraut. Mit dem Armband kamen auch die Erinnerungen zurück an das, was Mr und Mrs Garland gehabt und verloren hatten.

Die Anhänger waren wie die Chronik eines Lebens. *Ihres* Lebens, wie ihr Mann es gesehen hatte. Sie betrachtete das Armband sorgfältig, zum ersten Mal, seit er es ihr geschenkt hatte. Im Laufe der Jahre hatte sie immer neue Anhänger bekommen, um ihre kleinen Erfolge zu feiern, die in ihren Augen nichts Besonderes waren, die Roger aber als Meilensteine behandelt hatte. Ein Partyhut stand für die berühmte Silvesterparty, die sie bei Forsythe Footwear für alle Angestellten ausgerichtet hatte, und ein Notenschlüssel mit einem Smaragd stand für den Tag, an dem sie ihr Diplom an der Royal School of Music bekommen hatte. Der Globus stand für den erfolgreichen Ball, den sie ausgerichtet hatte, um für Kinder in Entwicklungsländern Geld zu sammeln, und die Komödienmaske neben der Tragödienmaske stand für ihre Rolle als Ophelia bei einer kleinen privaten Theateraufführung des *Hamlet*. Auf jedem Anhänger war ein Datum eingraviert, damit sie sich immer an ihre Erfolge erinnern konnte. Nur auf dem Herz mit dem Rubin in der Mitte war einfach nur »Roger« eingraviert.

Dann waren da noch die Anhänger, die er schon im Voraus gekauft hatte. Die Anhänger, die er ihr nie hatte schenken können. Vor wenigen Wochen hatte sie noch über den Anhänger zum 25. Hochzeitstag gelacht, weil er so optimistisch gewesen war zu glauben, dass er noch lange genug leben würde, um dieses Ereignis in knapp 17 Jahren zu feiern. Jetzt schaute sie sich die anderen Anhänger an, und sie entdeckte unter anderem eine Babyrassel. Ohne Edelsteine, einfach nur eine hübsche Arbeit aus Gelbgold. Auch dieser Anhänger hatte kein Datum.

Dieses Mal lachte sie nicht über seinen unerschütterlichen Optimismus. Sie hüllte sich in seine Gefühle, die er mit diesen Anhängern verbunden hatte. Sie hatten sich immer Kinder gewünscht, doch nach vielen Enttäuschungen hatten sie unzählige Untersuchungen über sich ergehen lassen, nur um endlich ein Kind zu bekommen. Roger war stets an ihrer Seite gewesen, weil er ihr immer alle Wünsche erfüllen wollte, und immer wieder hatte er gesagt: »Wenn es passieren soll, wird es passieren, und in der Zwischenzeit haben wir immer noch einander.« Als sie ihren Kinderwunsch schließlich aufgab und heulend in seinen Armen zusammenbrach und die Enttäuschung sich bitter in sie hineinbrannte, hatte er sie getröstet. »Ich will dich. Nur dich.« Er hatte immer die richtigen Worte gefunden.

Jetzt schaute Amanda sich das Armband noch einmal an. Obwohl es viele verschiedene Anhänger gab, die um ihre Aufmerksamkeit buhlten, waren da immer noch die ersten 16 Anhänger, die ihre Nachricht verkündeten: W-A-R-T-U-N-G-S-I-N-T-E-N-S-I-V.

Sie hatte damals so sehr gelacht, als er es ihr zum ersten Hochzeitstag geschenkt hatte. Amanda hatte Rogers Gesicht mit Küssen übersät und immer wieder gerufen: »Du kennst mich so gut!«, bis er sie mit seinem Mund zum Verstummen gebracht hatte. All das Gold und das leise Geklimper hatte sie so glücklich gemacht, und die Nachricht dieser Anhänger hatte sie amüsiert. Sie hatte ihn so sehr geliebt.

Und jetzt war dieses Glück einfach fort.

Das Glück hatte sie verlassen, und sie hatte derweil nicht nur eine, sondern gleich zwei Möglichkeiten auf ein neues Glück einfach von sich gewiesen. Sie hatte die beiden einander geradezu in die Arme getrieben.

Die tröstlichen Gefühle, in die sie sich gehüllt hatte, glitten von ihren Schultern. Aber sie hatten ihren Zweck erfüllt. Amanda war nicht mehr wie erstarrt, und das geschmolzene Eis wurde zu heißen Tränen.

25

Amandas Handy war auf Konferenzgespräch geschaltet. Sie trug einen riesigen blauen Filzhut mit breiter Krempe und dazu das kurze blaue Kleid mit den Tupfen, das sie so sehr liebte. Darunter trug sie nur eine Strumpfhose und ihre Stilettos mit zehn Zentimeter hohen Absätzen. Unter dem Kleid trug sie heute kein Höschen. Amanda hatte festgestellt, dass es sich großartig anfühlte, wenn sie die Macht übernehmen wollte. Im Moment war sie noch undercover unterwegs, aber schon sehr, sehr bald würde sie ihrem Feind von Angesicht zu Angesicht gegenüberstehen. Ein Feuergefecht war unausweichlich, und wenn sie keinen Slip trug, hatte sie irgendwie das Gefühl, sie könnte schneller am Abzug sein.

Das Bild vom einsamen Revolverhelden passte zu der Befremdung, unter der sie seit dem vergangenen Abend litt.

Amanda saß hinter einem großen Benjamin und hatte dem Hoteleingang den Rücken zugedreht. Es sah aus, als würde sie lesen, aber in ihrem Buch hielt sie einen passend großen Spiegel, mit dessen Hilfe sie den Eingang im Auge behielt. »Jetzt kommen wieder Leute durch die Drehtüren«, flüsterte sie. »Haltet euch bereit!«

Zuerst kam ein Pärchen mittleren Alters in zerknitterten Hawaiihemden und Shorts. Ihnen folgte ein dürrer Kerl mit buschigen Haaren, dann ein steifer Knopf von Armeeoffizier mit roten Schulterklappen und direkt hinter ihm ...

»Da ist Sophie Sharpe. Sie ist gleich am Fahrstuhl in zehn, neun ...«

Amanda rutschte etwas zur Seite, um jetzt über den Spiegel die Fahrstühle im Blickfeld zu haben. Die Türen eines Fahrstuhls glitten auf. Rupert und Paul betraten die Kabine und drehten sich zu den Wänden links und rechts, um die Werbeplakate zu studieren. Sophie Sharpe trat nach ihnen in den Fahrstuhl. Irgendwas machte sie misstrauisch, denn sie wollte sich umdrehen und eilig den Fahrstuhl wieder verlassen. Doch da war Trevor schon zur Stelle und verhinderte, dass sie ihnen entwischte.

Paul hämmerte auf die Knöpfe. Die Türen schlossen sich hinter Trevors Rücken.

Ha! Sie hatten diese verfluchte Schlampe!

Amanda nahm ihre Aktentasche und fuhr mit dem nächsten Lift nach oben. Im zehnten Stockwerk stieg sie aus. Die Suite, in der die Aktionärsversammlung stattfinden sollte, lag ein Stockwerk tiefer. Als sie zu Suite 1012 kam, war die dunkle Glastür, hinter der sich hinter einem kleinen Flur die Räumlichkeiten der Suite verbargen, geschlossen. Nur eine offene Doppeltür führte in ein Konferenzzimmer, in dem ein riesiger Mahagonitisch stand. Und an diesem Tisch saß Sophie Sharpe, die gegen ihre Peiniger ankämpfte, ohne auch nur den Hauch einer Chance zu haben. Sie wurde von Paul und Rupert flankiert, und Trevors riesige Pranken drückten ihre Schultern nieder. Ihre Tasche stand neben ihrem Stuhl auf dem Boden. Nola saß an der Stirnseite des Tischs. Sie präsentierte ihre züchtig gekreuzten Beine fast vollständig, sogar noch über die Spitze ihrer halterlosen Strümpfe hinweg, und der winzige karierte Faltenrock in königlichem Blau und Grün bedeckte kaum mehr als ihren Slip. Amanda stellte fest, dass die junge Frau in einer Schlammpfütze sitzen könnte, ganz ohne dabei ihre Kleidung zu beschmutzen.

An diesem Morgen hatte Amanda ihre drei jungen Angestellten noch nicht gesehen. Jeder hatte die ihm zugewiesenen

Aufgaben erfüllen müssen, und es sah so aus, als hätten Paul, Rupert und Nola die ihren mit Bravour gemeistert. Die Jungs hielten sich wacker. Rupert wirkte etwas verärgert, als fiele es ihm schwer, hier zu sein. Paul war ziemlich blass, doch er blieb auf Kurs. Nola schien das Ganze großen Spaß zu machen. Aber so kannte Amanda sie.

Vergeblich kämpfte Sophie gegen ihre Entführer an. Sie spie und stieß wilde Drohungen aus. »Das ist gesetzeswidrig! Entführung! Körperverletzung!« Sie verstummte, atmete tief ein und schrie dann geradezu triumphierend: »Eine Verschwörung!«

Amanda nahm ihren blauen Hut ab und ließ ihn quer durch den Raum segeln. Dann nahm sie gegenüber der aufgebrachten Frau Platz.

»Sie glauben, so können Sie mich aufhalten?«, wollte Sophie wissen. »Ihr seid ja alle miteinander verrückt. Sobald ich hier rauskomme, rufe ich die Polizei *und* meinen Anwalt. Ich werde jeden einzelnen Cent bekommen, und dann werden Sie es richtig schwer haben. Ich ...«

Trevor legte seine riesige Hand auf ihren Mund. »Vielleicht sollten Sie lieber mal zuhören, Ms Sharpe. Damit Sie wissen, worum es hier geht?«

»Das ist wirklich eine gute Idee, Ms Sharpe«, fügte Nola hinzu. »Hören Sie sich an, was Ms Amanda zu sagen hat. Ich höre immer auf sie.« Nola warf Amanda ein strahlendes Lächeln zu, bei dem es Amanda ganz warm wurde.

Trevors Hand löste sich von Sophie Sharpes Mund.

Sophies Blick durchbohrte Nola. »Du! Du bist doch nur eine kleine dreckige Hure, du ...«

Die Hand legte sich wieder auf ihren Mund.

»Danke für das ›klein‹«, meinte Nola ungerührt. »Den Männern gefällt es, dass ich so zierlich bin.« Sie streckte sich und strich über ihr schwarzes hautenges Top, das über ihren

Rippen spannte, als wollte sie ihre schlanke Figur unterstreichen. »Das macht es mir leichter, mich zu bücken.«

»Es gibt auch viele Frauen, die es mögen, dass du so klein bist«, fügte Amanda hinzu. »Aus genau denselben Gründen.«

»Danke, Ms Amanda.«

Sie grinsten einander an.

»Perverse!«, kreischte Sophie, und sofort war Trevors Hand wieder auf ihrem Mund.

Amanda warf Sophie einen kühlen Blick zu. »Sie sind hier die Perverse!«, zischte sie.

Nicht bloß ein Augenpaar weitete sich bei diesen Worten entsetzt, sondern fünf. Sophie Sharpe hörte auf, gegen Trevors Hände anzukämpfen.

»Wissen Sie, Sophie, ich habe Beweise, dass *Sie* in verbotene Aktivitäten verstrickt waren, als Sie noch für Forsythe Footwear gearbeitet haben. Beweise, mit denen ich Sie ins Gefängnis bringen könnte«, sagte Amanda.

Sophie schüttelte heftig den Kopf.

»Es gibt Beweise«, wiederholte Amanda. »Und zwar viele. Und jetzt will ich, dass ihr anderen mich mit ihr alleine lasst.«

»Das soll wohl ein Scherz sein«, grollte Trevor.

Paul und Rupert erhoben ebenfalls Einwände.

Amanda winkte Trevor, dass er seine Hand von Sophies Mund nehmen sollte. »Ich glaube, einige der Dinge, die wir heute zu besprechen haben, sollten zwischen Sophie und mir bleiben. Es ist eine private Angelegenheit. Stimmen Sie mir zu, Ms Sharpe?«

Sophie zuckte mit den Schultern. »Ich werde Sie nicht angreifen oder so«, murmelte sie und wischte Trevors Hand beiseite, ehe sie ihren Blazer zurechtzupfte.

»Das ist die richtige Einstellung«, sagte Amanda. »Du

kannst draußen im Vorraum auf uns warten, Trevor. Paul, Rupert, Nola? Ihr habt euren Job getan. Danke. Wir sehen uns morgen im Büro.«

»Wenn ich irgendwas Verdächtiges höre ...«, knurrte Trevor drohend, ehe er Nola nach draußen folgte.

Als sie allein waren, öffnete Amanda ihre Tasche. »Ich habe ein paar Sachen hier, die Sie sich ansehen sollten, Sophie.« Amanda schob eine Fotokopie quer über den Tisch. »Schauen Sie mal.«

»Was zum Teufel ist das?«

»Eine Kopie Ihres letzten Kontoauszugs.«

»Wie zum Teufel sind Sie da drangekommen?«

»Wie ich drangekommen bin spielt keine Rolle.« Tatsächlich war es eines der wenigen Fotos, die sie an dem Tag hatte schießen können, als sie Tom Sharpes Kirsche gepflückt hatte. Die anderen waren ebenso vertraulich und genauso vernichtend. »Sehen Sie sich besonders die Positionen an, die ich markiert habe.«

Sophie schaute widerstrebend hin. Dann verlor ihr Gesicht alle Farbe. Nur zwei hektische rote Flecken zierten ihre Wangen, was sie wie einen Clown aussehen ließ. »Was soll damit sein?«, blaffte sie.

»Das sind Einzahlungen«, erklärte Amanda. »Große Schecks von Ogilvy & Fitch's sowie von zwei anderen Unternehmen, die zufällig Tochterfirmen von Ogilvy & Fitch's sind. Und zufällig ist diese Firma der wichtigste Lieferant von Forsythe Footwear.«

»Ja, und?«

»Bestechung ist verboten, Sophie.« Amanda sprach betont langsam, als müsse sie einem Kind etwas erklären. Eigentlich hatte Sophie das auch verdient, immerhin hatte sie vorhin wie ein Kleinkind gewütet. »Das erfüllt den Tatbestand des Betrugs. Und wenn mehrere Leute beteiligt sind, ist es sogar eine ›Verschwörung‹. Wir reden hier über eine nicht unerhebliche Gefängnisstrafe, die Ihnen droht.«

»Sie können nicht …«

»Doch, das können wir. Und jetzt sehen Sie sich mal diese Fotos bitte an. Sie stammen vom Smartphone meines verstorbenen Mannes. Ts, ts, ts.« Amanda drohte Ms Sharpe mit dem Zeigefinger. »Das sind aber außergewöhnlich schmutzige Bilder von Ihnen, Ms Sharpe.« Sie schob ein paar Hochglanzbilder über den Tisch. »Erkennen Sie meinen Ehemann? Sehen Sie mal, wie er angezogen ist – oder auch nicht: nur mit einem Halsband und einer Leine.«

»Ja, und?« Das Gesicht der Frau war inzwischen weiß, aber sie hielt sich dennoch bewundernswert gerade auf ihrem Stuhl.

»Und dann ist da noch dieses hier. Das sind eindeutig Sie, oder? Nur mit Stiefeln und einer Reitgerte in der Hand?«

»Das beweist doch überhaupt nichts. Was wollen Sie damit andeuten?«

»Andeuten? Mein Gott, Weib! Sie haben vielleicht Mut. Ich vermute, das ist es auch, was ihn von Anfang an zu Ihnen hingezogen hat.«

»Man sieht nie Roger und mich zusammen auf einem Foto.«

»Das müssen Sie auch nicht. Sehen Sie sich mal den Hintergrund an. Auf beiden Fotos ist im Hintergrund dasselbe kitschige Gemälde. Das beweist eine Menge, denn dieses Gemälde hängt in dem Motelzimmer an der Wand, in dem man Roger tot aufgefunden hat. Rogers Smartphone speichert mit jedem Foto auch das Datum und die Uhrzeit, zu der es aufgenommen wurde. Das beweist, dass Sie mit ihm dort waren. Am Tag, als er starb. Wenn Sie mich fragen, ist das ein rechtskräftiger Beweis.«

Sophie blinzelte. »Mir hat es nie gefallen, wenn er Bilder

machen wollte.« Sie schlug die Hände vors Gesicht. »Ich hab ihn nicht umgebracht. Es war doch nur ein Herzanfall.«

»Die genauen Umstände zu untersuchen überlassen wir wohl lieber einer Jury.«

»Bitte, man darf mir nicht den Prozess machen. Mein junger Sohn und ich sind ganz allein, und er braucht mich. Wenn ich ins Gefängnis muss, was wird dann aus ihm?«

Amanda zuckte mit den Schultern. Sophie versuchte anscheinend, Tom als jünger hinzustellen, als er war. Vielleicht war das ja eine Familienkrankheit? Sie unterdrückte ein ironisches Lachen. Schließlich hatte Amanda einen intimen Blick in die Verhältnisse der Familie Sharpe gewährt bekommen, und die beiden waren tatsächlich ganz auf sich gestellt.

»Und dann diese Schande!« Sophies Stimme brach. »Das könnte ich einfach nicht ertragen.«

»Oh, ich weiß alles über die Schande. Erinnern Sie sich an seine Beerdigung? Jeder wusste doch, wie er gestorben war und wo es passiert war. Ich hätte einfach nur die trauernde Witwe sein müssen. Man hätte mir Mitgefühl und kein Mitleid entgegenbringen dürfen.«

»Das sollte nie passieren. Niemand sollte je davon erfahren. Und außerdem wusste niemand etwas über die genauen Umstände seines Tods. Ich ... also, ich habe das Halsband von seinem Hals genommen, um ihm wenigstens ein Mindestmaß an Würde zu bewahren.« Sophie erschauerte unwillkürlich.

»Wie lieb von Ihnen, dass Sie sich so um seine Würde gesorgt haben. Und was ist mit meiner Würde?« Amandas Stimme brach. Ihr Blick begegnete Sophies, und zu ihrem Entsetzen spürte sie Tränen in ihren Augen brennen.

»Amanda«, setzte Sophie an. »Wir wollten nie ... Ich kann nur sagen, dass wir nicht mehr aufhören konnten, nachdem meine dominante Natur erst auf seine unterwürfige getroffen war. Wir haben es versucht, aber es ging nicht. Trotzdem haben wir alles dafür getan, um die Sache geheim zu halten.«

»Wenn es so ein großes Geheimnis war, hätten Sie die Leiche beseitigen sollen, nachdem Sie ihn ermordet hatten.«

»So war es nicht!« Sophie sank tiefer in ihren Stuhl. »Ich habe ihn nicht umgebracht!«

»Nun, das wird die Jury herausfinden. Schon bald wird alle Welt die schmutzigen Details erfahren.« Amanda warf Sophie ein bitteres Lächeln zu. Ihre blauen Augen waren jetzt wieder knochentrocken.

»Ich schwöre bei Gott, dass Roger nur einen Herzanfall hatte. Das müssen Sie mir glauben.« Sophies Stimme brach, was Amanda sehr befriedigte. Jetzt hatte sie ihre Kontrahentin so weit.

»Erzählen Sie mir ganz genau, was passiert ist«, verlangte Amanda.

»Ich habe nicht mal bemerkt, dass er tot war! Ich habe ihn ausgepeitscht, und er bedankte sich bei mir. So macht man das. In der Welt des Sadomaso bedankt sich der Sklave bei seiner Herrin ...«

»Ich verstehe«, unterbrach Amanda sie. »Weiter.«

»Er dankte mir plötzlich nicht mehr, weshalb ich dachte, er benehme sich absichtlich daneben, damit ich ihn noch heftiger bestrafe, und darum habe ich ... Oh Gott, ich geb's zu, ja, ich habe ihm noch ein paar Streiche mehr verpasst, diesmal besonders harte. Aber als er mich noch immer nicht um Gnade anflehte, habe ich ... aufgehört.«

»Gab es irgendwelche letzten Worte?«

Sophie zuckte mit den Schultern. »Ich glaube: ›Danke, Herrin‹.«

Amanda runzelte die Stirn. »Hat er gelitten?«

»Ich glaube, es war ein ziemlich heftiger Anfall. Er war sofort weg.«

Amanda sank nach hinten. Das war alles, was sie über Rogers Tod wissen wollte. Sie hatte keine weiteren Fragen.

»Ich wollte ihn um nichts in der Welt töten, das müssen Sie mir glauben.« Sophies Verzweiflung hätte unter anderen Umständen Amandas Mitleid erregt. Zum Beispiel, wenn nicht die Zukunft von Forsythe Footwear auf dem Spiel gestanden hätte.

»Selbst wenn Sie ihn nicht umbringen wollten, sondern es vielmehr sein Lebenswandel war, der ihn getötet hat«, bei dem Gedanken musste Amanda bitter auflachen, »haben Sie ihn trotzdem einfach dort liegen lassen. Sie haben niemanden zur Hilfe gerufen. Das könnte man als fahrlässige Tötung auslegen oder zumindest als unterlassene Hilfeleistung. Ich habe mich genau erkundigt. Und es stimmt: Roger und Sie haben es wirklich gut verstanden, Ihre SM-Beziehung geheim zu halten. Im Moment weiß niemand außer uns beiden davon.« Sie machte eine Pause, damit Sophie den Ernst der Lage begriff. »Und wenn es nach mir ginge, müsste niemand je davon erfahren.«

In Sophies Augen glomm Hoffnung auf. »Was wollen Sie?«

»Sie haben die Zertifikate zu den Anteilen dabei, die Roger Ihnen verkauft hat? Die brauchen Sie für die Aktionärsversammlung.«

»Ja, ich habe sie dabei.«

»Dann ist es einfach. Ich will sie Ihnen abkaufen.«

Sophies Miene hellte sich auf. »Ach ja?«

»Sie halten zehn Prozent am Unternehmen, stimmt's?«

Sophie nickte.

»Ich gebe Ihnen dafür tausend Dollar.«

Sophie warf sich in ihrem Stuhl nach hinten. »Das ist ja lächerlich! Ich habe Roger das Hundertfache dafür bezahlt.«

Amanda nickte. »Mehr nicht? Dann haben Sie sie verflucht

günstig bekommen. Aber Sie waren schließlich seine Domina. Es war für Sie bestimmt leicht, ihm Ihre Preise zu diktieren.«

»Sie können doch nicht erwarten, dass ich …«

Amanda zuckte nur mit den Schultern. »Sie haben Ihre Macht über ihn auch benutzt, um seine geschäftlichen Entscheidungen zu beeinflussen. Und diese Entscheidungen haben für mich ziemlich bittere Konsequenzen. Mir gefällt das auch nicht.«

Sophie runzelte die Stirn. »Es muss doch noch einen anderen Weg geben …«

»Ich könnte Sie auch zwingen. Immerhin haben Sie Roger mit dem Geld bezahlt, das Sie sich entweder durch Betrug oder Unterschlagung angeeignet haben. Aber das alles würde ewig dauern und wäre schrecklich langweilig. Oh, und es würde natürlich Ihre Gefängnisstrafe um ein paar Jahre verlängern. Sehen Sie mich an, Sophie. Ich biete Ihnen einen Ausweg an.«

Sophie blickte nur wenige Sekunden in Amandas stahlblaue Augen, ehe sie den Blick abwandte. »In Ordnung. Ich nehme die tausend Dollar. Aber nur, wenn Sie keine Anzeige erstatten oder irgendwas davon publik machen. Und ich bekomme die Abzüge.« Sophie nahm ihre Tasche und öffnete sie. Dann beugte sie sich vor, um nach dem Kontoauszug und den Hochglanzfotos zu greifen.

»Einverstanden.« Amanda beobachtete, wie Sophie die Fotos an sich raffte. Beide wussten, dass Amanda jederzeit neue Abzüge anfertigen konnte. »Glauben Sie aber nicht, dass Sie bei Ogilvy & Fitch einen Job bekommen. Ich habe bereits mit ihnen gesprochen, und sie haben sich einverstanden erklärt, Forsythe Footwear eine nicht geringe Entschädigungssumme zu zahlen, wenn wir auf eine Anzeige verzichten. Wenn nämlich herauskommt, dass sie Einkäufer geschmiert haben, wären sie geliefert. Sie sind bei diesem Unternehmen nicht mehr sonderlich beliebt.«

»Schreiben Sie mich nicht zu früh ab«, sagte Sophie. Trotzdem wirkte sie sehr schweigsam, als sie die Aktien hervorholte und an Amanda überschrieb. Diese überreichte ihr frohen Herzens einen Scheck über tausend Dollar. Geschafft! Und Sophies Ruf bliebe unangetastet wie der ihres Sohns Tom. Die Familie Sharpe wurde in keinen Skandal reingezogen.

Die beiden Frauen hatten gerade noch genug Zeit, sich ein letztes Mal frisch zu machen, ehe es Zeit war, zur Aktionärsversammlung nach unten zu gehen. Die Sitzung dauerte kaum länger als zwanzig Minuten.

Selbst nachdem Sophie einige Unterstützer um sich hatte scharen können, gelang es Amanda mit den zehn Prozent, die ihre Rivalin Roger abgepresst hatte, die Mehrheit in der Gesellschaft zurückzuerlangen. Zugleich war es äußerst befriedigend zu sehen, wie viele der Aktionäre persönlich gekommen waren und ihre Bereitschaft signalisierten, der Witwe von Roger Garland eine Chance zu geben, Forsythe Footwear wieder zum Erfolg zu führen. Die Wenigsten stimmten dafür, ihr das Unternehmen wieder zu entreißen, ehe sie zeigen konnte, was sie draufhatte. Manche reagierten etwas mitleidig, als Amanda verkündete, dass Sophie nicht länger im Unternehmen tätig sein würde.

Die Sitzung endete jedoch in einer positiven Grundstimmung, denn Amanda versprach den Aktionären, dass am Ende des aktuellen Geschäftsjahrs wieder eine Dividende ausgeschüttet würde. Zum ersten Mal seit über zehn Jahren! Die Aktionäre verabschiedeten sich danach in aufgeräumter Stimmung, und jeder wollte ihre Hand schütteln und ihr viel Glück wünschen.

Als die Letzten gegangen waren, sank sie auf ihren Stuhl.

Sie war froh, dass es vorbei war. Sie hatte es geschafft! Amanda lächelte. Ihrer Zukunft als Geschäftsfrau stand nun nichts mehr im Wege. Doch ihr Lächeln schwand, als sie die vielen leeren Stühle rund um den Tisch betrachtete.

Sie hatte es geschafft, ja.

Aber anderes blieb ihr verwehrt.

26

Meg und Trevor warteten auf Amanda, als sie den Fahrstuhl in der Hotellobby verließ. Um sie herum standen zahlreiche Gepäckstücke, und Meg trug einen Strohhut auf dem Kopf, der einfach nur beängstigend gut zu ihr passte und sie wie Tom Sawyer aussehen ließ. Dabei brauchte Meg sich nun wirklich nicht zu schmücken.

»Was ist passiert? Ich habe gesehen, wie Sophie Sharpe vor kurzem durch die Halle stürmte, und sie machte auf mich keinen besonders glücklichen Eindruck«, sagte Trevor.

»Die Aktionäre wirkten hingegen sehr zufrieden«, fügte Meg hinzu. Ihre grauen Augen waren groß vor Sorge.

Amanda ließ ihren Blick nicht länger auf Meg ruhen, sondern blickte Trevor an, während sie den beiden die gute Neuigkeit verkündete. Er riss sie in seine Arme und hob sie hoch. »Du bist eine Superchefin!« Trevor drehte sich im Kreis, bis Amanda schwindelig wurde und auf seine Schultern hämmerte, damit er aufhörte.

Sie konnte nicht lachen. Sein neuer Name für sie entschädigte sie kaum dafür, dass er sie nie wieder »Gliederpuppe« nennen würde. Trevor stellte sie auf den Boden, doch seine Hand ruhte an ihrem Ellbogen, bis sie ihr Gleichgewicht gefunden hatte.

Meg streckte ihre Hand aus. »Herzlichen Glückwunsch«, sagte sie. »Trevor hat gesagt, er habe dir bereits von uns erzählt. Ich hatte gehofft, es dir persönlich sagen zu können. Aber ich möchte dir auch danken.«

Amanda richtete ihre hellblauen Augen auf Meg. Wenn die jüngere Frau den Schmerz sah, den sie aufgrund dieses doppelten Verlusts spürte, sollte es eben so sein. Sie waren in der einen gemeinsamen Nacht ehrlich zueinander gewesen, und das wollte sie jetzt nicht ändern, auch wenn sich sonst gerade alles änderte. »Gern geschehen«, sagte sie. »Ich freue mich für euch beide.«

Ihr Tonfall entging Trevor nicht. Er runzelte verwirrt die Stirn. »Du hast das gar nicht eingefädelt, stimmt's? Das mit mir und Meg? Oder hast du gedacht, Meg und ich und ...«

»Und ich? Wenn ich ehrlich bin, wollte ich einfach nicht, dass Meg irgendwas passiert. Aber ich bin froh, dass ihr offenbar beim anderen etwas gefunden habt ...« Amanda verstummte. Sie schluckte das Ende des Satzes herunter: »... das keiner von euch in mir gesehen hat.«

Trevor lachte. »Das ist doch albern!«

Das war nun wirklich das Letzte, was Amanda von ihm erwartet hatte.

»Du hast doch gerade erst angefangen mitzuspielen!«

Sein ansteckendes Grinsen weckte in ihr den Wunsch, ebenfalls zu lächeln. Er schaffte es mühelos, dass sie so nervös kicherte wie ein Mädchen.

»Stimmt«, gab sie zu.

»Ich habe seit langem gespielt. Und es war großartig, besonders mit dir, Amanda. Aber ich war damit fertig. Ich hatte seit Jahren keine Frau mehr geküsst, bis du kamst. Ich habe wirklich befürchtet, ich könnte zu einer seelenlosen Sexmaschine verkommen.«

»Ich liebe dich als Sexmaschine«, murrte Amanda.

Meg umarmte sie. »Darum wollte ich, dass Trevor bis heute wartet. Nur für den Fall, dass es nicht die frohe Botschaft ist, für die er es hielt. Aber Trevor hat recht, Amanda. Wir suchen nach unterschiedlichen Sachen. Ich war bisher so einsam.

Jetzt möchte ich jede Nacht mit jemandem zusammen sein, nicht bloß hin und wieder. Ich will mit Trevor zusammen sein.«

Amanda gab nach. »Ist in Ordnung. Wirklich, mir geht's gut.«

»Wir müssen den Flieger erwischen«, sagte Trevor. »Und du musst jetzt deinen Erfolg feiern.«

»Ich gehe nach Hause«, sagte Amanda.

»Nach Hause?«

Trevor und Meg tauschten besorgte Blicke.

»Was ist mit deinem Hut?«, fragte Trevor.

»Meinem Hut?« Amanda starrte ihn verwirrt an.

»Dieses blaue Filzungetüm, das du vorhin aufhattest. Du hast ihn wohl in der Suite vergessen, die wir für die Erpressung von Sophie Sharpe benutzt haben.«

»Mein Hut ist mir eigentlich total egal. Ehrlich gesagt bin ich einfach nur kaputt.«

Meg meldete sich zu Wort. »Was ist mit Paul und Rupert? Sie sind zwei hübsche junge Hengste, oder?«

»Vermutlich.«

»Diese Nola ist auch ein richtig heißer Feger«, fiel Trevor ein. »Ihr einziges Ziel ist, ihre Ms Garland glücklich zu machen.«

Amanda nickte.

»Los, geh schon. Hol deinen Hut«, sagte Trevor. »Später bist du froh, dass du es gemacht hast.«

Erneut gab sie nach. »Also gut, ich gehe noch mal hoch.«

»Großartig!« Trevor wuchtete das Gepäck auf seinen Rücken. »Wenn wir von unserem Trip ins Land des Rums und Reggae zurück sind, werden wir uns beide für die Arbeit bei Forsythe Footwear zurückmelden, Madame Präsident.« Er gab sich Mühe, ihr ein letztes Mal mit zwei Fingern am Kopf zu salutieren. Es misslang, weil er von dem Gepäck niedergedrückt wurde. Darum beugte er sich einfach vor und küsste Amanda auf die Wange.

»Genieß die Monogamie«, flüsterte Amanda.

»Das werde ich«, versprach er. »Ich besorge uns schon mal ein Taxi«, meinte er an Meg gewandt und verschwand durch die Drehtür.

Meg und Amanda tauschten keusche Küsse auf die Wangen aus.

»Genieß die Monogamie«, flüsterte Amanda erneut.

»Mangama ... was? Was meinste denn damit?« Meg warf sich in die Pose eines kleinen Herumtreibers und spielte die Unschuldige. Dann ließ sie wieder ihr schallendes Lachen hören, das Amanda wiederum zum Lachen brachte. Eine ganze Reihe Leute in der Lobby drehten sich nach ihnen um, und als sie Meg entdeckten, lächelten die meisten. »Na, wir werden sehen, was das wird«, sagte sie. Meg ging rückwärts und warf Amanda Küsschen zu, bis sie außer Sichtweite war.

27

Der Konferenzraum von Suite 1012 war leer, aber das war auch nicht anders zu erwarten gewesen. Der plötzlich so wichtige blaue Hut lag in der Ecke, wo Amanda ihn hingeworfen hatte.

»Ach, da ist ja mein Hut!« Sie bemühte sich nicht mal, ihn aufzuheben.

Ein leises, unterdrücktes Kichern antwortete auf ihren lauten Ruf.

»Hallo?«, rief sie und tat so, als wäre sie ganz überrascht, jemanden zu hören. »Bist du das, Nola?«

»Hier bin ich!«, säuselte Nolas Stimme.

Amanda folgte der Stimme durch die leicht geöffnete Glastür in das große Schlafzimmer. Es war nicht mehr bloß ein Schlafzimmer, sondern schien direkt aus *Tausendundeiner Nacht* entsprungen zu sein. Nola trug die prächtige Kleidung einer Bauchtänzerin und schwang die Hüfte im Takt der exotischen Musik, die plötzlich einsetzte. Sie hielt eine knallbunte Krone in die Luft.

Paul war bloß in ein weißes Laken gehüllt und lag auf einem der beiden Doppelbetten. Sein Körper glänzte, als habe er ihn eingeölt. Rupert, der ebenfalls in ein weißes Laken gewickelt war, lag in derselben Haltung da.

Alle drei riefen gleichzeitig: »Überraschung!«

Ein großes Schild hing an der Wand zwischen beiden Betten. Darauf stand: »Herzlichen Glückwunsch, Ms Amanda! Präsidentin von Forsythe Footwear und unsere Sultana forever!«

Auf dem Kaffeetisch thronte ein riesiger Kuchen, der genauso grellbunt war wie die Krone, und um den Kuchen standen Teller mit Speisen und ein Obstkorb. Flaschen mit 82er Dom Perignon – ihr Lieblingschampagner aus dem ihrer Meinung nach besten Jahrgang – standen in Eiskübeln, und vier Champagnerflöten warteten auf sie. Vier. Eine hübsche Zahl.

»Haben wir Sie überrascht?« Nola setzte Amanda die Krone auf.

»Oh ja!« Amanda klatschte in die Hände. »Absolut! Es ist eine tolle Überraschung, ganz toll! Also, jetzt lasst mich mal überlegen. Nola ist mein Haremsmädchen, das perfekt bauchtanzen kann. Aber ihr zwei Kerlchen, wer seid ihr?«

»Wir sind natürlich Ihre Sexsklaven, Madame Ms Präsident Amanda, unsere Sultana forever«, sagte Paul theatralisch, als habe er diese Ansprache geübt. Seine letzten Worte klangen erstickt, als müsste er mühsam ein Lachen unterdrücken.

»Und wir zwei Sklaven haben eine Überraschung für Sie«, fügte Rupert hinzu.

Die beiden jungen Männer standen auf und wandten sich einander zu. Die Bettlaken fielen herunter, und Amanda sah, dass beide bereits halb erigiert waren. Die Beine leicht auseinandergestellt und die Arme an den Seiten, beugten sich Rupert und Paul gleichzeitig vor und küssten sich. Es war ein wirklich atemberaubender Anblick, der nur noch berauschender war, da der Kuss nicht bloß flüchtig war, sondern dauerte, während die Erektionen der beiden Männer anwuchsen, bis sich die Spitzen zwischen ihren Leibern berührten.

»Meine schönen Jungs.« Amandas Stimme klang heiser.

»Stellen Sie sich nur vor, wie viel Spaß wir jetzt miteinander haben können!«, rief Nola.

»Kommt her. Umarme mich, und dann köpfen wir den Champagner.« Amandas Krone rutschte ihr über ein Auge, und sie rückte sie zurecht. Auch wenn sie schrill war, mochte sie ihre Krone.

Die drei jungen Leute kamen zu ihr, umringten Amanda und umarmten sie, bis sie ganz atemlos war. Paul löste sich von ihnen und ließ den Korken knallen. Das erste Glas Champagner gab er Amanda. »Auf Amanda!«, verkündete er. Sie verspürte einen Schauer heftiger Erregung. Das war ihr mit Paul noch nie passiert. Es war untypisch für ihn, so leichtsinnig zu sein, und das wiederum bedeutete, dass er absichtlich die übliche Anrede »Ms« weggelassen hatte. War er etwa ein Switch wie sie? Oder wurde er allmählich dominant? Wenn es so war, musste sie sich darum kümmern, denn noch war sie die Chefin im Ring. Andererseits fand sie die Vorstellung durchaus erregend.

»Auf Ms Amanda«, fiel Nola ein.

Amanda wandte ihr Gesicht ihrem Mädchen für alles zu. Nola war das perfekte Partygirl, aber vielleicht wurde sie es irgendwann müde, immer das kleine Dummchen zu spielen. Auch ihr Haar würde sie sich nicht bis in alle Ewigkeit pink färben. Und was kam dann?

»Auf die Präsidentin und Sultana!«, rief Rupert.

Und Rupert. Was würde aus ihm werden, wenn er erwachsen wurde? Er schien ein richtiger Genießer zu sein. Aber würde der Mann, zu dem Rupert wurde, diese Eigenschaft zu einem Connaisseur steigern? Oder würde er ins andere Extrem umschlagen?

Sie stießen miteinander an.

Amandas Körper begann zu kribbeln. Verflucht! Sie hatte nicht ihre besten Liebhaber verloren! Nur die beiden ältesten waren ihr abhandengekommen.

Sie nippte nur an ihrem Champagner, während die anderen drei ein halbes Glas auf einmal runterstürzten. Vermutlich hatte bisher noch keiner von ihnen etwas so Delikates getrunken wie diesen alten Dom, den sie einfach so runterkippten. Sie unterdrückte ein Lachen, weil sie sich vorstellte, was sie wohl für eine Rechnung präsentiert bekam, wenn sie mit den dreien auscheckte. Aber das kam erst morgen. Ihnen stand ein langes, wunderschönes Abenteuer bevor, und jetzt war es an der Zeit, wieder das Ruder zu übernehmen.

»So wie du deinen Champagner runterkippst, erinnerst du mich eher an ein Ferkel und nicht an ein süßes Haustier.«

Für den Bruchteil einer Sekunde wirkte Nola ehrlich betroffen, aber dann grinste sie und ließ den Kopf gespielt beschämt hängen.

»Man sollte dich anständig dafür bestrafen, meine Liebe«, grollte Amanda. »Aufs Sofa mit dir, ich will deine kleine schmutzige Möse sehen.«

Nola hüpfte aufs Sofa, raffte ihren Rock und spreizte bereitwillig die Knie, um Amanda ihre nackte Muschi zu präsentieren.

»Und ihr zwei, meine bewundernswerten Sexsklaven, schaut euch wieder an. So wie ihr es gemacht habt, als ihr mich mit eurer fabelhaften neuen Fähigkeit überrascht habt.«

Die Jungs standen dicht voreinander. Ihre Hände waren an ihren Seiten, die Füße fest auf dem Boden, als fürchteten sie einen Kampf.

Als wüsste sie die Antwort nicht längst, fragte Amanda die beiden: »Wollt ihr euch gegenseitig streicheln?«

Beide nickten etwas schüchtern, aber nicht minder zufrieden. Sie streckten die Hand nach dem Schwengel des anderen aus, und beide Erektionen wurden augenblicklich hart.

Amanda war schrecklich stolz auf die beiden. Hatten sie

diese neue Seite an sich tatsächlich ihretwegen entdeckt? Der Gedanke erregte sie, obwohl sie bezweifelte, dass sie ganz allein die Verantwortung trug. Als sie die beiden heimlich beobachtet hatte, war ihr eine Intimität begegnet, die so innig war, dass sie nur wahrer Leidenschaft entsprungen sein konnte.

Amanda drehte sich langsam um die eigene Achse. Ach, das Leben machte einfach Spaß! Hier stand sie, hatte gerade die böse Hexe aus ihrem Paradies vertrieben und war umgeben von ihren verdorbenen jungen Liebhabern, die stolz mit sich selbst oder mit den anderen spielten und Amandas Befehlen gehorchten. Ja, sie war stolz. Zwei wunderschöne Schwänze und eine hübsche Möse standen ihr zur Verfügung. Sie hatte alles, was sie brauchte, wirklich *alles.* Wo sollte sie bloß anfangen?

Mit Nola. Das Mädchen bewegte sich kaum. Zwei Finger waren halb zwischen ihren kleinen, beinahe kindlichen Schamlippen vergraben. Nur das Spiel der Venen auf ihrem Handrücken verriet Amanda, dass das Mädchen die Finger in ihrer Muschi bewegte und die leckeren Schrunden ihres Geschlechts erkundete.

»Zeig mir deine Klit, Nola.«

Strahlend zog das Mädchen die Finger heraus und schob sie nach oben, um ihre Schamlippen weit zu spreizen und den kleinen rosigen Polypen zu präsentieren. Amanda befeuchtete eine Fingerspitze und umkreiste behutsam das Knöpfchen mit dem Finger. Nola schnappte nach Luft. Obwohl sie so tat, als sei sie völlig entspannt, sah Amanda, wie sehr die junge Frau vor Lust überschäumte.

»Warte«, ermahnte Amanda sie.

»Ich versuche es.« Die Muskeln an der Innenseite von Nolas Oberschenkeln zuckten und verrieten Amanda, wie erregt Nola bereits sein musste.

»Rupert, zurück mit dir ins Bett, bitte«, sagte Amanda. Sie zog ihr Kleid aus. Dann marschierte sie, nackt bis auf die halterlosen Strümpfe, die Schuhe und ihre Krone zu Ruperts Bett. Sie nahm seine harte jugendliche Erektion in die Hand und streichelte ihn ein paarmal versuchsweise. Ruperts Schwengel war wie Samt, den jemand um ein steifes Seil gewickelt hatte, das mit jedem Augenblick noch steifer wurde. Sie nahm seine Hand und schloss sie um seine Rute. »Berühr dich!«, befahl sie ihm.

»Und du auch, Sexsklave Nummer zwei«, fügte sie hinzu. »Ab aufs Bett mit dir und streichle deinen Schwanz.«

Paul tat, wie ihm befohlen.

Rupert streichelte sich tatsächlich. Seine Fingerspitzen tanzten an seinem Schaft auf und ab und berührten ihn kaum. Er hatte zweifellos Angst, mit einer stärkeren Berührung schon frühzeitig abzuspritzen. Während seine Augen über Amandas nackten Körper wanderten, biss er sich auf die Unterlippe. Armer Junge! Es musste ja wahre Folter für ihn sein. Um es noch schlimmer zu machen, beugte Amanda sich vor und setzte einen kleinen zarten Kuss auf seine leicht zur Seite geneigte, feuchte Pfeilspitze. Er stöhnte.

Amanda leckte sich seinen Lusttropfen von der Lippe. »Willst du, dass ich ihn dir lutsche?«, fragte sie.

Seine Beine zuckten, und ein ersticktes »Verdammt!« war alles, was er antworten konnte.

»Das verstehe ich mal als ein ›Ja‹«, neckte sie ihn, ehe sie sich zu Paul umdrehte, der auf dem anderen Bett lag.

Seine Faust schloss sich fest um seinen Schwengel, doch er bewegte die Hand nur sehr langsam auf und ab. Amanda wollte ihm durchs Haar wuscheln, aber dafür waren die Haare zu stachelig. Ihre Fingernägel fuhren über seinen hageren Brustkorb nach unten und streichelten seinen leicht gewölbten Bauch. Als sich ihre Finger seinem Schambein näherten, spannte sich sein ganzer Körper an, und er packte seine Rute noch fester. Sie vergrub die Finger in seinem kurzen krausen Haar, das er zum Glück nicht stoppelkurz geschnitten hatte. Als sie daran zupfte, fragte sie: »Wäre es nicht hübsch, wenn dieser kleine schöne Schwanz bis zum Anschlag in meinem Arsch stecken würde? Was meinst du, würdest du mich gern so benutzen? Ich könnte deinen Schwengel mindestens genauso fest umklammern, wie du es mit der Hand tust.«

Er nickte heftig.

Amanda wandte sich nun an alle drei. »Seid ihr bereit? Das Spiel heißt ›Alle besorgen es Amanda‹.«

Rupert nickte, und Paul grunzte nur.

»Hurra!«, jubelte Nola. »Wann und wo immer Sie wollen, Ms Amanda. Wir machen alles für Sie.«

Vorsichtig setzte Amanda ihre Krone ab. »Ich will euch … Ja, Paul, ich habe dir meinen Arsch versprochen, und den sollst du auch bekommen. Aber zuerst … Nola. Komm her. Auf allen vieren wie die kleine brave Muschi der Sultana.«

Nola rollte sich vom Sofa und kroch auf Amanda zu. Ihre Hüfte wiegte sich, und tief aus ihrer Kehle drangen kleine schnurrende Laute. »Miau?«

»Mag Muschi andere Muschis?«, fragte Amanda.

»Miau!«

»Dann sollst du auch eine haben.« Amanda hockte sich auf die Bettkante von Pauls Bett und spreizte die Beine.

Nola kroch näher. Ihre Zunge legte sich auf Amandas in Nylon gehüllten Oberschenkel, direkt über dem Knie. Sie leckte hinauf bis zu dem Spitzenabschluss des halterlosen Strumpfs.

»Höher!«, befahl Amanda.

»Miau.« Die Zunge glitt über die glatte Haut an Amandas Oberschenkelinnenseite.

»Oh, verdammt!«, stöhnte Rupert. »Los, Nola, gib's ihr!«

»Du darfst ihr Arschloch fingern, während sie mich leckt«, erlaubte Amanda ihm.

Nola vergrub ihr Gesicht zwischen Amandas Schenkeln. Während Nolas Zunge Amandas Schamlippen erkundete, befeuchtete Rupert einen Finger und schob ihn in den engen Anus der jungen Frau.

»Ich sagte, du dürftest sie fingern, nicht sie reizen«, ermahnte Amanda ihn.

Von ihrem Befehl ermutigt, vergrub er den Finger vollständig in Nolas Arsch. Sie bewegte daraufhin ihre Hüfte und schob sich ihm entgegen. Amanda packte Nolas Nacken und zog ihr Gesicht näher an ihre Möse.

Paul keuchte. »Geduld, kleiner Sklavenjunge«, sagte Amanda. »Ich habe dir versprochen, dass du mich auch befriedigen darfst. Und ich pflege meine Versprechen zu halten.«

Inzwischen hatte Nolas Zunge Amandas Schamlippen so lange bearbeitet, dass sie sich öffneten und sich ihr Saft heiß und klebrig auf ihre Schenkel ergoss, die feucht glänzten.

»Also gut! Jetzt dürft ihr mir alle dienen«, verkündete Amanda. »Ich brauche nur einen Moment, damit wir uns richtig einrichten können. Rupert, rutsch auf dem Bett nach unten, damit wir mehr Platz haben, ja?«

Sie stand auf und rückte Rupert zurecht, ehe sie sich rittlings auf ihn setzte. »Hilf mir, seinen Schwanz in meine Möse zu rammen, Nola«, sagte sie absichtlich grob.

Nola packte Rupert, während Amanda sich auf ihn senkte. Seine Spitze berührte ihre Schamlippen. Sie senkte sich, wollte ihn tief in sich aufnehmen, und dann rutschte sie langsam tiefer, bis er schließlich bis zum Anschlag in ihr steckte und seine Schamhaare ihren nackten Venushügel kitzelten.

Amanda beugte sich vor und blickte ihm in die Augen. »Ist das eng genug für dich, Rupert?«

Er nickte.

»Nun, es wird gleich noch etwas enger.« Sie drehte den Kopf. »Mach mein Arschloch schon glitschig, Nola.«

Ohne zu zögern streckte Nola sich übers Bett und vergrub ihr Gesicht zwischen Amandas Arschbacken. Eine spitze Zunge arbeitete sich vor. Amanda entspannte ihre Rosette, damit Nola in sie eindringen konnte. Ein paar Augenblicke ließ sie sich von Nolas Zunge in den Arsch ficken, ehe die junge Frau sich zurückzog. »Ich glaube, jetzt sind Sie so weit.«

»Jetzt bist du dran, Paul. Du weißt, wo du deinen Schwanz reinstecken sollst, nehme ich an?«

»Ja.« Er kniete sich hinter Amanda. Es waren Nolas Hände, die Amandas Hinterbacken so weit wie möglich spreizten. Pauls Eichel drängte gegen Amandas Rosette. Er beugte sich vor und packte ihre Hüfte.

»Bereit?« In seiner Stimme schwang etwas mit, das keinen Widerspruch duldete und gut zu diesem erniedrigenden Akt passte, den er nun mit ihr vollziehen wollte.

Sie nickte.

Er drang in sie ein. Der erste Stoß war heftig und schmerzte wie ein Messerstich.

Rupert keuchte auf. Amanda wurde von innen zusammengequetscht, als Paul sich gegen Ruperts Schwanz drängte, nur getrennt durch eine dünne Haut.

Amanda atmete tief durch. »Okay, Rupert. Jetzt gib's mir. Und du küsst mich, Nola.«

Nolas üppiger Mund verschlang Amandas. Rupert rieb ihre rosige Perle und stieß in ihre Muschi, so gut es ihm möglich war. Paul stieß von hinten tief in ihren Arsch. Dieser dreifache Angriff war kaum zu ertragen. Amandas Körper war angespannt, es tat geradezu weh. Mit Trevor und Nola war dies der Augenblick gewesen, als sie hatten aufhören müssen, aber dieses Mal war sie fest entschlossen, dieses Gefühl zur Gänze auszukosten. Sie zwang sich, sich zu entspannen und Paul noch etwas tiefer in sich aufzunehmen und noch etwas härter auf Rupert hinabzusinken. Einige Minuten war das einzige Geräusch das nasse Klatschen ihrer Leiber.

Amandas Zehen verkrampften sich.

»Macht schon!«, keuchte sie. Es war nicht nur eine Einladung an die anderen, sich dem Orgasmus hinzugeben, sondern auch der Befehl, sie mit ihrem heißen jungen Fleisch zu erfüllen. Sie stöhnte, als die erste ihrer Kontraktionen nicht nur einen, sondern gleich zwei Schwänze umklammerte. Das herrliche Gefühl ließ sie erneut zucken, und das fühlte sich so großartig an, dass es wieder und wieder passierte. Sie saugte an Nolas Zunge, ihr kamen nur Wortfetzen über die Lippen, um der Lust Ausdruck zu verleihen, die sie nun fest im Griff hatte. »Oh Gott!« oder »Fuck!« oder »Oh mein Gott, das bringt mich um!« schrie sie, und ein halbes Dutzend beinahe schmerzhafte Zuckungen erfassten ihren Körper, aber niemand ließ in seinen Bemühungen nach, bis Amanda zwischen ihnen ganz schlaff wurde.

Später war genug Zeit für diejenigen unter ihnen, die noch nicht gekommen waren. Und alle anderen durften noch mal kommen. Jetzt aber war Amandas Körper unter denen ihrer Liebhaber fast vergraben. Hier lag sie in diesem Harem, den sie nur zu ihrem Vergnügen eingerichtet hatten, und ihre sexuelle Stehkraft hatte Amanda zutiefst befriedigt, doch vor allem war sie sehr bewegt, weil diese drei jungen Menschen ihr Zuneigung und Respekt entgegenbrachten. Sie fühlte sich von Liebe eingehüllt. Wenn sie es so sehen wollte, fühlte es sich gut an.

Aber genügte das?

Langsam löste Amanda sich aus dem verschwitzten Knoten der vier Leiber. »Nola?«, flüsterte sie. »Sei so lieb und tanz für uns, Liebling. Rupert, schenkst du uns noch Wein ein?

Sind das Trauben, Rupert? Kommt, meine lieben, kleinen Sexsklaven. Füttert mich, sorgt für meine Unterhaltung, und löscht meinen Durst.«

Im Moment war es mehr als genug.